INSEL DER DUNKELSTEN BEGIERDEN

LEXI. C. FOSS
ALIAS S. FIRECOX

Titelbild entworfen von: Raven Designs

Titelbild fotografiert von: CJC Photography

Modelle: Eric Guilmette & Lauren

Herausgegeben von: Ninja Newt Publishing, LLC

Imprint: Sin Cave Publishing

eBook:

ISBN: 978-1-68530-276-4

Taschenbuch:

ISBN: 978-1-68530-277-1

Besuchen Sie S. Firecox im Netz!

www.sincaveromancebooks.com

www.facebook.com/SinCavePublishing

E-Mail: AuthorSFirecox@gmail.com

INSEL DER DUNKELSTEN BEGIERDEN

INSEL DER
DUNKELSTEN
BEGIERDEN

Es gibt drei Regeln auf Sinners Isle.
Unterwerfung.
Gehorsam.
Einverständnis.

Adalyn Rose hat sich nicht einverstanden erklärt.
Und derjenige, der sie hierhergebracht hat, hat den
ultimativen Preis gezahlt.
Und nun gehört sie mir. Ich kümmere mich um sie. Ich
bilde sie aus. Ich beschütze sie.

Eine süße kleine Erbin mit einem Herz aus Gold.
Und einem Körper wie für die Sünde gemacht.

Sie wird vor mir knien, weil sie es will.
Und dann werden wir ihre Grenzen austesten.

Vorausgesetzt ihre Vergangenheit holt sie nicht ein.
Denn ihre Welt bestehend aus Reichtum und Sünde ist
angefüllt mit dunklen Geheimnissen.

Einschließlich einem, das mich das Leben kosten könnte.

Wie sich herausstellt, sollte meine Insel als Trainingslager
herhalten. Für sie.
Ich habe dem Einhalt geboten, indem ich sie als die Meine
beansprucht habe.

Das Spiel um Verführung und Intrigen hat sich gerade in
einen Kampf ums Überleben verwandelt.

Doch sie haben einen fatalen Fehler begangen.
Sie haben diesen Kampf auf meine Insel verlagert.

Willkommen auf Sinners Isle.
Wo dunkle Fantasien zum Leben erweckt werden.
Gestatten Sie mir, Sie herumzuführen …

Anmerkung der Autorin: Dies ist ein unabhängiger
dunkler Liebesroman mit einem Sadisten, der gern mit
Messern spielt, und einer unerschrockenen Heldin, die
keine Angst hat zu bluten.

Nur für Leser über 18 Jahre.

EINFÜHRUNG

Sin Cave ist ein globales Unternehmen im Besitz von vier einflussreichen Familien, von denen jede die Verantwortung für einen Firmenzweig trägt.

Sin Cave Fantasies – Ein Klub nur für Mitglieder, der die sexuellen Fantasien seiner Kunden erfüllt und sie auf deren spezielle Bedürfnisse abstimmt. Im Internet werden Sie keinerlei Hinweise auf ihre Standorte finden, doch es gibt sie – in jeder größeren Stadt der Welt. Eine Mitgliedschaft erfolgt nur auf Einladung.

Elitebräute – Als zukünftige Ehefrauen der Weltelite erhalten diese Frauen die beste Ausbildung, die man für Geld kaufen kann. Dabei werden sie nicht nur in Eleganz und gesellschaftlichem Benehmen geschult, sondern unterlaufen in späteren Jahren zudem ein umfassendes Training bezüglich der sündigen Begierden ihrer Ehemänner, die sie hinter verschlossenen Türen erfüllen müssen.

Elitejungfrauen – Von Menschenhändlern entführte Jungfrauen, die von einem Mitglied von Sin Cave Elite einer Reihe von Tests unterzogen werden, bei denen unter anderem ihre Schmerztoleranz und sexuellen Neigungen geprüft werden. Wenn sie die strengen Erwartungen erfüllen, werden sie in die »Elite« aufgenommen, einen Klub mit enormen Privilegien. Dort werden sie einer kleinen Auswahl von Männern zur Verfügung gestellt, denen sie dienen müssen. Diejenigen, die die Tests nicht bestehen, werden in Bordelle verkauft, in denen sie für den Rest ihres Lebens bleiben werden.

Ecstasy – Eine hochklassige Kette von Nachtklubs für die Reichen und Berühmten. Diejenigen, die als würdig erachtet werden, werden eingeladen, Mitglieder von Sin Cave Fantasies oder in seltenen Fällen der Elite zu werden.

Willkommen im Sin Cave.
Sie sind im Begriff, das Elitebraut-Trainingsprogramm zu betreten.
Die gesamte Ausbildung ist darauf ausgelegt, den Bedürfnissen des zukünftigen Ehemannes zu entsprechen.
Und jeder Schritt ist von Dunkelheit und Verderbtheit durchwoben.

Einvernehmlichkeit ist keine Option.
Entweder man beugt sich.
Oder man erleidet ein Schicksal schlimmer als der Tod.

Diese Welt ist nicht freundlich.
Sie ist grausam.
Sie ist korrupt.
Und sie ist tödlich.

Aber Adalyn ist im Begriff, ein Licht im Dunkel zu finden … Vorausgesetzt sie überlebt.

Trigger-Warnung: Dieser Roman enthält Szenen, in denen Frauen zum Sex gezwungen werden. Zudem spielen sexuelle Gewalt, Folter, Blutspiele und Selbstmordgedanken eine Rolle. Diese Szenen betreffen die Antagonisten der Welt, nicht den Helden. Denn Asher Sinner glaubt an gegenseitiges Einvernehmen und sichere Praktiken. Und mithilfe dieser Normen hilft er unserer Heldin, sich zu entwickeln. Denn in dieser Geschichte geht es um Heilung, persönliches Wachstum und das Überwinden einer schrecklichen Vergangenheit.

PROLOG
ADALYN

SCHWEIGE.

 Unterwirf dich.

 Überlebe.

 Diese Worte gingen mir immer wieder durch den Kopf wie ein Mantra, während ich mir auf die Unterlippe biss, um nicht laut zu schreien. Alles tat weh. Und alles *vibrierte.*

 Der Mann hinter mir stöhnte auf, als er endlich zum Höhepunkt kam und sich erleichtert ergoss. Ich hasste ihn. Ich hasste sie alle.

 Allen voran Nate.

 Meinen *Ausbilder.*

 Der leibhaftige Teufel.

 Er lächelte mich an, als könnte er meine Gedanken lesen. Wahrscheinlich ahnte er, dass ich ein unbändiges Verlangen verspürte, ihn zu töten, denn er zwang mich zu abscheulichen Dingen.

 Dies war seine Vorstellung von einer Feier.

 Mein Studienabschluss am College.

 Und der Beginn meiner Zukunft.

 In Nates Augen war dies eine Einführung in all die

Dinge, die mein zukünftiger Ehemann von mir verlangen würde – er würde mich mit anderen *teilen*.

Meine sogenannte Freiheit hatte nun ein Ende gefunden. Morgen würden wir zu Nates Version einer Abschlussfeier aufbrechen.

Auf den Fidschis.

Die meisten ˉMenschen wären von einem solchen »Geschenk zum Studienabschluss« begeistert und würden sich auf einen Urlaub an einem exotischen Ort freuen. Doch ich wusste genau, was mich dort erwarten würde.

Wohlhabende Sadisten aus der ganzen Welt waren eingeladen, sich an meinem Körper zu vergreifen.

Es war die Krönung meiner Ausbildung.

Nate betrachtete es als eine Art Junggesellinnenabschied, da ich in einem Monat heiraten sollte. Möglicherweise würde mein zukünftiger Ehemann sogar den Feierlichkeiten beiwohnen. Ich bezweifelte jedoch, dass er sich die Mühe machte. Diese Party diente nur dem Zweck, mich zu trainieren, damit ich genau wusste, was ich in unserer Hochzeitsnacht zu tun hatte.

Für ihn hätte es keinen Sinn, mich davor zu treffen.

Dies war die Welt der Reichen und Mächtigen.

Eine Welt, in die ich hineingeboren wurde. Ich hatte kein Mitspracherecht, was meine Zukunft oder meinen Ehemann anging.

Von dem Tag meiner Geburt an war ich eine *Elitebraut* gewesen. Man hatte lukrative Vereinbarungen getroffen, und meine Ausbildung hatte begonnen.

Ich hatte keine Wahl.

Keine Fluchtmöglichkeit.

Kein Versteck.

Dieser dominanten und prestigeträchtigen Gesellschaft konnte man nicht entkommen.

Es hatte keinen Sinn, einen Fluchtversuch zu

unternehmen, denn die Folgen wären noch schlimmer als der Tod.

Mein Vater erwartete von mir, dass ich als eine vollständig ausgebildete Ehefrau der High Society vor dem Altar erschien. Und Nate war derjenige, der diese Erwartung erfüllen sollte.

Und er war verdammt gut in seinem Job.

Bis auf ein unbedeutendes Detail – er hatte mich noch nicht gebrochen.

Ich hatte dieses Geheimnis immer tief in mir verborgen, doch heute Abend hätte ich es beinahe gelüftet.

Aber ich riss mich zusammen, senkte mit einer aufgesetzten Grimasse den Blick und fügte mich erneut.

Schweige. Unterwirf dich. Überlebe.

Ich wusste, wie man dieses Spiel spielte. Ich beherrschte sämtliche Schachzüge.

Und auf den Fidschi-Inseln würde ich endlich meinen Zug machen.

KAPITEL EINS

ASHER

Ist sie schon da?

Die SMS erschien auf dem Display meines Handys und riss mich aus meiner Morgenroutine, während ich gerade die Nachrichten aus aller Welt las.

Ja, tippte ich. *Sie durchläuft gerade die letzte Sicherheitskontrolle am Flugsteig.*

Ich wette, sie liebt es, antwortete Tru.

Als ich deine Nachricht erhielt, dachte ich zuerst, es sei eine weitere Schimpftirade von ihr, gestand ich und verzog die Lippen zu einem Lächeln. *Sie hat bereits dreimal geschrieben.*

Klingt ganz nach unserer kleinen Schwester. Ich hätte fast laut gelacht, als ich seine Worte las. Darby hasste es, wenn wir uns über die Tatsache lustig machten, dass sie das Nesthäkchen in der Familie war. *Umarme sie von mir*, fügte Tru hinzu.

Ich würde dich ja einladen, sie selbst zu umarmen, aber um ehrlich zu sein, will ich dich nicht auf meiner Insel haben, antwortete ich mit einem Schmunzeln, während ich mir den Gesichtsausdruck meines Bruders beim Lesen dieser Worte vorstellte.

Hast du Angst, dass ich deine Insel besser leiten könnte als du?, spottete er.

Ich habe Angst, du könntest sie in einen voyeuristischen Spielplatz verwandeln, erwiderte ich.

Ist sie das nicht schon?

Ich stieß ein Schnauben aus. *Nur für diejenigen, die es wollen.* Und das waren nicht viele, wenn man die Kundschaft bedachte, die ich auf Sinners Isle bediente.

Alle sieben meiner Geschwister hatten nach dem Tod unseres Vaters einen Klub geerbt. Ich hatte mich für das Etablissement mitten im Pazifik entschieden. Vor allem weil ich die Abgeschiedenheit liebte und ein Talent dafür hatte, Geheimnisse zu bewahren. Die oberen Zehntausend dieser Welt besuchten meinen Klub, weil sie die Anonymität genossen, die meine Insel ihnen bot.

Aus genau diesem Grund hatte Darby sich entschieden, ihre verspäteten Flitterwochen mit Yon und ihrem mittlerweile einjährigen Sohn hier zu verbringen.

Ich hatte für die Woche ein Kindermädchen organisiert, damit sie auch etwas Zeit für sich hatten.

Ich würde ihnen ihre Privatsphäre gönnen, doch ich wollte gar nicht wissen, was sie hinter verschlossenen Türen anstellten.

Der Gedanke, dass meine jüngere Schwester, wie auch der Rest von uns, auf perverse Spielchen stand, war für mich schon schwer genug zu ertragen. Aber ich musste nicht wissen, wo genau ihre Vorlieben lagen oder wie weit diese gingen.

Wahrscheinlich war ich deshalb ein Heuchler, denn Trumans Vorlieben waren mir völlig egal. Ich wusste von seiner Vorliebe für Voyeurismus und Exhibitionismus.

Die meisten meiner anderen Geschwister gingen ebenso offenherzig mit ihren Neigungen und Abneigungen um.

Das war jedoch nicht verwunderlich, da sie alle eine Reihe von Kerkern und erotischen Klubs rund um den Globus besaßen.

Mein Handy piepte erneut, diesmal erhielt ich eine Nachricht wegen zwei weiterer Gäste, die gerade eingetroffen waren – Nathan Spencer und sein Gast Adalyn Rose.

Normalerweise begrüßte ich meine Gäste nicht persönlich am Flughafen, aber da ich bereits hier war, um meine Schwester abzuholen, konnte ich genauso gut Mr. Spencer meine Aufwartung machen. Dank seiner siebenjährigen Mitgliedschaft auf Sinners Isle stand er auf einer Prioritätenliste, allerdings hatten wir noch nie das Vergnügen, uns kennenzulernen.

Das lag vor allem daran, dass Mr. Spencer in all den Jahren der Insel nur zweimal einen Besuch abgestattet hatte, und ich war beide Male in New York bei Tru gewesen.

Heute würde ich ihm also zum ersten Mal begegnen.

Ich schickte meinem Bruder eine weitere Nachricht mit dem Versprechen, ihn später anzurufen, steckte dann mein Handy in die Tasche und stand auf.

In der Privatlounge des Flughafens hielten sich nur ein paar Angestellte auf, die alle auf meiner Gehaltsliste standen.

Denn mir gehörte die ganze Insel.

Entlang des Strandes und auf dem Wasser waren überall Bungalows und Hütten verteilt, die meinen Kunden die nötige Privatsphäre gewährten.

Zudem gab es auf der ganzen Insel eine Vielzahl von Spielbereichen.

Es war ein erotisches Paradies, das viele Berühmtheiten und reiche Kunden für ihre Affären nutzten. Diskretion war das Gebot der Stunde. Und Sex war unsere Hauptwährung.

In unserem Resort konnten die Gäste all ihre Bedürfnisse und Perversionen ausleben, während wir ihre Sicherheit garantierten.

Daher auch die Männer, die jetzt den Jet, mit dem meine Schwester gerade eingeflogen war, genau unter die Lupe nahmen.

Bis ich aus diesem Jet aussteige, wirst du ein alter Mann sein, Opa, schrieb sie mir in einer Nachricht. *Ergraut und altersschwach.*

Ich bin auf dem besten Weg dorthin, Kleine, antwortete ich und lachte über die Spitznamen, die wir einander vor Jahren gegeben hatten. In unserer achtköpfigen Familie war ich der Zweitjüngste, und sie war das Nesthäkchen.

Mittlerweile war sie fast achtundzwanzig.

Und ich war nur noch wenige Monate von meinem dreißigsten Geburtstag entfernt.

Uns trennten also weniger als zwei Jahre.

Und doch war *ich* der alte Mann.

Ich schüttelte den Kopf und lächelte in mich hinein. Unser ältester Bruder Damiano war dann wohl im Vergleich zu uns steinalt.

»Ganz richtig, völlig grau«, sagte meine Schwester, als sie noch vor dem Personal durch die Tür stürmte. Sicherlich echauffierten sie sich über ihr Verhalten, doch sie würden es nicht wagen, sie aufzuhalten. Die Kinder der Sinners waren berüchtigt und hatten stets das Sagen.

Und obwohl sie die Jüngste war, war Darby keine Ausnahme.

»Kannst du mich überhaupt erkennen?«, fragte sie und kniff die Augen zu dünnen Schlitzen zusammen. »Ich habe gehört, dass das Alter die Sehkraft beeinträchtigt.«

»Vielleicht solltest du Eli oder Damiano anrufen und

sie danach fragen«, schlug ich vor und ging auf sie zu. »Sie sind fast vierzig, nicht wahr?«

»Und du bist fast dreißig«, erwiderte sie und schüttelte sich dramatisch. »Wann seid du und Tru denn so alt geworden?«

Ich lachte und schlang meine Arme um sie, wobei ich über ihren Kopf hinweg dem Blick ihres Mannes begegnete. »Ich habe keine Ahnung, wie du es tagein, tagaus mit ihr aushältst, Yon.«

Er lachte, während er den Kinderwagen vor sich herschob. »Wenn dieser kleine Mann hier erst einmal alt genug ist, wird er mir helfen.«

Darby verdrehte ihre großen braunen Augen, als sie sich aus meiner Umarmung löste. »Niedlich.« Das Wort schien an uns beide gerichtet zu sein, bis sie hinzufügte: »Wir werden ja sehen, ob du später Sex hast.«

»Oh, das werde ich zweifellos«, antwortete Yon mit einem dominanten Unterton, während er einen Blick auf Darbys Halsband warf.

Ihre Wangen liefen rot an und sie senkte die Lider, wobei sie ihn mit einem unterwürfigen Ausdruck in den Augen ansah.

Ich hatte wirklich keine Lust, Zeuge der Vorlieben meiner kleinen Schwester zu werden.

Ich räusperte mich. »Ich kann mir denken, dass ihr unbedingt eure Flitterwochen genießen wollt, aber könnt ihr damit nicht warten, bis ihr in eurem Bungalow seid?«

In genau diesem Moment gab ihr Sohn Graham einen glucksenden Laut von sich, fast so, als wollte er mir zustimmen. Darby drehte sich sofort zu ihm um und gurrte ihm etwas zu, genau wie unsere Mutter es früher mit uns getan hatte.

Zumindest mit Darby, Tru und mir.

Wir alle hatten dieselbe Mutter und denselben Vater,

während unsere Geschwister aus den zwei vorherigen Ehen unseres Vaters stammten.

Dennoch standen wir uns alle nahe.

Obwohl unser Vater dreimal verheiratet war, war er nie ein schlechter Vater oder Ehemann gewesen. Er hatte nur etwas Abwechslung gemocht und sich mit dem Konzept der Monogamie schwergetan.

Einige von uns teilten diese Ansichten mit ihm.

Andere – wie zum Beispiel meine Schwester – weniger.

Dennoch genossen wir alle auf die eine oder andere Art denselben Lebensstil. Wahrscheinlich lag es an dem Einfluss unseres Vaters und an den Klubs, die er uns vererbt hatte.

»Mr. Sinner?« Als ich Davids Stimme hinter mir hörte, drehte ich mich zu ihm um. »Ihre Gäste verlassen gerade das Flugzeug.«

Ich nickte. »Würden Sie meine Schwester und ihre Familie zum Wagen begleiten? Ich werde nachkommen, sobald ich die Gäste begrüßt habe.«

David nickte mir zu. »Natürlich, Sir.«

Darby zog eine Augenbraue in die Höhe. »Gäste?«

Ich verzog die Lippen zu einem Lächeln. »Ja, Gäste. Und sie wollen anonym bleiben, Kleine. Geht ihr mit David zum Wagen. Ich werde gleich nachkommen.«

Sie schnaubte. »Ich bin Teilhaberin.«

»Du besitzt den Klub in London. Außerdem befindest du dich in den Flitterwochen und hast damit Urlaub«, erklärte ich. »Lass mich das kurz erledigen und ich verspreche dir, dass ich euch später die Insel zeigen werde.«

Yon legte eine Hand an ihren Rücken, während er mit der anderen den Griff des Kinderwagens festhielt. »Wir werden ohnehin ein paar Minuten brauchen, um unser Gepäck zu verstauen.«

Darby betrachtete ihn einen Moment lang und zuckte mit den Schultern. »Ich bin im Urlaub.«

»Du bist im Urlaub«, wiederholte er und warf mir einen wissenden Blick zu, als Darby ihre ganze Aufmerksamkeit wieder auf den kleinen Graham richtete.

Danke, formte ich stumm mit den Lippen.

Er nickte mir zu, dann folgten sie David aus der Flughafenlounge und durch den Ausgang.

Ich fuhr mir mit den Fingern durchs Haar und richtete meine Krawatte, dann atmete ich tief durch und wartete auf Mr. Spencer.

Anders als meine Schwester stürmte er nicht durch die Türen, sondern ließ meinen Sicherheitsleuten den Vortritt. Mit strenger Miene und einer durch und durch männlich dominanten Haltung trat er über die Schwelle.

Offenbar war er es gewohnt, das Alphatier im Raum zu sein.

Diesmal würde ich ihn gewähren lassen.

Obwohl er hier nicht das Sagen hatte.

Diese Insel gehörte mir, und das machte mich zum König von Sinners Isle. Um meine Kunden zufriedenzustellen, war ich allerdings in der Lage, mich wenn nötig vor ihnen zu verbeugen. Damit vermittelte ich ihnen ein Gefühl der Behaglichkeit, das es mir ermöglichte, sie noch besser einzuschätzen.

Ich war stolz auf meine Fähigkeit, die Absichten anderer Menschen zu durchschauen.

Aus diesem Grund war ich als dominanter Mann derart bewandert. Ich verfügte über die Gabe, die Körpersprache meines Gegenübers zu interpretieren und auch Gesten zu erkennen, die weniger offensichtlich waren.

Wie zum Beispiel Mr. Spencers scharfsinniger Blick und der finstere Ausdruck in seinen Augen, als er erkannte, dass sich noch mehr Sicherheitsleute in diesem Raum befanden.

Sie waren hier, um mich zu beschützen, und Mr. Spencer war sich dessen bewusst.

Er musterte mich unverhohlen. Zweifellos schätzte er ein, ob ich vertrauenswürdig war und welchen Wert ich für ihn besaß.

Aber ich ließ mich davon nicht aus der Ruhe bringen, sondern blieb in der Mitte des Raumes stehen und wartete darauf, dass er näher kam.

Meine Insel war kein typisches Hotel. Ich hatte zwar einen Geschäftsführer eingestellt, der für die Unterbringung zuständig war, doch ich führte den Betrieb selbst.

Aus diesem Grund fiel mir in der Beziehung zu meinen Gästen eine ungewöhnliche Rolle zu.

Denn in meiner Welt hatte der Kunde nicht immer recht.

Ich entschied, wer hier Mitglied bleiben durfte und wer nicht.

Das verlieh mir in dieser Situation einen Hauch von Überlegenheit.

Dennoch nahm ich eine lässige Haltung ein und vermittelte Mr. Spencer so das Gefühl, das Alphatier im Raum zu sein. Er verzog die Lippen zu einem Lächeln, das einen schlechten Geschmack in meinem Mund hinterließ.

Meine Abneigung verstärkte sich noch, als eine dunkelhaarige Frau hinter ihm auftauchte.

Sie hatte den Blick gesenkt und verströmte eine Aura perfekter Unterwerfung.

Das wäre an sich kein Problem gewesen, solange wir uns im Klub oder in einem offenen Spielbereich befunden hätten, aber mitten in der Flughafenhalle war ihre Haltung eher fehl am Platz. Sie verriet mir eine Menge über Mr. Spencers Beziehung zu Adalyn Rose – Herr und Sklavin.

Allerdings trug sie kein Halsband.

Überdies wies sie auch sonst keine Kennzeichen auf, die sie als sein *Eigentum* auswiesen.

Ihre Absätze machten ein klackerndes Geräusch auf den Fliesen. Mit ihren langen Beinen, die athletisch wie die einer Tänzerin waren, bewegte sie sich bei jedem Schritt voller Anmut.

Sie war eine umwerfende Frau.

Mit einem Körper, der für die Sünde geschaffen war.

Doch ihre gesenkten Lider machten mich stutzig. Irgendetwas an ihrer Unterwerfung fühlte sich falsch an. Es hatte fast den Anschein, als erfolgte sie nicht aus freien Stücken.

Ich betrachtete Mr. Spencer mit einem argwöhnischen Blick.

Er schien meine Skepsis bemerkt zu haben, doch statt verärgert zu sein, schien er eher belustigt.

Wahrscheinlich teilt er gern, dachte ich, als mir in den Sinn kam, welche Wünsche er vor seinem Besuch geäußert hatte. Er hatte um einen privaten Bungalow gebeten, was nicht ungewöhnlich war, doch er hatte auch nach einem offenen Wohnbereich verlangt.

Offenbar hatte er vor, seine Freunde einzuladen, die seiner Sub einen Besuch abstatten wollten.

Was hältst du davon, Kleines?, fragte ich mich und wandte mich wieder ihr zu. *Gefällt es dir, wenn man dich mit anderen Männern teilt?*

Sie hob den Blick und sah mich mit ihren dunklen Augen an, als hätte sie meine Gedanken gehört. Ihre Wangen liefen rot an, als ihr bewusst wurde, dass ich sie unverblümt anstarrte.

Ein Anflug von Trotz huschte über ihr Gesicht und ihre Nasenflügel bebten.

Dann starrte sie wieder zu Boden.

Und zwar genau in dem Moment, in dem Mr. Spencer sie ansah.

Es hatte den Anschein, als hätte sie erwartet, dass er sich ihr zuwenden würde.

Eine seltsame Beziehung, dachte ich und beschloss, ein Auge auf Mr. Spencer zu haben.

Auf Sinners Isle gab es nur wenige Regeln, denn ich wollte meinen Gästen gestatten, ihre eigenen Grenzen zu ziehen. Aber ich würde niemals zulassen, dass jemand zum Sex gezwungen wurde.

Auch Safewords waren unumgänglich. Zwar war das Wort »Nein« in den unterschiedlichsten Bereichen meiner Insel zu hören, doch es wurde häufig auf so lustvolle Weise geäußert, dass es eigentlich »mehr« bedeutete. So etwas wurde hier durchaus toleriert, wenn nicht sogar *erwartet*.

Aber es war wichtig, dass beide Partner in gegenseitigem Einvernehmen handelten.

»Mr. Sinner«, sagte Mr. Spencer und streckte mir eine Hand entgegen. »Es ist mir ein Vergnügen, Sie endlich kennenzulernen.«

»Mein Vater war Mr. Sinner«, erwiderte ich und ergriff seine Hand. »Bitte nennen Sie mich Asher.«

»Natürlich.« Er festigte seinen Griff, um seine Dominanz zu demonstrieren. Ich reagierte nicht darauf, sondern schüttelte nur seine Hand und ließ sie dann wieder los.

»Für gewöhnlich begrüße ich meine Gäste nicht persönlich, doch ich sah, dass sie heute ankommen würden, und wollte mich Ihnen endlich einmal vorstellen«, erklärte ich und gab ihm dadurch zu verstehen, dass ich ihm gerade eine Sonderbehandlung zukommen ließ.

Ich wollte sein Ego ein wenig streicheln.

Und ihn zugleich warnen.

Denn nachdem ich seine kleine Sub gesehen hatte, würde ich ihn im Auge behalten.

Meine Instinkte sagten mir, dass hier etwas nicht stimmte, und ich hatte vor langer Zeit gelernt, auf meine Intuition zu vertrauen.

Allerdings überspielte ich mein Missfallen jetzt mit einem Lächeln. »Es ist alles bereit. Ihr Fahrer wird Sie direkt zu Ihrem Bungalow bringen. Cassandra wird in etwa einer Stunde vorbeischauen, um Ihre Wünsche für die Mahlzeiten in der kommenden Woche zu besprechen.« Jedem Gast wurden für die Dauer seines Aufenthalts ein Privatkoch sowie eine Haushälterin zur Seite gestellt. Natürlich wohnten meine Angestellten nicht mit ihnen im Bungalow, sondern nächtigten in ihren eigenen großzügigen Unterkünften.

Hin und wieder wurden sie von den Gästen eingeladen mitzuspielen.

Das war einer der Vorteile, die man hier als Angestellter genoss.

Zuweilen ließ ich mich sogar selbst dazu hinreißen.

Mit Frauen wie Adalyn Rose, dachte ich und wandte mich wieder ihr zu. *Eine schöne Brünette mit Kurven an genau den richtigen Stellen. Auf jeden Fall mein Typ.*

Bis auf dieses ungute Gefühl.

Hm.

Ich richtete den Blick wieder auf Mr. Spencer. »In dieser Woche werde ich auf der Insel sein. Meine Privatnummer befindet sich in Ihren Begrüßungsunterlagen. Falls Sie irgendetwas brauchen, lassen Sie es mich bitte wissen, dann werde ich mich persönlich darum kümmern.«

»Vielen Dank. Ich werde dieses Angebot wohl schon bald in Anspruch nehmen müssen.«

»Tatsächlich?« Ich zog eine Augenbraue in die Höhe, denn nun hatte er mich neugierig gemacht. Eigentlich hätte sein Concierge sich um sämtliche Vorkehrungen kümmern müssen. »Wurde bei Ihrer ursprünglichen Buchung etwas übersehen?«

»Nein, aber ich habe von einigen meiner Kollegen erfahren, dass sie diese Woche einen spontanen Besuch auf der Insel planen. Ich würde gern eine Zusammenkunft organisieren, wenn es möglich wäre.«

»In einem Spielbereich?«, vermutete ich, während ich mir in Gedanken eine Notiz machte, dass ich besagte »Kollegen« unter die Lupe nehmen würde. Mir lag eine Liste mit allen Gästen sowie ihren Begleitpersonen vor. Ich würde sie mit meinen Unterlagen über Mr. Spencer abgleichen müssen.

Er nickte. »Ja, und ich werde Ihnen eine Liste mit den benötigten Instrumenten geben.«

Bei den Worten zuckte Adalyn zusammen. Die Bewegung war kaum wahrnehmbar, aber sie war mir nicht entgangen. Dabei sah es nicht so aus, als sei sie von seinen Anordnungen begeistert. »Verstehe«, erwiderte ich, wobei ich mich sowohl auf seine Bitte als auch auf ihre Reaktion bezog. »Ich werde sehen, was ich tun kann.«

Und ich werde dich auf jeden Fall beobachten, fügte ich in Gedanken hinzu.

»Ich vermute, es handelt sich dabei um eine private Veranstaltung für Sie und Ihre Kollegen?«, fragte ich, während ich weiterhin seinen Blick festhielt, dabei jedoch Adalyns Reaktionen aus dem Augenwinkel beobachtete.

»Richtig, aber vielleicht werde ich noch weitere Personen einladen, uns Gesellschaft zu leisten«, antwortete er, wobei er mir sowohl mit seinem Tonfall als auch mit seinem Gesichtsausdruck zu verstehen gab, dass ich zu jenen Personen gehören könnte, wenn ich meine Karten richtig ausspielte.

Allerdings veranlassten seine Worte Adalyn erneut dazu zusammenzuzucken.

Es gefällt dir also nicht, wenn man dich teilt, dachte ich. *Willst du überhaupt hier sein, Kleines?*

Ich räusperte mich und setzte ein geübtes Lächeln auf. »Geben Sie mir Ihre Liste, und ich werde mich persönlich um alles kümmern.« *Denn irgendetwas ist hier faul, und ich lasse so einen Mist auf meiner Insel nicht zu.*

»Ausgezeichnet«, erwiderte Mr. Spencer. »Dann freue ich mich darauf, Sie besser kennenzulernen, Asher.«

»Gleichfalls, Mr. Spencer«, erwiderte ich aufrichtig.

»Nate«, sagte er. »Schließlich reden wir uns jetzt mit Vornamen an.«

»Ausgezeichnet«, wiederholte ich absichtlich dasselbe Wort, das auch er zuvor benutzt hatte. Ich schenkte ihm ein weiteres Lächeln. »Gut, dann bringe ich Sie zu Ihrem Wagen. Vielleicht könnten wir morgen gemeinsam frühstücken.«

»Das würde mir gefallen.«

»Mir auch«, erwiderte ich und wandte mich wieder Adalyn zu. »Sie kann uns Gesellschaft leisten, falls Sie sie mitbringen wollen.«

Er verzog die Lippen zu einem lüsternen Lächeln, das mir einen Schauer über den Rücken jagte. »Möglicherweise werde ich das tun.«

Sie ballte die Hände zu Fäusten, um sie sofort wieder zu entspannen.

Doch der kurze Moment reichte aus, um mir zu verraten, dass sie auf keinen Fall mit uns frühstücken wollte.

Und das bedeutete, dass er sich offenbar nicht

angemessen um sie kümmerte. Ein guter Herr sorgte sich stets um das Wohlbefinden seiner Sklavin, selbst wenn er seine sadistischen Neigungen auslebte und eine Vorliebe für düstere Spielchen hatte.

»Hier entlang.« Ich zeigte in Richtung Ausgang und führte die beiden hinaus, während ich überlegte, wie ich das Treffen morgen früh angehen sollte.

Ich würde Clive und Bryant aus Sicherheitsgründen dabeihaben, nur für den Fall, dass ich Nathan Spencer von meiner Insel entfernen lassen musste.

Adalyn war eine ganz andere Sache.

Ich hätte beinahe laut geflucht, denn ich hatte im Moment wirklich keine Lust, mich mit einer gebrochenen Sub herumzuschlagen. Doch mir gehörte dieses Territorium, daher konnte ich mich vor derartigen Problemen nicht verschließen. Glücklicherweise musste ich mich nicht oft mit solchen Dingen befassen. Die meisten meiner Kunden waren nicht so dumm, hier mit einer Spielpartnerin gegen ihren Willen aufzutauchen.

Oscar, einer meiner Fahrer, stand direkt vor dem Eingang neben einer Luxuslimousine und wartete auf Nathan und Adalyn. Ich führte die beiden direkt zum Wagen und wandte mich Nathan zu, um erneut seine Hand zu schütteln. Diesmal übte er keinen Druck aus, da er wahrscheinlich zu dem Schluss gekommen war, dass er der vermeintlich mächtigere Mann von uns beiden war. Oder vielleicht wollte er Adalyn benutzen, um mich zu beschwichtigen, denn er hatte meine häufigen Blicke in ihre Richtung wahrscheinlich als sexuelles Interesse und nicht als echte Besorgnis interpretiert.

»Ich werde Cassandra bitten, Ihnen zu erklären, wo wir uns morgen zum Frühstück treffen werden«, sagte ich.

»Oder wir frühstücken in meinem Bungalow«, schlug

er vor, wobei er die Worte aussprach, als gehörte ihm die Insel.

Ich dachte einen Moment darüber nach und warf erneut einen Blick auf Adalyn. »Das würde mir durchaus gefallen.« Es bewies nur, dass er sich nicht um ihr Wohlbefinden scherte, andernfalls hätte er bemerkt, wie sie die Schultern anspannte, als ich seine Einladung annahm. Frühstück und eine Runde Ficken in seinem Bungalow.

»Neun Uhr?«, fragte er.

»Perfekt«, antwortete ich und ließ seine Hand los, bevor ich meinem Instinkt, ihm den Arm abzureißen, nachgeben konnte.

Es war möglich, dass ich Adalyns Unbehagen falsch interpretierte.

Aber sie stand wie erstarrt da und erweckte den Eindruck, als würde sie gleich zusammenbrechen.

Wie dem auch sei, Nathan öffnete ihr die Tür und half ihr behutsam beim Einsteigen, wobei seine sanfte Berührung die Tatsache Lügen strafte, dass er mir gerade ihren Körper angeboten hatte.

Ich würde die beiden etwas eindringlicher unter die Lupe nehmen müssen, um herauszufinden, was hier wirklich vor sich ging.

Beim Frühstück würde ich die Gelegenheit dazu haben.

»Genießen Sie Ihren Aufenthalt«, sagte ich zu Nathan, als er in den Wagen stieg.

»Oh, das werde ich.« Er legte seinen Arm um Adalyn, doch bevor ich ihre Reaktion sehen konnte, wurde die Tür geschlossen.

Oscar ging um den Wagen herum und setzte sich auf den Fahrersitz. Ich sah ihnen noch einen Moment nach und wandte mich dann dem Fahrzeug zu, das hinter ihnen auf mich wartete.

Zum Glück hatten Darby und Yon bereits auf dem Rücksitz Platz genommen. Andernfalls hätte meine Schwester sicher ein paar Fragen an mich gerichtet. Sie kannte mich besser als die meisten Menschen und hätte meine Besorgnis bestimmt wahrgenommen, selbst wenn ich sie hinter einer professionellen Maske der Gleichgültigkeit verbarg.

Glücklicherweise würde ich mich auf den Beifahrersitz setzen.

Also würde sie mein Gesicht erst bei unserer Ankunft in etwa zehn Minuten sehen können.

Bis dahin würde ich meine Emotionen wieder unter Kontrolle haben und sie würde nicht wissen, dass mich etwas bedrückte.

Die Insel war nicht ihr Klub, sondern meiner. Sie hatte sich ihre Flitterwochen verdient und ich würde dafür sorgen, dass sie sie genoss, während ich mich in aller Stille um die Sache mit Nate und Adalyn kümmern würde.

Ein ganz normaler Tag im Leben eines Sinners.

Morgen um diese Zeit würde die Sache erledigt sein.

Bis dahin würde ich mich entspannen und meine Schwester und Yon die Insel zeigen. Ich würde sie mit der Babysitterin bekannt machen und ihnen schöne Flitterwochen wünschen.

KAPITEL ZWEI

ADALYN

Nates Handfläche landete auf meinem Hintern. Der Schlag hinterließ ein brennendes Gefühl, das mit den anderen Spuren, die er gerade auf meinem Körper hinterlassen hatte, konkurrierte. Keine davon würde einen bleibenden Schaden verursachen. Aber das machte sie nicht weniger schmerzhaft.

»Steh auf«, forderte er mit eiskaltem Tonfall. »Geh duschen und mach dich für das Abendessen fertig.«

Ich nahm seine Aufforderung nur zu gern an, denn nach einem ganzen Tag in seiner Gesellschaft war ich erschöpft.

Er hatte … Kreativität walten lassen.

Und sein Spielzeuge zum Einsatz gebracht.

Einschließlich seiner Messer.

Er nutzte die Gegenstände, um meine Qualen in die Länge zu ziehen und sein eigenes Vergnügen zu steigern.

Ich zitterte. Mein Körper war zerschunden, geschändet und blutig.

Nate scherte sich nicht darum. Das tat er nie. Aber der heutige Abend würde eine Wende in unserer Beziehung markieren, denn dieser Bungalow verfügte nur über ein einziges Doppelbett.

Er wollte, dass ich neben ihm *schlief.*

Oder vielleicht auf dem Boden.

Es gab hier keinen Käfig, was bedeutete, dass er nicht vorhatte, mich einzusperren. Und genau auf diese Gelegenheit hatte ich gewartet.

Früher hatte er mich nach jedem Fick eingesperrt.

Denn ich hatte mich oft gewehrt.

Schließlich hatte ich jedoch gelernt, dass ich mir mit Gehorsamkeit einige Vergünstigungen erwerben konnte – wie zum Beispiel einen Vorgeschmack auf die Freiheit.

Eines Tages hatte er aufgehört, mich in einen Käfig zu sperren, und mich stattdessen einfach im Kellerverlies zurückgelassen.

Ein paar Wochen später – oder vielleicht waren es Monate, ich weiß es nicht mehr – durfte ich in einem Schlafzimmer mit Fenstern übernachten.

Da ich keinen Fluchtversuch unternahm, schloss er die Tür irgendwann nicht mehr ab.

Danach hatte ich mich in dem Haus, in dem er mich untergebracht hatte, frei bewegen dürfen.

Später durfte ich sogar ein Studium an der Universität antreten.

Der ultimative Test kam, als er mir erlaubte, mir mit einem anderen Mädchen eine Wohnung zu teilen. Sie war keine Elitebraut wie ich, sondern eine ganz normale Studentin.

Jenica Roberts.

Sie war zu meiner einzigen Freundin geworden.

Dabei kannte sie mich eigentlich gar nicht.

Denn ich hatte ihr nichts über mich erzählen dürfen. Mit meiner Mitbewohnerin hatte Nate mich auf die Probe gestellt, denn ich wusste, dass er uns streng überwachte.

Ich hatte also sein Spielchen mitgespielt und die ganze Zeit über vorgegeben, die perfekte kleine Sklavin zu sein.

Die Vorlesungen hatte ich wie erwartet besucht.

Und ich war jede Woche zum vereinbarten Zeitpunkt im Ecstasy erschienen, einem Sexklub im Besitz der Sin Cave Elite.

Ich kniete vor Nate, wann immer er es von mir verlangte, und lutschte die Schwänze der Männer, die er mir auftrug zu lutschen. Ich ließ mich ficken, bis ich nicht mehr aufrecht gehen konnte, und ließ sämtliche kranken Perversionen über mich ergehen, ohne mich zu wehren.

Nur um sein Vertrauen zu gewinnen.

Um an diesen Punkt zu gelangen.

Der Moment, in dem er endlich unvorsichtig sein würde, weil er glaubte, seinen Job erledigt zu haben.

Eigentlich sollte ich jetzt meinen College-Abschluss feiern, mich mit Jenica über unsere Erfolge austauschen und sie daran erinnern, dass Logan Pierce sie nicht verdient hatte. Wenn er nicht bereit war, seinen Mann zu stehen und seine Gefühle in Gegenwart ihres Bruders zuzugeben, dann musste Jenica ihm den Laufpass geben und eine neue Liebe finden. Sie musste das Leben in vollen Zügen genießen. Sie hatte etwas Besseres verdient als einen Mann, der ihre Beziehung geheim halten wollte.

Doch all das konnte ich ihr nicht sagen.

Denn ich stand in diesem prächtigen Badezimmer mit Marmorböden und Steinwänden, die mit goldenen Armaturen verziert waren. Ich fühlte mich verloren. Und innerlich abgestorben. Ich starrte meinen Körper in dem Spiegel an, der sich über die ganze Wand erstreckte.

Blutergüsse. Blutende Schnitte. Handabdrücke und Fingerabdrücke. Schürfwunden von den Seilen, mit denen er mich gefesselt hatte. Ich sah ganz und gar aus wie eine gebrochene Frau.

Und genau das wollte ich.

Genau das *brauchte* ich.

Solange ich mich in diesem Zustand befand, würde Nate nicht misstrauisch werden. Er würde sich entspannen, sein Essen genießen und mich entweder neben ihm im Bett oder auf dem Boden schlafen lassen.

Ganz gleich, wo ich landen würde, er würde in meiner Nähe bleiben. Er würde schlafen und in meiner Gegenwart endlich verwundbar sein.

Ich würde ihn verletzen können.

Er wusste, dass ich ihn hasste.

Aber er nahm auch an, dass ich nie gegen ihn aufbegehren würde. Er hatte mir eingebläut, was mich andernfalls erwarten würde, und mir immer wieder versichert, wie viel besser mein Leben als Elitebraut sein würde.

Ich würde vielleicht jeden Mann ficken müssen, den mein Mann nach Hause brachte, aber zumindest würde ich in der Gesellschaft respektiert werden. Eine Frau von Wert. Die Ehefrau eines Mannes, der der Elite angehörte.

Wenn ich gegen meine Zukunft ankämpfte, würde ich nichts mehr von dem Schutz genießen, der einer Elitebraut zuteilwurde.

Nate war überzeugt davon, dass ich seine Behauptungen nicht auf die Probe stellen würde.

Aber er hatte nicht verstanden, dass ich ein schutzloses Schicksal vorziehen würde, statt meinen Körper dem Vergnügen der Elite darzubieten.

Vielleicht gab es keinen wirklichen Ausweg.

Vielleicht hatte ich gar keine Wahl.

Aber ich würde mich selbst hassen, wenn ich nicht zumindest versuchen würde, dagegen aufzubegehren.

Vielleicht würden sie mich einfangen und mich zu einem Leben voller Elend verbannen. Doch durch Nate wusste ich, dass mein Leben auf die eine oder andere Weise ohnehin schrecklich sein würde.

Warum sollte ich die Sache also nicht selbst in die Hand nehmen? Warum sollte ich mein Schicksal nicht herausfordern? Warum sollte ich diese verdammte Ausbildung nicht auf *meine Art* beenden?

Ich lächelte und betrachtete meinen seltsam emotionslosen Gesichtsausdruck im Spiegel.

Das Bild brannte sich in mein Gedächtnis ein und verfolgte mich noch, als ich mich unter die Dusche stellte.

Ich lächelte auch dann noch, als ich zusammenzuckte, weil das Wasser auf meine frischen Wunden traf. Selbst als ich mich einseifte und vor Schmerzen das Gesicht verzog, war das Lächeln noch nicht verschwunden. Ich lächelte, als die Seife und der Dreck in den Abfluss gespült wurden und als ich mich schließlich abtrocknete und mich erneut im Spiegel betrachtete.

Ich hatte die Mundwinkel zwar nicht mehr verzogen.

Doch innerlich lächelte ich immer noch.

Denn ich hatte einen Plan. Einen tödlichen Plan. Und heute Abend würde ich ihn in die Tat umsetzen.

Aber ich musste noch etwas damit warten.

Zuerst musste ich noch die Rolle der unterwürfigen Sklavin spielen.

Ich flocht mein Haar so, wie Nate es mochte. Die dunklen Strähnen waren noch feucht und deshalb fast pechschwarz. Die Farbe verlieh meinen Augen einen unnachgiebigen Ausdruck.

Ich bemühte mich jedoch sofort um eine weichere Miene, denn ich wusste, was Nate zu sehen erwartete.

Perfekt, dachte ich. Ich war bereit, meine letzte Rolle zu spielen.

Ich hatte keinen Ausweichplan. Nate hatte mir deutlich zu verstehen gegeben, dass er morgen mit dem Besitzer dieser beschissenen kleinen Insel damit beginnen wollte, mich zu teilen. Und ich hatte einfach kein Interesse.

Nun, nein. Das war nicht ganz richtig. Vorhin hatte ich einen Blick auf den Mann namens Asher Sinner erhaschen können und der Anblick hatte mich alles andere als abgestoßen.

Dennoch wusste ich, was für ein Monster hinter dieser makellosen Fassade lauerte. Der *Sadist* stand ihm praktisch auf der Stirn geschrieben. Und obwohl ich ein wenig Schmerz durchaus erregend fand, wusste ich, dass er zu weit gehen würde. Wie alle anderen.

Sie wollten mich testen.

Um meine Grenzen zu verschieben.

Und mich für den Rest der Welt abzustumpfen.

Daher auch die frischen Wunden auf meinem Körper. Sie würden heilen und Nate hatte mir eine Salbe gegeben, um eine mögliche Narbenbildung zu vermeiden.

Immerhin musste ich für meinen zukünftigen Ehemann makellos sein.

Sexy. Selbstbewusst. Eine kultivierte Ehefrau in der Öffentlichkeit. Eine hingebungsvolle Hure im Schlafzimmer.

Alle Elitebräute waren aus demselben Holz geschnitzt, denn sie vereinten das Blut der High Society mit einem Hang zum Masochismus.

Allerdings nicht aus freien Stücken, denn wir wurden darauf trainiert und in diese Rolle hineingezwungen. Wir wurden als Teenager unserem Zuhause entrissen und Männern wie Nate Spencer überlassen.

Ich biss die Zähne zusammen, entspannte mich jedoch sofort wieder. Im nächsten Moment nahmen meine Augen wieder einen glasigen Ausdruck an und ich schob die Lippen vor, um erneut eine unterwürfige Miene aufzusetzen.

Ich war darin geübt.

Und hatte diesen Ausdruck kultiviert.

Es war eine Maske, hinter der ich meine Gedanken verbarg.

Ich bin bereit, dachte ich, wandte mich vom Spiegel ab und ging auf die Tür zu. Nackt. Ich hatte mir nicht einmal ein Handtuch umgebunden. Ich war lediglich frisch gewaschen und hatte mein Haar zu einem Zopf geflochten.

Nate hätte es mir gesagt, wenn er erwartet hätte, dass ich bei Tisch etwas anziehe. Doch er hatte mir nur befohlen, zu duschen und mich vorzubereiten. Das bedeutete, dass er mich nackt und auf den Knien haben wollte.

Ich ging durchs Schlafzimmer, ohne vom Plüschteppichboden aufzublicken, und trat in den mit Marmorfliesen ausgelegten Flur. Dahinter befand sich ein Wohnbereich mit weißen Möbeln und weiteren Marmorarmaturen. Eine Terrassentür öffnete sich auf eine Treppe, die direkt ins Meer führte.

Einen Moment dachte ich darüber nach, hinunterzuspringen und aufs offene Meer hinauszuschwimmen, bis ich Land erreichte oder ertrank.

Doch das Wissen, dass ich heute Abend mit Nate allein sein würde, verlieh mir ein gewisses Maß an Sicherheit und sorgte dafür, dass ich nicht den Verstand verlor.

Der Gedanke gab mir Halt, als ich durch den Wohnbereich ins Esszimmer ging, das direkt neben der voll ausgestatteten Küche lag.

Eine Küche voller Messer, dachte ich, als ich mich neben dem Kopfende des Tisches auf die Knie fallen ließ. Ich neigte den Kopf und starrte mit ausdrucksloser Miene geradeaus, während ich wartete.

Nate stellte mich erneut auf die Probe, um sich zu vergewissern, dass ich mich ihm ganz und gar unterwarf.

Denn ich hatte ihn auf meinem Weg durch die Suite nirgendwo entdecken können. Offenbar war er für einen Moment nach draußen gegangen und telefonierte wahrscheinlich gerade. Vielleicht wartete er auch nur, um zu sehen, ob ich seine Anweisungen missachten würde.

Aber ich würde ihm keinen Grund geben, mich zu bestrafen.

Nicht heute Abend.

Nicht, wenn ich meinem Ziel so nahe war.

Ich zählte bis fünfhundert, bevor Nate zurückkehrte. Seine Flipflops gaben beim Gehen ein schmatzendes Geräusch von sich, bevor er kurz mit der Köchin sprach und ihr erklärte, dass sie nun gehen könne, da er das Essen selbst servieren würde.

Sie verließ den Bungalow ohne Widerrede. Wahrscheinlich konnte sie es kaum erwarten, Nate zu entkommen. Er zog zwar eine gute Show ab, aber als sie heute Nachmittag das Essen zubereitet hatte, hatte sie wahrscheinlich die Laute aus dem Schlafzimmer gehört.

Ich hatte mein Bestes getan, um still zu sein, doch es gab Momente, in denen ich meine Schreie nicht unterdrücken konnte.

Diese Augenblicke erregten Nate am meisten.

Normalerweise kam er, wenn ich vor Schmerzen schrie.

Manchmal schrie ich nur, um meinen Qualen ein Ende zu bereiten.

Andere Male schwieg ich, weil ich wusste, dass er es von mir verlangte. Dann wollte er mich mit aller Macht zum Schreien bringen. Diese Momente waren die schlimmsten.

Die heutige Session hatte irgendwo dazwischen

gelegen. Ich war so auf das Ende konzentriert gewesen, dass ich es nicht wirklich gespürt hatte. Aber ich hatte zweifellos laut genug geschrien, damit Köchin Cassandra es hatte hören können.

»Du bist so ein braves Schoßhündchen«, lobte Nate mich und tätschelte mir den Kopf, als er neben dem Tisch stehen blieb. »Vielleicht füttere ich dir heute Abend nicht nur meinen Schwanz, hm?«

»Danke, Herr«, antwortete ich. Ich hatte mir die Anrede schon vor Jahren eingeprägt.

Ja, Herr. Wie Ihr wünscht, Herr. Was immer Euch gefällt, Herr.

Ich werde dich töten, Herr.

Der letzte Satz war nur für mich bestimmt.

Ich hatte mir dieses Versprechen schon vor Jahren gegeben.

Und ich würde es erfüllen. *Heute Abend.*

Nate lud sich etwas zu essen auf einen Teller und schenkte sich ein Glas Wein ein, dann setzte er sich zu mir an den Tisch.

Er forderte mich nicht auf, mich ebenfalls zu setzen.

Sondern erwartete, dass ich weiterhin vor ihm kniete.

Ich kannte diese Position nur allzu gut.

Nate ließ sich beim Essen Zeit und genoss lautstark seine Mahlzeit. Ich hörte ihn kauen und schlucken, während er immer wieder behagliche Laute von sich gab.

Mein Magen knurrte und meine Kehle sehnte sich nach etwas zu trinken.

Aber ich wusste, dass es besser wäre, ihn nicht darum zu bitten.

Als er endlich fertig war, stellte er seinen fast leeren Teller auf den Boden und befahl mir, ihn »sauber zu lecken«.

Ich gehorchte, denn vielleicht würde er mir heute nicht mehr als dieses bisschen zu essen geben.

Er stellte sich eine Art Nachtisch zusammen, während ich den Steaksaft und die Reste des Kartoffelpürees von seinem Teller leckte. Ich stellte sicher, dass er blitzsauber war, denn ich wusste, dass Nate mich als undankbar bezeichnen und bestrafen würde, sollte ich etwas übrig lassen.

»So ist es brav, meine kleine Hure«, sagte er, hob den Teller vom Boden auf und stellte einen kleineren Teller mit zurechtgeschnittenen Fleischstücken vor mir ab. »Du bekommst heute noch etwas mehr. Aber ohne Hände.«

»Danke, Herr.« Ich bückte mich, um ein Stück gegrilltes Hähnchen mit den Zähnen aufzuheben, denn ich wusste, dass dies seine Art war, mein gutes Benehmen zu belohnen. Es würde sicher nicht gut für mich ausgehen, wenn ich sein Geschenk ablehnte.

Ich aß jeden Bissen, während er sich seinen Nachtisch gönnte.

Davon bekam ich jedoch nichts.

Meine Ernährung bestand aus magerem Fleisch, Gemüse und anderen fettarmen Lebensmitteln, um meinen Körper für meinen zukünftigen Ehemann in Bestform zu halten.

Trotz all der Speisen, die Nate zu sich nahm, schaffte er es immerhin, einen ansehnlichen Körperbau zu bewahren. Zwar hatte er keinen Waschbrettbauch, aber er war auch nicht dick.

Eigentlich sah er gar nicht schlecht aus. Er war zweiundvierzig Jahre alt, über eins achtzig groß und athletisch gebaut. Zudem hatte er blondes Haar, haselnussbraune Augen und einen Dreitagebart, der ein kantiges Kinn bedeckte.

Bei unserer ersten Begegnung hatte ich ihn sogar attraktiv gefunden.

Zumindest bis er mich mit seinen gewalttätigen Vorlieben bekannt gemacht hatte.

Aber sein gutes Aussehen wurde noch von seinem Charme unterstrichen, mit dem er jeden mit Leichtigkeit in seinen Bann zog. Genau das machte ihn zu einem so guten Ausbilder – er wusste genau, wie er sich in der High Society zu verhalten hatte, mit wem er auf Tuchfühlung gehen musste und was er tun musste, um seine Gönner zu beschwichtigen.

Hinter verschlossenen Türen war er jedoch ein absoluter Sadist.

Ein Monster.

Er hob meinen Teller vom Boden auf und ging davon.

»Neig den Kopf zurück«, befahl er, als er zurückkam.

Ich hob den Blick zur Decke und vermied es, ihn anzusehen, denn ich wusste, dass er direkten Augenkontakt nicht zu schätzen wusste.

Er presste eine Wasserflasche an meine Lippen. »Mund auf.«

Ich holte kurz Luft und tat, wie geheißen. Dann begann ich zu schlucken, während er mir das Wasser einflößte.

Er würde nicht aufhören, bis ich mich verschluckte.

Also bemühte ich mich, so viel wie möglich zu trinken, bevor ich schließlich nicht mehr konnte. Als ich prustete, ließ er mich noch ein paar Tropfen einatmen, bevor er die Flasche zurückzog. Dieser Mistkerl fand immer einen Weg, um seine Dominanz geltend zu machen.

Ich hustete so leise wie möglich.

Dann flößte er mir noch zweimal auf dieselbe Weise Wasser ein, bis die Flasche schließlich leer war.

»Ich muss noch ein paar Anrufe bezüglich deines

Terminkalenders diese Woche tätigen. Warte im Bett auf mich.«

»Ja, Herr«, antwortete ich und unterdrückte ein Lächeln.

Denn offensichtlich hatte ich richtiggelegen, was seine Absichten betraf.

Er wird unvorsichtig sein.

Und er hat mir gerade die Freiheit gewährt, mich vorzubereiten.

Endlich ist es so weit.

KAPITEL DREI

ADALYN

NATES SCHNARCHEN ERFÜLLTE den Raum und mein Herz raste.

Die Zeit war gekommen.

Er hatte mir erlaubt, neben ihm im Bett zu schlafen, und hatte seinen Arm um mich geschlungen, als sei ich sein Eigentum. Ich musste immer wieder an die Worte denken, die er mir gesagt hatte, bevor er eingeschlafen war.

»Wir haben nur noch dreißig Tage zusammen. Ich will das Beste daraus machen.«

Er hatte fast traurig geklungen, als sei er enttäuscht, dass er das Schoßhündchen verlieren würde, das er in den letzten sechs Jahren trainiert hatte.

Als würden wir »miteinander Schluss machen«.

Doch das würde bedeuten, dass ich freiwillig mit ihm zusammen gewesen wäre.

Ein absurder Gedanke.

Ich war nicht mehr als ein Projekt und ein Mittel zum Zweck. Eine Frau, die er für einen anderen Mann brechen sollte. Dieser Mann war Taylor Huntington, mein Verlobter.

Doch ich werde nicht seine Frau werden, wenn ich es verhindern kann, dachte ich, während mein Puls sich beschleunigte.

Nate mochte seine Messer. Und er hatte mehrere im Zimmer liegen lassen, von denen jedes einzelne scharf und tödlich war. Genau wie das Fleischermesser, das ich im Nachttisch versteckt hatte.

Ich hatte überall Waffen platziert, ohne zu wissen, welche von ihnen schließlich seinen Zweck erfüllen würde.

Aber er hatte es mir so leicht gemacht, indem er neben mir eingeschlafen war.

Ich musste mich nur seiner Umarmung entziehen und mir ein Messer schnappen.

Ich wand mich, um mich Stück für Stück aus seinem Griff zu befreien, wobei ich jedes Mal erstarrte, wenn seine Atmung sich veränderte.

Ganz, ganz langsam.

Fast geschafft.

Nur noch ein Stück …

Falls er aufwacht, sage ich einfach, dass ich auf die Toilette muss.

Gleich habe ich es.

Nur noch ein paar Zenti…

Er hörte auf zu schnarchen.

Ich war wie erstarrt und hielt den Atem an. *Ich muss einfach nur auf die Toilette*, sagte ich mir. *Das ist meine Ausrede, falls er aufwacht. Es sollte ihn nicht weiter beunruhigen, nicht wahr?*

Das Blut rauschte mir in den Ohren und übertönte alle anderen Geräusche.

Bis er wieder ein leises Schnarchen von sich gab. Es war nicht so laut wie zuvor und klang eher wie ein Nachhall, der mir verriet, dass er wieder eingeschlafen war.

Ich wartete einen Moment und zählte bis zweihundert, bevor ich mich wieder in Bewegung setzte.

Das Pochen in meinen Ohren ließ mich schwindeln und ich hatte das Gefühl, dass meine Atemzüge durch den Raum hallten. *Konzentriere dich. Atme. Beruhige dich.*

Aber ich bebte am ganzen Körper, selbst dann noch, als ich mich endlich aus seinem Griff befreite. Wenn überhaupt, zitterte ich nur noch mehr.

Geh ins Badezimmer, ermahnte ich mich. *Nur für den Fall, dass er aufwacht.*

Zumindest hätte ich damit eine Erklärung dafür, dass ich mich bewegt hatte.

Ich schluckte und zwang mich aufzustehen. Meine Hände waren klamm und meine Brust schmerzte, weil ich nur unregelmäßig atmete.

Ich schloss die Badezimmertür und gab vor, die Toilette zu benutzen. Statt mir die Hände zu waschen, spritzte ich mir Wasser ins Gesicht.

Die kühle Flüssigkeit half ein wenig, mich zu erden.

Ich trocknete mich gemächlich ab, denn ich brauchte einen Moment, um mich zu sammeln.

Du schaffst das, Adalyn, sagte ich mir und begegnete meinem Blick im Spiegel. *Du weißt, wo die Messer sind. Schnapp dir eins und schneide ihm die Kehle durch.*

Ich wartete noch ein paar Sekunden und versuchte, meinen Puls zu beruhigen.

Dann ging ich zurück ins Schlafzimmer.

Nate hatte sich nicht bewegt und schnarchte immer noch leise und gleichmäßig.

Ich schlich mich zum Nachttisch, während ich ihn nicht aus den Augen ließ und darauf wartete, dass er reagierte. Es hätte mich nicht verwundert, wenn er das alles inszeniert hätte, um mich auf die Probe zu stellen.

Denn für Nate war alles ein Test.

Ich musste schlucken und mein Mund war wie ausgetrocknet, als ich den Nachttisch erreichte.

Ich zog vorsichtig und lautlos die Schublade heraus und schob meine Hand hinein.

Doch da war nichts.

Kein kaltes Metall.

Kein Griff.

Rein gar nichts.

Ich runzelte die Stirn. *Habe ich das Messer versehentlich nach hinten geschoben, als ich die Schublade geschlossen habe?* Ich senkte den Blick, doch ich konnte in der Dunkelheit kaum etwas erkennen.

Also zog ich die Schublade noch ein Stück weiter heraus und beugte mich vor, um nach der Klinge zu suchen.

Sie ist nicht da.

Wie …

»Suchst du etwas, Adalyn?« Nates tiefe Stimme jagte mir einen Schauer über den Rücken. Er klang nicht im Geringsten verschlafen, sondern hellwach.

Ich wandte mich ihm langsam zu. Er lag lang ausgestreckt im Bett und verströmte eine Aura träger Arroganz, die mich an eine Dschungelkatze erinnerte.

Und in der Hand hielt er ein Messer.

»Auf die Knie.« Er sprach die Worte mit einer dominanten Nachdrücklichkeit aus, die meine Beine zum Zittern brachte und in mir das Bedürfnis weckte, ihm zu gehorchen.

Fast hätte ich es getan.

Beinahe wäre ich vor ihm zu Boden gefallen und hätte um mein Leben gebettelt.

Aber ich wusste, dass er mir unsägliche Schmerzen zufügen würde.

Er verströmte eine sadistische Energie, die die Klinge in seiner Hand umso bedrohlicher erscheinen ließ.

Möglicherweise würde er mich nicht töten, aber er würde mich schwer verletzen. Außerdem hatte er für diese Woche seine Freunde eingeladen, die meine Qualen in die Länge ziehen würden. Sie würden sowohl meinen Körper als auch meine Seele so lange foltern, bis ich schließlich zerbrach.

Ich stand bereits kurz davor.

Aber ich weigerte mich, diese Grenze zu überschreiten. Ich weigerte mich, noch eine Sekunde länger seine Erniedrigungen zu ertragen.

Ich wollte weder dieses Leben noch die Zukunft, auf die er mich vorbereitet hatte.

Ich wollte die Freiheit. Auch wenn es nur vorübergehend war. Selbst wenn ich mein Schicksal dadurch nur verschlimmern würde.

Ich sehnte mich nach seinem Tod. Nach seinem Blut. Ich wollte ihn *schreien* hören.

Außer dem Messer in seiner Hand gab es noch weitere in diesem Raum. Seine Tasche mit dem Spielzeug stand nur einige Meter entfernt von mir.

Ich musste nur einen Satz machen, um sie mir zu schnappen.

»Was war eine der ersten Regeln, die ich dir beigebracht habe?«, fragte er mit geschmeidiger Stimme und setzte sich im Bett auf. »Irgendjemand beobachtet dich immer.«

Er rutschte noch ein Stück vor und ich wich einen Schritt zurück. Seine Bewegungen waren zwar ruhig, aber unbestreitbar zielstrebig, als er mit einer ausladenden Geste durch den Raum deutete.

»Hier sind überall Kameras.«

Ich musste schlucken. *Natürlich sind hier Kameras. Warum sollte es hier keine geben?*

Schon bei meiner Ankunft hätte ich erkennen müssen, dass diese Insel nur eine gehobenere Version des Ecstasy-Klubs war. Aber ich hatte mich so sehr von meinen Hoffnungen und meinem Verlangen, Nate zu töten, blenden lassen, dass ich gar nicht daran gedacht hatte, unser Zimmer auf Kameras zu untersuchen.

Ich hatte geglaubt, er sei überzeugt davon, mich endlich gebrochen zu haben, und würde deshalb unvorsichtig werden.

Ich hätte es besser wissen müssen.

Ich hätte achtsamer sein sollen.

Ich hätte die Sache besser durchdenken sollen.

Aber ich war verzweifelt und wollte fliehen.

Ich wollte ihn unbedingt *töten*.

»Ich weiß, wo du die Messer versteckt hast, Adalyn.« Er ließ ein Bein von der Matratze gleiten. »Ich habe dich genau beobachtet, denn ich behalte dich stets im Auge.«

Mir lief ein eiskalter Schauer über den Rücken. Meine Knie verkrampften sich, als ich unbeholfen versuchte, vor ihm zurückzuweichen.

»Ich bin wirklich froh, dass du das getan hast, Baby«, murmelte er und stand auf. »Die alten Zeiten mit dir haben mir gefehlt. Doch nun hast du mir die Erlaubnis gegeben, diese düsteren Momente wiederaufleben zu lassen, um dich erneut zu brechen.«

Er schenkte mir ein Lächeln, bei dem seine Zähne in der Dunkelheit auf gespenstische Weise aufblitzten.

»Also möchte ich dir danken, Adalyn. Ein besseres Geschenk hättest du mir nach all der Zeit nicht machen können.«

Oh Gott. Falls mir zuvor nicht bewusst gewesen war, dass er mir wirklich schaden würde, dann wusste ich es jetzt.

Entweder kämpfte ich um mein Leben oder ich gab

dem Drang nach, mich auf unbestimmte Zeit in die Tiefen meines Geistes zurückzuziehen.

Letzteres kam nicht infrage.

Damit hatte ich meine Entscheidung getroffen.

Ich werde kämpfen.

Aber ich musste mit Bedacht vorgehen und nicht so unüberlegt wie zuvor handeln.

»E-es tut mir leid, Herr«, flüsterte ich, damit er die Angst in meiner Stimme hören konnte. Ich wollte ihn in einen triumphierenden Zustand versetzen und sein Ego noch ein wenig weiter aufblähen.

»Das tut es nicht«, entgegnete er. »Aber es wird dir bald leidtun.«

Ich kniete neben seiner Tasche mit den Spielzeugen und gab mich so unterwürfig wie möglich. Allerdings blickte ich nicht zu Boden, sondern begutachtete die geöffnete Ledertasche neben mir.

Möglicherweise hatte er mich dabei beobachtet, wie ich Messer im Zimmer versteckt hatte, aber sein Spielzeug hatte ich nie angerührt.

Denn ich war bereits bestens damit vertraut.

Ich wusste, was jedes Werkzeug anrichten konnte, wie scharf die Utensilien waren und wie sie sich auf meiner Haut anfühlten.

Mit einigen würde ich Nate ernstlich verletzen können. Ich musste nur einen Moment abpassen, in dem er verwundbar war.

Ich spähte in die Tasche und suchte nach einem silbrig schimmernden Gegenstand. Allerdings konnte ich aufgrund der Dunkelheit im Raum kaum etwas erkennen. Ich würde blindlings danach greifen müssen, doch das würde kaum funktionieren.

Ich durfte mir keine Patzer erlauben.

Ich hatte es schon einmal vermasselt und konnte mir

keine weiteren Fehler leisten. Momentan war er belustigt, doch wenn ich es zu weit trieb, würde er wütend werden.

Und ein wütender Nate war gefährlich und möglicherweise sogar tödlich.

Er hatte mein Leben in der Hand.

Ich war zwar die zukünftige Braut eines Elitemitglieds, aber wenn ich mich als zu widerspenstig erwies, würde die verantwortliche Vereinigung Nate volle Immunität für seine Taten gewähren. Sie würden es ihm nicht zur Last legen, dass ich mich nicht anpassen konnte, sondern allein mir die Schuld geben.

Eine beschissene Realität.

Und ich hatte vor, ihr ein Ende zu setzen.

Ich musste es nur richtig anstellen.

»Hm«, brummte er und trat hinter mich, um die scharfe Klinge an meiner Wirbelsäule entlanggleiten zu lassen. Dabei übte er gerade genügend Druck aus, um mich wissen zu lassen, in welch bedrohlicher Lage ich mich befand, ohne mich jedoch bluten zu lassen.

Ich musste schlucken und hoffte inständig auf einen Lichtschein, damit ich den Inhalt seiner Tasche sehen konnte. Die Utensilien waren alle akribisch geordnet. Eigentlich sollte ich in der Lage sein, blind danach zu greifen.

Aber ein brennendes Gefühl auf meiner Haut lenkte mich ab. Mein Herz raste, als das Messer auf meine Pofalte traf und weiter nach unten glitt.

Dann ließ er es an meiner Rosette verweilen.

Er drang ein Stück weit mit der Klinge in mich ein. Ich biss mir auf die Unterlippe, um einen Schmerzensschrei zu unterdrücken, als er sie so weit einführte, dass ich blutete.

Scheiße …

Ich bekam eine Gänsehaut, als er die Schneide zu

drehen begann. *Er … wird doch nicht … oder doch? Er wird doch nicht wirklich …*

Er zog das Messer zurück und mir entfuhr unwillkürlich ein Seufzer der Erleichterung. Doch im nächsten Moment stieß ich einen Schrei aus, als er den *trockenen* Griff in mich rammte und die zarte Haut aufriss.

Ich wurde von einem heftigen Schaudern gepackt.

»Nicht bewegen, verdammt«, blaffte er mich an, als ich nach vorn kippte.

Ich spannte den Unterleib an und richtete mich mühevoll wieder auf, während mir die Tränen in die Augen schossen.

Er wird mich mit dem Ding in den Arsch ficken.

Es wird es mit Wucht in mich rammen.

Und sobald es tief genug eindringt, wird mich die Klinge schneiden.

Oh Gott …

Ich zitterte heftig, woraufhin er mich in die Schulter biss, bevor er sich vor mich stellte, wobei ich direkt auf seinen harten Schwanz blickte.

Er würde nicht von mir verlangen, ihn zu lutschen.

Nicht jetzt.

Zuerst würde er mich fesseln und mir wahrscheinlich einen Ring in den Mund stecken, damit ich ihn nicht beißen konnte.

Doch bevor es dazu kam, musste ich handeln.

Ich musste etwas tun, bevor er mich bewegungsunfähig machte.

Er kniete sich auf den Boden und begann, seine Tasche zu durchwühlen. Endlich konnte ich einen Blick darauf werfen. Er würde annehmen, dass ich mich absichtlich daneben gekniet hatte, weil ich wusste, dass er seine Werkzeuge gern in der Nähe hatte, wenn er mit mir spielte.

Es verschaffte mir die perfekte Gelegenheit.

Zudem war er nackt und genauso verwundbar wie ich, während ich seine Eier direkt vor Augen hatte.

Er griff zuerst nach dem Seil und bestätigte damit meine Vermutung, dass er mich zunächst fesseln wollte. *Mir bleibt keine Zeit mehr*, dachte ich panisch. *Jetzt oder ...*

Als er das Seil herauszog, sah ich etwas Metallisches aufblitzen. Er hatte die Klingen sorgfältig seitlich in seine Tasche gepackt, nur Zentimeter von meinem Knie entfernt.

Ich zählte nicht bis drei.

Ich dachte nicht weiter darüber nach.

Ich griff nur nach dem Messer und rammte es ihm in die Leistengegend.

Er ließ das Seil fallen. Für einen Moment versperrte es mir die Sicht, als er brüllend einen Satz nach hinten machte.

Ich war mir nicht sicher, ob ich ihn schwer genug verletzt hatte. Wie benebelt versuchte ich verzweifelt, mich von ihm wegzurollen.

Doch dabei schob sich der Griff der Klinge tiefer in meinen ...

»Du verdammte Schlampe!«, schrie er.

Ich ignorierte ihn und griff hinter mich, um die Waffe herauszuziehen. Er hatte sie so weit hineingestoßen ... dass ich ... ich bekam den Griff nicht zu fassen. Ich musste ... *verdammt.*

Er fiel auf die Knie und presste die Hände an seine Lenden. Ich hatte keine Zeit zu verlieren, also nahm ich all meinen Mut zusammen.

Ich umfasste die Klinge und zog daran. Ich schrie vor Schmerzen, doch es war besser, als sie dort stecken zu lassen. Außerdem hatte ich jetzt ein Messer, das ich gegen ihn einsetzen konnte.

Er hatte die Klinge ebenfalls aus seinem Unterleib gezogen, doch sie war viel kleiner als das Fleischermesser, welches er mir in den Arsch gerammt hatte.

Sein Messer war für Sexspiele wie geschaffen und fast so klein wie ein Skalpell.

Die Klinge, die ich in der Hand hielt, war jedoch zum *Töten* gedacht. Zum *Abschlachten*. Zum *Verstümmeln*.

Ich eilte auf ihn zu. Er war abgelenkt, also musste ich den Moment zu meinem Vorteil nutzen. Mir tat alles weh, doch meine Entschlossenheit überwog.

Ich musste ihn nur erstechen.

Ihm die Kehle aufschlitzen.

Ich musste *irgendetwas* unternehmen.

Er hatte den Blick auf seine Lenden gerichtet und sah mich nicht kommen.

Zumindest glaubte ich das, bis er mir seine Faust gegen den Kiefer rammte und dann einen wütenden Schrei ausstieß, als er sich auf mich stürzte und mich zu Boden drückte. Es ging alles so schnell, dass ich gar nicht wusste, wie mir geschah. Das Messer flog mir aus der Hand, als er mit beiden Händen meine Kehle packte und meinen Kopf ein Stück weit anhob, um ihn erneut gegen den Marmorboden zu stoßen.

Ein greller Blitz durchzuckte mich, bevor mir schwarz vor Augen wurde.

Ein weiterer Schlag gegen den Kopf und ich sah Sternchen.

Im nächsten Moment bekam ich keine Luft mehr, als er mit einer Hand meine Kehle zudrückte. Ich packte sein Handgelenk und versuchte, ihn von mir zu ziehen, während er auf mir saß und mich voller Hass verfluchte.

Ich konnte nichts sehen und war nicht in der Lage, einen klaren Gedanken zu fassen. In meinem Kopf drehte sich alles, während ich im Begriff war zu ersticken.

Ich bäumte mich auf, zappelte und versuchte, ihn von mir zu stoßen. Er zischte vor Schmerz auf, als ich mein Becken gegen seine verletzten Unterleib presste. *Ja.* Ich wiederholte die Bewegung, woraufhin er seinen Griff um meinen Hals etwas lockerte und ich nach Luft schnappen konnte.

Er verpasste mir eine Ohrfeige und ich ließ sein Handgelenk los, um mein Gesicht zu schützen, während mein Kopf zur Seite geschleudert wurde. Etwa dreißig Zentimeter von mir entfernt blitzte etwas Silbriges auf.

Ich war mir nicht sicher, wie das Messer dort gelandet war. Vielleicht hatte ich es näher als gedacht fallen lassen. Vielleicht war es eine andere Klinge. Ohne zu zögern, griff ich danach und stieß es ihm in den Oberkörper, wobei das Adrenalin durch meine Adern rauschte. Ich wusste nicht, wie ich dazu imstande war. Vielleicht war es mein Überlebenswille oder mein Bedürfnis nach Rache. Oder einfach nur der Wunsch, einmal im Leben die Oberhand zu haben.

Es spielte keine Rolle.

Denn ich traf ihn in den Bauch und versenkte die Klinge tief genug, um ihn innehalten zu lassen.

Dann zog ich sie heraus und rammte sie ihm erneut in den Unterleib.

Und wieder.

Dann schnitt ich ihm die Kehle durch.

Während er immer noch rittlings auf mir saß.

Und mit den Händen meine Kehle umfasste.

Doch er drückte nicht mehr zu. Er schien unter Schock zu stehen.

Vielleicht war auch ich diejenige, die unter Schock stand.

Denn ich konnte nicht aufhören, auf ihn einzustechen.

Jeder Stoß durchzuckte seinen Körper.

Bis er schließlich von mir herunterkippte.

Ich stach weiter auf ihn ein.

Jemand stieß einen Schrei aus.

Wahrscheinlich er.

Oder jemand, der uns beobachtete.

Es war mir egal. Ich stach weiter zu.

Und weiter.

Und weiter.

Grelle Blitze tanzten vor meinen Augen, während ich von Dunkelheit und *Blut* umgeben war. Ich konnte nicht klar sehen. Ich konnte mich kaum bewegen. Doch ich rammte das Messer immer wieder in seine Brust. In seine Kehle. Und seinen Unterleib. Während um mich herum die Schreie widerhallten und ich von mörderischer *Wut* getrieben wurde.

Es dauerte Stunden.

Oder vielleicht Minuten.

Ich war mir nicht sicher.

Schließlich brach ich auf ihm zusammen und spürte sein warmes, klebriges Blut.

Alles drehte sich um mich herum.

Das Universum schien sich zu verschieben und eröffnete mir eine neue Realität.

Tod.

Mein Schädel pochte, meine Hände schmerzten und mein Körper war erschöpft.

Du musst fliehen, flüsterte eine innere Stimme der Vernunft mir zu. *Steh auf und lauf weg.*

Stattdessen rollte ich mich auf den Rücken und schnappte verzweifelt nach Luft, während ich an die Decke starrte.

Ich spürte eine glitschige Masse unter mir, die mich an zähflüssiges Wasser erinnerte.

Beinahe hätte ich hingesehen.

Doch dann fiel mein Blick auf den Mond und den Ozean, der in sanften Wogen an den Strand brandete.

Der Anblick war verlockend und ich bewegte mich wie in Trance auf die Terrassentür zu. *Wasch es ab,* befahl mir die innere Stimme. *Spring ins Meer und wasch alles ab.*

Es musste kurz vor Mitternacht sein. Vielleicht auch etwas später. Ich war mir nicht sicher.

Doch als ich den Blick senkte und das Blut an meinen Händen sah, wurde mir klar, dass ich es abwaschen musste. Ich musste ihn von mir waschen. Die Sünden der Vergangenheit. Meine Qualen. Meine sprichwörtliche Einführung in diese beschissene Gesellschaft.

Schon bald würden noch mehr Männer kommen.

Ich musste fliehen.

Mich verstecken.

Aber wo? Auf dieser Insel?

Ich schüttelte langsam den Kopf, denn ich hatte das alles nicht richtig durchdacht. Mein Wunsch, Nate zu töten, hatte jeglichen rationalen Gedanken überlagert.

Ist es denn von Bedeutung?, dachte ich. Das Lachen blieb mir im Halse stecken. *Ich werde ohnehin sterben.*

Aber immerhin würde *ich* die Entscheidung treffen.

Und ich hatte dieses Monster mit in den Tod gerissen.

Meine Hand war glitschig und rutschte vom Türgriff ab. Schließlich schaffte ich es jedoch, sie aufzuschieben.

Die warme Seeluft befeuchtete meine Haut.

Das Meer, dachte ich und blickte auf die Treppe vor mir. *Geh ins Meer.*

Ja.

Ich folgte den Stufen nach unten.

Immer weiter.

Und weiter.

In die verlockende Tiefe.

So ruhig. So wohltuend. Ein schöner Ort zum Sterben.

Ich stieß mich von der Treppe ab und drehte mich auf den Rücken, während ich den Mond über mir betrachtete.

Ich würde ihn beobachten, während ich mich treiben ließ.

Während ich Frieden fand.

Während ich endlich ... *einschlief.*

KAPITEL VIER
ASHER

Alles ruhig auf der Südseite der Insel.

Clives Bericht brachte die Uhr an meinem Handgelenk zum Surren. Ich schickte ihm ein Daumen-hoch-Emoji und setzte meinen Spaziergang am Strand fort, während ich mir die Nachtluft um die Nase wehen ließ. Da ich meiner Schwester und ihrem Mann aus dem Weg gehen wollte, nahm ich den Sicherheitscheck auf der Nordseite vor, denn ich hatte wahrlich keine Lust, die beiden in der Nähe ihres Bungalows auf der Südseite der Insel spielen zu sehen.

Das Kindermädchen, das ich engagiert hatte, kümmerte sich um den kleinen Graham, daher konnten sie sich frei bewegen.

Allerdings nahm ich an, dass Darby nicht allzu weit gehen würde.

Sie war genau wie unsere eigene Mutter — fürsorglich und liebevoll und unfähig, zu lange von ihren Kindern getrennt zu sein.

Aus diesem Grund war es für unsere Mutter nur schwer zu akzeptieren, dass ich mich für ein Leben auf den

Fidschi-Inseln entschieden hatte. Solange ich hier war, konnte sie nicht einfach auf einen kurzen Besuch hereinschneien.

Aber ich arrangierte einen Privatjet für sie, wann immer sie mich besuchen wollte.

Dann traf ich mich mit ihr auf einer der Hauptinseln statt auf Sinners Isle. Aber nicht, weil ich mich für mein Leben hier schämte – sie wusste alles über den Lebensstil der Sinners und die Klubs der Familie –, doch ich wollte ihr all meine Aufmerksamkeit schenken und mich nicht von der Arbeit ablenken lassen.

Wie die meisten meiner Geschwister war auch ich mit Leib und Seele Klubbesitzer. Ich lebte und atmete diesen Job Tag für Tag und war kaum in der Lage, eine Pause einzulegen.

Aber die Familie stand für mich immer an erster Stelle.

Vor allem meine Mutter.

Seufzend setzte ich meinen Weg in Richtung des Spielbereichs auf dieser Seite der Insel fort. Für gewöhnlich machte ich mich bemerkbar, wenn ich mich näherte, denn ich wollte meine Kunden nicht verschrecken.

Zudem machte ich damit deutlich, wie ernst ich meine Regeln nahm.

Und einen meiner Gäste würde ich morgen beim Frühstück daran erinnern müssen.

Heute hatte ich immer wieder an Nathan Spencer und Adalyn Rose denken müssen. Lange nachdem sie sich in ihren Bungalow zurückgezogen hatten, waren meine Instinkte immer noch in Alarmbereitschaft.

Meine Angestellten reichten stets Berichte ein, nachdem sie Zeit mit den Gästen verbracht hatten.

Oscar hatte kaum etwas über die Fahrt bemerkt, da das Paar nicht wirklich viel gesprochen hatte.

Im Gegensatz dazu hatte Cassandra ihre Beobachtungen jedoch ausführlich dargelegt, die bestätigten, dass das Paar in einer Dom-Sub-Beziehung zueinanderstand. Allerdings hatte sie dabei auch ihre Besorgnis über Adalyn Rose und ihre Bestrafungen zum Ausdruck gebracht.

Es klang schmerzhaft, und sie schien es nicht zu genießen.

Das war nicht unbedingt ungewöhnlich. Dennoch musste irgendetwas Cassandra derart beunruhigt haben, dass sie es in ihren Bericht aufgenommen hatte.

Sharon, die Haushälterin, die für Mr. Spencers Villa zuständig war, hatte ähnliche Notizen gemacht.

Und sowohl Cassandra als auch Sharon waren frühzeitig weggeschickt worden.

Ihre Bedenken waren auch ein Grund dafür, dass ich mich heute Abend für einen Spaziergang auf dieser Seite der Insel entschieden hatte. Ich wollte nicht bis zum Frühstück am nächsten Morgen warten und Mr. Spencer in Aktion sehen, um mir selbst ein Bild von seinen Neigungen zu machen.

Vorausgesetzt natürlich, er ging mit Adalyn zum Spielbereich.

Sein Bungalow auf dem Meer lag im Dunkeln, was darauf hindeutete, dass er sich tatsächlich zum Spielen nach draußen gewagt haben könnte.

Oder er hatte sich nach der Reise dazu entschieden, früh ins Bett zu gehen.

Ich dachte daran, den Steg entlangzugehen und vor ihrer Unterkunft zu lauschen, doch das erschien mir zu aufdringlich. Zumal ich außer meiner Intuition und den Berichten meiner Angestellten keine Beweise hatte.

Wenn ich eine Session beobachtete …

Was ist das?, fragte ich mich und kniff die Augen zu dünnen Schlitzen zusammen. *Ist das …*

Es sieht aus wie eine Frau.

Sie treibt im Wasser …

Ich riss die Augen auf.

Dunkles Haar. Blasse Haut. Nackt.

Es war nicht ungewöhnlich, dass die Gäste hier nackt badeten.

Doch der Anblick der Frau erweckte nicht den Eindruck, als würde sie gerade ein erotisches Spielchen genießen.

»Scheiße.« Der Sand spritzte um mich herum auf, als ich in Richtung Meer sprintete. Mein Puls raste, als ich sah, wie ihr lebloser Körper in den Wellen hin und her rollte.

Er wippte auf und ab.

Ging für eine Sekunde unter.

Und tauchte wieder auf.

Diesmal mit dem Gesicht nach unten.

Sie bewegte sich nicht.

Sie schien nicht zu schwimmen und unternahm auch sonst keinen Versuch, das Ufer zu erreichen.

»Scheiße!«

Ich lief schneller, wobei meine eleganten Schuhe für dieses Terrain nicht gerade geschaffen waren. Ich rannte ins Wasser und begann zu schwimmen, doch der Abstand zwischen mir und der Frau schien sich mit jeder Sekunde zu vergrößern.

Ich pflügte mit den Armen kraftvoll durch das Wasser und kämpfte mich vorwärts.

Es schienen Stunden zu vergehen, während mir das Blut in den Ohren rauschte.

Eine weitere Welle drehte die Frau auf den Rücken und sie schnappte nach Luft. Im nächsten Moment war ich bei ihr.

Sie hatte die Augen geschlossen und sog gierig die Luft ein.

Adalyn Rose.

Offenbar war sie ins Meer gegangen, um eine Runde zu schwimmen.

Aber warum?

Und wo ist Nathan Spencer?

Sie war eindeutig bei Bewusstsein. Und doch schien sie … Ich war mir nicht sicher. Wollte sie sich von den Wellen in die Tiefe ziehen lassen?

Es hatte fast den Anschein, als schliefe sie.

Und doch weinte sie.

Nein. Sie weinte nicht. Sie *schluchzte.*

Ich strampelte mit den Beinen, und im nächsten Moment berührten meine Füße den sandigen Boden. Ich war vielleicht fünfzehn Zentimeter größer als sie, aber sie konnte hier ohne Weiteres stehen.

Warum wälzt sie sich dann hilflos hin und her?

Was zum Teufel tut sie …

Ist das …

Mir stand der Mund offen. *Blut.*

Im Mondlicht schimmerte ihr Oberkörper, als sei er mit schlammiger Tinte bemalt.

Es schien überall zu sein.

»Wo sind Sie verwundet?«, fragte ich und versuchte herauszufinden, wo ich sie würde berühren können. »Was ist passiert? Wo sind Sie verletzt?«

Sie blickte mich mit ihren großen, dunklen Augen an. Angst spiegelte sich in ihren engelsgleichen Zügen wider, als sie den Mund aufriss.

Und einen lautlosen Schrei ausstieß.

Sie brachte keinen Ton hervor.

Ich kannte diese Reaktion gut und hatte es unzählige Male genossen, Frauen in diesen Zustand zu versetzen.

Doch ich hatte das unbestimmte Gefühl, dass Adalyns Erfahrung sich nicht mit der meinen deckte.

Denn sie schien tatsächliche Qualen zu erleiden und vor Entsetzen wie versteinert zu sein.

»Schhh«, versuchte ich, sie zu beruhigen, und hob beschwichtigend die Hände aus dem Wasser. »Ich bin nicht …«

Sie wurde erneut von einer Welle herumgewirbelt.

»Scheiße.«

Diesmal packte ich sie und zog sie an die Oberfläche. Falls sie eine Hals- oder Kopfverletzung hatte, könnte ich ihr damit zwar erheblichen Schaden zufügen, doch sie schien nicht schwimmen zu können, und ich wollte sie nicht ertrink…

Sie rammte mir ihre Faust gegen den Kiefer und wehrte sich plötzlich mit Händen und Füßen gegen mich.

Ich ließ sie los.

Und sie tauchte sofort wieder unter, als würden ihre Beine nicht funktionieren.

»Verdammt noch mal!«

Ich zog sie wieder nach oben und schlang diesmal meine Arme um ihren Oberkörper, um zu verhindern, dass sie mich wieder schlug.

»Ich werde Ihnen nicht wehtun«, sagte ich, wobei meine Stimme einen tiefen, gebieterischen Tonfall annahm. »Beruhigen Sie sich. Ich will Ihnen nur helfen.«

Sie zitterte so heftig, dass ich fast geglaubt hätte, sie schüttelte sich vor Lachen.

Meine Arme rutschten ab, denn das Blut auf ihrer Haut in Verbindung mit dem Salzwasser war so glitschig wie ein Schmiermittel.

Ich musste sie aus dem Wasser ziehen, um sie untersuchen zu können.

»Wir gehen an Land«, erklärte ich und ging rückwärts

auf den Strand zu. »Ich werde Ihnen nicht wehtun«, wiederholte ich, denn sie bebte am ganzen Körper. »Es wird Ihnen nichts zustoßen.«

Dasselbe konnte man von Nathan Spencer nicht behaupten.

Denn er hatte ihr offensichtlich etwas angetan.

Allerdings hatte ich keine Ahnung was.

Die Uhr an meinem Handgelenk summte, als ich sie an den Strand zog. Einer meiner Sicherheitsleute hatte mir eine Nachricht geschrieben, doch ich konnte sie weder lesen noch darauf reagieren, denn ich konzentrierte mich ganz auf die zitternde Frau in meinen Armen.

Sie schluchzte wieder und aus ihrem Mund sprudelten Worte, die keinen Sinn ergaben. Sie war immer noch nicht in der Lage zu sprechen und stieß nur gebrochene Laute aus, die sie offenbar noch heftiger erbeben ließen.

»Adalyn. Es ist alles in Ordnung. Ich bringe Sie nicht zu ihm zurück.« Mein Instinkt sagte mir, dass sie diese Worte hören musste.

Und als sie erstarrte, wusste ich, dass ich damit richtiggelegen hatte.

Vielleicht lag es auch daran, dass ich ihren Namen ausgesprochen hatte.

Ich konnte es nicht sagen, aber zumindest wehrte sie sich nicht mehr gegen mich.

»Ich muss wissen, wo Sie verletzt sind.« Diesmal versuchte ich es mit einem beschwichtigenden Tonfall, in der Hoffnung, sie würde ruhig bleiben.

Sie reagierte nicht.

Sie atmete kaum.

Sie schien sich in einer Art Trance zu befinden. Vielleicht stand sie unter Schock.

Ich ließ sie vorsichtig los, denn ich befürchtete, sie

könnte erneut versuchen, mich zu schlagen. Aber sie blieb wie erstarrt und glich einer Marmorstatue im Mondlicht.

Eine Marmorstatue, die mit blutigen Wasserspritzern übersät ist, korrigierte ich mich und ließ den Blick über ihren Oberkörper schweifen, um herauszufinden, woher das Blut kam.

Die Uhr an meinem Handgelenk summte erneut.

Es war Bryant.

Diesmal antwortete ich ihm mit einem SOS. Es würde nicht lange dauern, bis er den Sicherheitsdienst hierherschickte, denn er würde mich anhand meines Handys orten können.

Zum Glück war es wasserdicht. Ich hatte viel Geld dafür bezahlt, doch wenn man auf einer Insel lebte, war ein solcher Luxus unerlässlich.

Der heutige Abend hatte bewiesen, dass die Investition sich gelohnt hatte.

»Können Sie mir zeigen, wo Sie Schmerzen haben?«, fragte ich Adalyn, da ich immer noch keine Wunden entdecken konnte. Nur eine Menge blutiges Wasser.

Sie begegnete meinem Blick. Ihre dunklen Iriden glichen schwarzen Tümpeln, die von dunklen Erinnerungen heimgesucht wurden.

Jemand hatte diesem Mädchen wehgetan.

Sehr sogar.

Ich öffnete den Mund, um ihr zu erklären, dass ich ihr nur helfen wollte.

Als sie mir erneut die Faust gegen den Kiefer rammte.

Sie taumelte und versuchte, über den Sand zu laufen. Sie strauchelte vorwärts und hätte dabei einen fast belustigenden Anblick geboten, wenn sie mir nicht gerade ins Gesicht geschlagen hätte. *Schon wieder.*

Ich fluchte, eilte hinter ihr her und packte sie mit Leichtigkeit an den Hüften.

Im nächsten Moment gaben ihre Knie nach und sie sackte schlaff zusammen.

Ich schob blitzschnell einen Arm unter ihren Rücken und den anderen unter ihre Knie, um sie hochzuheben.

Ihr Kopf hing herunter und ihre Augen rollten nach hinten.

»Mein Gott«, keuchte ich und blinzelte auf ihren bewusstlosen Körper hinunter. »Was zum Teufel ist mit dir geschehen?«

Ihr Brustkorb hob sich, als sie einatmete und die Luft dann genauso zitternd wieder ausstieß.

Vorsichtig legte ich sie in den Sand, damit ich sie im Notfall wiederbeleben konnte. Ich zog mein Handy aus der Tasche und wählte Bryants Nummer.

»Was ist los?«, fragte er nach dem ersten Klingeln.

»Adalyn Rose liegt bewusstlos am Strand. Ich brauche Dr. Zansky. Und zwar sofort.«

»Ich gebe ihm Bescheid«, antwortete Bryant.

»Schick den Sicherheitsdienst zu Mr. Spencers Hütte und nimm ihn zur Befragung fest.« Ich tolerierte wirklich viel, doch so etwas würde ich nicht dulden.

»Schon unterwegs«, versicherte Bryant. »London und Mason sind auf dem Weg zu dir.«

»Gut.«

»Ich bin direkt hinter ihnen.«

Ich nickte, obwohl er mich nicht sehen konnte. »Danke, Bryant«, sagte ich und beendete das Gespräch, bevor er noch etwas erwidern konnte. Ich betastete Adalyns Hals und die Blutergüsse auf ihrer geschmeidigen Haut. Ihre Brust war mit Schnittwunden übersät, doch diese erklärten nicht die Menge an Blut, mit der ihr Körper im Wasser bedeckt gewesen war.

Ihr Bauch und ihre Oberschenkel wiesen ähnliche Spuren von Klingen auf.

Nichts davon erweckte den Eindruck, als hätte es sich dabei um ein sinnliches Spiel gehandelt. Vielmehr sah sie aus, als sei sie gefoltert worden.

Ihre Brustwarzen waren geschwollen, was auf Nippelklemmen hindeutete, die jemand nicht rechtzeitig abgenommen hatte. Ich vermutete, dass ihre Klitoris sich in einem ähnlichen Zustand befand.

Ich biss die Zähne zusammen.

Die blauen Flecke und oberflächlichen Narben würden alle heilen, doch sie verrieten mir, was ich bereits wusste: Nathan Spencer hatte dieser Frau erheblichen Schaden zugefügt.

In einem solchen Ausmaß, dass sie um Mitternacht schwimmen gegangen war, um sich von den Wellen einfach verschlucken zu lassen.

»Wollten Sie sich umbringen?«, fragte ich sie leise und fuhr mit den Fingern durch ihre zerzausten dunklen Strähnen. Der Gedanke brach mir das Herz. Dieses schöne Geschöpf hatte derartige Qualen nicht verdient. Niemand hatte so etwas verdient. »Ich weiß nicht, was er Ihnen angetan hat, Adalyn, aber ich verspreche Ihnen, dass er Sie nie wieder anrühren wird.«

Denn ich würde ihn von meiner Insel entfernen.

Sobald er mir verraten hatte, was er diesem liebreizenden Mädchen angetan hatte.

Einen Moment später traf der Sicherheitsdienst ein.

Weitere zehn Minuten danach war auch Dr. Zansky bei uns.

Adalyn war immer noch bewusstlos, doch ihr Puls schlug gleichmäßig und ihre Atmung schien sich beruhigt zu haben.

Ein Blick auf Dr. Zanskys Miene verriet mir jedoch, dass das nicht viel zu bedeuten hatte. Er orderte eine Trage für sie. »Ich werde sie zur Krankenstation bringen.«

Ich schüttelte den Kopf. »Nein. Bringen Sie sie in meine Villa. Sie können sie in einem meiner Gästezimmer behandeln.«

Er blinzelte mich an. »Ich brauche meine Ausrüstung …«

»Bryant wird dafür sorgen, dass Ihnen alles Nötige gebracht wird.« Ich warf meinem Sicherheitsbeamten einen Blick zu, als er eintraf. »Nicht wahr?«

»Natürlich«, stimmte er, ohne zu zögern, zu. »Sagen Sie mir, was Sie brauchen, und wir werden es für Sie holen.«

Dr. Zansky schien etwas erwidern zu wollen.

Doch als ich eine Augenbraue in die Höhe zog, schüttelte er nur den Kopf und behielt die Bemerkung für sich.

Hatte ich die richtige Entscheidung getroffen? Vielleicht nicht. Aber ich hatte der Frau gerade versprochen, ihr Nathan vom Leib zu halten, und ich würde mein Versprechen halten. Bis dieser Vorfall geklärt war, würde sie unter meinem persönlichen Schutz stehen.

Zwei der Sicherheitsleute hoben Adalyn vorsichtig auf die Trage, als Dr. Zansky begann, Bryant eine Liste der benötigten Materialien zu geben.

Bryant unterbrach ihn jedoch mitten im Satz. »Einen Moment«, sagte er und drückte den Finger an sein Ohr. »Sag das noch mal.« Er starrte mich mit seinen haselnussbraunen Augen an, während er mit offenem Mund der Stimme lauschte, die durch seinen Ohrhörer drang. »Bist du sicher?«

Ich runzelte die Stirn. »Was ist los?«

Bryant warf Adalyn einen prüfenden Blick zu, bevor er mit erschrockener Miene wieder mich fixierte. »Wir müssen zu ihrem Bungalow gehen.« Er blinzelte und begann, seinen Männern Befehle zu erteilen, damit sie Dr.

Zansky zur Hand gingen. »Und ich will, dass jemand das Mädchen bewacht«, fügte er noch hinzu. Als ich die Forderung hörte, vertiefte sich mein Stirnrunzeln.

Dennoch wartete ich, bis er fertig war, bevor ich irgendwelche Fragen stellte. Ich hatte ihn und Clive nicht ohne Grund als Leiter meines Sicherheitsteams eingestellt. Ich vertraute ihnen vollkommen.

Doch sobald ich mich mit Bryant auf den Weg zum Bungalow machte, sah ich ihn an und fragte: »Was zum Teufel ist hier los?«

Er begegnete meinem Blick und sagte, ohne mit der Wimper zu zucken: »Nathan Spencer ist tot.«

KAPITEL FÜNF
ASHER

Nun, zumindest wusste ich jetzt, woher das ganze Blut kam.

Nathan Spencer.

Er hatte mindestens ein Dutzend Stichwunden am Oberkörper und in der Leistengegend.

Und es schien ziemlich offensichtlich, dass Adalyn Rose ihn erstochen hatte.

»Armer Kerl«, hatte Bryant gemurmelt, als er den Tatort begutachtete.

In dieser Hinsicht war ich mit ihm nicht einer Meinung. Denn irgendetwas sagte mir, dass Nathan Spencer seinen Tod verdient hatte.

Es war nur ein Instinkt, doch ich hatte vor, Beweise für meine Vermutung zu finden.

Adalyn hatte unter Schock gestanden. Vielleicht war es eine Folge des Mordes, den sie gerade begangen hatte. Aber ich nahm an, dass ihre Reaktion viel tiefer gründete.

Die Uhr an meinem Handgelenk surrte, als Dr. Zansky mich auf den neuesten Stand brachte. *Die Frau hat eine Gehirnerschütterung, die wahrscheinlich mit der Beule an ihrem*

Hinterkopf zusammenhängt. Außerdem ist sie stark dehydriert. Ich habe eine Infusion gelegt und die Wunde an ihrer Hand gereinigt. Überdies habe ich Anzeichen für ein sexuelles Trauma gefunden, das ihr zweifellos gegen ihren Willen zugefügt wurde.

Ich las Bryant die Nachricht laut vor.

»Ein Teil des Blutes stammt also von ihr«, interpretierte er die Worte.

»Ja, weil sie einen Dolch aus ihrem Arsch ziehen musste.« Clives dunkle Stimme kam von der anderen Seite des Raumes. Er hatte einen wütenden Ausdruck in den Augen, als er meinem Blick begegnete. »Das wirst du dir ansehen wollen, Boss.«

Er war vor etwa dreißig Minuten mit frischer Kleidung für mich eingetroffen. Danach hatte er sich sofort an Nathans Telefon zu schaffen gemacht.

Bryant war für das Sicherheitspersonal zuständig.

Clive kümmerte sich um die Technik.

Auf ihre Art waren sie beide knallharte Typen und eigneten sich daher perfekt für die Rolle der Aufpasser auf der Insel.

Aber hinter ihrer starken Fassade steckte noch viel mehr.

Bryant hatte ein Talent dafür, Menschen zu analysieren, Situationen einzuschätzen und sich mit den Erwartungen anderer Leute auseinanderzusetzen.

Clive hingegen war ein begnadeter Hacker.

Aus diesem Grund hatte er Nathans Handy und Laptop unter die Lupe genommen.

Außer uns befand sich niemand im Raum. Ich hatte meine anderen Angestellten vorübergehend weggeschickt und sie angewiesen, niemandem von dem Vorfall zu erzählen. Sie würden gehorchen, denn sie wurden gut dafür bezahlt.

Ich ging zu Clive hinüber, der mit einer Brille auf der

Nase am Schreibtisch im Wohnbereich saß. Er hatte das Handy an seine eigenen Geräte angeschlossen und rief Dateien und Videos auf einem größeren Bildschirm neben sich auf.

Im Moment waren darauf Aufnahmen des Raumes zu sehen. »Er hatte überall Kameras platziert.« Clive zeigte mir, wo in der Villa sie angebracht waren. »Es wird alles aufgezeichnet, doch die Aufnahmen scheinen nur in einem Ordner auf seinem Handy zu landen.«

Er klickte auf besagten Ordner mit dem Namen *AR*. Ich nahm an, dass das Kürzel für *Adalyn Rose* stand.

»Hier sind Hunderte von Videos gespeichert.« Clive begegnete meinem Blick. »Trainingsvideos.«

Ich runzelte die Stirn. »Du meinst, er hat seine Perversionen gefilmt?«, vermutete ich.

»Möglicherweise. Aber einige davon ...« Er verstummte. »Ich habe nur ein paar gesehen, aber sie sind ziemlich schlimm, Boss.«

Ich zog die Augenbrauen in die Höhe. Wenn jemand wie Clive, der mit seinen vierzig Jahren schon eine Menge übler Dinge gesehen hatte, sagte, dass es »schlimm« sei, dann war es sicher mehr als das.

Bryant verschränkte die Arme vor der Brust. »Ist darauf zu sehen, wie sie ihn ermordet?«

Clive nickte. »Ja. Nachdem er ihr den Griff einer Klinge trocken in den Arsch gerammt hat. Dann hat er angefangen, in seiner kleinen Spielzeugtasche da drüben zu kramen, um ein Seil herauszuholen. Auf einigen der Aufnahmen ist zu sehen, wie sie verschiedene Messer im Zimmer versteckt hat, was ihn wohl in Rage gebracht hat. Wie dem auch sei, nachdem ich das Video von der Session heute Morgen und einige andere Aufnahmen gesehen habe ...« Er begegnete wieder meinem Blick. »Der Mord ist gerechtfertigt.«

Er ging nicht weiter darauf ein, sondern zeigte uns stattdessen die Aufnahmen von Nathans Tod.

Dann das Video von heute Morgen. Ich ballte die Hände zu Fäusten, denn es bewies, dass er Adalyn gegen ihren Willen gepeinigt und ich mit meiner Vermutung recht hatte.

Daraufhin zeigte Clive uns noch ein paar der früheren Aufzeichnungen.

Adalyn, die weinte.

Adalyn mit blutigen Wunden übersät und mit Sperma beschmiert, während sie bewusstlos auf dem Boden lag.

Adalyn, die gefesselt und von mehreren Männern missbraucht wurde.

Adalyn in einem Käfig. Laut des Zeitstempels wurde das Video vor sechs Jahren aufgenommen.

Sechzehn Jahre, dachte ich, als ich mir ausrechnete, wie alt sie damals gewesen sein musste. Mir drehte sich der Magen um. Zu der Zeit war sie nicht einmal volljährig. Laut ihrer Akte war sie heute zweiundzwanzig. Nathan war fast zwanzig Jahre älter als sie.

»Schalte es aus«, sagte ich und trat einen Schritt zurück, bevor ich aus Wut auf etwas einschlug. »Mach den Scheiß sofort aus.«

Ich hatte genug gesehen.

Der Mord war gerechtfertigt, genau wie Clive gesagt hatte.

Und der Ausdruck auf Bryants Gesicht verriet mir, dass er mit uns einer Meinung war. Wahrscheinlich hatte auch er ihr Alter ausgerechnet.

Verdammt.

Ich kniff mir in den Nasenrücken und atmete tief durch.

Genau diese Art von Mist verabscheute ich in der Welt der sinnlichen Spielchen. Manche Männer glaubten von sich, dominant und mächtig zu sein, wenn sie eine Frau gegen ihren Willen quälten.

Doch das war nicht der Zweck meiner Insel.

Fetische wurden hier in einem sicheren und abgesteckten Rahmen ausgelebt. Ich duldete weder Sklaverei noch Menschenhandel noch sinnliche Knechtschaft.

»Scheiße«, keuchte ich und ging in die Küche, um mir einen Drink zu holen. Dabei war es mir völlig egal, dass im Nebenraum ein Massaker stattgefunden hatte.

Verdammt, ich war sogar *froh* darüber.

Denn es bedeutete, dass Nathan tot war.

Er kann in der Hölle schmoren.

Ich nahm eine Flasche Brandy aus der Hausbar und schenkte mir einen großen Schluck ein. Sämtliche Villen auf der Insel waren nur mit dem Besten vom Besten ausgestattet, doch ich schmeckte den Alkohol kaum, als er mir in der Kehle brannte.

Clive und Bryant unterhielten sich leise und gaben mir einen Moment Zeit zum Nachdenken.

Dabei wusste ich nicht, was ich denken sollte.

Adalyn war die Tochter von Albert Rose, dem Geschäftsführer und Eigentümer der renommierten Hotelkette Rose Royale, die für Opulenz und Fünf-Sterne-Luxus bekannt war.

Nathan Spencer war der drittälteste Sohn einer wohlhabenden Familie, die ihr Vermögen mit Öl gemacht hatte. Hatten die beiden sich so kennengelernt? In den elitären Kreisen der Welt?

Aber mit sechzehn Jahren?

Hatte ihr Vater das gebilligt? Hatte er eine Ahnung, was vor sich ging?

Ich knirschte mit den Zähnen und hielt das Glas so fest, dass es fast zerbrach.

Das Ganze war der reine Wahnsinn. Diese Beziehung war vom Teufel persönlich geknüpft worden.

Diese Aufnahmen …

Ich schenkte mir noch einen Drink ein. »Das alles ist ein verdammter Albtraum.« Ich kippte den Brandy in einem Zug hinunter und knallte das Glas auf den Steintresen.

»Kannst du die hier öffnen?«, hörte ich Bryant fragen. »Nein, die Datei mit dem Titel ›Abschlussfeier‹ in ihrem Ordner.«

Clive hatte die Videos ausgeschaltet, aber auf dem Bildschirm waren die Ordner noch geöffnet. »Adalyns Abschlussfeier?«

»Ja, genau die.«

Ich ging auf die beiden zu, als Clive ein Bild öffnete. Es sah aus wie ein goldener Schlüssel mit einem blutroten Punkt an der Spitze, der sich schnell in eine Liste mit Namen und sexuellen Vorlieben verwandelte.

Ich runzelte die Stirn. Es sah fast wie ein Erpresserverzeichnis aus, bis auf die Tatsache, dass neben jedem Namen auch ein Datum und eine Uhrzeit angegeben waren.

Zukünftige Daten und Zeiten.

Für diese Woche.

»Was zum Teufel ist das?«, flüsterte ich mehr zu mir selbst. Die meisten Namen erkannte ich wieder, denn sie standen diese Woche auf der Gästeliste.

Viele von ihnen waren keine Mitglieder von Sinners Isle, sondern Gäste von einflussreichen Investoren meines Anwesens. Aus diesem Grund würde ich die Gäste wie Mitglieder behandeln, da sie in Zukunft möglicherweise zu Gönnern werden könnten.

Es wäre eine Art Probezeit.

Bei der ich sicherstellen würde, dass sie die Regeln verstanden.

Und sie hätten die Möglichkeit zu entscheiden, ob sie eine Mitgliedschaft beantragen wollten.

»Ein Trainingsplan«, flüsterte Bryant. Im nächsten Moment riss er die Augen auf, als sei ihm gerade ein Gedanke gekommen. »Scheiße. Sie sollte hier die letzte Einheit ihrer *Ausbildung* absolvieren.« Er sah mich an. »Adalyn Rose. Wie in … Rose Royale?«

Ich runzelte die Stirn. »Ja, genau. Aber was meinst du mit ›Ausbildung‹?«

Er stieß einen leisen Fluch aus und griff nach Nathans Handy, um es von Clives Monitor zu trennen.

Die Farbe wich aus Bryants gebräuntem Gesicht, als er durch das Kontaktverzeichnis blätterte, dann las er mit zusammengebissenen Zähnen einige der Namen laut vor.

Ich erkannte sie alle als Mitglieder der High Society.

Wenn man Nathans Herkunft und die übliche Klientel auf meiner Insel bedachte, war das nicht weiter verwunderlich.

Bryant ging zu der Leiche hinüber, kniete sich neben sie und untersuchte die Hand des toten Mannes.

Dann leerte er die Tasche mit dem Spielzeug aus und fluchte, als ein rubinroter Ring über den Teppich rollte.

Er ließ Nathans Handy zu Boden fallen und zog sein eigenes aus der Tasche.

Clive sprang von seinem Sitz auf. »Hey …«

Bryant hob eine Hand, um uns zu verstehen zu geben, dass wir ihn nicht unterbrechen sollten.

Ich tauschte einen Blick mit Clive, der genauso verwirrt wirkte wie ich selbst.

Dann sagte Bryant etwas in sein Handy. »Ja. Ich weiß, wie spät es ist.« Er wartete einen Moment und kniff sich in den Nasenrücken. »Mag sein, aber du schuldest mir einen Gefallen. Eigentlich sogar mehrere.« Er verzog die Lippen zu einem gezwungenen Lächeln. »Ganz genau.« Er machte wieder eine Pause. »Ja, erzählt mir etwas über Adalyn Rose.«

Ich zog die Augenbrauen in die Höhe. »Mit wem …«

Er warf mir einen vielsagenden Blick zu, um mich zum Schweigen zu bringen. Ich kniff die Augen zu dünnen Schlitzen zusammen. Bryant Ferraro hatte sicher viele Verbindungen in dieser Welt und zudem eine beeindruckende Karriere im Sicherheitsdienst hinter sich, doch er arbeitete immer noch für mich.

Und ich mochte es nicht, auf meiner eigenen verdammten Insel im Dunkeln gelassen zu werden.

»Taylor Huntington«, sagte er und starrte mich an.

Ist das der Mann, mit dem er spricht?, fragte ich mich. Ich kannte den Namen, doch ich hatte keine Ahnung, warum er den berüchtigten Treuhandfondserben und Frauenhelden anrufen sollte. Wie Nathan war auch Taylor Huntington ein reicher Sohn, doch er entstammte einer noch mächtigeren Familie in der Unterhaltungsbranche. Seine Eltern besaßen sämtliche namhaften Fernsehsender. *Was hat er mit dieser Sache zu tun?*

»Ich verstehe.« Bryant hörte aufmerksam zu, während Taylor – oder mit wem auch immer er sprach – etwas sagte. »Möglicherweise. Nathan Spencer hat sie für eine Trainingseinheit nach Sinners Isle gebracht. Es ist nicht nach Plan verlaufen.«

Meine Kiefermuskeln begannen zu zucken, als er die Informationen preisgab, ohne mich zuvor um Erlaubnis zu bitten.

»Nein. Mr. Sinner ist es wichtig, dass niemand gegen seinen Willen zu sexuellen Handlungen gezwungen wird. Wie du dir vorstellen kannst, hat es nicht lange gedauert, bis er gemerkt hat, dass Adalyn nicht freiwillig mitgemacht hat.«

Ich runzelte die Stirn. *Was ist hier eigentlich los? Mit wem sprichst du?*

»Ja.« Er betrachtete den leblosen Körper zu seinen Füßen. »Ich weiß es nicht. Er wurde nicht informiert …« Bryant spannte die Kiefermuskeln an und begegnete meinem Blick. »Er ist jetzt bei ihm.«

Mein Stirnrunzeln vertiefte sich. *Wie bitte?*

»Dieses Anwesen ist nicht Teil des Sin Cave Netzwerks, Julian.«

Ich zog die Augenbrauen in die Höhe. *Sin Cave Netzwerk? Was zum Teufel soll das sein? Und wer zur Hölle ist Julian?*

Ich wandte mich Clive zu, doch er schien immer noch genauso verwirrt wie ich.

»Er ist zu Recht sauer«, erklärte Bryant und klang erschöpft. »Ich weiß es nicht. Deshalb habe ich dich angerufen.« Er fuhr sich mit der Hand übers Gesicht, stieß den Atem aus und gab einen summenden Laut von sich, während er *Julian* zuhörte. »Er ist ein guter Mann, Julian. Viel besser als du.«

Bryant brummte, als sein Freund etwas darauf erwiderte.

»Wie ich schon sagte, ist es ihm wichtig, dass alle Spielpartner in gegenseitigem Einvernehmen handeln. Es ist seine Insel. Falls du hier Trainingseinheiten abhalten wolltest …« Er biss die Zähne zusammen. »Nun, dann hat Nathan sein Schicksal verdient.«

Er warf erneut einen Blick auf die Leiche.

»Nein. Aber es ist sehr wahrscheinlich«, murmelte er.

Wieder vergingen ein paar Sekunden, dann nickte Bryant.

»Ja, das würde ich sehr zu schätzen wissen.« Bryant

schien erleichtert zu sein. »Ich werde sehen, was ich tun kann, aber er ist stinksauer.« Seine Schultern versteiften sich, als Julian etwas erwiderte. »Ich bin mir nicht sicher, ob das klug wäre.« Er verdrehte die Augen. »Und du fragst dich, warum ich gekündigt habe.«

Er hörte wieder zu.

Und schmunzelte.

»Ich rufe dich wieder an.« Er beendete das Gespräch und sein Lächeln erstarb, als er Nathans Leiche noch einmal begutachtete. »Sie ist eine Elitebraut in der Ausbildung«, erklärte er leise, doch seine Worte ergaben für mich keinen Sinn.

»Wie bitte?«

»Sie ist eine Elitebraut, Asher«, wiederholte er. Er betrachtete mich mit einem derart ernsten Ausdruck im Gesicht, dass mir das Blut in den Adern gefror, obwohl ich keine Ahnung hatte, was er mir sagen wollte. »Sie ist Teil des Sin Cave Netzwerks. Eine Braut in Ausbildung. Für Taylor Huntington.«

Ich blinzelte ihn an. »Was zum Teufel soll das bedeuten?« Und woher wusste er das alles? »Mit wem hast du gerade gesprochen?«

»Julian Jovanni.«

Mir stand der Mund offen. *»Wie bitte?«*

»Du meinst Julian Jovanni von der Jovanni-Mafia? Der Rote Prinz?«, warf Clive ein, der genauso schockiert war wie ich.

»Er ist ein alter Freund«, murmelte Bryant. »Seiner Familie gehört ein Teil des Sin Cave Netzwerks. Genauer gesagt der Teil, der für die Elitebräute zuständig ist. Adalyns Eltern müssen sie übergeben haben, um im Tausch eine vielversprechende Verbindung mit der Familie Huntington einzugehen.«

»Ein alter Freund«, wiederholte Clive. »Ja, sicher. Das ist ganz und gar nicht beunruhigend.«

Bryant warf ihm einen vielsagenden Blick zu. »Ich hatte ein Leben, bevor ich auf dieser Insel angeheuert habe, Clive. Genau wie du.«

Clive schnaubte. »Aber ich habe nicht für ein berüchtigtes kriminelles Imperium gearbeitet.«

»Nein, du warst nur ein Hacker für eine private Sicherheitsfirma, die sich auf was genau spezialisiert hat?«

»Sicher nichts Illegales. Kane hätte so einen Mist nicht zugelassen.«

»Hm, und was war mit deinem Arbeitgeber, bevor du Kane getroffen hast?«

»Das ist nicht …«

»Hört auf damit.« Ich hatte keine Lust, mir einen ihrer verbalen Schlagabtausche anzuhören. Eines Tages würden sie es miteinander im Bett ausfechten. Oder sie würden irgendwann den Tod einer Frau auf dem Gewissen haben. Was auch immer es war, sie würden es nicht heute tun.

Heute hatten wir es mit einem viel größeren Problem zu tun.

»Was zum Teufel ist Sin Cave?«, wollte ich wissen. »Und was meinst du damit, dass Adalyns Eltern sie einer Organisation übergeben haben, um sie zu einer *Elitebraut* ausbilden zu lassen?«

KAPITEL SECHS
ASHER

»Ecstasy.«

Ich runzelte die Stirn. »Wie bitte?«

»Du hast doch von der Ecstasy-Kette gehört«, erklärte Bryant. Es war keine Frage, sondern eine Feststellung.

Natürlich hatte ich von Ecstasy gehört.

Es war ein elitärer Kerker-Spielklub mit einer Kundschaft, die der meinen sehr ähnlich war. Dabei stellten sie nicht unbedingt eine Konkurrenz dar. Viele meiner Mitglieder waren auch Klienten der Ecstasy-Kette. »Du hast früher …« Ich verstummte.

Oh, Scheiße.

Bryant hatte einmal für die Niederlassung in New York City gearbeitet.

Vor sieben Jahren hatte er mir eine Referenz von ihnen gegeben, als er sich hier beworben hatte.

Aufgrund seiner Verbindung zu Ecstasy hatte ich ihn eingestellt.

Bryant hatte offenbar bemerkt, wie ich die Puzzleteile in Gedanken zusammenfügte, denn er sagte: »Sin Cave gehört zu Ecstasy. Der Klub ist eines ihrer seriöseren

Unternehmen, das sich an ihre Elite-Mitglieder richtet. Dort haben sie die Möglichkeit, in einer sicheren Umgebung Kontakte zu knüpfen. Die Elitebräute sind oft in diesen Klubs zu Gast, da viele von ihnen dort ausgebildet werden.«

»Aber in den Ecstasy-Klubs werden Einvernehmlichkeit und sichere Praktiken großgeschrieben.« Ich hatte einige ihrer Einrichtungen als Gast von gemeinsamen Kunden besucht und war Zeuge ihrer Standards geworden. Verdammt, ich hatte sogar in manchen ihrer Räume gespielt.

»Ja. Einige der Bräute sind einvernehmlich mit den Kunden zusammen. Andere nicht.« Er räusperte sich. »Die meisten von ihnen durchlaufen ein hartes Training, bevor sie in die Klubs gebracht werden. Der Aufenthalt hier wäre Adalyns letzter Test gewesen, um zu beweisen, dass sie sich in einer öffentlicheren Umgebung benehmen und unterwerfen kann. Außerhalb der Einrichtungen, die Sin Cave innehat, meine ich.«

Ich warf einen Blick auf Nathans Leiche. *Sieht nicht so aus, als sei der Test erfolgreich verlaufen.*

»Ecstasy ist der legale Teil des Unternehmens«, fuhr er fort. »Nicht alle Mitglieder gehören dem Netzwerk an. Aber jeder innerhalb des Netzwerks hat Zugang zu den Klubs. Deshalb werden sie oft für die letzte Phase der Ausbildung genutzt.«

»Daher weißt du von den Elitebräuten«, folgerte ich.

»Ihre Namen sind auf einer Liste aufgeführt, die sämtlichen Mitgliedern vertraut ist. Die Frauen gelten als unantastbar, es sei denn, der zugewiesene Ausbilder billigt eine Session.«

»Und niemand nimmt daran Anstoß?«, fragte ich ungläubig. Denn in meinen Augen war das durch und durch falsch.

Er durchbohrte mich mit einem vielsagenden Blick. »Du weißt so gut wie ich, dass man sich mit Geld das Schweigen anderer erkaufen kann. Diese Bräute sind die Töchter der wohlhabendsten Familien der Welt. Niemand wird gegen sie aufbegehren. Und die meisten der Frauen scheinen nicht gegen ihren Willen zu handeln.«

»Die Betonung liegt auf *scheinen*.«

»Ich behaupte ja nicht, dass ich damit einverstanden bin, Asher. Scheiße, Mann. Was glaubst du, warum ich für dich arbeite?« Er schüttelte den Kopf, während sich auf seinem Gesicht eine Mischung aus Frustration und Entschlossenheit abzeichnete.

Clive räusperte sich. »Also schön. Und was jetzt?«

»Wir treffen eine Entscheidung«, erwiderte Bryant und sah mich an. »*Du* triffst eine Entscheidung.«

Ich zog eine Augenbraue in die Höhe. »Irgendwie habe ich das Gefühl, dass meine Optionen mir nicht gefallen werden.«

»Da hast du wohl recht«, stimmte er zu. »Aber Julian … ist mir etwas schuldig.«

»Möchte ich mehr darüber wissen?«, fragte ich.

»Wenn man bedenkt, dass es seine eigene Elitebraut betrifft, vermutlich nicht.« Er schluckte. »Von mir solltest du die Geschichte ohnehin nicht hören. Aber vielleicht erzählt er sie dir, wenn er zu Besuch kommt.«

»Wenn er zu Besuch kommt?«, wiederholte ich.

»Ja. Diesen Punkt solltest du bei deiner Entscheidung berücksichtigen.« Er straffte die Schultern und begegnete entschlossen meinem Blick. »Wäre die Situation eine andere, würde ich vorschlagen, alles zu vertuschen und es so aussehen zu lassen, als seien Spencer und Rose an einem anderen Ort gestorben. Doch wir reden hier von Sin Cave. Diese Leute werden den Tod eines Ausbilders und seiner Elitebraut auf jeden Fall untersuchen wollen.«

»Wir werden Adalyn Rose nicht töten«, presste ich zwischen zusammengebissenen Zähnen hervor, denn ich hielt nicht viel von diesem Szenario.

»Ich weiß. Ich sage nur, dass ich es empfohlen hätte, wenn das Netzwerk nicht involviert gewesen wäre. Du hast also zwei Möglichkeiten. Du kannst die Wahrheit sagen und ihnen erläutern, was vorgefallen ist. Wir haben die Beweise auf Video. Sie werden die Sache bereinigen und sich um Miss Rose kümmern.«

Sein Tonfall verriet mir, dass es mir nicht gefallen würde, wie sie sich um Adalyn »kümmern« würden.

»Oder du kannst ihnen erzählen, dass du Nathan getötet hast, weil er gegen deine Regeln verstoßen hat. Er war auf eigene Faust hier und hatte keine Genehmigung von Sin Cave. Julian hat bestätigt, dass Nathan diesen Ort für Adalyns letzten Test selbst gewählt hat. Das bedeutet, dass das Netzwerk dir deine Reaktion nicht verübeln wird. Denn diese Insel fällt nicht unter ihre Zuständigkeit.«

Ich verschränkte die Arme vor der Brust. »Und was passiert in diesem Fall mit Adalyn?«

»Sie nehmen sie mit, und sie wird wahrscheinlich wie geplant mit Taylor Huntington verheiratet.« Er zuckte mit den Schultern. »Es ist immer noch besser als das, was sie ihr antun würden, wenn sie die Wahrheit erführen.«

»Und wenn sie die Wahrheit im Nachhinein ausplaudert? Wenn sie ihnen erzählt, dass sie Nathan getötet hat und wir es vertuscht haben?«, wollte Clive wissen und brachte damit einen interessanten Punkt zur Sprache.

»Es wäre ein Risiko«, antwortete Bryant und steckte die Hände in die Hosentaschen. »Du solltest außerdem bedenken, dass du nun in die Geschäfte von Sin Cave involviert bist, egal für welches Szenario du dich entscheidest. Aber ich nehme an, dass diese Möglichkeit für dich in Zukunft ohnehin infrage gekommen wäre.«

Ich zog eine Augenbraue in die Höhe. »Warum?« Ich würde diesen Mist niemals gutheißen. Wenn Bryant das wirklich noch nicht begriffen hatte, dann kannte er mich überhaupt nicht.

»Sie haben dich unzählige Male in ihre Klubs eingeladen, Ash«, erwiderte er, wobei er mich mit meinem Spitznamen ansprach. Wahrscheinlich wollte er mir damit beweisen, wie gut er mich kannte. Manchmal fragte ich mich, ob er Gedanken lesen konnte. Er schien ständig zu wissen, was ich oder jeder andere um ihn herum dachte.

»Sie haben versucht, dich zu rekrutieren«, fuhr er fort. »Ich nehme an, dass Nathan deshalb deinen Klub gewählt hat. Wahrscheinlich hat jemand es ihm vorgeschlagen, um herauszufinden, ob du interessiert wärst. Aber es war offensichtlich kein offizieller Besuch, andernfalls hätte Julian davon gewusst.«

Meine Kiefermuskeln begannen zu zucken. »Nathan hat mich für morgen zum Frühstück eingeladen.«

Bryants haselnussbraune Augen verfinsterten sich. »Ich nehme an, er wollte dir mehr als nur eine Mahlzeit anbieten.«

Das hatte ich schon vermutet, bevor die Hölle losgebrochen war. »So scheint es.«

Einen Moment herrschte Schweigen und Bryant wandte die Aufmerksamkeit wieder dem toten Mann am Boden zu. Ich folgte seinem Blick, während ich über seine Worte nachdachte.

Im Wesentlichen hatte er angedeutet, dass das Netzwerk mir erlauben würde, Nathan Spencer zu töten, weil er meine Insel für seine Spielchen benutzt hatte.

Aber damit wäre ich mit dem Klub verbandelt, wobei Bryant darauf hingewiesen hatte, dass ich nun unabhängig von meiner Entscheidung ohnehin mit ihnen in Verbindung stehen würde.

»Wenn ich behaupte, dass ich ihn getötet habe, weil er gegen meine Regeln verstoßen hat, würde ich doch den Eindruck erwecken, dass ich mit den Methoden des Netzwerks nicht einverstanden bin«, mutmaßte ich. »Würde das nicht bedeuten, dass ich Nathans vermeintlichen Test nicht bestanden habe?«, fragte ich. Natürlich war das alles nur eine Theorie, doch ich konnte Bryants Logik nachvollziehen. Ich war schon oft in einen der Ecstasy-Klubs eingeladen worden.

Aber niemand hatte mir gegenüber je den Namen *Sin Cave* erwähnt.

»Es kommt ganz darauf an, wie du es formulierst«, erwiderte Bryant, der den Blick immer noch auf Nathans Leiche gerichtet hatte. »Du könntest behaupten, du hättest ihn getötet, weil er deine Geschäftspraktiken nicht respektiert hat. Immerhin ist das dein Territorium. Er hat versucht, es zu missbrauchen, um einen Nutzen daraus zu schlagen. In den Augen der Mitglieder von Sin Cave wäre das ein Affront.«

»Aber du hast Julian gesagt, dass ich auf Einvernehmlichkeit Wert lege.«

»Richtig. Und Nathan Spencer hat gegen diese Regel verstoßen und damit eine angemessene Strafe verdient.« Bryant sah mich an. In seinen grünbraunen Iriden funkelte ein verschlagener Ausdruck. »Du wolltest nicht, dass er deine Insel als Ausbildungslager missbraucht.«

Ich dachte einen Moment darüber nach. »Aber wenn ich ihnen erzähle, dass ich ihn getötet habe, bringt mich das in eine missliche Lage. Sie werden der Meinung sein, dass ich ihnen etwas schuldig bin, falls sie mir den Mord nachsehen.«

»Sie werden auf jeden Fall erwarten, dass du ihnen

etwas schuldest«, murmelte er. »Du steckst schon zu tief in der Sache drin, Asher. Ob du es nun willst oder nicht, dein Schicksal ist bereits besiegelt. Entweder schließt du dich dem Netzwerk freiwillig an oder du schaffst dir einen mächtigen Feind.«

Ich zog eine Augenbraue in die Höhe. »Dann stehst du also auch noch mit ihnen in Verbindung.«

»Ich habe nur für sie gearbeitet. Aber du hast recht, wenn sie etwas von mir wollen, bin ich verpflichtet, darauf zu reagieren. Dennoch habe ich einen Trumpf in der Hand.« Er hielt einen Moment inne, während er mich mit unleserlichem Gesichtsausdruck betrachtete. »Julian ist mir etwas schuldig. Er wird nicht zulassen, dass sie mich wieder zurückholen. Deshalb war ich in der Lage hierherzukommen.«

»Und was ist mit mir?«, wollte Clive wissen. Er war die ganze Zeit über ruhig gewesen, während er an der Wand gelehnt und aufmerksam zugehört hatte. »Wollt ihr so tun, als sei ich nicht dabei gewesen?«

»Genau das werden wir tun«, antwortete Bryant. »Vielleicht warst du zu Beginn involviert, als es darum ging herauszufinden, was Nathan tatsächlich hier vorhatte. Doch dann hat Asher dich außen vor gelassen und klugerweise entschieden, Nathan allein zu befragen. Bei dieser Gelegenheit hat er die Wahrheit darüber erfahren, welchen Zweck Adalyn Rose erfüllte.«

»Und dann habe ich ihn umgebracht, weil er nicht nur meine Regeln gebrochen, sondern zudem unerlaubterweise Geschäfte auf meiner Insel getätigt hat.«

»Wir könnten sogar behaupten, dass er dir nicht die ganze Wahrheit verraten hat und du angenommen hast, er würde Menschenhandel betreiben.« Bryant zuckte mit den Schultern. »Es gibt mehrere Möglichkeiten, wie wir die Sache drehen könnten.«

»Aber egal, was ich tue, ich werde mich mit dem Netzwerk auseinandersetzen müssen«, sagte ich, um zum eigentlichen Thema zurückzukehren. »Und sie werden Adalyn mit zurück in ihre Welt nehmen.«

»Sie war immer dazu bestimmt, diesen Weg einzuschlagen«, erwiderte Bryant. »Sie war sich dessen bewusst. Selbst als sie ihn tötete, wusste sie, dass sie ihnen nicht wirklich entkommen konnte. Denn selbst wenn es ihr gelänge, von deiner Insel zu fliehen, würden sie sie finden.«

Mein Kiefer schmerzte, weil ich die Zähne so fest zusammengebissen hatte.

Das alles war so falsch.

Adalyn Rose hatte Nathan Spencer zu Recht getötet. Und es schien, als hätten ihre Eltern ein ähnliches Schicksal verdient.

Wer zum Teufel überließ seine Tochter einer derart schrecklichen Welt?

Elitebräute.

Wohl eher gut ausgebildete, blaublütige Sexsklavinnen.

»Scheiße«, murmelte ich und rieb mir mit der Hand übers Gesicht. Eines war sicher – ich würde nicht zulassen, dass diese Arschlöcher Adalyn für den Mord bestraften.

Das bedeutete, ich würde behaupten, ich hätte den Mistkerl getötet.

Die Lüge würde mir nicht einmal schwerfallen, immerhin wünschte ich, er sei noch am Leben, damit ich ihn selbst umbringen könnte.

Aber es beunruhigte mich, dass diese Leute Adalyn einfach mitnehmen würden.

Ich kannte sie nicht. Ich war ihr nichts schuldig.

Dennoch fühlte ich mich verpflichtet, sie zu retten.

Ich wollte sie auf ein Boot setzen und sie an einen anderen Ort bringen. Ihr zur Flucht verhelfen. Oder sie *verstecken.* Ich wusste, dass das unmöglich war und ich nicht rational dachte.

Aber ich konnte die Vorstellung nicht ertragen, dass sie in diese Welt zurückgeschickt werden würde, wo sie gezwungen wäre, sich einem anderen Ausbilder zu unterwerfen oder mit einem Mann verheiratet zu werden, der diese Art von Behandlung als normal erachtete.

»Wenn ich sage, dass ich ihn getötet habe, was passiert dann?«, fragte ich. Ich musste mich ablenken, bevor ich eine Dummheit beging, indem ich zurück zu meiner Villa lief und mit Adalyn die Flucht ergriff.

Bryant schwieg einen Moment, bevor er antwortete: »Jemand wird sich hier mit dir treffen und sich möglicherweise für Nathans Fehlverhalten bei dir entschuldigen. Wahrscheinlich wird er mit dir über die Zukunft sprechen wollen, wobei es darum gehen wird, was Sin Cave dir bieten kann … und was du ihnen im Gegenzug zu offerieren hast.«

Ich konnte mir nur zu gut vorstellen, was das sein würde. »Sie werden meine Insel für ihre Trainingszwecke nutzen wollen.«

»Oder vielleicht als Ort, an dem ihre Mitglieder mit ihren Elite-Mätressen Urlaub machen können.«

Ich zog die Augenbrauen in die Höhe. »Möchte ich überhaupt wissen, was das nun wieder zu bedeuten hat?«

»Geheime Geliebte«, erklärte er. »Auch sie wurden ausgebildet.«

»Meine Güte«, keuchte ich. »Was für eine verkorkste Welt ist das nur?«

»Eine dunkle.«

Was du nicht sagst, dachte ich und fuhr mir mit der Hand übers Gesicht. »Mir kommt es so vor, als sei ich gerade in einer anderen Realität aufgewacht«, murmelte ich und dachte über seine Worte nach.

Ich war mit der High Society vertraut und verkehrte ständig mit den oberen Zehntausend.

Wie auch die meisten meiner Geschwister.

»Weiß einer meiner Brüder von dem Netzwerk?«, fragte ich. Nach allem, was Bryant mir erzählt hatte, würden sie es mir gegenüber verschweigen, falls sie je davon gehört hatten. »Weiß Kane darüber Bescheid?« Ihm gehörte ein Klub in Baltimore, aber sein Hauptaugenmerk galt seiner Sicherheitsfirma.

»Nein, das bezweifle ich stark«, antwortete Bryant. »Und falls er es wüsste, würde er dir nichts davon erzählen.«

Ich nickte. *Das dachte ich mir.*

»Aber vielleicht wäre es klug, ihn einzuweihen«, überlegte Bryant. »Er verfügt über eine Menge ... Kontakte.«

Damit hatte er recht. Dennoch ... »Nein. Ich werde meine Familie nicht in diese Sache hineinziehen. Ich muss diesen Schlamassel allein bereinigen.«

Bryant warf mir einen vielsagenden Blick zu, der vermuten ließ, dass er mit mir nicht übereinstimmte. Clive wirkte ebenfalls skeptisch. Er kannte Kane gut, immerhin hatte er früher für ihn gearbeitet.

Doch bevor einer der beiden etwas erwidern konnte, klingelte Bryants Handy. »Es ist Julian«, sagte er, als er einen Blick auf das Display warf. »Er wird wissen wollen, wie es weitergeht.«

Ich seufzte. »Sag ihm, dass ich Mr. Spencer gerade verhöre.« Ich warf Clive einen finsteren Blick zu. »Ich habe strikte Anweisungen gegeben, nicht gestört zu werden.«

Bryant nickte. »Und was soll ich ihm bezüglich meines Bauchgefühls erzählen?«

»Dass Mr. Spencer wahrscheinlich den Sonnenaufgang

nicht mehr erleben wird«, knurrte ich und stellte mir lebhaft vor, wie es wäre, mit einem noch lebenden Nathan in einem Raum zu sein.

Ich hätte mir meine Gefühle nicht anmerken lassen.

Aber Bryant kannte mich gut. Er hätte meine ruhige Fassade durchschaut und die Wut gesehen, die in mir brodelte.

Ich hörte zu, wie er den Anruf mit einem grimmigen Tonfall entgegennahm und Julian mitteilte, dass Nathan Spencers Stunden – vielleicht sogar Minuten – höchstwahrscheinlich gezählt waren.

Er begegnete meinem Blick, als er hinzufügte, dass Nathans Verhalten ein Affront gegen mein Unternehmen war. Somit lieferte er ihm eine Rechtfertigung für einen Mord.

Ich hatte bereits beschlossen, dass ich mich für seinen Tod verantwortlich zeichnen würde.

Jetzt musste ich nur herausfinden, wie ich mit Adalyn Rose verfahren sollte.

Denn ich konnte nicht guten Gewissens zulassen, dass sie sie von der Insel holten.

Sie war stark und hatte bis heute überlebt. Sie war sogar so weit gegangen, ihren Peiniger zu töten. Allein aufgrund ihres Mutes verdiente sie es, verehrt und nicht bestraft zu werden.

Also nein, ich würde sie nicht in diese Hölle zurückschicken.

Vielmehr würde ich sie hierbehalten und ihr ein neues Leben offenbaren. Und wenn die Zeit gekommen wäre, würde ich ihr helfen, in die Freiheit zu fliegen.

Ja, entschied ich. *Adalyn wird nirgendwo hingehen.*

Sie unterlag jetzt meiner Verantwortung.

Da offensichtlich niemand anderes den Job haben wollte, würde ich mich selbst um sie kümmern.

Ich betrachtete das Meisterwerk, das sie auf dem Boden hinterlassen hatte, und hätte beinahe die Lippen zu einem Lächeln verzogen. Ein wahrlich schönes Kunstwerk.

Ja, sie hatte es verdient, angebetet und verehrt zu werden.

Und genau das würde ich tun.

Willkommen in meiner Welt, Schätzchen.

Du wirst schon bald herausfinden, was es heißt, mir zu gehören.

KAPITEL SIEBEN

ADALYN

Ein stechendes Gefühl in meinem Arm drang in mein Bewusstsein und rüttelte mich wach, als eine männliche Stimme sagte: »Sie gehört Ihnen, Sir.«

»Danke, Dr. Zansky«, antwortete jemand in kultiviertem Tonfall. Ich kannte die Stimme, doch ich konnte sie nicht einordnen.

Das ist nicht Nate, dachte ich misstrauisch. *Vielleicht der Mann, bei dem er mich letzte Nacht gelassen hat?*

Ich versuchte, mich an die Ereignisse des gestrigen Abends zu erinnern, aber es war alles so verschwommen. Wie in einem Traum. Doch das erschien mir seltsam, denn ich träumte nur selten.

Mein Leben war ein einziger Albtraum, keine Fantasie.

Ich spürte ein feuchtes Tuch an meiner Stirn. Es war kühl und angenehm auf meiner erhitzten Haut. Beinahe hätte ich einen Seufzer ausgestoßen.

Was auch immer letzte Nacht passiert war, es hatte mich völlig aus der Bahn geworfen.

Nate muss mehrere Freunde eingeladen haben, die mich gefickt haben, dachte ich misstrauisch. *Und jetzt versucht einer von ihnen, mich zu wecken.*

Ich hätte so tun können, als würde ich noch schlafen.

Aber ich wusste, dass das Nates Freunde nicht abhalten würde. Das tat es nie. Sie würden mich wieder zu Bewusstsein ficken, selbst wenn sie versucht hätten, mich zu töten.

Es war alles ein Teil ihrer kranken und verkorksten Spielchen.

Und genau deshalb hatte ich vor, Nathan zu …

Einen Moment mal … Plötzlich sah ich ein Bild von Nate vor mir, der auf dem Boden lag. Eine Klinge, die immer wieder in seinen Oberkörper gerammt wurde. Leblose Augen. Sein Körper in einer Blutlache.

Ich riss die Augen auf und setzte mich ruckartig auf.

Traum oder Wirklichkeit?, fragte ich mich. Ich sah mich um und mein Blick fiel auf einen Mann, der mich durchdringend anstarrte. Seine Augen erinnerten mich an schwarze Edelsteine, die in der Nacht glitzerten.

In einem Gesicht, das von Gott selbst geschaffen wurde.

Er sah sündhaft gut aus.

Mit einem markanten Kinn, gemeißelten Wangenknochen und einem sauber gestutzten Bart. Er hatte dunkelbraunes Haar und seine blasse Haut war von der Sonne leicht gebräunt.

»Willkommen zurück, Adalyn«, murmelte er, während er mit dem Tuch über meine Wange tupfte. »Wie fühlen Sie sich?«

Ich schluckte und versuchte vergeblich, mich an den Mann zu erinnern. Sowohl sein Gesicht als auch seine Stimme kamen mir bekannt vor, doch sein Name wollte mir einfach nicht einfallen. War er einer von Nates Freunden? Irgendein VIP, der mich ausgeliehen hatte, um sich mit mir zu vergnügen? Die Möglichkeiten waren endlos.

»Wer sind Sie?«, fragte ich mit heiserer Stimme. Meine Kehle fühlte sich an, als hätte ich stundenlang geschrien. Wahrscheinlich hatte ich es getan, wenn man von den Kopfschmerzen ausging, die mich plagten. *Was zum Teufel haben sie mir letzte Nacht angetan?*

Ich sah erneut ein Bild von Nates geschundenem Körper vor mir, doch dann wurde ich von der tiefen Stimme des Mannes abgelenkt.

»Asher Sinner«, murmelte er. »Wir wurden einander wohl nicht richtig vorgestellt. Aber ich bin der Besitzer dieser Insel.«

»Insel?«, wiederholte ich und blinzelte.

»Und ich habe Sie letzte Nacht blutüberströmt aufgefunden«, fügte er hinzu, und mir lief ein Schauer über den Rücken.

»Letzte Nacht?«, wiederholte ich, als würde mir das helfen, seine Worte zu verarbeiten.

»Hier«, sagte er und führte ein Glas mit einem Strohhalm an meine Lippen. »Trinken Sie etwas.«

Ich gehorchte, denn meine Kehle fühlte sich an wie Schmirgelpapier und das kühle Wasser war beruhigend. Ich schloss die Augen, als ich von einem traumhaften Gefühl von Gelassenheit durchströmt wurde.

Bis seine Worte plötzlich einen Sinn ergaben.

Asher Sinner.

Insel.

Blutüberströmt.

Sinners Isle, fügte ich das Puzzle schließlich zusammen. *Ich bin auf den Fidschi-Inseln.*

Und ich hatte Nathan Spencer umgebracht.

Ich riss wieder die Augen auf. Ich verschluckte mich an dem Wasser und schnappte prustend nach Luft.

Asher tauschte sofort den Waschlappen gegen ein trockenes Handtuch aus und tupfte mir das Kinn ab, wobei es ihm egal zu sein schien, dass ich gerade etwas Wasser auf seinem Hemd verspritzt hatte. »Schhh«, flüsterte er. »Es ist alles in Ordnung.«

Ich starrte ihn an. *Wie bitte? Alles in Ordnung?* »Ist das Ihr Ernst?« Nichts war in Ordnung. Ich hatte Nathan Spencer umgebracht.

Und jetzt …

Jetzt war ich …

Gefasst worden.

»Ich habe Sie letzte Nacht blutüberströmt aufgefunden«, hatte er gesagt.

Er wusste, was ich getan hatte. Er wusste, dass ich Nathan Spencer getötet hatte. Und er hatte mich gefunden. Das bedeutete, dass er mich bestrafen würde und mit mir anstellen konnte, was immer er wollte.

Und ihm gehörte diese gottverdammte Insel.

Scheiße!

Ich presste die Handflächen gegen meine Augen und ignorierte die Tatsache, dass er meinen Hals und meine Brust trocken tupfte. »Es ist mein voller Ernst«, erwiderte er ruhig. »Sie sind hier sicher.«

Ich stieß ein humorloses Lachen aus. »Natürlich.« Ich war nirgendwo sicher. Schon gar nicht hier, bei einem von Nates Freunden.

Vor allem nicht, nachdem ich Nate getötet hatte.

Mein Gott, ich konnte mich nicht erinnern, was ich danach getan hatte. War ich ins Wasser gefallen? Hatte ich versucht, die Spuren wegzuwaschen? Wollte ich mich bis in alle Ewigkeit treiben lassen?

Meine Erinnerungen waren alle so verschwommen und mein Kopf schmerzte.

Ich hatte mich zu schnell aufgesetzt und begann zu schwanken.

Asher legte eine Hand an meine Schulter und schob mich zurück auf die Matratze.

Jetzt ist es so weit, dachte ich. *Jetzt wird er mich bestrafen.*

Aber er griff lediglich wieder nach dem Waschlappen und ließ ihn über meine überhitzte Haut gleiten. Ich wartete darauf, dass er seine Hand tiefer wandern ließ und mit seinen grausamen Spielchen begann.

Doch er zog nur die Bettdecke über meine Brüste, die ich offenbar entblößt hatte, und tupfte mir den Hals ab.

Seine Berührung war beruhigend.

Sanft.

Liebevoll.

Es war seltsam. Offenbar hatte er vor, mich in einen vermeintlich friedvollen Zustand zu versetzen und mir Hoffnung zu geben, nur um mich dann daran zu erinnern, wo mein Platz in dieser Welt war.

Nate hatte dieses Spielchen schon einige Male mit mir getrieben, indem er sich wie ein Freund verhalten hatte, nur um mich im nächsten Moment fertigzumachen.

Allerdings hatte er noch nie derart glaubwürdig vortäuschen können, sich um mich kümmern zu wollen.

Ashers Berührung dagegen war beruhigend und ich entspannte mich von Sekunde zu Sekunde mehr. Ich hörte, wie er den Waschlappen in Wasser eintauchte, bevor er ihn wieder an meine Stirn presste.

Ich hatte das Gefühl, als würden Stunden verstreichen.

Er sagte kein Wort.

Als er sich neben mich aufs Bett setzte, spannte ich mich an und wappnete mich.

Aber es geschah nichts. Er tupfte nur weiter über meine erhitzte Haut, wobei er den Lappen nie unterhalb meiner Schultern gleiten ließ.

Ich zählte bis hundert.

Dann tausend.

Ich wartete und wartete.

Denn es musste ein Spiel sein. Allerdings verstand ich es nicht.

Nach einer gefühlten Ewigkeit öffnete ich endlich wieder die Augen und sah, dass er mich aufmerksam musterte. Er hatte offensichtlich gewusst, dass ich wach war, aber er hatte sich entschieden zu schweigen. Um mich weiter mit diesem verdammten Waschlappen zu foltern.

»Machen Sie schon«, sagte ich ungeduldig.

»Was denn, Schätzchen?«, fragte er und tauchte den Lappen in eine Schale mit Eiswasser, die auf einem schwarzen Nachttisch stand.

Ich starrte ihn an, als er den Stoff an meine Schläfe presste und sie mit dem Daumen massierte, wobei er einen Großteil meiner Anspannung löste. »Hören Sie auf damit.«

Er hielt inne. »Tut es etwa weh?«

»Nein.« *Es fühlt sich viel zu gut an.*

Er runzelte die Stirn und zog den Lappen zurück. »Dr. Zansky sagte, es würde helfen. Verschlimmert es die Schmerzen stattdessen?«

Sprechen wir die gleiche Sprache? Warum würde er mir *helfen* wollen? »Machen Sie schon.« Ich wollte mich nicht gut fühlen oder mich nach etwas sehnen, was in meinem Leben nie existieren würde. Nachsorge oder Vorsorge, oder wie auch immer er das hier nennen wollte, waren mir kein Begriff. »Sie sind doch aus einem bestimmten Grund hier. Also legen Sie schon los.«

Vielleicht war das der Sinn der Sache. Möglicherweise wollte er mich ein wenig zappeln lassen.

Ich wusste, dass die Ermordung Nates nicht ohne Konsequenzen bleiben würde.

Ich hatte nur gehofft, seinen Tod ein wenig länger als nur ein paar Stunden genießen zu können.

Leider schien mein Schicksal von Anfang an besiegelt gewesen zu sein.

Asher legte den Waschlappen ab und musterte mich eindringlich, als versuchte er, aus mir schlau zu werden.

»Was? Hat Nate Ihnen seinen Leitfaden nicht zukommen lassen?«, fragte ich spöttisch.

Er zog eine Augenbraue in die Höhe. »Es gibt einen Leitfaden?«

Wer ist dieser Kerl? Beinahe empfand ich einen Anflug von Neugierde. All die anderen Spielchen, die ich über mich ergehen lassen musste, waren banal und mittlerweile vorhersehbar. Doch das hier … war neu.

Ich betrachtete ihn abschätzend und bemerkte, dass er den obersten Knopf seines Hemdes geöffnet hatte. Sein Hals war entblößt und er hatte die Ärmel bis zu den Ellbogen hochgekrempelt, sodass ich einen ungehinderten Blick auf seine muskulösen Unterarme hatte.

Nicht schlecht, dachte ich, bevor ich den Blick auf seinen Oberkörper und seine schlanke Taille gleiten ließ. *Er ist ohne Zweifel gut in Form.*

Wahrscheinlich war er im Bett eine Bestie.

Und angesichts des dunklen Aufflackerns in seinen Augen, als ich meine Aufmerksamkeit wieder auf sein Gesicht richtete, vermutete ich, dass er seinem Gegenüber gern Schmerzen zufügte.

Es würde sicher wehtun, wenn er erst einmal loslegte.

Vielleicht könnte ich ihn provozieren, damit er endlich anfing. Dann könnte ich ihn zum Höhepunkt bringen, bevor er Gelegenheit hätte, mich zu töten.

Oder ich könnte es einfach geschehen lassen und dafür sorgen, dass er meinem Leben tatsächlich ein Ende setzt.

Der Tod wäre erstrebenswerter, als im Fantasy-Bereich

spielen zu müssen, in dem die Männer mich nach Belieben benutzen würden.

Aber war das nicht ohnehin mein Schicksal? Ich würde zum persönlichen Spielball von Taylor Huntington werden. Er würde über mich verfügen und anderen die Erlaubnis geben, mit mir anzustellen, was sie wollten.

Ich ballte die Hände zu Fäusten.

Genau diese Erkenntnis hatte mich dazu getrieben, Nathan Spencer zu töten, denn mir war klar, dass ich in Zukunft ein Schicksal erleiden würde, das schlimmer war als der Tod. Es war bereits mein *Leben*.

Warum sollte ich also mitspielen?

Warum sollte ich mich nicht wehren?

Und ihn *töten*?

Asher kniff die Augen zu dünnen Schlitzen zusammen, als könne er meine Gedanken hören. Vielleicht las er an meinem Gesichtsausdruck ab, was ich dachte.

Aber ich war nicht in der Lage, ihn jetzt zu töten. Ich hatte weder ein Messer noch einen Plan, sondern nur ein paar Handtücher, etwas Wasser und eine Bettdecke.

Dieses Zimmer ist wirklich spärlich eingerichtet, stellte ich fest und begutachtete das moderne Mobiliar. Die hauchdünnen weißen Vorhänge umrahmten mehrere deckenhohe Fenster, die scheinbar auch als Türen fungierten und auf eine Terrasse führten.

Nicht schlecht für eine Gefängniszelle, dachte ich.

Allerdings nahm ich an, dass ich nur vorübergehend hier untergebracht war.

Asher war wahrscheinlich nur für mich verantwortlich, bis mich jemand holen würde, um mich dorthin zu bringen, wo ungehorsame Elitebräute nun einmal landeten.

Wahrscheinlich würde Taylor darüber entscheiden. Ich würde ihn immer noch heiraten müssen und ihm würde aufgrund der Vereinbarung mit meinen Eltern die Firma zufallen. Er würde mich irgendwohin schicken, wo ich mich von wem auch immer, wann auch immer und wie auch immer ficken lassen musste.

Wahrscheinlich würde ich dort sterben.

Für meinen zukünftigen Ehemann wäre das ein glücklicher Umstand, denn dann könnte er sich eine neue Braut zulegen, die sich etwas besser zu benehmen wusste. Eine Frau, die nicht den Versuch unternehmen würde, ihn mitten in der Nacht zu erstechen.

»Adalyn?«, murmelte Asher und riss mich aus meinen Gedanken. »Kann ich Ihnen irgendetwas bringen?«

Ich blinzelte ihn an. »Warum tun Sie das?«

»Was meinen Sie?«

»Sie zögern es hinaus«, erwiderte ich, wobei ich mich aufsetzte und absichtlich die Bettdecke fallen ließ. Seine Nasenflügel bebten, als er den Blick auf meine Brust gleiten ließ. »Ich weiß, dass Sie mir wehtun wollen. Also tun Sie es. Bringen wir es hinter uns. Ficken Sie mich. Schlagen Sie mich bewusstlos. Es ist mir scheißegal. Aber ich werde dieses Spiel nicht mitspielen. Es langweilt mich.« Das war eine Lüge. Ich war absolut fasziniert von seiner Vorgehensweise. Er hatte meine Neugierde geweckt, doch ich würde es nicht wagen, das laut zuzugeben.

»Ich will Ihnen nicht wehtun, Adalyn.«

Ich schnaubte. »Doch, das wollen Sie. Ihnen steht der *Sadist* ins Gesicht geschrieben.« Ich legte den Kopf schief und musterte ihn. »Wahrscheinlich stehen Sie auf Atemkontrolle.« Ich senkte den Blick auf seine vollen Lippen und bemerkte, wie er die Muskeln anspannte. »Sie haben gern das Sagen und mögen das Gefühl, eine hilflose Frau unter sich zu haben. Mm, Fesselspiele, ohne Zweifel.«

Ich starrte auf seine Kehle und beobachtete, wie er schluckte und damit meine Vermutung bestätigte.

»Aber Shibari braucht Zeit, außerdem liegt der Fokus dabei auf der Frau. Also benutzen Sie wahrscheinlich nur Handschellen oder ein dickes Seil, falls Sie wollen, dass es auf der Haut scheuert.« Hm, seltsamerweise zuckte er bei diesen Worten zusammen. *Interessant.* »Also kein Seil?« *Wie … erfrischend.* Ich begegnete wieder seinem Blick. »Shibari?«

»Es zählt nicht zu meinen Fähigkeiten, aber ich sehe gern zu.« Er kniff die Augen zu dünnen Schlitzen zusammen. »Warum versuchen Sie, mich zu provozieren, Adalyn?«

»Um die Party in Gang zu bringen«, antwortete ich. »Sie werden mich nicht einlullen können. Das ist unmöglich. Also hören Sie auf, mir etwas vorzuspielen.«

»Ich spiele Ihnen nichts vor.«

Ich verdrehte die Augen. »Wollen Sie etwa, dass ich aufsässig werde? Würde Ihnen das gefallen?« *Will er, dass ich mich gegen ihn wehre und versuche zu fliehen?*

Vielleicht würde ihn das in Stimmung bringen, dann könnten wir die Sache etwas beschleunigen.

Ich riss die Bettdecke von mir, um mich vom Bett zu rollen, doch er hielt mich zurück, indem er einen Arm um meinen Oberkörper schlang.

»Adalyn.«

Ich krallte mich in seinen Unterarm und versuchte, ihn von mir zu reißen. Er fluchte und zog seinen Arm zurück. Ich rutschte an die Bettkante. Kaum berührten meine Füße den Boden, setzte ich mich in Bewegung.

Doch alles drehte sich um mich herum.

Und zwar *heftig.*

Ich taumelte rückwärts gegen eine Wand aus Stahl und spürte, wie zwei muskulöse Arme sich um meinen Oberkörper schlangen.

Dann stand alles Kopf.

Im nächsten Moment blickte ich in ein Paar wütender, dunkler Augen.

Die Stahlwand lag nun auf mir, als ich mit dem Rücken auf das weiche Bett traf.

Er presste meine Hände zu beiden Seiten meines Kopfes auf die Matratze und seine Hüfte auf die meine. *Jetzt ist es so weit*, dachte ich halb im Delirium. »Na los, halten Sie sich nicht zurück«, lallte ich.

Er knurrte. »Ich ziehe es vor, wenn meine Spielpartnerinnen bei Bewusstsein und gesund sind.«

Ich versuchte, mit den Schultern zu zucken, aber die Bewegung fühlte sich gestelzt und schwerfällig an. »Ihr Pech«, zischte ich und schloss die Augen. Meine Lider fühlten sich schwer an. Ich war nicht in der Lage, sie offen zu halten.

Ich musste eingeschlafen sein, denn als ich aufwachte, lag er nicht mehr auf mir, sondern saß neben mir auf dem Bett.

Diesmal hatte er keinen Waschlappen in der Hand, sondern starrte auf sein Handy.

Er hatte sich ans Kopfteil gelehnt, wobei er seine langen Beine ausgestreckt und an den Knöcheln gekreuzt hatte. Er war ein Abbild entspannter Eleganz und glich einem Model.

Er blickte auf mich hinab. Vielleicht hatte er gespürt, dass ich ihn beobachtete. »Gut. Sie sind wach«, murmelte er. Er widmete sich wieder seinem Handy, dann legte er es auf den Nachttisch.

Ich blickte mich um und sah, dass die Sonne am Himmel stand, was bedeutete, dass ich tatsächlich eingeschlafen sein musste. Ich hatte keine Ahnung, wie lange ich weg gewesen war, doch nach dem müden Ausdruck in seinen Augen zu urteilen hatte ich eine Weile geschlafen. Ich hatte das unbestimmte Gefühl, dass er in der vergangenen Nacht kein Auge zugetan hatte.

Wollte er darauf warten, bis ich wach war, damit er mich ficken konnte?

Das erforderte Geduld und Hingabe.

»Wir müssen uns über Ihre Situation unterhalten«, sagte er und kam nun endlich zur Sache.

»Ja, das sollten wir.« Ich bemühte mich um einen bissigen Tonfall, doch meine Stimme klang nur heiser.

Er griff nach einem vollen Wasserglas und führte den Strohhalm an meine Lippen.

Ich trank freiwillig einen Schluck.

Er beobachtete mich und wartete, bis ich fertig war. Die kühle Flüssigkeit war genauso erfrischend wie beim ersten Mal. *Das Glas wurde eindeutig erst kürzlich gefüllt.* Ich fragte mich, ob er bemerkt hatte, dass ich im Begriff war aufzuwachen, und deshalb nachgeschenkt hatte, oder ob er es die ganze Zeit über mit Eis aufgefüllt hatte, während ich geschlafen hatte.

»Nathan Spencer hat Sie als Gast hierhergebracht«, erklärte er, während er das Glas auf dem Nachttisch abstellte. »Dann hat er ohne meine Erlaubnis Geschäfte auf meiner Insel getätigt. Und er hat eine meiner wichtigsten Regeln gebrochen, denn ich lege Wert auf gegenseitiges *Einvernehmen* zwischen den Spielpartnern.«

Aha. »Okay?« Ich hatte nicht erwartet, diese Worte zu hören, und verstand sie nicht wirklich.

»Das hier ist meine Insel«, fuhr er fort, als hätte ich gar nichts gesagt. »Und ich dulde weder Menschenhandel noch Sklaverei jeglicher Art.«

Und diese Worte aus dem Mund eines Mannes, der in meiner Welt spielte. Nun gut.

»Es war ein Affront gegen mein Unternehmen, die

Regeln zu brechen«, fuhr er fort. »Also habe ich ihn getötet.«

Ich starrte ihn an. »Wie bitte?«

»Ich habe ihn getötet«, wiederholte er.

»Nein, das haben Sie nicht.« Wir beide wussten, dass das nicht stimmte. »Ich habe Nathan Spencer umgebracht.« Ich hatte keine Angst, es zuzugeben. Verdammt, ich war sogar stolz darauf. Und sobald er mir die Gelegenheit dazu gab, würde ich auch das Arschloch vor mir umbringen.

»Nein, Adalyn. Sie haben ihn nicht umgebracht. Ich war es. Genau diese Geschichte werden wir allen erzählen. Aus diesem Grund müssen wir die Details besprechen, damit sich unsere beiden Versionen decken.«

»Aber …«

»Die Entscheidung ist bereits gefallen. Ich habe mehrere Leute über seinen Tod informiert und ihnen erklärt, wie *ich* ihn getötet habe. Nicht Sie.« In seinen Augen funkelte ein dominanter Ausdruck, doch in seiner Stimme lag ein sanfter Unterton, als er flüsterte: »Ich habe diese Last bereits auf mich genommen. Es gibt kein Zurück mehr.«

KAPITEL ACHT

ADALYN

»W-wie bitte? Warum?«, stammelte ich und versuchte zu verarbeiten, was Asher gerade gesagt hatte. »Warum sollten Sie so etwas tun?«

»Wenn ich diesen Leuten erzähle, dass Sie Mr. Spencer getötet haben, was wird dann mit Ihnen geschehen?«, fragte er und durchbohrte mich mit einem Blick. »Was werden sie dann mit Ihnen machen, Adalyn?«

Ich runzelte die Stirn. »Sie wissen, was sie tun werden.«

»Möglicherweise. Aber sagen Sie es mir trotzdem.«

Ich schluckte.

Wollte er die Worte aus meinem Mund hören, um mich an mein Schicksal zu erinnern? Um mich zu ermahnen? Um mir wehzutun?

Nathan hatte sich oft einen Spaß daraus gemacht, mir mit den Konsequenzen zu drohen. Dann hatte er mich dazu gebracht, die Drohungen zu wiederholen, und auf diese Weise sichergestellt, dass ich nicht aus der Reihe tanzte.

»Ich werde trotz allem mit Taylor verheiratet werden,

damit er die Firma übernehmen kann, doch ich werde nur auf dem Papier seine Frau sein. In Wirklichkeit werde ich wahrscheinlich als Spielzeug im Fantasy-Bereich von Sin Cave enden, oder noch schlimmer.« Die Anspannung war mir deutlich anzuhören, während mir die Härchen auf den Armen zu Berge standen.

Er zog die Augenbrauen in die Höhe. »Der Fantasy-Bereich von Sin Cave? Ist das ein Teil des Ecstasy-Klubs?«

Ich blinzelte ihn an. Was war das denn für eine Frage? »Nein. Dabei handelt es sich um einen weiteren Geschäftszweig. Aber ich nehme an, dass einige Ecstasy-Mitglieder Zugang zu beiden Etablissements haben. Gehören Sie nicht beiden Klubs an?«

Er schnaubte. »Ich habe rein gar nichts damit zu tun.«

Ich blickte ihn fragend an. »Sie haben womit nichts zu tun?«

»Mit dem *Netzwerk*.« Er spuckte das Wort aus wie einen Fluch.

»Ich … ich verstehe nicht.«

»Ich bin weder ein Mitglied von Ecstasy noch von dem von Ihnen erwähnten Fantasy-Bereich. Ich gehöre auch nicht zu Ihrem Elitekreis. Ich habe erst gestern Abend von den Elitebräuten erfahren«, erklärte er und starrte mich an. »Aber es scheint, als hätte ich auf der Rekrutierungsliste für eine mögliche Mitgliedschaft gestanden, und jetzt habe ich keine andere Wahl.«

Ich … ich wusste nicht, wie ich darauf antworten sollte.

Ganz sicher log er.

Er spielte mit mir. Wollte mich austricksen. Und mich hoffen lassen. Doch ich hatte schon vor Jahren gelernt, dass es in meiner Welt keine Hoffnung gab. Vielleicht für andere, aber nicht für mich.

Ich begann, den Kopf zu schütteln. »Darauf falle ich

nicht herein, Mr. Sinner. Da müssen Sie sich schon etwas mehr anstrengen.«

»Das ist die Wahrheit, *Miss Rose*. Aber sie müssen mit mir zusammenarbeiten. Ich erwarte, dass bald mehrere Mitglieder der Elite auf meiner Insel eintreffen werden, was bedeutet, dass unsere Versionen der Geschichte sich decken müssen. Andernfalls wird es mehr Probleme geben, als mir lieb ist.«

»Unsere Versionen der Geschichte«, wiederholte ich. »Sie wollen, dass ich lüge und vorgebe, dass Sie Nate getötet haben.« Ich schnaubte. Der Gedanke war wahnsinnig. »Lassen Sie mich raten, Sie wollen damit nur erwirken, dass ich noch härter bestraft werde. Sie wollen für mich alles noch schlimmer machen, als es ohnehin schon ist.«

Ich warf ihm einen prüfenden Blick zu.

»Ein Sadist durch und durch«, sinnierte ich und verdrehte die Augen. »Ich habe Nate getötet. Dazu stehe ich. Sie müssen kein Spielchen mit mir spielen, um mich zu ficken. Es sei denn, Sie kriegen ihn auf andere Weise nicht hoch.«

Ich wollte ihn verhöhnen, doch mir kam der Gedanke, dass ich damit richtigliegen könnte.

Fast hätte ich gelacht, aber sein Blick ließ mich erstarren.

Offenbar hatte ich einen Nerv getroffen.

Irgendwie hatte ich die Fassade des Gentlemans zum Bröckeln gebracht und nun kam das Monster zum Vorschein.

Denn er sah aus, als wollte er mich erschlagen.

»Ja, ich bin ein Sadist.« Er packte mein Kinn und drückte es leicht, während er mich zwang, seinem glühenden Blick zu begegnen. »Aber ich spiele nur mit willigen Masochisten, Adalyn. Denn ich lege Wert auf das *Einvernehmen* meiner Partnerin.« Er ließ mich los und rutschte vom Bett. »Rühren Sie sich nicht von der Stelle.«

Er blickte nicht zurück, um zu sehen, ob ich ihm gehorchte. Ich fragte mich, was zum Teufel er damit meinte, dass ich ihm eine willige Partnerin bei seinen Spielchen sein sollte.

Ich würde mich ihm niemals willig ergeben.

Oder im Einvernehmen mit ihm spielen.

In meiner Welt existierten weder das eine noch das andere.

»Bryant!«, rief er an der Tür und ließ mich zusammenzucken.

»Ja, Boss?«, hörte ich eine tiefe Stimme antworten.

»Ich brauche deine Hilfe«, sagte er in wütendem Tonfall.

Holt er noch jemanden dazu? Will er versuchen, mein Einvernehmen zu erzwingen? Soll das ein Spiel werden, bei dem ich einem gewöhnlichen Sadisten und einem noch schlimmeren Sadisten ausgeliefert bin? Will er mich dazu bringen, dem Sadisten den Vorzug zu geben, der mich nicht vergewaltigt hat, als ich bewusstlos war?

»Hat sie dich wieder gekratzt?«, wollte Bryant wissen, als seine Schritte näher kamen. Ein Hauch von Belustigung lag in seiner Stimme.

Asher warf einen Blick auf seine Unterarme. Ich konnte sie von hier aus nicht sehen, aber ich fragte mich, ob er blutete. »Nein. Ich brauche meinen Laptop.«

Ein Mann erschien in der Tür, dessen braunes Haar ihm bis über die Ohren reichte. Es erweckte den Anschein, als müsse es gestutzt werden, genauso wie sein Dreitagebart. Wahrscheinlich gefiel ihm dieser gewollt unordentliche Look.

Gefährlich, dachte ich. *Rebellisch.*

Ja, sie würden zweifellos ein Spiel mit mir spielen, bei dem sie mir bewiesen, wer von beiden der schlimmere Sadist war.

Großartig.

Genau das, was ich mir immer gewünscht hatte.

Aber ich hatte gewusst, dass so etwas geschehen würde, als ich beschlossen hatte, Nate zu töten.

Seufzend setzte ich mich auf und ließ die Decke wieder fallen. »Hören Sie …«

»Ich habe Ihnen gesagt, Sie sollen sich nicht von der Stelle rühren«, fiel Asher mir ins Wort, dessen Gesicht vor Wut rot angelaufen war. »Und bedecken Sie Ihre verdammten Brüste.«

Ich zog eine Augenbraue in die Höhe. »Wie bitte? Gefällt es Ihnen etwa nicht, Nates Handschrift zu begutachten, die er auf meiner Haut hinterlassen hat? Törnt es Sie etwa ab? Denn dann haben wir ein Problem. Er hat überall auf meinem Körper Messerspuren hinterlassen.« Ich hielt meine Handfläche in die Höhe und erinnerte mich daran, wie ich eines seiner Messer aus meinem Hintern gezogen hatte. Die Stiche an meiner Handfläche ließen mich innehalten.

Die Wunde muss schlimmer gewesen sein als gewöhnlich. Sie könnte sogar eine Narbe hinterlassen.

»Nun ja, zumindest ihren Kampfgeist hat er nicht gebrochen«, bemerkte Bryant leise.

»Laptop. Und zwar sofort.« Asher knallte die Tür zu und ich zuckte erneut zusammen. Mir schlug das Herz bis zum Hals, als er mit großen Schritten auf das Bett zukam.

Verdammt. Ich war schon immer eine aufsässige Sub gewesen, aber nur, weil die meisten Doms gern einen Grund hatten, mich zu bestrafen.

Der Mann vor mir schien von meinen Eskapaden allerdings nicht sonderlich begeistert zu sein.

Er schien sogar regelrecht wütend zu sein.

Er ließ den Blick auf meine Brüste gleiten, die immer noch entblößt waren. Sein Kiefer begann zu zucken.

Er begann, sein Hemd aufzuknöpfen, und mein Mund war plötzlich wie ausgetrocknet. *Das war's. Jetzt ist es so weit.*

Doch als er seinen durchtrainierten Oberkörper enthüllte, war ich mir nicht mehr so sicher, ob das so furchtbar wäre. Aber nein, es wäre schrecklich, denn ein Mann in seiner körperlichen Verfassung würde sicher lange durchhalten. Er könnte mich tatsächlich verletzen. Und zwar schlimm. All diese Muskeln sprachen von einer Ausdauer, die mich in zwei Hälften reißen konnte.

Scheiße.

»Hier«, presste er zwischen zusammengebissenen Zähnen hervor. »Ziehen Sie das an.«

Ich blinzelte. »Wie bitte?«

»Ziehen. Sie. Es. An.« Er betonte jedes Wort und sein Tonfall duldete keine Widerrede.

Mein rebellischer Instinkt erstarb, als ich von dem Drang übermannt wurde, mich zu unterwerfen. Mit zitternden Händen ergriff ich das Hemd und zog es eilig an. Ein Hauch von minzigem Aftershave stieg mir in die Nase, als ich von seinem maskulinen Duft umhüllt wurde.

Der Stoff war noch warm, zudem stieg mir vor Scham die Hitze in den Nacken, weil ich als Sklavin einen Herrn verärgert hatte.

Ich hasste dieses Gefühl.

Ich hasste die Art, wie es mich herabsetzte.

Eigentlich sollte ich stolz auf mich sein, weil ich versuchte, für mich einzustehen und ihm die Stirn zu bieten. Aber ich war innerlich derart verkorkst, dass es mir missfiel, die Männer in meinem Leben zu enttäuschen. Das Bedürfnis, ihnen gefällig zu sein, schlummerte in mir, und Nate hatte es ausgenutzt und kultiviert.

»Danke«, sagte Asher mit nun ruhigerem Tonfall, während er mir mit den Fingerknöcheln über die Wange strich, um erneut mein Kinn zu packen. Sein Griff war nicht mehr so fest wie zuvor, sondern glich einer sanften Liebkosung. Er hob mein Kinn an, damit ich seinem Blick begegnete. »Ich will Sie nicht bestrafen, Adalyn. Ich habe mit Sin Cave nichts zu tun. Sobald ich meinen Laptop habe, werde ich es Ihnen beweisen.«

Ich sah ihn stirnrunzelnd an. »Wie?«

»Indem ich Ihnen zeige, welche Vorkehrungen ich bereits getroffen habe.«

Er strich mir mit dem Daumen übers Kinn, während er sich neben mich setzte. Diesmal lehnte er sich jedoch nicht gegen das Kopfteil, sondern blieb mir zugewandt, wobei er ein Bein auf der Matratze ablegte und das andere neben dem Bett hängen ließ.

»Sie haben keinen Grund, mir zu vertrauen, Adalyn. Ich weiß, dass Sie durch die Hölle gegangen sind. Aber mir bleibt nicht viel Zeit, um Sie davon zu überzeugen, dass ich es nur gut meine.« Langsam führte er seine Hände an das Hemd und begann, es zuzuknöpfen. »Ich hatte keine Ahnung, was Nathan auf meiner Insel mit Ihnen anstellen würde. Aber in dem Moment, in dem ich Sie sah, ahnte ich, dass etwas nicht stimmte. Nathan stand bereits auf meiner Beobachtungsliste, als Sie ihn getötet haben.«

»B-Beobachtungsliste?«, wiederholte ich, als er einen Knopf an meinem Unterleib schloss.

»Auf meiner Insel gibt es Regeln, die ich sehr ernst nehme. Und wenn ich das Gefühl habe, dass jemand gegen diese Regeln verstößt, wird er auf eine Beobachtungsliste gesetzt, damit meine Männer ihn im Auge behalten. Ich hatte vor, Nathan beim Frühstück genauer unter die Lupe zu nehmen. Offensichtlich hatte ich dazu keine Gelegenheit mehr.«

Ein Klopfen an der Tür hielt mich davon ab, etwas zu erwidern. Im Grunde hätte ich ohnehin nicht gewusst, was ich hätte sagen sollen. Ich versuchte immer noch, seine Worte zu verarbeiten und mir verständlich zu machen, warum ich von einer wohligen Wärme durchströmt wurde, während er mich *bekleidete*. Es war das Gegenteil von dem, was sämtliche andere Männer in meinem Leben getan hatten, denn diese hatten es vorgezogen, wenn ich mich vor ihnen entblößte.

»Komm rein«, befahl Asher, während er den Blick weiterhin auf mich gerichtet hatte.

Bryant trat mit einem Laptop in der Hand ein. Er musterte uns mit einem raschen Blick aus seinen grünbraunen Augen und schien die Situation einzuschätzen. Dazu kam noch seine gebieterische Haltung, die mich vermuten ließ, dass er eine Art Leibwächter war.

Und zweifellos war er ebenfalls dominant.

Meist reichte nur ein Blick auf die Schultern eines Mannes, um herauszufinden, ob er von dieser Aura der Überlegenheit umgeben war, denn sein Auftreten wirkte stets imposant und fast königlich. Aber auch in seinen Augen spiegelte sich Dominanz wider, denn er hatte die Gabe, eine Frau nur mit einem durchdringenden Blick dazu zu bringen, sich ihm hinzugeben. Er war wie ein Alphawolf auf der Jagd, der jeden, der sich ihm in den Weg stellte, unterwarf.

Ich senkte den Blick, denn ich wusste, dass es besser wäre, nicht zwei Doms herauszufordern.

»Soll ich ihr etwas zum Anziehen besorgen?«, fragte Bryant, während er den Laptop auf den Nachttisch stellte. »In ihrem Koffer befindet sich nur Spitzenwäsche.«

Bei den Worten hätte ich fast ein Knurren ausgestoßen. *Weil Nate ihn für mich gepackt hat*, dachte ich.

Außer dem Outfit, das ich im Flugzeug getragen hatte, um kein Aufsehen zu erregen, hatte ich nur ein Kleid dabei. All die anderen Kleidungsstücke waren freizügig und nur dazu gedacht, eine Woche lang als Sexspielzeug herzuhalten.

Asher nickte und umfasste wieder mein Kinn, um meinen Kopf anzuheben. »Was tragen Sie gern, Adalyn?«

Ich blinzelte ihn an. Das schien ich heute Morgen häufiger zu tun. »Was immer ich anziehen soll.«

Er zog eine Augenbraue in die Höhe. »Das habe ich nicht gefragt.«

Ich starrte ihn an.

Er starrte zurück und wartete, bis ich etwas sagte.

Ich schluckte. »Ich, äh …« Ich war mir nicht sicher, wie ich diese Frage beantworten sollte. »Für Sie? Oder … wenn ich … nicht ausgebildet werde?« Am liebsten hätte ich mich selbst geohrfeigt, weil mir die Worte nur gestammelt über die Lippen kamen. Aber dieser Mann verwirrte mich so sehr.

Er war zweifellos dominant.

Und animalisch.

Dennoch hatte er sich bisher nicht auf mich gestürzt und schien wild entschlossen zu sein, Gefühle in mir zu wecken. Wie zum Beispiel *Hoffnung*. Und irgendwie hasste ich ihn dafür.

Nun, nein, ich hasste ihn *wirklich*.

Ich hasste sie alle.

Alle Männer. Die Elitemitglieder. Jeden verdammten Mann, der mich ansah.

Und auch einige Frauen.

»Was tragen Sie am liebsten, wenn Sie zu Hause allein sind?«, wiederholte er.

»Jeans. Yoga-Hosen. Trägerhemden.« Ich zuckte mit den Schultern. »Manchmal auch gar nichts. Die Schnitte brennen, wenn ...« Ich verstummte. Es wäre besser, nichts weiter zu sagen, andernfalls würde er vielleicht von mir verlangen, etwas anzuziehen, was auf der Haut scheuerte, damit ich meine Wunden bei jeder Bewegung spürte.

Er ließ den Blick auf das Hemd wandern, das meinen Oberkörper verhüllte, bevor er sich wieder dem Mann zuwandte, der neben dem Bett stand. »Sommerkleider. Yoga-Hosen. Trägerhemden. Ich nehme an, sie hatte wenigstens Unterwäsche in dem Koffer?«

»Mit offenem Schritt«, antwortete Bryant.

Asher festigte seinen Griff um mein Kinn und ich zuckte zusammen. Im nächsten Moment ließ er seine Hand in seinen Schoß fallen. »Besorg ihr alles Nötige. Die Kleidung sollte eher bequem als sexy sein.«

Bryant nickte. »Wird gemacht. Clive ist unten, falls du noch mehr Salbe brauchst.« Mit einem Zucken um die Mundwinkel musterte er Ashers Unterarme.

Ich folgte seinem Blick. Mir stand der Mund offen, als ich die Kratzspuren sah, die ich auf seiner Haut hinterlassen hatte. *Scheiße*. Hätte ich Nate dasselbe angetan, hätte er mich erwürgt.

Aber Asher ... Asher hatte mich kaum angefasst.

Stattdessen hatte er mich gezwungen, ein Hemd zu tragen.

Als sein Freund sich zum Gehen wandte, betrachtete ich Asher einen Moment und versuchte, aus ihm schlau zu werden. Es wäre möglich, dass dies alles in einer Art emotionaler Folter ausartete. Vielleicht wollte der Eliteklub mich unwiderruflich brechen, um sicherzugehen, dass ich nie wieder aus der Reihe tanze.

Doch abgesehen von einer etwas unsanften Berührung, als er mein Kinn gepackt hatte, hatte er mir gegenüber seine Dominanz nicht wirklich zum Ausdruck gebracht.

Nicht einmal, als er mich zuvor auf die Matratze gedrückt hatte.

»Ihr könnt mich mal«, murmelte Asher, als Bryant sich in Bewegung setzte.

Dieser stieß ein leises Lachen aus und schloss dann leise die Tür hinter sich.

KAPITEL NEUN

ADALYN

ASHER STIEß den Atem aus und schüttelte den Kopf, bevor er nach seinem Laptop griff.

Stillschweigend klappte er den Deckel auf und begann zu tippen, wobei er seine Finger förmlich über die Tastatur fliegen ließ.

Ich rutschte ein Stück nach hinten, um mich gegen das Kopfteil zu lehnen, woraufhin er innerhielt und den Blick hob.

Ich erstarrte.

Als er mich nicht zurechtwies, rutschte ich weiter, bis mein Rücken auf die gepolsterte Oberfläche traf.

Er setzte sich neben mich und zog die Knie an, um den Laptop auf seinen Oberschenkeln ruhen zu lassen. Ich warf einen Blick auf den Bildschirm, auf dem sein E-Mail-Postfach zu sehen war.

»Das ist die Mitteilung, die ich an die Gäste und Kunden geschickt habe, die Nathan Spencer diese Woche zu Ihrer *Abschlussfeier* eingeladen hat«, informierte Asher mich, wobei seine Stimme sich bei den letzten Worten verfinsterte.

Er öffnete eine Nachricht, in der er sich kurz und bündig gehalten hatte.

Nathan Spencer wurde von meiner Insel entfernt. Hiermit ziehe ich seine Einladung zurück, sich ihm auf Sinners Isle anzuschließen. Wenn Sie noch Fragen haben, wenden Sie sich bitte direkt an mich.

Mit besten Grüßen

Asher Sinner

Er begann, mir einige der Antworten zu zeigen. Die Absender baten um weitere Informationen oder wollten wissen, wohin die »Feier« verlegt worden sei. Asher hatte ihnen allen mit denselben Worten zurückgeschrieben.

Die »Feier« wurde abgesagt. Darüber hinaus ist Ihre Anwesenheit hier nicht erwünscht.

Mit besten Grüßen

Asher Sinner

Es folgten einige Nachrichten, die im Wesentlichen lauteten: *Haben Sie eine Ahnung, wer ich bin?* Er tippte eine Antwort, während ich ihn dabei beobachtete.

Ja. Ich weiß, wer Sie sind, Mr. Strider. Diese Sache hat mir jedoch gezeigt, dass Ihr Netzwerk keine Ahnung hat, wer ich bin. Auf meiner Insel dulde ich eine derartige Respektlosigkeit nicht.

Mit besten Grüßen

Asher Sinner

Er kopierte den Text, um damit zwei weitere E-Mails zu verfassen, wobei er nur den Namen des Adressaten änderte. Dann drückte er auf Senden.

Als Nächstes rief er eine E-Mail von Julian Jovanni auf und schickte ihm ebenfalls eine Antwort. Mir drehte sich der Magen um.

Julian Jovanni.

Erbe des Jovanni-Familienimperiums.

Seiner Familie gehörte das Elitebraut-Programm. Asher hatte jedoch behauptet, dass er nichts mit Sin Cave zu tun habe. Mit dieser E-Mail hatte er bewiesen, dass er gelogen hatte.

Abgesehen von der Tatsache, dass die Betreffzeile die Worte *Bitte um ein Treffen* enthielt.

Guten Morgen Julian,

ich bin mit den Bedingungen für ein Treffen einverstanden.

Allerdings brauche ich noch zwölf Tage.

Meine Schwester und ihre Familie befinden sich im Moment auf der Insel. Ich kann Ihre Organisation unmöglich empfangen, solange sie hier ist. Genauso wenig kann ich sie zurück nach Hause schicken, ohne Fragen aufzuwerfen.

Bitte lassen Sie Mr. Rose und Mr. Huntington wissen, dass Adalyn in meiner Obhut steht. Leider kann ich den beiden Herren ihre Bitte nicht erfüllen und lehne den Transport ab. Dies ist meine Insel. Ich werde die Sache auf meine Weise handhaben.

Das schließt auch die Entfernung von Nathan Spencer von meiner Insel mit ein.

Mit besten Grüßen

Asher Sinner

Er drückte, ohne mit der Wimper zu zucken, auf Senden und wandte sich mir zu. »Bryant hat bereits dreimal mit Julian über den Vorfall gesprochen. Er hat Julian bestätigt, dass ich Nathan Spencer wegen seines respektlosen Verhaltens getötet habe.«

Asher scrollte nach oben und zeigte mir die ursprüngliche Nachricht von Julian, in der er um ein Treffen bat, um die jüngsten Ereignisse zu besprechen. Darin befand sich auch eine Bemerkung über den Transport der Ware zurück zum Festland.

Offenbar war ich diese Ware.

Zumindest entnahm ich das aus Ashers Antwort.

»Diese Organisation unterschätzt wohl die Tatsache, dass ich meine Geschäfte sehr ernst nehme. Jetzt wissen sie, dass ich es nicht dulde, wenn man meine Ressourcen ausnutzt oder mich hinsichtlich des Zwecks eines Besuchs belügt.« Ich beobachtete ihn, während er noch ein paar E-Mails überflog und dann seinen Laptop langsam zuklappte. »Ich zeige Ihnen diese Nachrichten, um Ihnen zu beweisen, dass ich Sie nicht belogen habe. Ich gehöre weder zu diesem Netzwerk noch hege ich den Wunsch, diesem beizutreten. Allerdings hat es den Anschein, dass ich nun dank Nathan keine andere Wahl habe.«

Er stellte den Laptop auf dem Nachttisch ab, bevor er wieder meinem Blick begegnete.

»Ich bin mit all den Dingen, die man Ihnen angetan hat, nicht einverstanden, Adalyn«, erklärte er leise. »Ich bin nicht hier, um Sie zu bestrafen. Aber ich möchte, dass wir unsere Versionen der Geschichte aufeinander abstimmen. Diese Leute dürfen nicht die Wahrheit über Nathans Tod erfahren. Ich habe die Schuld bereits auf mich genommen und seine Leiche wurde entsorgt. Die Villa, die Sie bewohnt haben, wurde fast vollständig gereinigt. Und sämtliche Videobeweise wurden gelöscht.«

»Aber warum?«, flüsterte ich. »Warum vertuschen Sie ein Verbrechen, das ich begangen habe?«

»Um Sie zu schützen«, antwortete er achselzuckend. »Vielleicht will ich auch nur meinen Standpunkt deutlich machen. Ich weiß es nicht genau. Aber mein Instinkt sagt mir, dass ich das Richtige tue. Ich habe mich entschieden und werde außerdem verlangen, dass Sie hierbleiben dürfen. Und zwar auf unbestimmte Zeit.«

Ich starrte ihn mit offenem Mund an. »Einen Moment mal, wie bitte? Meine Eltern werden das niemals zulassen.«

Er zuckte mit den Schultern, als sei ihm das völlig egal. »Ich werde ihnen keine Wahl lassen.«

Ich schüttelte den Kopf. »Sie verstehen das nicht. Meine Eltern haben eine Vereinbarung mit den

Huntingtons getroffen. Die werden sie nicht rückgängig machen.«

»Wie ich schon sagte, werde ich ihnen keine Wahl lassen.« Sein durchdringender Blick verriet mir, dass er seine Worte ernst meinte. Aber er kannte diese Leute nicht so gut wie ich.

Vor allem wenn er wirklich kein Mitglied von Sin Cave war.

»Sie wissen nicht, wie dieses Spiel gespielt wird«, flüsterte ich. *Vorausgesetzt er sagt die Wahrheit.*

Aber für den unwahrscheinlichen Fall, dass er nicht log …

Für den Fall, dass das alles kein Spiel war …

Dann musste er verstehen, worauf er sich einließ …

»In dieser Welt existieren keine Regeln. Diese Leute werden Sie töten, wenn Sie sich ihnen in den Weg stellen.«

»Sie werden es vielleicht versuchen«, stimmte er zu, »aber das hier ist meine Insel. Und ich werde sie daran erinnern, dass ich nicht ohne Grund auf ihrer Rekrutierungsliste stehe. Vielleicht werde ich ihrem Klub beitreten, wenn ich dafür Sie behalten darf.«

Ich wollte schon erwidern, dass ich nicht irgendjemandes Besitz war, den man einfach weiterreichen konnte.

Aber ich wusste, dass das nicht stimmte.

Ich war als jemandes Eigentum geboren worden. Bis auf meinen Namen und meinen Status hatte ich keinerlei Wert. Aus diesem Grund war bereits in meiner Kindheit eine Ehe für mich arrangiert worden, für die ich im Folgenden ausgebildet wurde.

Mein College-Abschluss war wertlos.

Ich hatte das Studium nicht einmal sonderlich ernst genommen. Selbst wenn ich hätte fliehen können, hätte ich damit nichts anfangen können, denn ich hätte meinen Namen und meine Identität ändern müssen.

Außerdem verfügte ich über keinerlei Berufserfahrung.

Das bedeutete, dass meine einzigen Fähigkeiten darin bestanden, Männer mit dunklen Neigungen zu befriedigen.

Und Schmerzen zu ertragen.

»Ich habe nichts mit diesen Leuten gemein«, fuhr Asher mit sanfter Stimme fort. »Ich habe es ernst gemeint, als ich sagte, dass ich auf gegenseitiges Einvernehmen Wert lege, Adalyn. Alle meine Kunden wissen, dass das das erste Gebot auf meiner Insel ist. Nathan Spencer hat dieses Gebot gebrochen, doch sein Tod wird allen beweisen, wie ernst ich meine Regeln nehme.«

»Sie werden Sie töten«, wiederholte ich im Flüsterton. Ich wollte wirklich, dass er es verstand. »Das ist Ihnen doch klar, nicht wahr?«

»Mir ist klar, dass sie mich möglicherweise werden töten wollen, aber ich glaube nicht, dass sie es tun werden. Nathan war ohne ihre Zustimmung hier und hat damit auf eigene Faust gehandelt. Nach ihren Maßstäben ist sein Tod gerechtfertigt. Und ich habe das Recht, eine Entschädigung zu verlangen. Da ich ihr Geld nicht brauche, werde ich um etwas noch Wertvolleres bitten. Ich werde von ihnen fordern, mir *Sie* zu überlassen.«

Ich kniff die Augen zu dünnen Schlitzen zusammen. »Für jemanden, der behauptet, nicht zum Elitenetzwerk zu gehören, scheinen Sie ziemlich zuversichtlich zu sein, dass Ihre Anforderungen erfüllt werden.« Er hatte sich ganz offensichtlich dazu entschieden, mich als Trophäe zu behalten. Seine ganz eigene, fast gänzlich ausgebildete Elitebraut.

Er entspannte sich neben mir auf dem Bett und streckte seine langen Beine aus, um sie an den Knöcheln zu kreuzen. »Ich bin nicht naiv, Adalyn. Ich weiß, dass diese Welt dunkel und gefährlich ist und ich nicht jeden vor einem derart grausamen Schicksal bewahren kann. Aber aus irgendeinem Grund habe ich nun die Möglichkeit, Sie zu retten. Also werde ich es tun.«

»Aber warum?«

»Weil ich es kann«, antwortete er mit einem sanften Lächeln. »Ich habe zwölf Tage Zeit, um Sie zu überzeugen mitzuspielen. Zwölf Tage, um Ihnen zu beweisen, dass ich keine üblen Absichten habe. Betrachten Sie dies als Tag eins.« Er legte eine Hand auf meinen Oberschenkel und drückte ihn sanft durch die Decke hindurch. »Ruhen Sie sich aus. Duschen Sie. Spazieren Sie durch das Haus. Aber seien Sie vorsichtig. Dr. Zansky sagt, Sie haben eine Gehirnerschütterung.«

Er zog die Hand zurück und griff nach meinem Handgelenk, dann drehte er meine Hand um, sodass ich die Nähte auf meiner Handfläche sehen konnte.

»Passen Sie auch auf die Wunde auf. Sie dürfen sich nicht überanstrengen.« Er begegnete meinem Blick. »Vielleicht sollten Sie während der kommenden Tage die Finger von den Messern lassen, hm?« Er schien fast belustigt zu sein. »Mein Zimmer ist gleich nebenan. Falls Sie etwas brauchen, klopfen Sie. Ansonsten werde ich jetzt ein Nickerchen machen, denn ich bin hundemüde. Und morgen zeige ich Ihnen die Insel.«

Er ließ mein Handgelenk los und stand auf.

»Im Grunde ist es ganz einfach«, fügte er hinzu, als er seinen Laptop vom Nachttisch nahm. »Sie helfen mir bei dieser Sache und ich verhelfe Ihnen zu einem neuen Leben.«

Ich runzelte die Stirn. *»Zu einem neuen Leben.« Und was genau soll das bedeuten?*, fragte ich mich.

»Ich habe keine Verwendung für eine Sklavin«, fuhr er

fort. »Ich will keine Frau in meinem Bett, die gar nicht dort sein will. Ich werde Sie nie zu etwas zwingen. Aber Sie müssen mit mir zusammenarbeiten, zumindest für die nächsten zwölf Tage. Danach werde ich alles in meiner Macht Stehende tun, um Ihnen zur Freiheit zu verhelfen. Selbst wenn es nur hier auf der Insel ist. Es sei denn, Sie wollen Taylor Huntington heiraten, dann …« Er verstummte und zog eine Augenbraue in die Höhe.

Ich musste schlucken und brachte keinen Ton heraus, denn ich wusste einfach nicht, was ich sagen sollte.

Nein, ich wollte Taylor Huntington nicht heiraten.

Aber alles andere … fühlte sich … so unwirklich an. *Freiheit? Ein Leben auf dieser Insel? Im Paradies? Und zwar nicht als Sklavin, sondern als … als was genau?*

»Nehmen Sie sich einen Tag Zeit und denken Sie darüber nach. Morgen früh gehen wir gemeinsam frühstücken und Sie können mich alles fragen. Bis dahin wird Caylin, meine persönliche Köchin, Ihnen etwas zu essen bringen. Und Bryant wird Ihnen etwas zum Anziehen geben, sobald er vom Einkaufen zurück ist.« Er deutete mit seinem Laptop auf die Wand gegenüber den Fenstern. »Wie gesagt, ich bin in meinem Zimmer. Klopfen Sie einfach, wenn Sie etwas brauchen.«

Er wartete nicht auf eine Antwort.

Sondern ging einfach.

Dabei war er fast lautlos, denn er trug keine Schuhe. Er war nur mit einer Anzughose bekleidet, die sich an seinen Hintern schmiegte.

Aber darauf achtete ich natürlich nicht.

Genauso wenig wie auf die Art und Weise, wie seine Rückenmuskeln sich anspannten.

Nun, es gab sicher schlimmere Männer, von denen man versklavt werden konnte. So viel stand fest.

Es sei denn, das Ganze entpuppte sich als emotionaler

Trick, um mich um den Verstand zu bringen, dann wäre er gerade der gefährlichste Meister von allen geworden.

Denn ein Teil von mir glaubte ihm.

Ein Teil von mir hoffte, dass er jedes Wort ernst meinte.

Ein Teil von mir hatte sich insgeheim gewünscht, dass ein Mann wie er mich retten würde.

Was mich dazu brachte, ihn mehr zu hassen als jeden anderen, den ich je getroffen hatte. Denn er war entweder ein Traum, der bald zu meinem schlimmsten Albtraum werden würde. Oder ein Traum, der viel zu lange gebraucht hatte, um in meinem Leben zu erscheinen.

Was sind Sie also, Mr. Sinner? Ein Held? Oder der unmoralischste Schurke von allen?

KAPITEL ZEHN

ASHER

ADALYN SCHWIEG den ganzen Tag über und sagte auch in der folgenden Nacht kein Wort, sodass ich mehr als einmal ihr Zimmer betrat, um nach ihr zu sehen. Jedes Mal fand ich sie noch genau dort, wo ich sie zurückgelassen hatte, denn sie saß immer noch mit meinem Hemd bekleidet im Bett.

Sie versteifte sich, wenn ich eintrat, und schien zu erwarten, dass ich mich jeden Moment auf sie stürzen würde.

Ich hatte absichtlich Abstand gehalten, um ihr zu zeigen, dass ich keine Bedrohung darstellte.

Aber als ich jetzt ihr Zimmer betrat, wurde mir klar, dass sich trotz meiner Zurückhaltung nichts geändert hatte:

Sie saß mit zerzausten Haaren im Bett und beobachtete mich mit wachsamem Blick.

Seufzend lehnte ich mich gegen den Türrahmen und verschränkte die Arme vor der Brust. »Können Sie nicht schlafen, Schätzchen?«, fragte ich wie beiläufig.

Ihre Nasenflügel bebten. »Ich bin große, gemütliche Betten nicht gewohnt.«

»Würden Sie einen Käfig bevorzugen?«, überlegte ich. »Ich könnte Ihnen einen besorgen.«

Ich würde sie nicht wirklich in einen Käfig stecken, es sei denn, sie brauchte ihn tatsächlich.

Dr. Zansky hatte angemerkt, dass sie angesichts ihrer Erlebnisse wahrscheinlich nur schwer mit dem Konzept der Freiheit umgehen konnte. Sie war es gewohnt, Befehle entgegenzunehmen, und obwohl sie einen gewissen Trotz an den Tag legte, brauchte sie zumindest einen Anflug von Dominanz, um sich zu erden.

Er hatte mir zu verstehen gegeben, dass ich ihr genau diese Dominanz bieten müsse, wenn ich ihr helfen wollte, ihre seelischen Wunden zu heilen.

Zwar schien das in ihrer Situation kontraproduktiv zu sein, doch der Vorschlag entbehrte nicht einer gewissen Logik.

Und den Beweis dafür hatte ich erbracht, als ich sie gestern aufgefordert hatte, mein Hemd anzuziehen.

Obwohl sie mich nur Sekunden zuvor noch verspottet hatte, hatte sie sofort gehorcht.

Es hatte mir fast das Herz gebrochen.

Genauso wie der Ausdruck auf ihrem Gesicht, der von ihrer innerlichen Zerrissenheit zeugte.

»Sagen Sie mir, was Sie brauchen, Adalyn«, bat ich sie, stieß mich vom Türrahmen ab und ging auf sie zu.

Als ich mich ihr näherte, setzte sie sich auf und verspannte sich.

Ich bewegte mich langsam und zielstrebig auf das Bett zu und setzte mich zu ihr, wobei ich ihr zwar nahe genug war, um sie berühren zu können, aber zugleich sicherstellte, dass ich genügend Abstand hielt. »Wäre es einfacher für Sie, wenn ich Ihnen sage, was ich will?«, fragte ich mit betont sanfter Stimme, während ich mir bewusst war, welches Chaos in ihrem Inneren herrschte.

Vielleicht war es ein Fehler gewesen, sie in ein großes Zimmer zu stecken. Aber hätte ich sie in einen kleinen Raum gesperrt, würde sie sich dennoch den Kopf darüber zerbrechen, was ich wohl als Nächstes mit ihr anstellen würde.

Also wollte ich diesen Tag so normal wie möglich für sie gestalten.

Ihr wollte ihr zeigen, wie das Leben auf meiner Insel für sie sein könnte.

»Ja«, flüsterte sie. »Erzählen Sie mir, was Sie mit mir vorhaben und was Sie von mir wollen. Bitte.«

Ihre Stimme klang so gebrochen.

Offensichtlich hatte sie die ganze Nacht über wach gelegen und war halb verrückt vor Angst.

Weil sie mir nicht vertraute.

Ich konnte es ihr nicht verübeln.

Was sie jetzt von mir brauchte, war Geduld mit einem subtilen Hauch von Dominanz. Und ich konnte ihr beides geben.

Ich streckte die Hand aus und legte sie an ihre Wange, wobei ich darauf achtete, dass meine Berührung sanft war. »Ich will, dass Sie duschen, während ich Ihnen etwas zum Anziehen aussuche. Dann würde ich gern mit Ihnen frühstücken. In Ordnung?«

Sie knabberte an ihrer Unterlippe und runzelte die Stirn. »Und dann?«

»Und dann muss ich noch etwas arbeiten. Aber Sie können gern im Haus herumwandern und vielleicht sogar einen Spaziergang am Strand machen. Aber übernehmen Sie sich nicht, denn Dr. Zansky sagte, Sie müssen sich ausruhen. Heute Abend können wir hier etwas essen, aber vielleicht nicht allzu spät, da Sie offenbar nicht viel geschlafen haben.« Ich ließ meine Hand sinken. »Und falls dieses Bett Ihnen zu weich ist, werde ich eine andere Schlafmöglichkeit für Sie finden, einverstanden?«

»Wie zum Beispiel einen Käfig?« Fast hätte ich geglaubt, sie hätte die Worte aus Trotz geäußert, doch ihnen fehlte der nötige Biss.

»Wenn Sie das wirklich wollen, aber es wäre mir lieber, Sie nicht in einen Käfig zu sperren.«

Sie schloss die Lider, wobei ihre dunklen Wimpern auf ihre blasse Haut trafen, dann öffnete sie sie wieder und sah mich mit ihren großen, schönen Augen an. »Was wäre Ihnen denn lieber?«

»Dass Sie sich wohlfühlen.« Ich strich mit dem Daumen über die Vertiefung unter ihrem Auge. »Lassen Sie uns essen gehen. Dann reden wir weiter, einverstanden?«

Sie schluckte, nickte aber zaghaft.

»Gehen Sie erst mal duschen«, befahl ich mit sanfter, aber fester Stimme. »Ich suche Ihnen etwas zum Anziehen raus.« Bryant hatte auf meine Bitte hin alle Kleider in den Schrank geräumt.

»In Ordnung.« Sie schlüpfte unter der Bettdecke hervor, zog dabei mein Hemd herunter und schwankte leicht, als sie aufstand.

Ich ging um das Fußende des Bettes herum auf sie zu, als sie sich aufrichtete. Ihre Knie gaben fast nach, doch im nächsten Moment fand sie das Gleichgewicht wieder und stieß den Atem aus.

»Haben Sie gestern etwas gegessen?«, wollte ich wissen.

Sie schüttelte den Kopf. »Ich habe vor langer Zeit gelernt, vor einer Session nicht viel zu mir zu nehmen.«

»Weil Sie geglaubt haben, ich würde in der Nacht zurückkommen.«

»Früher oder später«, gestand sie und biss die Zähne zusammen. »Ja.«

Ich nickte. »Nun, jetzt bin ich hier. Aber nicht, um Sie zu ficken.« Die Worte waren zwar direkt, aber in dieser Situation erforderlich.

Sie beäugte mich misstrauisch. »Ich weigere mich, Ihnen zu glauben.«

»Ich weiß.« Ich legte eine Hand an ihren Rücken. »Wie wäre es, wenn ich es Ihnen beweise?«

Es würde nicht leicht sein, aber ich könnte ihr zumindest zeigen, dass ich mich unter Kontrolle hatte.

Wir setzten uns in Bewegung und sie verzog den Mund. Ich spürte förmlich, wie ihre Angst mit jedem Schritt wuchs. »Ich werde Sie nicht ficken, Adalyn«, sagte ich, als wir das Badezimmer betraten. »Aber ich werde Sie waschen.«

Sie starrte mich im Spiegel an. »Sie werden … was tun?«

»Hände auf den Waschtisch, Schätzchen«, befahl ich.

Sie gehorchte sofort, wobei ihr Körper zu reagieren schien, noch bevor ihr Verstand die Worte verarbeitet hatte. Ich ließ sie dort stehen und ging zur Dusche, um das Wasser aufzudrehen. Dann zog ich mich bis auf die Boxershorts aus und stellte mich hinter sie.

Sie hielt den Kopf gesenkt und schien von dem Bedürfnis, sich zu unterwerfen, übermannt zu werden.

Gestern hatte sie sich zwar mit aller Kraft gegen mich gewehrt, doch heute schien sie den Gedanken an Rebellion nicht ertragen zu können. Was auch immer ihre Beweggründe waren, ich wusste, wie ich in diesem Zustand mit ihr umgehen musste.

Ich strich ihr das Haar aus dem Nacken, legte es ihr über die Schulter und fuhr mit dem Finger über ihre Wirbelsäule unter meinem Hemd. »Ich muss Sie jetzt ausziehen«, erklärte ich mit sanfter Stimme. »Dann werde ich Sie rückwärts in die Dusche führen und Ihnen die Haare waschen. Haben Sie das verstanden?«

Sie nickte langsam und musste schlucken. »Ja, Herr.«

Ich beugte mich vor und drückte ihr einen Kuss auf den Hals. »Braves Mädchen, Adalyn.«

Sie zitterte und krallte sich an den Waschtisch. Ich fragte mich, ob sie je von einem Mann gelobt wurde, doch ich merkte mir ihre Reaktion und beschloss, es später noch einmal zu tun.

Ich griff langsam um sie herum und knöpfte ihr das Hemd auf, wobei ich meine Hände im Spiegel beobachtete, um sicherzugehen, dass ich sie nicht unangemessen berührte. Ihr Atem beschleunigte sich und sie streifte mit dem Rücken meine Brust, während sie den Kopf immer noch gesenkt hielt.

Mit geschlossenen Augen biss sie sich auf die Unterlippe, als würde sie das Schlimmste erwarten. Ich drückte ihr erneut einen Kuss auf den Hals und streifte mit den Lippen ihr Ohr, wobei ich flüsterte: »Es ist alles in Ordnung, Schätzchen. Atmen Sie. So ist es gut.« Ich knöpfte auch den letzten Knopf auf, wobei ich immer noch meine Hände im Blick hatte. »Ich werde Ihnen jetzt mein Hemd von den Schultern ziehen, in Ordnung?«

Sie begann zu nicken, erstarrte aber, als ich mit dem Mund ihre Haut berührte. »Ja, Herr.« Sie schien die Worte ganz automatisch auszusprechen, als sei ihr ein Leben lang eingebläut worden, sie ständig zu wiederholen.

Ich wollte nicht bestreiten, dass ich sie gern aus ihrem Mund hörte.

Genauso wenig leugnete ich, dass es mich allein schon erregte, sie auszuziehen.

Aber ich war in der Lage, mein Verlangen zu zügeln, und wusste, was ich tun musste, um mich angemessen um eine Sub zu kümmern. Allerdings hatte ich keine Erfahrung mit Frauen, die so gebrochen waren wie Adalyn. Dennoch würde ich mein Bestes tun, um zu lernen, wie ich ihre Reaktionen interpretieren musste.

Ihre rosigen Brustwarzen wurden steif, als ich sie entblößte, wobei ihr Körper instinktiv auf mich zu reagieren schien.

Sie war eindeutig darauf trainiert worden, auf die Berührung eines Mannes anzusprechen, selbst wenn es ihr zuwider war. Dadurch würde es zwar nicht leicht sein, ihre Körpersprache zu interpretieren, doch es wäre auch nicht unmöglich.

Mit den Fingern schob ich den Stoff über ihre Arme. »Stehen Sie gerade«, befahl ich ihr.

Sie gehorchte.

Ich zog ihr das Hemd von den Handgelenken und legte es beiseite. Dann ergriff ich ihre Hüfte und drehte sie langsam um. Sie hatte noch immer den Blick gesenkt und ihre unterwürfige Haltung schien das Einzige zu sein, was sie aufrecht hielt.

»Sehen Sie mich an«, flüsterte ich.

Sie schluckte, doch dann gehorchte sie. Es brach mir das Herz, als ich ihre tränenfeuchten Augen sah, während sie versuchte, sich ihre Angst nicht anmerken zu lassen. Mit zugeschnürter Brust fragte ich mich, was sie alles durchgemacht hatte, um einen Mann auf diese Weise anzusehen.

Sie betrachtete mich mit einem anklagenden, hasserfüllten Blick.

In dem auch ein schmerzerfüllter Ausdruck lag.

Und ein Anflug von Panik.

Ich ließ meinen Daumen über ihre Hüfte kreisen und ging dann einen Schritt in Richtung Dusche. Sie war begehbar und bot Platz für zwei oder drei Personen. Der

Duschkopf mit Regenfunktion verlieh dem ohnehin exotischen Ambiente eine luxuriöse Note.

Meine eigene Dusche lag teilweise im Freien, zudem hatte man von meinem Badezimmer aus einen Blick aufs Meer.

Es erlaubte mir, meinen exhibitionistischen Neigungen freien Lauf zu lassen.

Diese Dusche war auf zwei Seiten von Glasscheiben und auf den anderen von Steinwänden umgeben und war daher besser für Adalyn geeignet. Wenn ich sie in meine Dusche gebracht hätte, wäre sie völlig ungeschützt gewesen. Und ich vermutete, dass das eher geschadet als genützt hätte.

Ich zog sie unter den Duschkopf und schaltete auch einige der Wanddüsen ein, um sie rundum zu verwöhnen.

Ein heftiges Zittern durchfuhr sie und ihre Knie gaben nach. Aber ich fing sie auf, bevor sie zu Boden sinken konnte. Sie packte meine Unterarme und riss in einer Mischung aus Verwirrung und Furcht die Augen auf.

Ich sah sie stirnrunzelnd an. »Wollten Sie gerade vor mir knien?«

»J-ja«, flüsterte sie.

»Schätzchen, wenn ich gewollt hätte, dass Sie vor mir knien, dann hätte ich es gesagt. Im Moment will ich nur, dass Sie hier stehen bleiben, damit ich mich um Sie kümmern kann, in Ordnung?«

Ein weiterer Schauer durchfuhr sie, während ihr Körper und ihr Verstand miteinander zu hadern schienen.

»Tun Sie, was ich Ihnen sage.« Ich ließ einen gebieterischen Unterton in meine Stimme einfließen, denn offensichtlich brauchte sie meine Dominanz. »Stellen Sie sich hier in die Mitte und schließen Sie die Augen. Ich will Sie einfach nur waschen, in Ordnung?«

Sie schluckte, als sie von einem weiteren Schauer

durchströmt wurde. Doch dann gehorchte sie, wobei sie die Knie durchdrückte und die Augen schloss. »Gut so, Adalyn«, lobte ich sie leise, während ich eine Hand von ihrer Hüfte löste und an ihr Gesicht wandern ließ. Ich strich mit den Fingerknöcheln über ihre Wange, worauf sie sich an mich schmiegte, statt sich meiner Berührung zu entziehen. »Sie sind eine sehr schöne Frau.« Ich meinte es ernst. Denn sie war wahrscheinlich eines der umwerfendsten Geschöpfe, denen ich je begegnet war, was nicht nur daran lag, dass sie nackt vor mir stand.

Sie hatte etwas Einzigartiges an sich.

Nicht nur äußerlich, sondern auch innerlich.

Ein Kampfgeist, dachte ich. Aber da war noch mehr. Selbst ein verwundetes Tier würde gegen eine vermeintliche Bedrohung ankämpfen.

Nein, Adalyn wirkte auf mich berechnend.

Sie konnte Menschen und deren Absichten gut einschätzen, was sie gestern Abend bewiesen hatte, als sie mich einen Sadisten genannt hatte. Sie hatte meine Neigungen aufgezählt, als hätte ich sie für sie aufgeschrieben.

Mit Ausnahme des Seil-Fetischs.

Ich würde niemals eine Frau bis zur Schmerzgrenze fesseln.

Aber Shibari? Ja, ich sah gern dabei zu.

Doch ich hatte keine Vorliebe für allzu Extremes und quälte die Frauen nicht, nur um ihnen Schmerzen zuzufügen. So etwas hatte keinen Reiz für mich. Es erregte mich zwar, sie ein wenig zu foltern, weil ich wusste, dass ich derjenige sein würde, der im nächsten Moment das brennende Gefühl mit meinen Händen und mit meiner Zunge lindern würde.

Daher war ich im Grunde durchaus ein Sadist, doch

allzu übertriebene Spiele sagten mir nicht zu. Nicht wie anderen mir bekannte Männer.

Adalyn blieb reglos stehen, während das Wasser ihr schwarzes Haar befeuchtete. Ihre langen Strähnen rannen ihr wie sinnliche Tinte über die zierlichen Schultern und reichten ihr bis auf ihre perfekt geformten Brüste.

Ich konnte verstehen, warum ein Mann sie zu seiner Sklavin machen wollte.

Wenn sie mir gehörte, würde ich nichts zustande bringen. Ich wäre zu sehr damit beschäftigt, sie Tag und Nacht zu ficken.

Wahrscheinlich war der Gedanke unangemessen, doch ich brachte es einfach nicht über mich, ihn zurückzunehmen.

Stattdessen konzentrierte ich mich darauf, mich wie versprochen um sie zu kümmern.

Mit jeder meiner Berührungen wollte ich ihr helfen zu heilen. Mit jedem Streicheln ihrer Haut gab ich ihr auf meine Art zu verstehen, dass ich sie nicht drängen würde. Mit jeder Liebkosung brachte ich mein Bedauern zum Ausdruck über das, was ihr all die Männer vor mir angetan hatten.

Ich schamponierte ihr Haar.

Dann spülte ich es aus.

Dabei achtete ich auf ihre Augen, die sie die ganze Zeit über geschlossen hielt.

Dann gab ich etwas Spülung in meine Hände und kämmte mit den Fingern durch ihr Haar. Als ich damit fertig war, schien sie in einen tranceartigen Zustand verfallen zu sein. Ihr Atem ging langsam und gleichmäßig, während ihre Gesichtszüge fast entspannt wirkten.

Ich nutzte den Moment aus und kniete mich vor sie, um ihre Waden und Oberschenkel gründlich einzuseifen, wobei mein Blick auf die verschiedenen Schrammen und blauen Flecke fiel, die ihre ansonsten geschmeidige Haut zierten.

Nur ein wahrer Sadist verstand es, Schmerz in Lust zu verwandeln.

Es schien, als hätte Nathan die Rolle nur gespielt und ihr zu seinem eigenen Lustgewinn Schmerzen zugefügt. Doch das machte ihn zu einem Psychopathen, nicht zu einem Sadisten.

Behutsam wusch ich die Innenseiten ihrer Oberschenkel und blickte zu ihr auf.

Sie versteifte sich und öffnete die Augen, um mich zu beobachten.

Doch in ihrem Blick lag keine Zufriedenheit.

Sondern Angst und noch etwas, was viel finsterer anmutete. Offenbar erwartete sie, dass ich ihr gleich etwas Furchtbares antun würde.

Verdammt! Ich hatte sie in einen friedlichen Zustand versetzt, und dann hatte ich etwas getan, das diesen Frieden gestört hatte. Sie schien kurz davor zu stehen zusammenzubrechen.

Ich war mir nur nicht sicher, ob sie schreien, weinen oder um sich schlagen würde oder sogar versuchen würde, mich zu töten.

Vielleicht alles auf einmal.

Scheiße.

KAPITEL ELF

ASHER

»Ist alles in Ordnung?«, fragte ich mit sanfter Stimme. Ich war mir bewusst, wie nahe mein Mund vor ihrer rasierten Muschi schwebte. War sie aus diesem Grund derart nervös? Oder war sie aus einem anderen Grund angespannt?

»Ich …«, begann sie mit heiserer Stimme und räusperte sich.

»Haben Sie ein Safeword, Adalyn?«, wollte ich wissen. Mir kam der Gedanke, dass ich sie gleich zu Beginn danach hätte fragen sollen. Doch dies war keine Session, selbst wenn ich mich meiner Dominanz bedient hatte, um sie zu beruhigen.

Ich stand auf, wusch mir die Seife von den Händen und packte ihre Hüfte.

»Wurde Ihnen schon jemals ein Safeword zugestanden?«, formulierte ich meine Frage neu. »Durften Sie überhaupt eines benutzen?«

Sie sah blinzelnd zu mir auf, als spräche ich eine fremde Sprache. Aber dieses schöne Geschöpf musste doch wissen, was ich meinte.

Doch sie schüttelte den Kopf.

»Ich habe keine Grenzen«, teilte sie mir mit. »Ich brauche kein Safeword.«

Ich zog die Augenbrauen in die Höhe. »Hat dieses Arschloch Ihnen das erzählt? Dass Sie kein Safeword brauchen?« Mein Gott, ich würde den Kerl umbringen, wenn er noch am Leben wäre. Ich verlor nur nicht die Fassung, weil ich wusste, dass sie gut zehnmal auf ihn eingestochen hatte, bevor er gestorben war.

»Ich habe keine Grenzen«, wiederholte sie, und Tränen traten ihr in die Augen. »Ich brauche kein Safeword.«

»Oh, meine Schöne«, sagte ich, schlang die Arme um sie und hielt sie fest, als sie zu weinen begann. So wie sie die Worte wiederholte, waren sie ihr eindeutig einprogrammiert worden.

Ich hob sie hoch und hielt sie fest, um mich mit ihr auf eine Steinbank zu setzen.

Sie begann zu schluchzen und bebte am ganzen Körper, während sie versuchte, die Kontrolle über sich zu gewinnen und sich hinter der Fassade zu verstecken, die sie über die Jahre errichtet hatte.

»Jeder hat ein Safeword«, flüsterte ich ihr zu. »Weil jeder Grenzen hat. Und es liegt in der Verantwortung eines Doms, dafür zu sorgen, dass die Sub nie an den Punkt kommt, an dem sie das Gefühl hat, ihr Safeword benutzen zu müssen.« Wahrscheinlich war sie an diesem Punkt angelangt, als ich vor ihr gekniet hatte. Irgendwie hatte ich sie aus ihrem glückseligen Kokon gerissen, als ich ihr die Beine eingeseift hatte. Ich hatte an ihrem Gesichtsausdruck sehen können, dass sie das als falsch empfunden hatte.

Es war nicht die Art, wie eine Frau einen Mann ansehen sollte, der sich gerade um sie sorgte.

Doch ihre Reaktion bestätigte nur, was ich längst vermutet hatte.

»W-was wollen Sie von mir?«, schluchzte sie. »Ich … ich weiß nicht … ich weiß nicht, welches Spiel …«

»Dies ist kein Spiel, Adalyn. Ich bin kein Mitglied von Sin Cave und versuche nicht, Sie zu verletzen. Vielmehr will ich mich um Sie kümmern.«

»Warum?«, wollte sie wissen. »Warum tun Sie das?«

»Weil jemand es tun muss«, antwortete ich, denn mir fiel keine bessere Erklärung ein. Was sollte ich denn tun? Sollte ich ihr erzählen, dass ich am Flughafen nur einen Blick auf sie geworfen und sofort das Bedürfnis verspürt hatte, sie Nathan Spencer zu entreißen, um sie vor allem und jedem zu verstecken, der ihr schaden wollte? Diese Erklärung klang selbst in meinen eigenen Ohren verrückt. Ich kannte sie nicht einmal. Diese ganze Angelegenheit sollte eigentlich nicht einmal mein Problem sein.

Doch Nathan hatte sich meine Insel ausgesucht.

Und damit hatte er unser aller Schicksal besiegelt.

Nun war ich entschlossen, Adalyn zu helfen. Ich wollte ihr helfen, sie beruhigen und sie heilen.

Ich wollte sie *retten*.

Ein gefährlicher Gedanke.

Aber nun hatte ich bereits begonnen, diesen Weg zu beschreiten.

Julian hatte auf meine letzte E-Mail geantwortet und mich gefragt, wie ich das Paket »handhaben« wolle. Ich hatte ihm geantwortet, dass ich sie selbst ausbilden würde.

Es verstand sich von selbst, dass er davon fasziniert war.

Und er hatte sich einverstanden erklärt, Adalyn hierzulassen.

Bryant hatte die E-Mail gelesen und mich gewarnt, dass ich mich auf ein gefährliches Spiel eingelassen hatte.

Er hatte nicht unrecht.

Adalyn weinte und fragte mich, was ich von ihr wolle. Ich versicherte ihr, dass ich sie heilen wolle.

Sie warf mir vor, sie anzulügen.

Ich beteuerte, dass ich die Wahrheit sagte.

Einmal versuchte sie sogar, mich zu ohrfeigen.

Ich ergriff ihr Handgelenk und drückte es sanft an meine Brust.

Sie zitterte vor Wut. Bebte vor Angst. Schrie vor Schmerz. Sie weinte und verströmte dabei solch eine Traurigkeit, dass ich sie bis in die Tiefen meiner Seele spürte.

Ich hielt sie die ganze Zeit über im Arm, bis sie so erschöpft war, dass ihr Kopf schlaff an meiner Schulter ruhte. Erst dann zog ich den Duschkopf heran und begann, die Seife von ihrer Haut und aus ihrem Haar zu spülen.

Sie wehrte sich nicht und sagte kein Wort, sondern ließ es einfach geschehen.

Dann setzte ich sie auf die Bank, nahm die Seife und tat mein Bestes, um ihren Oberkörper und Rücken zu waschen. Es war, als würde ich versuchen, eine lebensgroße Puppe einzuseifen, doch irgendwie gelang es mir.

Dann stellte ich das Wasser ab und wickelte sie in ein riesiges, flauschiges Handtuch.

Als ich sie zum Bett trug, zitterte sie, denn es war ganz offensichtlich, was sie erwartete.

»Morgen frühstücken wir gemeinsam«, sagte ich, als ich sie auf die Matratze legte. »Aber für heute werden wir hierbleiben. Ich werde etwas arbeiten und Sie können sich ausruhen. Morgen müssen wir jedoch zusammen gesehen werden. Wenn die Mitglieder von Sin Cave glauben sollen, dass ich Sie für mich beansprucht habe, dann müssen wir uns in der Öffentlichkeit zeigen.«

Sie sah mich mit großen Augen an. »Ich verstehe Sie nicht.«

»Ich weiß.« Ich ging zurück ins Bad und holte ein zweites Handtuch, das ich auf dem Kissen für ihr Haar ausbreitete. »Ruhen Sie sich aus. Ich kümmere mich ums Frühstück. Und dann werden Sie etwas essen.«

Ihre Nasenflügel bebten, als wollte sie sich mir widersetzen.

»Sie werden etwas essen«, wiederholte ich mit gebieterischem Tonfall. »Wenn es sein muss, werde ich Sie von Hand füttern.«

Bei meinen Worten zuckte sie zusammen.

Im nächsten Moment erinnerte ich mich an das Video, in dem Nathan zu sehen war, der sie wie einen Hund behandelte.

Verdammtes Arschloch.

Statt mich zu erklären, drückte ich sie einfach zurück auf das Kissen und gab ihr einen Kuss auf den Kopf. »Seien Sie ein braves Mädchen, Adalyn. Ich werde Sie dafür belohnen.«

Sie begegnete meinem Blick. »Wie werden Sie mich belohnen?«

Einen Augenblick fragte ich mich, ob ihre Bemerkung sarkastisch gemeint war.

Doch etwas an ihrer Miene verriet mir, dass dem nicht so war.

Vielleicht hatte Nathan sie mit einer Art verkorkstem Belohnungssystem gequält.

»Welche Art von Belohnung hätten Sie denn gern?«, fragte ich vorsichtig und betrachtete sie aufmerksam.

»Ich … ich fände es schön, wenn Sie mich eine Woche lang nicht mit anderen teilen, bitte.«

Ich zog schockiert die Augenbrauen in die Höhe.

»Einen Tag«, fügte sie hastig hinzu. »Nur vierundzwanzig Stunden, damit ich mich erholen kann. B-bitte.«

Mein Gott, ist das ihre Vorstellung von einer Belohnung? Ich schüttelte den Kopf, und sie senkte traurig den Blick. »Oh, meine Schöne.« Ich kniete mich aufs Bett und legte eine Hand an ihre Wange. »Ich werde Ihnen mehr als eine Woche geben. Ich gebe Ihnen ein ganzes Leben, wenn Sie sich das wünschen.«

Ihre Unterlippe zitterte. »Es tut mir leid, Herr.«

»Entschuldigen Sie sich niemals bei mir, Adalyn«, sagte ich in strengem Tonfall. »Und ich werde Sie nicht bestrafen. Ich werde Ihnen alles geben, was Sie verlangen, aber Sie müssen das Spiel mitspielen, in Ordnung?«

Sie begann wieder zu weinen. Es brach mir das Herz, doch statt ihr gut zuzureden, legte ich mich neben sie. Nach der Dusche war ich immer noch durchnässt, aber ich zog sie wieder in meine Arme.

Später würde ich die Bettwäsche wechseln oder ihr vielleicht ein anderes Zimmer geben müssen. Aber das nahm ich gern in Kauf, solange ich sie nur halten konnte. Ich gab ihr Kraft, nachdem sie offensichtlich all ihre Reserven aufgebraucht hatte.

Nach einer Weile summte die Uhr an meinem Handgelenk, als ich eine Nachricht von Clive erhielt, in der er mir mitteilte, dass meine Schwester nach mir suchte.

Ich tippte das Mikrofonsymbol an und antwortete: »Sag ihr, ich bin beschäftigt. Ich rufe sie später an.«

Adalyn versteifte sich neben mir. Es hatte fast den Anschein, als hätte sie vergessen, dass ich bei ihr war.

»Meine Schwester«, flüsterte ich ihr ins Ohr. »Sie traktiert meine Männer und versucht herauszufinden, wo ich bin.« Das machte alles nur noch komplizierter, doch ich würde eine Lösung finden. »Würden Sie jetzt versuchen, etwas zu essen, Adalyn?«, fragte ich leise.

»Ihre Schwester?«, wiederholte sie.

»Hm«, brummte ich und musste leise lachen. »Sie ist hartnäckig.« Das bewies auch die Antwort, die Clive mir im nächsten Moment schickte. *Sie will sich mit dir zum Mittagessen treffen.* Ich tippte erneut auf das Mikrofon: »Sag ihr, ich habe bereits Pläne.«

Adalyn verkrampfte sich wieder.

»Nicht diese Art von Plänen, Adalyn«, beruhigte ich sie, wohl wissend, was sie befürchtete. »Ich werde dafür sorgen, dass Sie etwas essen. Dann muss ich arbeiten.«

Mein Handgelenk surrte wieder. *Sie ist auf dem Weg zu deiner Villa.*

»Scheiße«, murmelte ich. »Ich muss mich um meine Schwester kümmern.« Ich wollte vermeiden, dass sie Adalyn sah und auf falsche Gedanken kam.

Ich erhielt eine weitere Nachricht, diesmal von meinem Bruder. *Wie kommt es, dass du zu beschäftigt bist, um dich mit unserer kleinen Schwester zu treffen?*

Knurrend rollte ich mich aus dem Bett und begab mich auf die Suche nach meinen Kleidern. Immerhin waren meine Boxershorts mittlerweile weitgehend trocken. Dennoch zog ich sie im Badezimmer aus und schlüpfte in meine Hose, denn wie ich meine Schwester kannte, blieb mir nicht viel Zeit. Ich knöpfte mein Hemd zu, zog mein Handy aus der Hosentasche und wählte Trus Nummer.

Ich hatte keine Ahnung, wie spät es bei ihm war, aber dank unserer Schwester war er offensichtlich wach.

»Hat diese kleine Göre tatsächlich angerufen, um sich bei dir zu beschweren?«, fragte ich, als er sich meldete.

»Natürlich hat sie das«, murmelte er. »Schließlich bin ich ihr Lieblingsbruder.«

Ich schnaubte. »Natürlich. Ich bin ziemlich beschäftigt.«

»Das sind wir alle, aber wenn das Nesthäkchen etwas will, bekommt sie es.«

»Dir ist doch klar, dass sie denkt, sie sei der Mittelpunkt unserer Welt, oder? Aber nur weil wir es zulassen.« Ich betrat das Schlafzimmer und sah, dass Adalyn mich beobachtete.

»Ohne sie wäre das Leben langweilig.«

»Daran erinnert sie uns jeden Tag«, antwortete ich und musste trotz meiner angespannten Stimmung lächeln. »Wenn sie mich das nächste Mal anschwärzen will, sag ihr, sie soll sich an Beckett oder Damiano wenden. Mit den beiden unterhalte ich mich viel lieber als mit dir.«

Tru schnaubte. »Du warst schon immer ein schlechter Lügner, kleiner Bruder.«

Fast hätte ich ihn gefragt, ob ich ihn auf Lautsprecher stellen durfte, damit er die Worte für Adalyn wiederholte, doch ich wollte ihm noch nichts von ihr erzählen. »Ich werde mich um unsere liebe kleine Göre von einer Schwester kümmern. Aber auf dem Weg zurück nach London schicke ich sie bei dir vorbei.«

»Ich bin mir nicht sicher, ob das eine Drohung oder ein Geschenk ist ...« Er verstummte.

»Eine Mischung aus beidem«, versicherte ich ihm und beendete das Gespräch. Dann wandte ich mich Adalyn zu. »Ich komme bald mit dem Frühstück zurück. Im Schrank befinden sich einige Kleidungsstücke, falls Sie sich etwas anziehen wollen.«

Ich wollte gerade gehen, als mir ein anderer Gedanke kam und ich zurück ins Bad ging.

»Oder ziehen Sie sich den hier über«, sagte ich, als ich mit einem Bademantel in der Hand zurückkam und ihn neben ihr aufs Bett legte. »Was auch immer für Sie am bequemsten ist. Aber ziehen Sie sich etwas an, Adalyn. Nicht nur das Handtuch, in Ordnung?«

»Ja, Herr«, antwortete sie leise.

»Braves Mädchen.« Ich beugte mich vor und drückte ihr einen Kuss auf die Wange. »Ich bin bald zurück.«

Und ich würde versuchen, ihr verständlich zu machen, was ich mit »Belohnung« meinte. Denn sie musste eindeutig lernen, was eine angemessene Belohnung war.

KAPITEL ZWÖLF

ADALYN

EIN SCHRILLER SCHREI aus dem Erdgeschoss jagte mir einen Schauer über den Rücken. Ich saß aufrecht im Bett und das Herz schlug mir bis zum Hals. *Was war das?*

Seit Asher das Zimmer verlassen hatte, überlegte ich, was ich anziehen sollte, während mein Verstand verzweifelt versuchte, diese seltsame Realität zu begreifen.

Er hatte mich im Arm gehalten, während ich geweint hatte.

Ich hatte die Tränen nur vergossen, weil ich glaubte, dass es ihn erregen und er mich endlich ficken würde. Doch dann hatte ich zu schluchzen begonnen, während ich von Angst und Schrecken und Schmerzen und einer Vielzahl weiterer unbeschreiblicher Gefühle durchströmt wurde. Ich hatte mich völlig verloren und vernichtet gefühlt.

Und doch war er die ganze Zeit über bei mir geblieben.

Er tröstete mich.

Er streichelte mich.

Und liebkoste mich mit einer Sanftheit, die ich nicht

verstand. Noch nie hatte mich jemand so zärtlich berührt. Und noch nie hatte mich jemand gelobt.

Dann hatte er mir eine Belohnung angeboten.

Und ich hatte zugestimmt, ohne darüber nachzudenken.

Er war schockiert gewesen.

Ich hatte versucht, einen Rückzieher zu machen, doch er hatte mich einfach wieder *in den Arm genommen*. Es hatte mich nur noch mehr zum Weinen gebracht.

Ich fühlte mich gebrochen und bis zur Unkenntlichkeit zerrüttet. Es war fast so, als hätten sich die Qualen, die ich über Jahre erduldet hatte, Bahn gebrochen und sich in einem bestialischen Schmerz entladen, über den ich keine Kontrolle mehr hatte.

Warum hat er mich gehalten?

Warum ist er so nett zu mir?

Es war fast grausam. Denn ich wusste, dass es nicht von Dauer sein würde. Und doch betete ich insgeheim, dass es real war und nicht nur ein verkorkster Traum.

Das schrille Quietschen ertönte erneut und ich zuckte zusammen.

Es … es klang fast wie ein Kind?

Ich riss die Augen auf. *Oh nein* … Hatte er auch ein Kind hier? Um … um … Meine Kehle war wie zugeschnürt und ich bekam keine Luft mehr. *Ist das der Grund, warum er bisher keine Verwendung für mich hatte?*

Das … das wäre neu. Ich hatte von diesem Fetisch gehört, hatte es aber noch nie mit eigenen Augen gesehen. *Oh Gott* … Ich hoffte inständig, dass ich falschlag!

So etwas durfte ich nicht zulassen. Ich … ich musste es verhindern. Stattdessen würde ich ihm meinen Körper bieten. Irgendetwas. *Ich muss etwas tun. Verdammt, vielleicht will er mich genau damit quälen?*

Etwas Schlimmeres konnte ich mir nicht vorstellen.

Aber das Quietschen klang nicht gerade, als würde jemand Schmerzen erleiden.

Als ich es ein drittes Mal hörte, runzelte ich die Stirn. *Nein, es klingt fröhlich.*

Hat er etwa ein Kind?

Warum hatte ich es nicht schon früher gehört?

Ich griff nach dem Bademantel, den er auf dem Bett hatte liegen lassen, und stand auf, um ihn anzuziehen. Mir tat alles weh und ich fühlte mich, als sei ich gerade einen Marathon gelaufen, aber ich kämpfte mich vorwärts und ging zur Tür.

Überrascht stellte ich fest, dass sie nicht verschlossen war. Gestern Abend hatte ich gar nicht erst den Versuch unternommen, sie zu öffnen, da ich davon ausgegangen war, dass es mir nicht erlaubt war, das Zimmer zu verlassen.

Aber es schien eine ganz gewöhnliche Tür zu sein, die sich von innen abschließen ließ.

Also vielleicht … vielleicht durfte ich das Zimmer tatsächlich verlassen und das Haus erkunden? Hatte er das nicht gestern gesagt? Ich konnte mich nicht erinnern. Alles schien verschwommen zu sein. Und so unwirklich. So … *unerwartet.*

Ich schlich den Flur entlang und bemerkte zwei weitere Schlafzimmer. Sie ähnelten dem Raum, in dem ich die vergangenen Stunden verbracht hatte. *War es ein Tag? Zwei Tage? Oder eine ganze Woche?*

Nein. Keine Woche.

Asher hatte gesagt, dass uns noch zwölf Tage blieben, bis die Mitglieder von Sin Cave hier eintreffen würden.

Es fühlte sich an, als sei seit dem Mord an Nathan ein Jahr vergangen, aber realistisch betrachtet waren es höchstens ein oder zwei Tage.

»Du arbeitest zu viel«, hörte ich eine weibliche

Stimme. Ich hielt am oberen Ende der Wendeltreppe inne, die hinunter ins Erdgeschoss führte. Von hier oben hatte ich einen Blick auf den Eingangsbereich und das angrenzende Wohnzimmer.

»Das Gleiche könnte ich von dir behaupten«, erwiderte Asher mit belustigtem Unterton.

Wieder ertönte ein Quietschen und ich zuckte zusammen. Diesmal folgte jedoch ein Lachen, das eindeutig von einem glücklichen Kind kam.

Dann hörte ich das Glucksen eines Mannes, dessen Stimme ganz nach Asher klang. »Ich glaube, er mag mich, Kleine.«

»Natürlich tut er das, Opa. Er darf ja auch an deinen Haaren ziehen«, erwiderte die Frau.

»An Yons Haaren kann er schlecht ziehen.«

»Sehr witzig«, sagte eine männliche, ausdruckslose Stimme und klang ganz und gar nicht amüsiert. *Das ist nicht Asher.*

»Es ist doch wahr«, entgegnete Asher mit einem belustigten Tonfall. »Euer Sohn ist ... *Autsch.*«

»Ich nehme alles zurück. Das war urkomisch«, erwiderte der andere Mann. »Na los, Graham. Zieh noch einmal an Onkel Ashers Haaren.«

»Wir sollten unserem Kind nicht beibringen, wie es ...« Die Frau, von der ich mittlerweile annahm, dass sie Ashers Schwester war, verstummte. »Oder doch, warum eigentlich nicht, mach es noch einmal, Graham.«

»Langsam bereue ich es, euch auf meine Insel eingeladen zu haben«, murmelte Asher. »Solltet ihr beide nicht eure Hochzeitsreise genießen? Warum seid ihr hier in meiner Villa?«

»Weil wir dich beim Frühstück nicht gesehen haben. *Schon wieder.*« Ja, das klang eindeutig nach einem schwesterlich tadelnden Tonfall. Ich hatte mehrfach erlebt, wie meine frühere Mitbewohnerin Jen mit ihrem älteren Bruder in diesem Ton gesprochen hatte. Normalerweise war es dabei um ihr Alter gegangen oder darum, dass sie als Erwachsene behandelt werden wollte. In seinen Augen war sie immer noch ein Kind, doch das stellte ein Problem dar, da sie in seinen besten Freund verliebt war und daraus keinen Hehl machte. Dieser sah in ihr jedoch nur die kleine Schwester seines Freundes. Zumindest bis vor Kurzem.

Eine Nacht im Ecstasy hatte alles geändert.

In gewisser Weise.

Ich runzelte die Stirn und fragte mich, ob sich bei der Abschlussfeier etwas ergeben hatte. Sie hatte vorgehabt, ihn ein letztes Mal zu konfrontieren. Aber ich hatte bereits in einem Flieger auf die Fidschis gesessen und keine Gelegenheit gehabt, sie zu fragen, wie es gelaufen war.

Wahrscheinlich würde ich nie wieder die Chance haben, mit ihr zu sprechen.

Der Gedanke versetzte mir einen Stich im Herzen. Sie war stets meine Freundin und die einzige Familie gewesen, die ich je gekannt hatte.

Und jetzt …

Es fühlte sich an, als läge das alles ein Leben lang zurück.

»Wenn ich euch verspreche, morgen beim Frühstück zu erscheinen, darf ich dann wieder an die Arbeit gehen?«, fragte Asher.

»Hm, vielleicht«, antwortete seine Schwester. »Aber nur, wenn du dich bereit erklärst, diese Woche einmal mit uns zu Abend zu essen.«

»Ich glaube nicht, dass sie den Sinn der Flitterwochen verstanden hat, Yon«, sagte er im Plauderton. »Vielleicht solltest du ihr etwas auf die Sprünge helfen?«

»Glaub mir, ich tue mein Bestes. Aber sie ist von ihren älteren Brüdern seltsamerweise wie besessen.«

»Das ist nicht wahr!«, rief sie aus, woraufhin ihr Sohn ein Glucksen ausstieß.

Ich hätte fast gelächelt. Es war ein so unschuldiger, glücklicher Laut. *Habe ich als Kind jemals so gelacht?*, fragte ich mich und trat einen Schritt vom Geländer zurück. Ich hatte ihrer Unterhaltung schon lange genug gelauscht und war nicht mutig genug, im Bademantel hinunterzugehen.

Außerdem bezweifelte ich, dass Asher seiner Schwester meine Anwesenheit erklären wollte.

Also wandte ich mich ab, um mich zurück in mein Zimmer zu schleichen. Doch dann hielt ich inne und betrachtete die geschlossene Tür am Ende des Flurs. *Ashers Zimmer*, dachte ich und erinnerte mich daran, wie er auf die Wand gezeigt hatte.

Instinktiv ging ich weiter. Ich war neugierig darauf zu sehen, was für ein Zimmer Asher bewohnte. Würde sich unter dem Bett ein Käfig befinden? Neben dem Bett? Gitterstäbe an der Wand? Ein Kreuz?

Seine Tür war nicht verschlossen, also trat ich ein.

Mir stockte der Atem, als mein Blick auf die gegenüberliegende Seite fiel.

Fenster.

So. Viele. Fenster.

Ein Balkon umlief zwei Drittel seines Zimmers, dessen hohe Decke sich über zwei Stockwerke erstreckte und von Oberlichtern durchbrochen war. Ein riesiges Himmelbett mit transparenten weißen Vorhängen stand an einer der einzigen Wände des Zimmers.

Kein Käfig.

Keine Gitter.

Keine Anzeichen von Perversionen.

Dennoch war der Raum auf eine undefinierbare Art durch und durch männlich.

Mit den Möbeln aus dunklem Holz und dem dekorativen Steinboden fügte er sich in das restliche Ambiente der Insel ein. Die weiße Bettwäsche verstärkte den Effekt und passte zu den wallenden Vorhängen an den Glastüren. Zwei der Türen standen offen, sodass eine leichte Brise durch den Raum wehte und den Duft von Salz und Meer verströmte. Ich atmete das beruhigende Aroma ein und ging auf den Balkon zu.

Als ich durch die Glastüren trat, erkannte ich, dass der Balkon sich nicht nur entlang seines Schlafzimmers erstreckte, sondern auch das Zimmer umspannte, in dem ich untergebracht war.

Das bedeutete, dass er sich vom Balkon aus in mein Zimmer schleichen konnte.

Doch das hatte gar nichts zu sagen.

Er könnte auch einfach die Tür im Flur benutzen.

Zudem hatte er mich nicht belästigt, sondern lediglich in regelmäßigen Abständen nach mir gesehen.

Dann hatte er mich gewaschen.

Ich fuhr mit den Fingern durch mein zerzaustes Haar und dachte, dass ich es wohl hätte bürsten sollen. *Nun ja.*

Als ich einen Blick auf den endlosen Ozean und den weichen Sandstrand unter mir warf, kamen mir meine Haare unbedeutend vor.

Diese Aussicht … war himmlisch.

Sein Haus unterschied sich von der Villa, in der ich am ersten Tag gewohnt hatte. Es war nicht direkt auf dem Wasser gebaut, sondern stand am Strand und verfügte über einen Steg, der zu einer Jacht führte.

Ich konnte in direkter Umgebung kein weiteres Anwesen entdecken, was darauf schließen ließ, dass ihm dieser kleine Teil der Insel gehörte.

Nun, nein, ihm gehörte die ganze Insel.

Aber das hier war sein Wohnsitz.

Und er achtete darauf, dass keine Gäste in der Nähe seines Heims wohnten.

Nicht einmal seine Schwester und ihre Familie.

Interessant, dachte ich und atmete noch einmal tief durch.

So schön. So faszinierend. So perfekt.

Ich könnte für immer hierbleiben.

Hatte … hatte Asher mir dieses Angebot nicht unterbreitet? Hatte er mir nicht vorgeschlagen, hier zu leben?

Das würde natürlich voraussetzen, dass ich ihm *glaubte*. Der Gedanke erschien immer weniger abwegig, vor allem nachdem ich ihn mit seiner Schwester belauscht hatte.

Sie … sie klang glücklich. Weil sie mit jemandem verheiratet wurde, den sie tatsächlich mochte? Oder … oder weil sie gar keine Elitebraut war?

Die meisten Frauen, deren Brüder dem Netzwerk angehörten, wurden dem Elitebraut-Programm übergeben, da sie häufig aus Familien stammten, die von arrangierten Ehen profitieren würden.

So wie meine eigene. Als Alleinerbin von Rose Royale brauchte mein Vater einen geeigneten Kandidaten, der die Geschäfte übernehmen würde.

Aber er wollte jemanden, den er kontrollieren konnte.

Aus diesem Grund hatte er Taylor Huntington gewählt.

Und es war meine Aufgabe, Taylors Anforderungen zu erfüllen, die er an eine Ehefrau stellte. Ganz gleich, wie diese aussahen.

Ich festigte den Griff um das Balkongeländer und betrachtete das Meer. Ich hatte schon häufig an Selbstmord gedacht, vor allem in den ersten Tagen meiner

Ausbildung. Aber irgendetwas hatte mich immer zurückgehalten.

Eine Art Stolz.

Das Bedürfnis, mich nicht von der Dunkelheit verschlingen zu lassen.

Aber je näher die Hochzeit rückte, desto mehr zog ich diese Möglichkeit in Betracht.

Der Mord an Nate war der erste Schritt gewesen.

Allerdings hatte ich meinen zweiten Schritt nie durchdacht und lediglich überleben wollen. Dann hatte Asher Sinner ... mich *gefunden*. Ich erinnerte mich nur dunkel an den Moment am Strand und an sein Gesicht über mir.

Wer bist du wirklich?, fragte ich mich und ließ den Blick über den Strand schweifen, bevor ich den Balkon betrachtete und mich zu seiner Villa umdrehte. *Was hast du ...*

Meine Knie hätten fast nachgegeben, als ich sah, dass er an der Schiebetür lehnte. Er hatte die Hände lässig in die Hosentaschen gesteckt und fixierte mich mit einem Blick.

Verdammt! Mein Herz raste und ich legte mir eine Hand an die Brust.

Er stieß sich von der Tür ab und schlenderte auf mich zu. »Genießen Sie die Aussicht?«, fragte er mit gedämpfter Stimme.

»J-ja«, stammelte ich und musste schlucken.

Ich sah ihm an, dass er mir nicht glaubte. Doch dann ließ er den Blick über die Umgebung schweifen und nickte. »Würden Sie gern hier draußen frühstücken?«

Ich warf einen Blick auf den steinernen Boden des Balkons und verzog den Mund. »Äh.« Wenn ich seine Frage bejahte, würde er mich wahrscheinlich zum Essen niederknien lassen. Und wenn ich ablehnte, würde er mich wahrscheinlich ebenfalls auf die Knie zwingen. Im Grunde hatte ich ohnehin keine Wahl.

»Adalyn?« Er packte mein Kinn und hob meinen Kopf an.

»Ich …«, begann ich und räusperte mich. »Was immer Sie wünschen, Herr.«

Er bedachte mich mit einem enttäuschten Ausdruck im Gesicht. Dann zog er sein Handy aus der Tasche und führte es an sein Ohr. »Wir werden auf meinem Balkon essen«, sagte er und blickte mir dabei in die Augen. »Kissen wären wunderbar, danke.«

Kissen?, dachte ich und legte die Stirn in Falten.

Im nächsten Moment lenkte er mich ab, indem er mich an der Hüfte packte und wieder dem Meer zudrehte. Dann führte er mich an den Rand des Balkons. »Die Sache zwischen uns wird folgendermaßen ablaufen«, flüsterte er mir ins Ohr, wobei er meine Hände ergriff und sie aufs Geländer legte.

Ich erschauderte und wartete darauf, dass er mir den Bademantel vom Leib reißen oder bis zur Taille hochziehen würde.

Doch er legte nur sanft seine Hände auf meine und hielt mich zwischen dem Geländer und seinem muskulösen Körper gefangen.

Es war mir zuwider, wie gut seine Brust sich an meinem Rücken anfühlte.

Und wie er mich mit der Wärme seines Körpers umhüllte.

Mein Herz setzte einen Schlag aus, als er mit den Lippen meinen Hals streifte, bevor er sie wieder an mein Ohr führte. »Wenn ich Ihnen eine Frage stelle, möchte ich, dass Sie mir wahrheitsgemäß antworten und mir sagen, wie Sie sich fühlen. Ich will wissen, wovor Sie sich fürchten oder was Ihnen Unbehagen bereitet. Gerade eben wollten Sie nicht auf dem Steinboden knien. Hätten Sie es mir gegenüber zugegeben, dann hätte ich Ihnen erklärt, was ich mit einem Essen hier draußen meine.«

Ich nahm eine subtile Veränderung der Atmosphäre wahr, als jemand hinter uns auf den Balkon trat. Seltsamerweise hatte ich nicht bemerkt, wie Asher sich an den Türrahmen gelehnt hatte. Vielleicht lag es an dem Pfefferminzduft, der aus seinem Zimmer strömte und sich ohnehin mit der salzigen Luft hier draußen vermengte.

Und jetzt war noch etwas anderes hier.

Jemand anderes.

Ich wollte mich dem Eindringling zuwenden, doch Asher schlang eine Hand um meinen Nacken und zwang mich, weiter aufs Meer hinaus zu starren, während er mir ins Ohr flüsterte: »Ich hätte Ihnen erklärt, dass ich Balkonmöbel habe, die ich gerade bringen lasse, damit wir darauf sitzen können, während wir essen. Ich behandle Frauen nicht wie Haustiere, Adalyn. Ich behandle sie wie Gleichberechtigte.«

Er liebkoste meinen Hals, woraufhin mein Puls in die Höhe schnellte.

Weil er mich berührte.

Und mich festhielt.

Ich sehnte mich nach all den Dingen, die er mir ins Ohr flüsterte, doch ich fürchtete, dass sie mir im nächsten Moment wieder entrissen würden. Das alles schien nur ein Traum zu sein, aus dem ich eines Tages wieder erwachen würde.

»Ich möchte, dass Sie sich ein Safeword aussuchen, Adalyn, damit Sie es äußern können, falls Ihnen eine Situation Unbehagen bereitet. Sie können es zu jedem Zeitpunkt benutzen, ohne irgendwelche Konsequenzen fürchten zu müssen.« Er strich mit dem Daumen über meinen Hals. Ich fühlte mich gefangen und zugleich auf seltsame Weise sicher.

Es war, als sorgte er dafür, dass ich das Gleichgewicht nicht verlor.

Während er mich mit einer schlichten Berührung aufrecht hielt.

Was tut dieser Mann nur mit mir?

»Ein Safeword«, wiederholte ich. Ich war wie berauscht von seiner Nähe. Schon wollte ich erwidern, dass ich so etwas nicht brauchte, da ich keine Grenzen hatte. Doch die Phrasen, die mir eingetrichtert worden waren, wollten mir nicht über die Lippen kommen. Fast hatte ich das Gefühl, als wollte er mich mit seiner Hand würgen, um mich daran zu hindern, sie auszusprechen.

Doch ich konnte problemlos atmen.

Was bedeutete, dass er nicht einmal zudrückte.

»Ja, Adalyn. Damit belohne ich Sie dafür, dass Sie heute so brav waren. Ich gebe Ihnen ein verbales Signal, das Sie benutzen können, um einer Situation zu entkommen, wann immer Sie es für nötig halten.«

Ich öffnete die Augen. Dabei war ich mir nicht einmal sicher, wann ich sie geschlossen hatte, so verloren war ich in dem Gefühl, ihn hinter mir zu spüren.

Eine Belohnung.

Ein Safeword, das ich einmalig verwenden konnte.

»Egal welche Situation?«, fragte ich, als ich den Atem ausstieß.

»Egal welche«, wiederholte er. »Sobald Sie sich unwohl fühlen, sprechen Sie das Wort aus. Und wenn Sie brav sind und Ihr Frühstück aufessen, werde ich Sie belohnen, indem ich Ihnen gestatte, es ein zweites Mal zu benutzen.«

Also würde ich zweimal ein Safeword anwenden können, um einer unangenehmen Situation zu entkommen.

Mein Herz setzte einen Schlag aus.

Nate hatte mir nie ein Safeword geboten.

Doch plötzlich sehnte ich mich nach dieser Fluchtmöglichkeit. Damit hätte ich die Möglichkeit, *Nein* zu sagen und selbst zu *entscheiden*. »Ja«, flüsterte ich. »Ja, bitte.«

Er legte die Hände an meine Hüfte und drehte mich langsam zu sich um. »Welches Wort würden Sie benutzen, um eine Session zu beenden und Ihr Unbehagen zum Ausdruck zu bringen?«

Ich betrachtete ihn für einen Moment.

»Es sollte etwas sein, das Sie normalerweise nie sagen würden. Ein Wort, das Ihnen entweder missfällt oder das Sie nie mit Sex in Verbindung bringen würden.«

Ich wusste, was ein Safeword war, doch das hatte ich ihm nicht verraten. Das lag vor allem daran, dass mir seine Definition wesentlich besser gefiel als die, die Nathan mir einmal gegeben hatte. Ich hatte ihn um eine Erklärung gebeten, nachdem mir der Begriff in einem Klub zu Ohren gekommen war.

»Es ist ein Wort, das jämmerliche Subs benutzen, wenn sie dem Druck nicht mehr standhalten können. Du wirst so etwas nicht brauchen, weil du keine Grenzen hast. Du wirst tun, was immer ich will, wie immer ich will, wo immer ich will. Kein Wort wird dich jemals vor mir retten können.«

Die Erinnerung an das, was er als Nächstes getan hatte, ließ mich erschaudern. Er hatte mir seinen Standpunkt verdeutlicht, indem er meine Schmerzgrenze erweitert hatte. Allein der Gedanke ließ mich zusammensacken.

Asher fing mich auf.

Meine Beine zitterten und ich packte seine Oberarme, während ich darum kämpfte, mich aufrecht zu halten.

Er gab mir einen Moment Zeit, während ich die salzige

Luft einatmete, die mit seinem Pfefferminzduft durchzogen war.

Sicher, flüsterte mir eine innere Stimme zu. *Endlich sicher.*

Es war natürlich eine Lüge.

Ein Traum.

Ein Hirngespinst.

Aber ich gestattete mir für einen Augenblick, daran zu glauben, denn es gab mir die Kraft, meine Gedanken zu sammeln.

Er wollte ein Safeword.

Einen Begriff, den ich beim Sex nie aussprechen würde.

Es gab so vieles, was ich während einer Session nicht sagen wollte, zu dem ich jedoch gezwungen wurde. *Lass mich bluten. Verletze mich. Würge mich.*

Nichts davon hatte ich je gewollt.

Es wäre ein Leichtes, diese Phrasen jetzt wiederzugeben, doch sie würden nicht funktionieren. Es sollte ein Wort sein, das ich normalerweise nicht aussprechen würde oder musste, andernfalls würde ich mein Safeword vergeuden. Denn mit Blut, Schmerzen und Atemspielen konnte ich umgehen.

Nein, es musste ein Wort sein, das mir nie über die Lippen kam.

Etwas, das ich tief in mir verbarg.

Vielleicht eine Angst.

Eine, die ich in einer solchen Situation niemals preisgeben würde, es sei denn, ich sah keinen anderen Ausweg.

»Träume«, flüsterte ich.

Er sah blinzelnd auf mich herab. »Wie bitte?«

»Träume«, wiederholte ich und begegnete erneut seinem glühenden Blick. »Mein Safeword ist *Träume*.«

Denn in meiner Welt gab es keine Träume.

Mich einer Session entziehen zu können käme einem Traum gleich.

Deshalb war das Wort so passend.

Träume waren eine Flucht. Träume waren eine Illusion. Träume waren Fantasien, die nicht existierten.

Genau wie ein Safeword.

Für mich gab es keine Grenzen. Ich durfte mich nicht verweigern.

Und zu glauben, dass er mir jemals erlauben würde, ein Safeword zu benutzen, war nur ein weiterer dummer Traum.

Wie auch immer, ich würde es benutzen.

Nur um zu sehen, ob es tatsächlich funktionierte.

Denn vielleicht würde meine Fantasie ein einziges Mal in meinem Leben wahr werden. Vielleicht würde ich tatsächlich das Recht haben zu *träumen*.

KAPITEL DREIZEHN

ASHER

TRÄUME.

Adalyns Safeword hatte mich den ganzen Tag und die ganze Nacht über verfolgt. Ebenso wie ihr Verhalten beim Frühstück – eigentlich war es eher ein Brunch, als wir endlich bei Tisch saßen – und beim Abendessen.

Ihr Benehmen war perfekt gewesen.

Elegant.

Selbstsicher.

Wunderschön.

Sie verhielt sich, als sei alles in bester Ordnung.

Also belohnte ich sie, indem ich ihr zwei weitere Gelegenheiten gewährte, bei denen sie ihr Safeword äußern durfte. Eigentlich hatte ich die Absicht, sie das Wort unendlich oft benutzen zu lassen, denn der Zweck eines Safewords war es, der Sub eine gewisse Kontrolle zu überlassen.

Aber offensichtlich war ihr schon vor langer Zeit eingetrichtert worden, dass diese Möglichkeit für sie nicht infrage kam. Das bedeutete, dass es schwierig sein würde, ihre Grenzen zu definieren.

Und damit meinte ich nicht nur ihre sexuellen, sondern auch die emotionalen.

Aus diesem Grund ärgerte mich ihr perfektes Benehmen. Sie versteckte sich hinter einer zufriedenen Fassade und tat so, als sei in ihrem Leben alles in Ordnung. Doch ich wusste, dass das Gegenteil der Fall war, denn ich hatte bereits zweimal miterlebt, wie sie zusammengebrochen war.

Jetzt stand sie in einem hübschen hellblauen Kleid vor mir, hatte die Haare hochgesteckt und die Hände sittsam vor ihrem Körper verschränkt.

Sie trug weiße Sandalen, die sich perfekt für einen Strandspaziergang eigneten.

Sie war absolut umwerfend.

Und starrte mich aufmerksam an.

Es schien, als wartete sie auf eine Gelegenheit, um ihr Safeword zu testen. Wahrscheinlich wollte sie herausfinden, ob ich ihr tatsächlich erlauben würde, es zu benutzen.

Das bedeutete, dass sie das Konzept nicht im Geringsten verstanden hatte.

Zudem vertraute sie mir nicht ein bisschen und ging vermutlich davon aus, dass ich mein Wort brechen würde.

Genau darin lag unser Problem – keiner von uns beiden vertraute dem anderen. Doch das würde zur Gefahr werden, wenn die Elitemitglieder in zehn Tagen hier eintreffen würden.

Ich glaubte nicht, dass sie hinsichtlich Nathans Tod schweigen würde.

Sie glaubte immer noch, ich sei wie diese Leute.

Und wenn ich sie nicht schon bald vom Gegenteil überzeugte, würden wir wahrscheinlich beide die Konsequenzen dafür tragen müssen.

»Wie fühlen Sie sich heute?«, wollte ich wissen.

»Gut, Herr.«

Ich kniff die Augen zu dünnen Schlitzen zusammen. »Haben Sie letzte Nacht geschlafen?« Die Ringe unter ihren Augen ließen vermuten, dass sie kein Auge zugetan hatte.

»Ja, Herr.«

Ich nickte. »Aha. Dann werden wir uns heute also wieder gegenseitig anlügen?« Sie hatte mich schon gestern auf dem Balkon belogen, indem sie sich geweigert hatte, mir ihre Bedenken bezüglich eines Frühstücks im Freien mitzuteilen.

In dem Moment, in dem sie den Blick zu Boden gesenkt hatte, hatte ich gewusst, dass sie glaubte, ich würde sie dort knien lassen, während ich sie fütterte. Und wie ich auf dem Video auf Nathans Handy gesehen hatte, hätte er genau das getan.

Aber sie hatte ihre Befürchtungen nicht geäußert.

Und sie hatte mir nicht gesagt, was sie zum Abendessen wollte. »Was immer Sie wünschen, Herr.«

Als ich sie gefragt hatte, wo sie essen wolle, hatte sie geantwortet: »Wo immer Sie wünschen, Herr.«

Ich hatte das Gefühl, dass sie dasselbe hinsichtlich des Frühstücks heute Morgen sagen würde.

»Adalyn, wir haben nur zehn Tage Zeit, einander kennenzulernen.« Ich trat einen Schritt vor, wobei ich mich absichtlich in ihren persönlichen Raum drängte und sie zwang, zu mir aufzusehen. Sie starrte allerdings lediglich auf meine Brust. »Sehen Sie mich an.«

Sie schluckte, gehorchte aber, indem sie langsam den Kopf hob. Bis auf das kaum merkliche Aufflackern in ihren dunklen Augen war ihr unterwürfiges Verhalten makellos.

»Sie müssen mir sagen, was Sie wollen, Adalyn. So

langsam sollten Sie mir gegenüber Ihre Ängste zum Ausdruck bringen und mir Ihre Grenzen aufzeigen.«

Als sie den Mund öffnete, hob ich eine Hand.

»Erzählen Sie mir nicht wieder etwas davon, dass Sie keine Grenzen haben. *Jeder Mensch* hat Grenzen. Und ich muss Ihre verstehen, damit wir den Elitemitgliedern als eine Einheit gegenübertreten können. Sie wissen über das Netzwerk Bescheid und sind dazu ausgebildet worden, in diesen Kreisen zu leben. Ich hingegen habe keine Ahnung und muss mich auf Ihre Führung verlassen.«

Sie blinzelte mich mit ihren großen, dunklen Augen an und ließ dabei ihre Wimpern flattern. »Sie … Sie wollen, dass ich Sie unterrichte?«

»Ich möchte, dass Sie mit mir reden«, korrigierte ich sie. »Ich möchte, dass Sie die Augen öffnen und sehen, dass ich nicht wie diese Leute bin. Wahrscheinlich biete ich Ihnen im Moment eine einmalige Gelegenheit. Helfen Sie mir, Ihnen zu helfen, Adalyn. Allein schaffe ich das nicht.«

Ich klang verzweifelt, aber ich wusste nicht, wie ich sonst zu ihr durchdringen konnte.

Sie betrachtete mich einen Moment. Ihr scharfsinniger Blick verriet mir, dass sie gerade jedes Szenario und jeden möglichen Schachzug in Erwägung zog.

Diese wunderschöne Frau war nicht nur brillant, sondern auch mutig. Sie war eine Überlebenskünstlerin.

Genau die Art Frau, die mich in ihren Bann ziehen konnte.

Zudem war sie vollständig gebrochen und sie war mir ein Rätsel, das ich zu lösen gedachte. Wenn ich nicht vorsichtig war, würde sie zu einer Sucht werden.

Ich wollte sie retten, aber sie musste es zulassen. Zuerst musste sie den Willen aufbringen, von mir gerettet zu werden, und daran glauben, dass ich dazu in der Lage war.

Doch diesen Punkt hatten wir noch lange nicht erreicht.

Dennoch nickte sie zaghaft. »Ich bin müde. Nein, ich habe nicht gut geschlafen. Ich habe die ganze Nacht lang darauf gewartet, dass Sie oder ein anderer Mann in mein Zimmer kommen, um mein Safeword auf die Probe zu stellen.«

Diese Antworten entsprachen alle der Wahrheit.

Ich nahm sie als ein Friedensangebot entgegen und hoffte, dass sie auch weiterhin so mitteilsam sein würde.

»Der Zweck eines Safewords ist nicht, es zu testen. Ein guter Dom treibt seine Sub nie an den Punkt, an dem sie es benutzen muss. Da jedoch ganz offensichtlich ist, dass Sie nie die Möglichkeit hatten, Ihre Grenzen zu bestimmen, müssen Sie es benutzen. Nur so kann ich herausfinden, was Ihnen Unbehagen bereitet.«

Sie starrte mich nur an. Offenbar hatte sie meine Erklärung nicht verstanden.

Nein, sie hatte sie durchaus begriffen.

Sie traute mir nur nicht über den Weg.

Nun gut. Ich würde ihr durch Taten beweisen müssen, dass ich meine Worte ernst meinte.

»Haben Sie Hunger?«, fragte ich sie, um das Thema zu wechseln.

»Ja.«

»Haben Sie Lust auf einen Spaziergang?« Ich hatte Darby versprochen, dass sie mich heute beim Frühstück antreffen würde, und ich hatte nicht vor, sie zu enttäuschen.

Außerdem musste ich mit Adalyn zusammen gesehen werden, denn nur so konnte ich der stürmischen Romanze, die ich den Mitgliedern von Sin Cave auftischen wollte, Glaubwürdigkeit verleihen.

Ihre Organisation hat hervorragende Arbeit geleistet. Ich habe mich in sie verliebt und werde sie behalten.

Natürlich entsprach das nicht der Wahrheit, denn ich hatte nicht den Wunsch, sie zu besitzen.

Aber sie würde auf meiner Insel bleiben und unter meinem Schutz stehen.

»Ich würde gern spazieren gehen.« Tatsächlich erhellte sich ihr Blick bei diesen Worten.

»Wie wäre es, wenn wir zum Frühstück am Strand entlanggehen? Anschließend werde ich Ihnen eine Besichtigungstour geben«, bot ich ihr an. Ich hatte ihr den Vorschlag vor Kurzem schon einmal unterbreitet, doch dann hatten sich unsere Pläne zerschlagen. Doch jetzt schienen wir wieder auf dem richtigen Weg zu sein.

Ich wartete immer noch auf ihre Entscheidung. Angesichts des mangelnden Vertrauens, das zwischen uns herrschte, würde diese allerdings nur schwer zu fällen sein.

Vielleicht musste ich mir also einen weiteren Tag Zeit nehmen, um mich ihr gegenüber zu beweisen.

Und morgen würde ich sie noch einmal fragen.

Denn wir mussten nach außen hin geschlossen auftreten, sonst würde das alles nicht funktionieren.

»Was wird die Tour beinhalten?«, fragte sie vorsichtig.

»Was immer Sie gern sehen würden.« Ich zuckte mit den Schultern. »Lassen Sie uns mit dem Frühstück beginnen und dann erzählen Sie mir, was Sie sich wünschen.«

Sie warf mir erneut einen argwöhnischen Blick zu und ich wusste, dass sie mich auf die Probe stellen wollte.

Wie hatte sie sich neulich ausgedrückt?

Ach, richtig. *Halten Sie sich nicht zurück.*

Sie lächelte, als könne sie meine Gedanken hören. Dann sagte sie: »Frühstück klingt wunderbar.«

Sie log schon wieder, doch ich ließ es durchgehen. »Kommen Sie.«

Ich führte sie den Flur und die Treppe hinunter und blieb vor einem Tisch im Eingangsbereich stehen.

Nachdem ich Adalyn mit einem abschätzenden Blick gemustert hatte, reichte ich ihr eine Sonnenbrille.

Dann schnappte ich mir meine eigene und ging nach draußen, um sie aufzusetzen. Adalyn tat es mir gleich. Die Brille war ein wenig zu groß für ihre zierliche Nase, doch sie würde ihren Zweck erfüllen.

»Haben Sie eine Sonnenbrille mitgebracht?«, wollte ich wissen, als wir uns in Bewegung setzten.

»Ich bin mir nicht sicher. Nate hat meinen Koffer gepackt.«

Ich stieß ein Knurren aus und hatte erneut eine Wut auf den Scheißkerl. Glücklicherweise war ich jetzt bei ihr und würde mich um sie kümmern.

Vorausgesetzt sie ließ es zu.

Ich ging neben ihr her und legte ein gemächliches Tempo vor. Auf diese Weise konnte sie die Landschaft bewundern, ohne sich jedoch zu überanstrengen. Immerhin litt sie immer noch an einer Gehirnerschütterung.

Sie ließ den Blick über die Vegetation schweifen, bevor sie sich dem Meer zu ihrer Rechten zuwandte. Sie ließ alles auf sich wirken und verzog dabei sogar leicht die Lippen zu einem Lächeln. Offenbar gefiel ihr die Aussicht.

»Diese Blumen sind wunderschön«, sagte sie nach einigen Minuten des Schweigens.

Ich folgte ihrem Blick zu den rosafarbenen Hibiskussträuchern entlang des Steinwegs. »Sie wachsen überall auf der Insel.« Ich griff nach einer Blüte und sagte: »Warten Sie.«

Adalyn hielt ruckartig inne und spannte die Schultern

an. Es schmerzte mich zu sehen, dass ein einfacher Befehl diesen Moment zunichtemachen konnte, doch ich würde es wiedergutmachen.

Mit der rosa Blüte in der Hand stellte ich mich vor sie. »Sie haben doch keine Pflanzenallergie, oder?«

»Nein, Herr«, flüsterte sie, wobei sie sofort wieder in ihre unterwürfige Rolle verfiel.

»Asher«, korrigierte ich sie. »Ich spiele nur im Schlafzimmer oder in einem Spielbereich«, erklärte ich und strich ihr sanft das Haar aus dem Gesicht, bevor ich ihr die Blüte hinters Ohr steckte.

Dabei hielt sie den Atem an und bewegte sich keinen Zentimeter.

Sobald ich die Blume in ihrem Haar befestigt hatte, trat ich mit einem Lächeln zurück. »Wunderschön.«

Sie stand reglos da. Offensichtlich wartete sie darauf, dass noch etwas geschah.

»Wir sind fast da.« Ich legte eine Hand an ihren Rücken und drängte sie sanft weiterzugehen. Ihre Schultern waren noch immer angespannt, doch sie ging anmutig neben mir her. Ich fragte mich, ob sie in einem früheren Leben Tänzerin gewesen war oder ob sie eine geworden wäre, wenn ihre Eltern es erlaubt hätten.

Hatte sie Hobbys? War ihr überhaupt je die Möglichkeit geboten worden, ein Hobby zu haben?

Der Gedanke, wie viel man dieser Frau genommen hatte, machte mich wütend. Ihr war so viel Leben geraubt worden. So viel Freiheit. So viel *freier Wille*.

Ich atmete tief durch, um mich zu beruhigen, bevor ich etwas sagte oder tat, was ihr Angst machen könnte. Mein Blut kochte jedes Mal, wenn ich daran dachte, was sie durchgemacht hatte. Aber ich beruhigte mich, indem ich mir selbst das Versprechen abnahm, ihr eine bessere Zukunft zu bieten.

Ich war nicht in der Lage, jeden zu retten.

Aber ich würde sie retten.

Ich strich ihr über die Wirbelsäule und legte ihr beruhigend eine Hand an den Nacken, als wir uns dem Frühstücksbereich der Insel näherten. Die Deckenventilatoren kühlten die Luft, während der Raum von einer erfrischenden Meeresbrise erfüllt wurde.

Es war noch früh, daher war das Restaurant noch weitgehend leer, doch die wenigen Gäste, die sich bereits eingefunden hatten, blickten mit zufriedenen Mienen zu mir auf. Viele von ihnen schenkten mir sogar ein dankbares Lächeln.

Gut.

Genau das wollte ich auf meiner Insel sehen.

Nirgendwo kniete jemand neben dem Tisch, alle saßen auf ihren Stühlen und genossen ihr Frühstück. Wobei Matthias Bronson seine Frau mit der Hand zu füttern schien. Doch die Art und Weise, wie sie ihm nach jedem Bissen die Finger ableckte, deutete darauf hin, dass die beiden ein sinnliches Spiel miteinander spielten. Ich hätte nichts dagegen, dasselbe mit der Frau neben mir zu tun.

Aber damit würde ich noch warten müssen.

In Anbetracht der Umstände war ich mir nicht sicher, ob wir überhaupt je miteinander spielen würden.

Doch das bedeutete nicht, dass ich abgeneigt wäre. Irgendwann vielleicht.

»Normalerweise sitze ich dort drüben«, erklärte ich ihr leise und deutete auf den Tisch, der der Küche am nächsten war. Von dort aus konnte man den ganzen Raum überblicken. »Aber vielleicht würden Sie lieber näher am Meer sitzen.«

Sie warf einen Blick auf meinen üblichen Sitzplatz und wandte sich dann wieder dem Ozean zu, wobei sie schluckte.

Ich stellte mich hinter sie, legte meine Hände an ihre Hüfte und führte meine Lippen an ihr Ohr. »Sagen Sie mir, was Sie wollen, meine Schöne. Wo wollen Sie sitzen?«

»Meinen Sie nicht knien?«, entgegnete sie mit einem höhnischen Unterton.

»Das hier ist keine Session, Adalyn. Wir frühstücken nur.«

Sie wollte mir den Kopf zudrehen, doch ich schlang eine Hand um ihren Nacken und zwang sie, den Raum zu betrachten.

»Schließen Sie die Augen«, flüsterte ich. Ich wollte, dass sie alles und jeden um uns herum ignorierte. Wie auch meinen Oberkellner. Der kleine, stämmige Mann war in dem Moment auf mich zugekommen, in dem er mich hatte eintreten sehen. Nun warf ich ihm einen vielsagenden Blick zu, um ihm Einhalt zu gebieten.

Er nickte und wich zurück, als Adalyns lange Wimpern auf ihre Wangen fielen. Sie schloss die Augen, wie ich es verlangt hatte.

»Tun Sie so, als seien Sie völlig allein auf der Insel«, flüsterte ich ihr ins Ohr. »Sie sind den Schrecken Ihrer Vergangenheit entkommen. Niemand kann Ihnen hier etwas anhaben oder Sie verletzen. Sie treffen Ihre eigenen Entscheidungen. Dies ist ein neuer Tag. Ihr *erster* Tag in Freiheit. Und Sie dürfen sich aussuchen, an welchem Tisch Sie sitzen und was Sie essen und trinken möchten.«

Sie wurde von einem Schauer durchströmt.

»Denken Sie darüber nach, was Sie sich wünschen«, fuhr ich fort und streifte mit den Lippen ihren Hals. »Sobald Sie bereit sind, öffnen Sie die Augen und wählen einen Tisch.«

Adalyn atmete tief durch. Ich konnte ihren Pulsschlag an meinem Daumen spüren. Dann öffnete sie langsam die Augen. »Dort.« Sie ließ den Blick zu einem Tisch für vier wandern. Er stand nahe am Strand und direkt unter einem Ventilator.

»Gute Wahl, Schätzchen«, murmelte ich und drückte leicht ihren Nacken, bevor ich sie losließ.

Ich ergriff ihre Hand und führte sie zu dem Tisch. Dann wählte ich für sie den Platz, von dem aus man die beste Sicht aufs Meer hatte.

Als ich ihr einen Stuhl heranzog, runzelte sie die Stirn. »Das … das kann ich selbst tun.«

»Das weiß ich«, stimmte ich zu, »aber jetzt übernehme ich das. Setzen Sie sich und sagen Sie mir, was Sie essen möchten.«

Ich sah, dass ihre Kiefermuskeln leicht zuckten und ein trotziges Funkeln in ihre dunklen Augen trat.

Da ist sie, die Überlebenskünstlerin hinter der Fassade.

Komm und spiel mit mir, Schätzchen.

Dich will ich kennenlernen, nicht dieses fügsame Wesen, hinter dem du dich versteckst.

Ich legte eine Hand auf die Rückenlehne ihres Stuhls und stützte die andere vor ihr auf dem Tisch ab, um sie absichtlich zwischen mir und ihrem Sitz einzuschließen. »Was möchten Sie essen, Adalyn?«

KAPITEL VIERZEHN

ASHER

ADALYNS NASENFLÜGEL BEBTEN, als sie unverhohlen meinem Blick begegnete. »Was ich essen will?«

»Ja, genau das habe ich gefragt. Worauf haben Sie Lust?«

Triff eine Entscheidung.

Sag mir, was du wirklich willst.

»Also schön. Ich will Eier.« Sie dachte einen Moment nach. »Eigentlich hätte ich lieber *Waffeln*. Und Pfannkuchen. Arme Ritter. Mit viel Sirup. Zucker. Habe ich schon Sirup erwähnt? Ich will eine ganze Sauciere voll. Vielleicht auch etwas Obst. Speck. Würstchen. Schokolade. Und eine Portion Eiscreme.«

Ich zog eine Augenbraue in die Höhe. »Essen wir Frühstück oder Nachtisch?«

»Warum nicht beides?«, konterte sie.

»Ich verstehe.« Sie versuchte, mich aus der Reserve zu locken, um zu sehen, was ich ihr gestatten und was ich ihr verwehren würde. Wahrscheinlich hatte ihr Ausbilder ihre Ernährung strikt überwacht. Es würde die seltsame Szene erklären, die Clive mir gezeigt hatte.

Dabei hatte Nathan sie beim Abendessen wie ein Tier gefüttert.

Nun, ich war nicht Nathan Spencer.

Das würde sie lernen, und wenn es das Letzte war, was ich ihr beibrachte.

»Ich werde sehen, was der Koch tun kann«, versprach ich ihr und begab mich in Richtung Küche.

Wenn sie die Grenzen meiner Geduld testen wollte, würde ich ihr zeigen, wie unendlich diese Grenze sich ausdehnen ließ.

Und dabei würde ich sie nicht einmal auf dem Boden knien lassen.

Ich erinnerte mich an jedes Detail ihrer Bestellung, als ich sie an Mitch weitergab. Nachdem ich alles aufgezählt hatte, zog er die Augenbrauen bis zum Haaransatz in die Höhe. »Denken Sie, Sie bringen das zustande?«, wollte ich von ihm wissen.

Er dachte ein paar Sekunden über meine Bitte nach, bevor er langsam nickte. »Ich werde Jaz losschicken, um ein paar Sachen aus einer der anderen Küchen zu holen, aber es ist machbar.«

»Danke«, erwiderte ich. »Das weiß ich zu schätzen.«

Auf dem Weg zurück zum Tisch sprach ich mit dem Oberkellner Herald. »Möchten Sie etwas trinken, Sir?«, fragte er mich.

Ich warf einen Blick auf Adalyn. Sie saß mit angespannten Schultern in ihrem Stuhl und blickte auf das Meer hinaus. Wahrscheinlich glaubte sie, sie hätte es zu weit getrieben.

Ich würde ihr jetzt beweisen, dass sie mich nicht einmal annähernd verärgert hatte.

Wenn überhaupt, hatte ihre Trotzreaktion mich begeistert.

»Zwei Wasser, einen Kaffee und die cremigste heiße

Schokolade, die Albert zubereiten kann«, sagte ich und wies auf den Barkeeper. »Aber kein Alkohol, nur eine Menge süßer Schokolade.«

Herald warf mir einen belustigten Blick zu. »Mit Schlagsahne, Sir?«

»Ja.« Was wäre eine heiße Schokolade ohne Schlagsahne? »Können Sie uns auch eine Auswahl an Säften bringen? Ich weiß nicht, was Miss Rose gern trinkt, also bringen Sie mir etwas von allem.«

Er nickte. »Natürlich, Sir.« Er schenkte mir ein vielsagendes Lächeln, bevor ich mich wieder in Bewegung setzte. Wahrscheinlich amüsierte er sich darüber, dass ich eine Frau mit zum Frühstück gebracht hatte. Ich aß hier immer allein, denn diese ganze Insel war für mich wie ein einziges riesiges Büro. Hin und wieder spielte ich auch, aber nie auf Sinners Isle.

Hier war ich von meinen Kunden umgeben.

Mit Ausnahme von Adalyn Rose.

Sie war jetzt mein persönlicher Gast.

Ich setzte mich ihr gegenüber an den Tisch und bemerkte, dass sie zusammenzuckte, als sie sich mir zuwandte. Ich verzog den Mund. »Geht es Ihnen nicht gut?« Sie hatte sich schon gestern auf die gleiche Weise gekrümmt, was darauf hindeutete, dass sie Schmerzen im Unterleib hatte. *Wahrscheinlich von der Klinge.*

Normalerweise genoss ich den Anblick einer Frau, die sich wand, nachdem ich ihr den Hintern versohlt hatte.

Doch das hier war etwas anderes.

Diese Situation brachte mich in Rage.

»Es ist alles in Ordnung«, sagte sie, woraufhin ich eine Augenbraue in die Höhe zog.

»Wir wollten doch ehrlich zueinander sein«, murmelte ich und lehnte mich in meinem Stuhl zurück.

»Soll ich Ihnen erzählen, dass mein Hintern wund ist?«

»Ja, Adalyn. Das würde ich mir wünschen.«

»Und dass mir der Schädel pocht und meine Hand sich ein wenig taub anfühlt?«, fuhr sie mit herausforderndem Tonfall fort.

Ich runzelte die Stirn und warf einen Blick auf besagte Hand. »Zeigen Sie sie mir.«

»Wie bitte?«

»Ihre Hand.« Ich streckte ihr die meine entgegen. »Lassen Sie mich Ihre Hand sehen.«

Sie sah aus, als wollte sie sich mir widersetzen, doch ein Blick von mir genügte und sie gehorchte. Ich verabscheute die Tatsache, dass ich sie nur dazu brachte, sich mir zu fügen, indem ich meine Dominanz spielen ließ. Gleichzeitig verstand ich jedoch, dass es notwendig war. Sie hatte ihr ganzes Leben lang nur Unterwerfung gekannt. Obwohl sie instinktiv rebellierte, schadete sie sich nur selbst damit. Und das konnte ich nicht zulassen.

Sie ballte ihre zierliche Hand zu einer Faust, als sie sie in meine Handfläche legte. Ich zog ihre Finger vorsichtig auseinander, um die Nähte zu betrachten. Die Haut war ein wenig gerötet, aber sie schien nicht infiziert zu sein.

»Ich werde Dr. Zansky bitten, im Laufe des Tages vorbeizukommen, um Sie zu untersuchen«, sagte ich. »Ihre Hand sollte sich nicht taub anfühlen.« Ich strich mit dem Daumen sanft über die Wunde, bevor ich sie losließ. »Was Ihren Kopf betrifft, ist das bei einer Gehirnerschütterung nicht anders zu erwarten. Ein Nickerchen heute Nachmittag sollte Ihnen helfen. Und Ihr Hintern ...« Ich verstummte. »Dafür haben Sie die Schmerzmittel.«

Sie senkte den Blick und ich kniff die Augen zu dünnen Schlitzen zusammen.

»Sie haben die Schmerzmittel doch genommen, nicht wahr?« Ich hatte sie mit den Anweisungen von Dr. Zansky in ihrem Zimmer zurückgelassen. Doch ein Blick reichte aus und ich wusste, dass sie sie ignoriert hatte. Seufzend schüttelte ich den Kopf. »Adalyn, diese Medikamente sollen Ihnen helfen.«

»Sie machen mich schläfrig.«

»Richtig. Genau deshalb sollten Sie sie einnehmen und schlafen.«

»Aber dann …« Sie verstummte und sah auf das Meer hinaus.

»Wenn ich Sie ficken wollte, während Sie bewusstlos sind, hätte ich es längst getan«, teilte ich ihr leise mit. »Und wenn ich Ihnen Schmerzen zufügen wollte, hätte ich das ebenfalls bereits getan.«

»Sie warten doch nur.«

»Worauf denn?«, wollte ich wissen. »Worauf warte ich? Sie sind seit zwei Tagen in meinem Haus. Zwei Tage, in denen Sie mir schutzlos ausgeliefert waren. Ich hätte mit Ihnen anstellen können, was ich wollte. Mir ist klar, dass bisher nur wenig Zeit vergangen ist und es viel länger dauern wird, bis wir Vertrauen zueinander aufgebaut haben, aber bitte fragen Sie sich, *warum* ich warten sollte.«

»Um mich emotional aus der Bahn zu werfen«, flüsterte sie so leise, dass ich sie fast nicht gehört hätte. Doch ihr Blick erhellte sich, als sie mir in die Augen sah. »Sie spielen ein Psychospiel mit mir, sozusagen als ultimative Bestrafung.«

»Weil Sie Nathan ermordet haben?«, fragte ich sie mit gedämpfter Stimme. »Ich habe Ihnen die E-Mails bereits gezeigt, Adalyn.«

»E-Mails kann man fälschen.«

Ich atmete tief durch. Sie hatte nicht unrecht.

»Ich weiß nicht, wie ich es Ihnen sonst beweisen soll, Adalyn«, gestand ich nach einer Weile. »Ich kann nicht einmal ansatzweise verstehen, was Sie durchgemacht haben. Aber ich tue mein Bestes. Und mir ist klar, warum Sie von mir erwarten, dass ich Sie auf die eine oder andere Weise verletze. Aber ich werde alles in meiner Macht Stehende tun, um Ihnen zu zeigen, was für ein Mann ich wirklich bin.«

Sie musterte mich schweigend, wobei sie meine Gesichtszüge genau zu studieren schien.

Ich ließ ihr einen Moment Zeit, um über alles nachzudenken, während ich insgeheim dafür betete, dass sie an mich glaubte. Zumindest ein wenig.

Schließlich unterbrach Harald die Stille, als er mit einem Tablett an unseren Tisch kam. Darauf standen all die Getränke, die ich bestellt hatte.

Mit jedem Glas, das er auf dem Tisch platzierte, riss Adalyn die Augen ein Stück weiter auf. »Nur gut, dass Sie einen Tisch für vier gewählt haben«, scherzte ich, als ich die Anzahl der Gläser zwischen uns betrachtete.

»Und einen schwarzen Kaffee für Sie, Sir.« Herald servierte meine Tasse mit einem Grinsen und überließ uns dann unserer flüssigen Mahlzeit.

»Ich war mir nicht sicher, welchen Saft Sie bevorzugen«, erklärte ich und deutete auf die Auswahl an Getränken. »Also habe ich von jedem ein Glas bestellt. Außerdem hatten Sie offenbar Lust auf etwas Süßes, daher habe ich von Albert, einem der besten Barkeeper der Insel, eine heiße Schokolade zubereiten lassen. Sie ist allerdings alkoholfrei. Dann ist da noch ein Wasser, falls Sie den ganzen Zucker mit etwas herunterspülen wollen.«

Sie starrte mich an. »Sie … Sie haben das alles für mich bestellt?«

»Ganz genau.« Ich hob meine Tasse an und pustete auf den heißen Kaffee. »Falls Sie sonst noch etwas möchten, müssen Sie es nur sagen.«

»Oh, sieh mal einer an, er traut sich tatsächlich aus

seiner Villa heraus«, ertönte eine vertraute Stimme hinter mir und ließ mich zusammenzucken.

Beinahe hätte ich Darby und Yon vergessen. Ich stellte meine Tasse ab und beugte mich zu Adalyn vor. »Bitte benehmen Sie sich«, sagte ich und stand auf, um meine Schwester zu begrüßen.

Sie eilte in einem bunten Sommerkleid auf mich zu, das zu ihrer Persönlichkeit passte. Yon schlenderte in einer Jeans und einem geblümten Hemd hinter ihr her. Er lächelte strahlend, als er sah, wie Darby mich umarmte.

»Dann klappt alles mit dem Kindermädchen?«, fragte ich ihn.

Er nickte. »Ja, sie ist großartig.«

»Das freut mich.« Ich hatte vor, die Kinderbetreuung dem Katalog der angebotenen Dienstleistungen auf der Insel hinzuzufügen. Lauren würde möglicherweise als Vollzeitkraft das Programm leiten. Diese Woche war für sie eine Art Probezeit.

»Und wer ist das?«, wollte Darby wissen.

Man musste kein Genie sein, um zu wissen, wen sie meinte.

Ich drehte mich zu der dunkelhaarigen Schönheit am Tisch um. Sie war zwar nicht aufgestanden, doch sie saß nach wie vor in perfekter Haltung auf ihrem Stuhl und bot einen atemberaubend eleganten Anblick.

»Seine Geliebte für eine Woche«, antwortete Adalyn in einem Tonfall, der genauso steif war wie ihre Haltung, wobei ihr Lächeln fast ihre Augen erreichte.

»Vielleicht für mehr als eine Woche«, erwiderte ich, bevor ich mich wieder Darby zuwandte. »Genießt ihr euren Urlaub?«, fragte ich, um das Thema zu wechseln, bevor meine Schwester Adalyn mit Fragen löchern konnte.

Irgendetwas sagte mir, dass Adalyn derartige

Situationen schon häufiger erlebt hatte, in denen sie sich als jemandes Geliebte ausgegeben hatte.

Freundin. Geliebte. Verabredung.

Fast hätte ich mit den Zähnen geknirscht.

Reiß dich zusammen, Asher.

»Ist alles zu eurer Zufriedenheit?«, fügte ich hinzu, wobei mir die Worte ganz automatisch über die Lippen kamen, da ich mich auch bei meinen Kunden auf diese Weise nach ihrem Wohlergehen erkundigte.

Darbys Wangen liefen rot an und sie warf Yon einen verstohlenen Blick zu, bevor sie mir antwortete: »Ja, wir sind sehr zufrieden.«

»Und euch gefällt die Unterkunft?«, setzte ich erneut an, wobei meine Stimme ein wenig steif klang. Ich wollte wirklich nicht wissen, wie zufrieden meine Schwester mit den Spielchen ihres Mannes war.

Außerdem musste ich immerzu daran denken, dass Adalyn sich als meine Geliebte bezeichnet hatte.

Es klang falsch.

Schmutzig.

Unangemessen.

Denn insgeheim wünschte ich, es sei wahr.

Und tief im Inneren hoffte ich sogar … dass sie noch mehr sein könnte. Aus diesem Grund waren mir die Worte *mehr als eine Woche* unbedacht über die Lippen gekommen.

Auf der anderen Seite war genau das mein Plan. Ich hatte vor, sie als mein persönliches Schoßhündchen getarnt hier auf der Insel zu beherbergen. Vielleicht verfiel ich also ganz automatisch in meine Rolle.

»Es ist eine wunderschöne Insel und die Zimmer sind sehr gemütlich«, antwortete Yon und riss mich aus meinen Gedanken. Seinem Tonfall nach zu urteilen hatte er nicht vor, sich für das gerötete Gesicht seiner Frau zu entschuldigen. Im Gegenteil, er küsste sie sogar auf die Wange, als wollte er sie für ihre Reaktion loben.

Verdammte Scheiße, das war eine schlechte Idee, dachte ich. *Warum habe ich ihr meine Insel für ihre Flitterwochen angeboten? Herrje.*

Ich wandte mich wieder Adalyn zu, die immer noch aufrecht auf ihrem Stuhl saß. In ihren Augen blitzte ein Ausdruck auf, den ich nicht genau definieren konnte. Sie wirkte fast neugierig und zugleich verschlossen.

Darby räusperte sich und setzte sich auf den Stuhl neben Adalyn. »Was gibt es zum Frühstück?«, fragte sie.

»Was immer Mr. Sinner bestellt hat«, antwortete Adalyn, ohne zu zögern.

Ich warf ihr einen vielsagenden Blick zu. »Ich habe genau das bestellt, was gewünscht wurde, Schätzchen.« Ich betrachtete die Vielzahl an Getränken, um ihr zu verdeutlichen, dass ich es ernst meinte.

Sie blinzelte überrascht und öffnete den Mund.

Doch meine Schwester ergriff das Wort, bevor Adalyn etwas erwidern konnte. »Und das wäre?«, wollte sie wissen.

»Das geht uns nichts an«, warf Yon ein und schlang eine Hand um ihren Nacken. »Ich denke, die beiden wollten gerade ein Frühstück zu zweit genießen. Das sollten wir ebenfalls tun.«

Darby schnaubte und breitete eine Serviette auf ihrem Schoß aus. »Und auf eine Gelegenheit verzichten, mehr über die *Geliebte* meines Bruders zu erfahren? Nicht doch.«

»Das war keine Bitte, Baby.«

»Dann bin ich heute wohl in einer aufsässigen Stimmung«, erwiderte sie.

Yon warf mir einen entschuldigenden Blick zu und beugte sich dann vor, um ihr etwas ins Ohr zu flüstern. Was auch immer es war, ihr stand der Mund offen, als sie zu ihm aufsah.

Dann richtete er sich wieder auf und zog eine Augenbraue in die Höhe, als wollte er ihr sagen: *Du bist am Zug, Liebes.*

Darby räusperte sich und legte langsam die Serviette zurück auf den Teller. »Richtig. Ich hatte ganz vergessen, dass wir schon etwas vorhaben.« Sie stand auf und begegnete meinem Blick. »Tut mir leid.«

»Du musst dich nicht entschuldigen«, versicherte ich sowohl ihr als auch Yon. Ich wollte nicht für die perversen Spielchen verantwortlich sein, mit denen er sie bestrafen würde.

Darby verabschiedete sich im Flüsterton von Adalyn, wobei sie ihre Hoffnung zum Ausdruck brachte, dass sie sich später ausgiebiger würden unterhalten können.

Dann führte Yon meine sich nun windende Schwester zur anderen Seite des Raumes.

Mit einem Seufzen schüttelte ich den Kopf. »Ich hätte ihnen nicht anbieten sollen, ihre Flitterwochen auf meiner Insel zu verbringen«, sagte ich und verlieh damit meinen Gedanken Ausdruck.

Adalyn reckte den Kopf, um Yon und Darby hinter mir zu beobachten, dann sagte sie mit einem nachdenklichen Ausdruck in den Augen: »Sie scheint … zufrieden zu sein.«

»Oh, sie ist mehr als zufrieden. Sie ist geradezu verwöhnt«, murmelte ich und setzte mich zurück auf meinen Platz, wobei ich dem Tisch meiner Schwester und ihres Mannes glücklicherweise den Rücken zugewandt hatte. »Yon ist bis über beide Ohren in sie verliebt. Das ist auch besser so, andernfalls säßen ihm sieben ältere Brüder im Nacken.«

»Sieben?«, wiederholte Adalyn.

Ich nickte. »Mein Vater hatte acht Kinder. Ich bin Nummer sieben. Darby ist Nummer acht.«

Adalyn stand der Mund offen. »Oh.«

Ich zuckte mit den Schultern. »Das klingt nach einer ganzen Menge, aber er hatte drei verschiedene Frauen. Darby, Tru – die Nummer sechs in der Sinner-Familie – und ich haben alle eine gemeinsame Mutter. Die anderen stammen aus den ersten beiden Ehen.« Für gewöhnlich war ich nicht derart unpersönlich und hätte die Namen seiner Ex-Frauen genannt, aber auf diese Weise war es einfacher.

»Ich verstehe. Und war er …«

»Ein Mitglied des Eliteklubs?«, beendete ich den Satz für sie, wobei mir ein Gedanke kam. »Was würde mit einer Elitebraut nach einer Scheidung geschehen?«

Sie blinzelte mich an. »So etwas wie Scheidung gibt es in unseren Kreisen nicht.«

»Niemals?«, drängte ich.

Sie überlegte einen Moment und schüttelte dann langsam den Kopf. »Nicht dass ich je davon gehört hätte. Es sind schon Elitebräute … verschwunden.« Sie schluckte. »Man geht davon aus, dass sie tot sind.« Ihr Blick verfinsterte sich. »Vielleicht sind sie tatsächlich tot. Oder es ist ihnen Schlimmeres widerfahren.«

Vor diesem schlimmeren Schicksal hatte sie Angst.

Wie dem auch sei, sie hatte mir gerade eine weitere Möglichkeit gegeben, ihr zu beweisen, dass ich nicht zu dem Netzwerk gehörte.

»Und ich nehme an, dass nicht nur die Väter, sondern auch ihre Söhne Elitebräute heiraten.«

»Ja.« Sie warf mir einen seltsamen Blick zu, als könne sie nicht verstehen, warum ich ihr all diese Fragen stellte. Ein Elitemitglied würde die Antworten kennen.

»Und Ihre Mutter?«, drängte ich. »War sie auch eine Elitebraut?«

Sie nickte kaum merklich.

»Ich verstehe.« Nun, das erklärte zumindest, wie eine

Mutter ihrer Tochter so etwas antun konnte – sie hatte keine andere Wahl. »Mein Vater hat dreimal geheiratet und sich wieder scheiden lassen. Alle drei Frauen sind sehr lebendig.« Ich zog mein Handy aus der Tasche und fand ein Foto meiner Mutter. »Das wurde vor ein paar Monaten aufgenommen, als sie zu Besuch hier war.«

»Ohne Ihren Vater?«

»Mein Vater weilt nicht mehr unter uns«, erklärte ich. »Er starb vor sieben Jahren und hinterließ all seinen Kindern einen Sinners-Klub.« Ich lächelte. »Ich habe mir diesen hier ausgesucht.«

Sie betrachtete das Foto auf meinem Handy. »Also ist Ihre Mutter nun frei von ihm.«

Ich schnaubte. »Meine Mutter musste nicht befreit werden. Sie hat meinen Vater aus Liebe geheiratet, allerdings hat die Ehe nicht gehalten. Sie ließen sich scheiden, lange bevor er starb.«

Ich steckte mein Handy zurück in die Tasche.

»Mein Vater vergnügte sich gern mit Spielpartnerinnen und hatte diesen Lebensstil immer bevorzugt«, erklärte ich leise. »Deshalb hat er uns die Klubs vermacht, wobei er sicherstellte, dass jeder einzelne in irgendeiner Weise für BDSM genutzt werden musste. Also habe ich meine Insel in ein Fetisch-Resort für Gäste verwandelt, die Wert auf Geheimhaltung legen.«

Sie blickte sich um. »Es ist ohne Zweifel abgelegen.«

»Ja. Doch dadurch bin ich offenbar zur Zielscheibe für die Eliteklubs Ihrer Welt geworden.« Ich trank einen Schluck Kaffee, während ich ihr direkt in die Augen sah. »Ich gehöre nicht zu diesem Netzwerk, Adalyn.«

Sie konzentrierte sich wieder auf etwas hinter mir und presste die Lippen zu einer dünnen Linie zusammen. »Langsam fange ich an, Ihnen zu glauben, Asher.«

Ich hatte keine Ahnung, ob sie nur das Spiel

vorantreiben wollte, welches wir ihrer Meinung nach spielten, oder ob sie mir tatsächlich glaubte. Doch ich vermutete, dass sie gerade meine Schwester im Blick hatte.

Es war nicht zu leugnen, wie glücklich Yon sie machte.

So etwas konnte man nicht vortäuschen.

Also gönnte ich Adalyn einen Moment für sich und genoss die Meeresbrise.

Plötzlich riss sie die Augen auf und ich runzelte die Stirn. »Adalyn?«

Ich warf einen Blick über die Schulter, um herauszufinden, was sie so schockiert hatte.

»Oh.« Ich musste grinsen, als ich die unzähligen Teller sah, die gerade an unseren Tisch gebracht wurden. »Da kommt unser Frühstück.«

Adalyn stand der Mund offen, als ich mich ihr wieder zuwandte.

Mein Lächeln wurde breiter.

Allein ihr Gesichtsausdruck war jede Kalorie wert, die wir gleich verschlingen würden. »Guten Appetit, Schätzchen.«

KAPITEL FÜNFZEHN

ADALYN

OH MEIN GOTT.

Ich fühlte mich wie ein watschelnder Pinguin, als ich in Ashers Villa herumlief und versuchte, die Kalorien zu verbrennen, die ich heute zum Frühstück zu mir genommen hatte.

Danach hatte er mir einen Teil der Insel gezeigt, doch der Spaziergang hatte nicht ausgereicht, um das Völlegefühl zu vertreiben.

Keiner hatte mir jemals erlaubt, so viel zu essen.

Niemals.

Weder meine Eltern noch meine Lehrer in der Schule noch Nathan oder die Männer, mit denen ich hatte ausgehen müssen.

Ich war immer dazu verpflichtet gewesen, einen zierlichen, jedoch weiblichen Körperbau beizubehalten. Allerdings hatte Asher kein Wort gesagt, als ich mir einen Bissen nach dem anderen in den Mund geschaufelt hatte.

Ich hatte auf eine Reaktion von ihm gewartet.

Aber er hatte nur gelächelt und sich dem ungesunden Festmahl angeschlossen.

Dann war er mit mir herumgelaufen und hatte dabei meine Hand gehalten, als sei ich seine Freundin. Schließlich hatte er mich zurück in die Villa gebracht, damit ich mich von Dr. Zansky und seiner Pflegehelferin Miranda untersuchen lassen konnte.

Vermutlich war Letztere anwesend, damit ich mich wohler fühlte.

Doch es hatte nicht geholfen.

Alles, was mit einem Arzt zu tun hatte, war normalerweise mit Schmerzen verbunden.

Allerdings hatte er lediglich meine Hand und meinen Hinterkopf untersucht. Dann hatte er sich nach meinem Wohlbefinden erkundigt, ohne meine anderen Wunden sehen zu wollen, und hatte mir bestätigt, dass alles gut verheilt. Aber er wollte, dass ich meine Hand und das Taubheitsgefühl, von dem ich Asher erzählt hatte, im Auge behielt.

Ich war überrascht gewesen zu hören, dass er die Information tatsächlich weitergegeben hatte.

»Asher hat mir außerdem erzählt, dass Sie Ihre Medikamente nicht eingenommen haben«, hatte er hinzugefügt. »Rufen Sie bei Ihnen Übelkeit hervor oder haben Sie eine Abneigung dagegen?«

»Ich ziehe es vor, sie nicht einzunehmen«, hatte ich gestanden, da ich weder ihm noch den Pillen, die er mir gegeben hatte, traute.

Statt mir zu widersprechen, hatte er nur genickt. »Nun, Sie stehen Ihnen zur Verfügung, falls Sie es sich anders überlegen. Falls Sie eine andere Marke bevorzugen, können Sie Asher Bescheid geben, und wir werden Ihnen alle Nötige bestellen.«

Ich konnte immer noch nicht glauben, dass er meine Verweigerung einfach so akzeptiert hatte. Ich hätte erwartet, er würde sich direkt an Asher wenden, um ihm seinen Unmut kundzutun, doch das hatte er nicht getan.

Stattdessen hatte er sich in meinem Beisein mit Asher unterhalten und gesagt, dass ich mich erwartungsgemäß erholte und meine Aktivitäten weiterhin einschränken solle.

Asher hatte genickt, sich bedankt und dann gesagt: »Sie können gern ein Nickerchen machen, Adalyn. Ich habe noch einiges zu erledigen.«

Dann war er in seinem Büro verschwunden – von dem ich mittlerweile wusste, dass es sich im Erdgeschoss auf der Rückseite seines Anwesens befand und den Strand überblickte – und hatte seitdem kein Wort mehr mit mir gesprochen.

Ich hatte vor seiner Tür gestanden und überlegt, was ich tun sollte.

Dann hatte ich beschlossen, das Erdgeschoss zu erkunden.

Ein Wohnzimmer, in dem zwei Sofas standen.

Die große Küche mit einer von Fenstern eingerahmten Frühstücksecke, von der aus man ebenfalls einen Blick auf den Strand hatte.

Ein Esszimmer.

Ein weiterer Wohnbereich, der kleiner war als das große Wohnzimmer. Diesen Raum hatte ich von der Treppe aus sehen können.

Auf der dem Strand abgewandten Seite seiner Villa war ich auf einen abgedunkelten Raum gestoßen, dessen Fenster alle mit schwarzen Jalousien versehen waren. Zuerst war mir ein Schauer über den Rücken gelaufen, bis ich die Sitze bemerkte, die alle auf eine Leinwand ausgerichtet waren.

Ein Kino.

Ich hatte keine Ahnung, was er gern sah.

Ich war mir nicht sicher, ob ich es wissen wollte.

Lügnerin, hatte eine innere Stimme geflüstert. *Du willst es sehr wohl wissen.*

Also hatte ich mich umgesehen und einen Schrank voller Filme gefunden.

Action-Filme.

Ich hatte die Stirn gerunzelt und war wieder gegangen. Asher Sinner war mir immer noch ein Rätsel.

Danach hatte ich mich wieder in mein Zimmer zurückgezogen und versucht, ein Nickerchen zu machen, konnte aber nicht schlafen.

Also spazierte ich jetzt erneut durch sein Haus.

Er saß immer noch in seinem Büro, also beschloss ich, einen Rundgang durch den Außenbereich zu machen.

Ich trat durch die Schiebetüren an der Rückseite des Wohnzimmers und landete auf einer riesigen Terrasse, die sich bis zum Strand erstreckte, mit dazugehörigem Schwimmbecken.

Einen Moment dachte ich daran, eine Runde laufen zu gehen, doch mir war noch immer schwummerig zumute, daher wäre das wohl keine so gute Idee.

Aber ich musste irgendetwas tun, um zumindest einen Teil der Schuldgefühle zu vertreiben, die diese ganze Völlerei in mir hervorgerufen hatte.

Es war ein furchtbares Gefühl, mit dem ich nicht gerechnet hatte, als ich mich aus Trotz mit all dem Essen vollgestopft hatte. Vielleicht hatte er mich nur deshalb gewähren lassen.

Doch ich vermutete, dass dem nicht so war.

Während der letzten Tage hatte er versucht, mir verständlich zu machen, dass er nichts mit den Männern in meinem Leben gemein hatte. Die Begegnung mit seiner Schwester war Beweis genug gewesen. Sie war …

glücklich. Ich hatte die Emotion mehrmals auf Jens Gesicht sehen können, als wir noch am College waren.

Vor allem wenn sie über Pierce gesprochen hatte.

Zumindest bis vor Kurzem.

Ich verzog den Mund und überlegte, ob ich ein Telefon suchen sollte, um sie anzurufen.

Aber ich wollte nicht riskieren, dass jemand das Gespräch mithörte.

Ich wusste, dass unser Apartment verwanzt war. Nur aus diesem Grund hatte Nate mir erlaubt, dort zu wohnen. Er hatte mich damit testen wollen, um sicherzugehen, dass ich niemandem, der nicht zum Kreis der Eingeweihten gehörte, etwas verraten würde.

Dieser Test hatte sich vor ein paar Monaten zugespitzt, nachdem ich Jen ins Ecstasy mitgenommen hatte. Wir hatten dort ihren älteren Bruder und seinen besten Freund getroffen, der Jens Meinung nach die Liebe ihres Lebens war. Die beiden Männer hatten mich mit meinem Ausbilder gesehen, was dazu geführt hatte, dass Jen mich mit Fragen gelöchert hatte.

Ich hatte ihre Bedenken jedoch zerstreuen können.

Nate hatte mich dafür belohnt, indem er mich ein Wochenende hatte durchatmen lassen, indem er darauf verzichtete, meine Grenzen auszutesten.

Nates Belohnungen unterschieden sich deutlich von denen, die Asher mir zuteilwerden ließ.

Träume, dachte ich. *Ein Safeword.*

Ich begann zu glauben, dass er es ernst meinte. Vielleicht war tatsächlich alles wahr, was er mir erzählt hatte.

Deshalb hatte er mich heute essen lassen, was immer ich wollte.

»Herrje«, murmelte ich und legte eine Hand an meinen Bauch. Mir war nicht einmal übel, daher nahm ich an, dass das Gefühl eher mental als körperlich war. Nichtsdestotrotz hatte ich eine Menge gegessen.

Mein Blick fiel auf das Schwimmbecken und ich schätzte die Länge ab.

Vielleicht könnte ich ein paar Bahnen schwimmen.

Es wäre weniger anstrengend als ein Strandlauf. Zudem würde ich in Ashers Nähe bleiben, was er, wie ich annahm, wollte.

Natürlich wäre jetzt ein guter Zeitpunkt, um zu fliehen, dachte ich und blickte auf die Wellen hinaus. *Aber wohin soll ich gehen?*

Wenn ich ehrlich war, wollte ich insgeheim hierbleiben.

Offensichtlich war der Gedanke verrückt und rührte wahrscheinlich von meiner Kopfverletzung.

Ganz sicher hatte es nichts mit dem Gefühl zu tun, das Asher mit jeder seiner Berührungen in mir auslöste. Oder mit der Tatsache, dass mein Magen jedes Mal Purzelbäume schlug, wenn er mir etwas ins Ohr flüsterte.

Es war eine so einzigartige Empfindung. Wenn Nate so mit mir gesprochen hatte, war mir jedes Mal schlecht geworden.

Aber sowohl Ashers Worte als auch sein Tonfall wärmten mich innerlich. Ich fühlte mich leicht, beschwingt und *atemlos*.

Statt mich zurückzuziehen, hatte ich den Drang, mich an ihn zu schmiegen.

Es war ein gefährliches Verlangen. Und es verriet mir, dass ich begann, ihm mehr zu vertrauen, als ich sollte.

Ich brauchte etwas, um mich abzulenken und um das Frühstück zu verdauen.

Also beschloss ich, eine Runde schwimmen zu gehen.

Ich hatte keinen Badeanzug dabei, aber ich bezweifelte, dass man auf dieser Insel einen brauchte. Außerdem befand ich mich im Garten seiner Privatvilla.

Ich streifte meine Sandalen ab und zog mir das Kleid über den Kopf. Dann schlüpfte ich aus meinem Stringtanga, bevor ich meinen BH öffnete.

Ich war noch nie zu verlegen gewesen, mich nackt zu zeigen. Möglicherweise lag es an meiner Ausbildung, doch bereits als Teenager war ich immer selbstbewusst mit meinem Körper umgegangen.

Dieses Selbstvertrauen hatte sich in meiner Sexualität als Erwachsene niedergeschlagen. Es gab zwar bestimmte Dinge, die mir zuwider waren, aber viele genoss ich.

Wie zum Beispiel, mich zu unterwerfen.

Und gefesselt zu werden.

Für gewöhnlich erregte es mich.

Es sei denn, ich wurde gefesselt, damit sich jemand auf grausame Weise an mir vergehen kann. Nate hatte mich häufig auf diese Weise bestraft. Natürlich hatte er gewusst, wie sehr mir seine Spielchen zuwider waren, und hatte meine Neigung gegen mich verwendet.

Ich will jetzt nicht an ihn denken, beschloss ich und atmete tief durch. *Er wird mich nie wieder fesseln. Denn er ist tot.*

»Gott sei Dank bin ich das Arschloch los«, murmelte ich und hüpfte ins Schwimmbecken.

Es war noch nie meine Art gewesen, mich langsam ins Wasser gleiten zu lassen, sondern ich zog es vor, einfach hineinzuspringen.

Ich tauchte unter. Das kühle Nass bescherte mir eine Gänsehaut auf den Armen. Mit einem Lächeln ließ ich mich nach oben gleiten und durchbrach die Oberfläche.

Schwimmen beruhigte mich.

Ich war zwar keine sonderlich gute Schwimmerin, aber ich liebte das Gefühl, durch das Wasser zu gleiten. Es vermittelte mir ein Gefühl von Freiheit, als könnte ich in diesem schwerelosen Zustand alles erreichen.

Ich schloss die Augen und ließ mein Gesicht von der

Sonne wärmen, während ich mit den Füßen paddelte und langsam zum Ende des Beckens trieb. Dort angekommen machte ich eine Wende und wollte gerade zum anderen Ende schwimmen, als ein Schatten auf mich fiel.

Mir lief ein Schauer über den Rücken, als mir klar wurde, dass ein Mann am Beckenrand stand. Er hatte die Hände in die Hüften gestemmt und schien verärgert zu sein.

Da die Sonne mich blendete, konnte ich sein Gesicht nicht erkennen und sah nur eine schemenhafte Silhouette.

»Was zum Teufel tun Sie da?«, fragte er und ich blinzelte ihn an.

Asher.

Der kalte Schauer wich einer wohligen Wärme, als ich von einem erregenden Gefühl durchströmt wurde, während ich im tiefen Ende des Beckens Wasser trat. »Ich schwimme.«

»Ist das etwa erholsam, Adalyn?«

»Ja«, antwortete ich. »Sehr erholsam.«

Ich konnte seinen Gesichtsausdruck nicht sehen, aber aufgrund seiner starren Körperhaltung vermutete ich, dass sich darin ein Anflug von Missbilligung widerspiegelte. »Kommen Sie sofort da raus, Adalyn.«

Ich runzelte die Stirn. »Warum?«

»Weil ich es sage.« Als ich den dominanten Tonfall hörte, hätte ich fast instinktiv gehorcht.

Aber mir gefiel dieser Zustand des inneren Friedens.

Ich wollte ihn noch ein wenig genießen.

»Nein«, sagte ich und ließ mich wieder treiben.

»Nein?«, wiederholte er. Obwohl meine Ohren unter Wasser waren, konnte ich das Wort deutlich hören. *»Adalyn.«*

Ich ignorierte ihn.

Vielleicht würde ich ihn so endlich aus der Reserve locken.

Allerdings war das mit vollem Magen nicht ratsam. Ich aß nicht ohne Grund kaum etwas, wenn Nate oder seine Freunde mit mir spielten. Sie hatten mir oft Dinge angetan, die in mir Übelkeit oder Schlimmeres ausgelöst hatten.

Aber heute Morgen hatte ich geschlemmt. Vor allem hatte ich herausfinden wollen, inwieweit Asher mich würde gewähren lassen.

Offenbar so weit, wie ich wollte.

Warum sollte ich ihn also nicht noch einmal auf die Probe stellen, indem ich meine aufsässige Seite zum Vorschein brachte?

Er hatte doch gesagt, dass er mein wahres Ich kennenlernen wollte, nicht wahr? Er wollte wissen, was ich fühlte und begehrte.

Nun, in diesem Moment begehrte ich ein Bad.

»Adalyn«, wiederholte er, wobei seine Stimme diesmal näher klang.

»Ich bin gerade beschäftigt, Mr. Sinner«, informierte ich ihn mit einem zufriedenen Seufzer. »Kommen Sie später wieder.«

Ich wusste, dass ich mich mit dieser Bemerkung auf gefährliches Terrain begab.

Ich reizte ihn.

Ich versuche, ihn aus der Reserve zu locken, erkannte ich und musste innerlich lächeln.

Er spielte seine Spielchen, aber er weigerte sich, mir die dunkle Seite seines Charakters zu offenbaren. Dennoch spürte ich, wie sie in seinem Inneren vibrierte. Ich wollte ihn provozieren, damit er mir sein wahres Gesicht zeigte, um mir endlich zu beweisen, dass ich die ganze Zeit über recht gehabt hatte.

Denn falls er es nicht schon bald tun würde, wäre ich geneigt, das Undenkbare in Betracht zu ziehen – dass alles wahr war, was er gesagt hatte.

Dass er mir wirklich helfen wollte.

Mich heilen.

Mich *retten*.

In meiner Welt gibt es keine Helden. Nur Schurken.

KAPITEL SECHZEHN

ASHER

DIESE FRAU WIRD NOCH mein Tod sein.

Und das vielleicht sogar buchstäblich.

Ich zog meine Schuhe aus und begann, mein Hemd aufzuknöpfen. »Sie haben zehn Sekunden, bevor ich zu Ihnen ins Becken springe, Adalyn«, warnte ich sie.

»Mm, das Wasser ist angenehm«, säuselte sie.

Ich kniff die Augen zu dünnen Schlitzen zusammen.

Diese kleine Teufelin spielte mit dem Feuer. Sie versuchte, mich auf die Palme zu bringen und mir eine Reaktion zu entlocken.

Beim Frühstück war es nicht anders gewesen. Sie hatte eine Unmenge an Gerichten verschlungen, nur um mich auf die Probe zu stellen. Aber auch wenn sie ein ganzes Buffet verschlingen wollte, würde ich sie nicht aufhalten.

Denn ich wusste, dass sie es später bereuen würde.

Außerdem gehörte sie mir nicht. Sie konnte tun und lassen, was sie verdammt noch mal wollte.

Allerdings zog ich die Grenze, wenn sie sich wie jetzt selbst in Gefahr brachte.

Dr. Zansky hatte ihr ausdrücklich zu verstehen gegeben,

dass sie sich schonen sollte. Er war erst vor neunzig Minuten gegangen und sie hatte seinen Rat eindeutig nicht befolgt.

Als ich das Plätschern von Wasser gehört hatte, war ich sofort nach draußen geeilt, da ich befürchtet hatte, sie könnte ins Schwimmbecken gefallen sein. Nachdem ich sie neulich nachts aus dem Ozean gezogen hatte, war ich mir nicht sicher, ob sie überhaupt schwimmen konnte.

Doch als ich angekommen war, strampelte sie in aller Seelenruhe durch das Wasser.

Dann hatte sie eine Wende gemacht und war in entgegengesetzter Richtung weitergeschwommen.

Sie war untergetaucht und hatte sich durch das Wasser *gerollt*.

Am Beckenrand.

Ich war sicher, dass so etwas einer Gehirnerschütterung nicht gerade zuträglich war.

Und jetzt war sie im Begriff, es auf der gegenüberliegenden Seite noch einmal zu tun. Sie ignorierte meine Aufforderung und paddelte mit ihren langen Beinen durch das Becken.

Ich öffnete den letzten Knopf meines Hemdes und streifte es ab, um es über einen Stuhl zu hängen. Ich hatte ihr mehr als zehn Sekunden gegeben, doch sie wollte mir eindeutig nicht gehorchen.

Göre, dachte ich und zog meine Socken aus.

Dann entledigte ich mich auch meiner Hose, bis ich nur mit Boxershorts bekleidet am Beckenrand stand.

Dank dieser Frau würde ich eben auch diese durchnässen. Langsam schien es zur Gewohnheit zu werden.

Ich ging zur Treppe und stieg ins Wasser, als sie erneut zu einer Bahn ansetzte. Ich schwamm zum Beckenrand und breitete die Arme aus, um dort auf sie zu warten. Auf dieser Seite war das Wasser tief und ich konnte nicht stehen.

Sie strampelte weiter und summte scheinbar selbstzufrieden vor sich hin.

Bis sie den Kopf zurückneigte, um ihre Entfernung zum Beckenrand abzuschätzen, und mich dort entdeckte.

Sie erstarrte.

Als sie zu sinken begann, schnellte sie keuchend nach oben.

Ich schlang einen Arm um ihre Taille, um sie an mich zu ziehen. Dabei war ich so behutsam wie möglich, denn ich wollte ihre Gehirnerschütterung nicht noch verschlimmern, doch sie zappelte wie verrückt. Ich festigte meinen Griff. »Hören Sie auf«, befahl ich.

Wie schon vor ein paar Tagen packte sie meinen Unterarm, doch diesmal krallte sie sich nicht in meine Haut. Stattdessen erstarrte sie und schnappte nach Luft.

Ich ließ ihr einen Moment Zeit, sich zu beruhigen, denn ich wusste, dass es in ihrem Zustand sicher nicht gut wäre, wenn sie in Panik verfiel.

»Wenn Sie unbedingt schwimmen wollen, dann tun wir es gemeinsam.« Zumindest würde ich auf diese Weise ein Auge auf sie haben können, um sicherzustellen, dass sie es nicht übertrieb.

Oder vielleicht sogar ertrank.

Wie sie es neulich fast getan hätte.

»Aber wir schwimmen nicht«, entgegnete sie mit herausforderndem Tonfall.

»Was tun wir dann?«

Sie legte ihren Kopf auf meine Schulter und wandte mir ihr Gesicht zu, um mich besser sehen zu können. »Wir ruhen uns am Beckenrand aus.«

Ich zog eine Augenbraue in die Höhe. »Aber genau das

sollten Sie in Ihrem Zustand tun, nicht wahr? Sich ausruhen?«

Sie schnaubte, richtete sich wieder auf und festigte den Griff um meinen Unterarm. »Ich muss mich nicht ausruhen, Asher. Es ist nur eine Kopfverletzung. Ich hatte schon schlimmere Verletzungen.«

Ich packte sie ein wenig fester, um ihr zu verstehen zu geben, dass ich sie nicht loslassen würde. Nicht einmal, wenn sie wieder ihre Fingernägel in meine Haut krallte. »Sie leiden an einer Gehirnerschütterung, Adalyn. Und Sie stehen unter meiner Obhut. Das bedeutet, dass ich hier die Regeln aufstelle.« Offensichtlich konnte ich nicht darauf vertrauen, dass sie sich schonte.

»Was ist, wenn ich mich nicht an Ihre Regeln halten will?«, fragte sie und vergrub langsam ihre Fingernägel in meinem Unterarm. »Was, wenn ich meine eigenen Regeln aufstellen will?«

Sie spannte den Bauch an und versuchte sichtlich zu schlucken.

Offenbar ließ sie nicht locker.

Sie wollte meine Geduld auf die Probe stellen.

Und herausfinden, wie weit sie gehen konnte, bevor ich reagierte. Bevor ich sie bestrafte und sie in ihre Schranken wies.

»Ich weiß, was Sie vorhaben, Adalyn«, sagte ich und strich mit dem Daumen über ihre Taille, wobei ich meinen Arm entspannte, um ihr zu beweisen, dass ich mich unter Kontrolle hatte.

Sie erstarrte. »Was habe ich denn vor?«

»Sie wollen wissen, wie weit Sie es treiben können, bis ich reagiere«, flüsterte ich ihr ins Ohr. »Sie wollen mich dazu bringen, Ihnen meine dominante Seite zu zeigen.« Ich knabberte an ihrem Ohrläppchen und biss fest zu, ohne sie jedoch zu verletzen. »Sie versuchen, die Oberhand zu gewinnen.«

Eine typische aufsässige Sub.

Für gewöhnlich wäre ihr Verhalten durchaus verlockend.

Aber an dieser Situation war nichts *gewöhnlich*.

Sie zitterte und begann, sich zu winden, was meine Vermutung bestätigte. »Lassen Sie mich los.«

»Nein.« Ich presste meine Lippen auf ihren Hals und genoss es, wie ihr Puls in die Höhe schnellte. »Ich habe Grenzen, Adalyn. Und Sie überschreiten eine davon, wenn Sie versuchen, sich selbst zu verletzen.«

Sie erstarrte wieder. »Ich versuche nicht, mich selbst zu verletzen.«

»Sie sind leichtsinnig und gehen viel zu sorglos mit Ihrer Kopfverletzung um, Schätzchen. Ich würde durchaus behaupten, dass sie sich damit selbst schaden.«

Sie krallte sich in meinen Arm und versuchte, ihn von sich zu reißen. »Ich versuche *nicht*, mich selbst zu verletzen«, wiederholte sie mit einem wütenden Unterton in der Stimme. »Eine Kopfverletzung ist nichts im Vergleich zu dem, was ich durchgemacht habe. *Nichts*, Asher. Lassen Sie mich los!«

Sie kämpfte mit aller Kraft gegen mich an und ließ meinen Arm bluten, als sie versuchte, sich aus meinem Griff zu befreien.

Sie trat nach hinten aus und warf ihren Kopf zurück auf meine Schulter, während sie verängstigt um sich schlug.

Scheiße.

»Adalyn!« Ich ließ sie los, um sofort ihre Hüfte zu packen und uns beide unter Wasser zu ziehen, um sie abzukühlen. Ihr Verhalten war gefährlich. Sie würde sich noch verletzen und damit all meine Bedenken bewahrheiten.

Sie stieß sich ab und versuchte, mir zu entkommen, aber ich zog sie mit mir in den flacheren Teil des Beckens, in dem ich stehen konnte. Ihre Schreie wurden vom Wasser gedämpft, während ihr Haar sich wie ein dunkles Netz um ihren Kopf legte.

Ich stand schnell auf, zog sie mit mir nach oben und packte ihre Fäuste, um sie mit einer Hand hinter ihrem Rücken festzuhalten. Dann umfasste ich mit meiner freien Hand ihre Kehle.

Es war nicht das erste Mal, dass ich eine Frau auf diese Weise fixierte.

Und es würde wahrscheinlich nicht das letzte Mal sein, vor allem wenn Adalyn Rose bei mir blieb.

Sie war mir gegenüber im Nachteil, da sie kleiner war als ich und hier nicht stehen konnte. Außerdem war ich um einiges stärker als sie.

»Beruhigen Sie sich«, forderte ich.

Ihre Nasenflügel bebten und ihre Pupillen weiteten sich.

Aber nicht aus Angst.

Sondern vor *Erregung*.

Verdammt. Sie wollte mich damit erneut provozieren, nur um zu sehen, wie ich reagieren würde. Offenbar war sie wild entschlossen, meine dunkle Seite zum Vorschein zu bringen, die ich in den vergangenen Tagen sorgfältig unter Verschluss gehalten hatte.

Sie wollte wissen, was für eine Art Dom ich wirklich war.

Sie wollte herausfinden, was ich vorhatte und wo meine Vorlieben lagen, denn sie war immer noch der Ansicht, dass ich ein Spiel mit ihr spielte. Ständig erwartete sie, dass ich ihr Schmerzen zufügen würde.

Offenbar glaubte sie immer noch, ich sei hier, um sie für das zu bestrafen, was sie Nathan Spencer angetan hatte.

Und statt zu warten, versuchte sie, mich dazu zu bringen, meine Karten offen auf den Tisch zu legen.

Tief im Inneren hatte diese Frau Angst vor dem, was ich ihr antun könnte. Sie fürchtete sich vor der Strafe, die die Männer aus ihrer Welt für sie vorgesehen hatten.

Solange sie diese Angst nicht überwunden hatte, würde sie mir nie glauben, dass ich ihr nur helfen wollte.

Für das geplante Treffen nächste Woche wäre ihr mangelndes Vertrauen ein Desaster.

Wir hatten weniger als zehn Tage Zeit, um diese Sache zwischen uns zu klären. Wir mussten einen Weg finden, uns gegenseitig zu helfen, statt uns zu schaden.

»Also gut, Adalyn«, sagte ich und blickte in ihre schönen Augen. »Sie wollen wissen, was für ein Mann ich wirklich bin? Ich werde es Ihnen zeigen.«

Ich beugte mich vor und packte ihr Haar, wobei ich ihren Hinterkopf ins Wasser zog. Dann führte ich meine Lippen dicht an ihren Mund, um sie zu küssen.

Plötzlich war sie wie erstarrt.

Der lüsterne Ausdruck wich aus ihrem Gesicht und ihre Wangen nahmen einen gespenstisch blassen Schimmer an.

Ich runzelte die Stirn.

Sie hatte sich im Bruchteil einer Sekunde von einer sinnlichen Verführerin in eine verängstigte Frau verwandelt.

Ich richtete mich auf, um ihr etwas Freiraum zu geben.

Doch das schien sie nur noch mehr zu erschrecken.

Sie zitterte und schloss die Augen, als wollte sie sich an einen anderen Ort flüchten.

Ich zog sie wieder zu mir, sodass ihre Brüste meinen

Oberkörper berührten. Sie schnappte nach Luft, als hätte ich sie gerade unter Wasser gedrückt. Dann hielt sie den Atem an und rührte sich keinen Zentimeter.

»Adalyn?«, fragte ich mit sanfter Stimme. »Woran haben Sie gerade gedacht?«

Sie antwortete nicht, sondern hielt die Luft an, während sie die Augen noch immer fest geschlossen hatte.

Ich ließ ihre Kehle los und umfasste ihren Nacken. »Adalyn?«, flüsterte ich dicht an ihrem Mund.

Sie zitterte.

Ich ließ ihre Arme los, woraufhin sie sofort meine Schultern packte. Doch sie versuchte nicht, mich von sich zu stoßen, sondern klammerte sich stattdessen an mich, während sie ihre Schenkel um meine Taille schlang.

Und im nächsten Moment umarmten wir einander.

Zumindest umarmte sie mich.

Ich schlang einen Arm um ihren Rücken, während ich mit der anderen Hand immer noch ihren Nacken packte.

»Was ging Ihnen gerade durch den Kopf?«, wollte ich wissen. »Was glaubten Sie, würde ich tun?«

»Waterboarding«, antwortete sie so leise, dass ich es fast nicht gehört hätte.

Ich runzelte die Stirn. »Ich hatte nicht vor, das zu tun, Schätzchen.« Derartige Atemspiele bargen keinen Reiz für mich. Ich mochte es, eine Frau ein wenig zu würgen, um meine Dominanz zum Ausdruck zu bringen, aber es würde mir im Traum nicht einfallen, meine Sub auf diese Weise zu foltern, um sie wahrhaftig in Angst und Schrecken zu versetzen.

Dennoch merkte ich mir, dass sie dahingehend eine Grenze zog.

Sie hatte zwar behauptet, keine zu haben, aber ihre Reaktion bezeugte das Gegenteil.

Ich hatte das unbestimmte Gefühl, dass solcherlei

Anzeichen zuvor ignoriert oder vielleicht sogar ausgenutzt worden waren.

Ich streichelte ihren Rücken, um sie zu beruhigen. »Ich wollte Sie küssen«, sagte ich leise und liebkoste ihren Hals. Sie spannte ihre Schenkel um meine Hüfte an und mir wurde schlagartig bewusst, wie nahe wir einander waren.

Mein Körper reagierte auf die Tatsache, dass eine wunderschöne Frau sich an mich schmiegte, und der dünne Stoff meiner Boxershorts half nicht gerade, diese Reaktion zu verbergen.

Wenn überhaupt verstärkte er sie noch, weil ich mich davon plötzlich eingeengt fühlte, denn der Stoff rieb an meinem Schwanz, als sie sich noch fester an mich presste.

Verdammt.

Trotz des kühlen Wassers konnte ich ihren heißen Unterleib spüren.

Und ich fühlte, wie ihre Brustwarzen hart wurden und gegen meinen Oberkörper drückten.

Sie war nicht mehr so verkrampft und entspannte sich mit jedem Atemzug ein wenig mehr.

Ich musste schlucken, denn sie fühlte sich in meinen Armen viel zu perfekt an. So weit hätte ich gar nicht gehen wollen. Ich hatte ihr nur beweisen wollen, was für ein Mann ich wirklich bin.

Doch nun waren auch andere Teile meines Körpers zum Leben erwacht.

Adalyn schmiegte sich noch dichter an mich. Das Gefühl ihres heißen Geschlechts an meinen Lenden raubte mir fast den Verstand und ich presste meine Hand noch fester gegen ihren Rücken.

Ihr entfuhr ein Stöhnen und ich spannte mich am ganzen Körper an.

»Küss mich«, flüsterte sie.

Eine Bitte.

Sie wollte, dass ich sie *küsse.*

Genau das hatte ich tun wollen.

Doch plötzlich war ich mir nicht mehr so sicher.

Sie vertraute mir nicht.

Weil sie mich nicht kennt, dachte ich. *Aber ich könnte ihr helfen, mich kennenzulernen.*

Indem ich sie küsste.

Indem ich ihr zeigte, was es bedeutete, mit einem Mann zusammen zu sein, dem ihre Lust wichtiger war als seine eigene.

Indem ich ihr demonstrierte, wie ein Dom sich wirklich verhalten sollte.

Indem ich ihre Vergangenheit mit meiner dominanten Art überschrieb.

Ja, beschloss ich. *Ja, genau das sollte ich tun.*

KAPITEL SIEBZEHN
ASHER

ADALYN LIEß ihre Lippen an meinem Kinn entlanggleiten. »Küss mich, Herr«, forderte sie erneut. »Bitte küss mich.«

Sie klang fast verzweifelt, doch ihre Stimme rief meine Seele an. Ich hätte ihr den Wunsch verwehren sollen, hätte sie aus dem Wasser ziehen und sie nach oben in ihr Zimmer tragen sollen, damit sie sich ausruht.

Doch ich schien die Kontrolle zu verlieren.

Es gab mir das Gefühl, unzulänglich zu sein. Aus dem Gleichgewicht geraten. *Falsch.*

Doch ihr leises, bedürftiges Wimmern brachte mich wieder in die Gegenwart zurück und zwang mich, etwas zu unternehmen. Ich wollte sie für mich beanspruchen. Und sie *trösten.*

Ich ließ meine Finger in ihr nasses Haar gleiten, packte die nassen Strähnen und neigte ihren Kopf nach hinten. Ihre Pupillen waren geweitet, während sie mich mit ihrem Blick förmlich anflehte, sie zu nehmen, sie zu dominieren und sie zu *retten.*

Als ich das willige Funkeln in ihren Augen sah, fand ich meine Selbstbeherrschung wieder.

Ich wollte von ihr *Besitz* ergreifen.

Nur ein Kuss, sagte ich mir. *Es ist nur ein Kuss.*

Aber in dem Moment, in dem unsere Lippen aufeinandertrafen, brauchte ich mehr.

Ich wollte sie schmecken. Sie verschlingen. Und mir jeden verdammten Zentimeter ihres Körpers ins Gedächtnis einprägen.

Sie fühlte sich so perfekt an. So bereit. So *mein*.

Ich wusste, dass der Kuss sie auch erregte, denn sie spannte die Schenkel an und rieb ihr Geschlecht an mir.

An meinem pulsierenden Schwanz.

Ihr Stöhnen brachte meinen Unterleib in Wallung. Der Laut war wie eine Liebkosung, die ein unbändiges Verlangen in mir wachrief.

Verdammt, diese Frau machte all meine jahrelangen Erfahrungen zunichte und schrieb sie mit ihrer Zunge neu. Sie küsste mich, als sei ich die Luft, die sie zum Atmen brauchte. Und sie klammerte sich an mich, als sei ich die Rettungsleine, die sie vor dem Ertrinken bewahrte.

Es vermittelte mir ein mächtiges Gefühl.

Ein Gefühl, begehrt zu werden.

Gebraucht.

Die Liebkosung glich einer berauschenden Droge, durch die ich mich unbesiegbar fühlte. Gebieterisch. *Dominant.*

Adalyn war makellos. In ihrer Berührung lag eine machtvolle Energie, die sie begehrenswerter machte als jede Frau, der ich bisher begegnet war.

Ich ging mit ihr an den Rand des Schwimmbeckens zu einer Stelle, an der das Wasser sanft an einer gefliesten Wand herunterrann. Der stetige Zufluss hielt das Becken frisch und war weniger überwältigend als ein Wasserfall.

Indem ich sie gegen den Beckenrand drückte, konnte

ich sie aufrecht halten und zugleich meine Hände über ihren schönen Körper gleiten lassen.

Sobald ihr Rücken die Wand traf, erschauderte sie und schlang ihre Arme noch fester um mich, während sie stöhnend den Kopf in den Nacken warf.

Ich beobachtete, wie sie sich unter meinen Händen wand. Nachdem ich mich vergewissert hatte, dass sie sich nicht bedroht fühlte und ihr Geist nicht wieder irgendwohin abschweifte, umfasste ich mit beiden Händen ihre Brüste. Sie wölbte sich auf und stieß einen so wunderbaren Laut aus, dass ich begann, meine Daumen über ihre rosigen Nippel kreisen zu lassen.

»Ja«, hauchte sie und sah mich mit halb geschlossenen Lidern an. In ihren dunklen Augen konnte ich weder Anzeichen von Schmerz noch von Zögern erkennen. Ich sah nichts als *Begierde*.

»Wunderschön«, lobte ich. »Am liebsten würde ich von dir verlangen, um mehr zu betteln.«

Aber das würde ich ihr in diesem Moment nicht antun.

Sie hatte sich bereits in meine Hände begeben.

Ein Stück weit schenkte sie mir damit ihr Vertrauen. Vielleicht war ihr auch nur eingetrichtert worden, in einem solchen Moment zu reagieren, doch das würde ich jetzt nicht ausnutzen.

Nein, ich würde ihr geben, was sie wollte.

Und sie dafür belohnen, dass sie sich mir so bereitwillig hingab.

Ich wollte ihr dafür *danken*, dass sie mir dieses Geschenk machte.

Die Unterwerfung eines Partners sollte nie als selbstverständlich hingenommen, sondern ihr sollte mit Ehrfurcht begegnet werden.

Ich hatte vor, ihr das zu zeigen, indem ich eine neue

Erinnerung schuf, die ihr dabei helfen sollte, ihre Vergangenheit zu überschatten.

So bin ich wirklich, gab ich ihr zu verstehen, indem ich ihren Hals liebkoste. Ich wagte es nicht, die Worte laut auszusprechen, denn ich wollte die Intensität des Augenblicks bewahren. Stattdessen ließ ich meine Zunge an ihre Brust gleiten und knabberte an ihrer empfindsamen Brustwarze. Dabei biss ich gerade fest genug zu, um einen leichten Schmerz zu verursachen.

Als sie meine Schultern umklammerte und sich aufbäumte, bewies sie mir, dass ich mit meiner Vermutung richtiggelegen hatte und es sie erregte.

Ich linderte den Schmerz mit meiner Zunge und saugte ihren Nippel dann in meinen Mund.

»Mehr, Herr«, flüsterte sie. »Bitte.«

Ah, sie hat also doch zugehört, als ich gesagt habe, dass ich sie am liebsten betteln lassen würde. »So ein braves Mädchen«, murmelte ich und widmete mich ihrer anderen Brust. Sie spannte die Schenkel um meine Taille an, während sie mit ihrem Unterleib an meinen Lenden nach *mehr* verlangte.

Ich ließ meine Hände über ihre Taille gleiten und packte ihre Hüfte, um sie an mich zu ziehen, denn offensichtlich sehnte sie sich danach, ihr Geschlecht an meinem pulsierenden Schaft zu reiben.

Sie krallte sich in meine Haut, wobei sie mich weder verletzen noch von sich stoßen wollte. Vielmehr trieb sie mich mit der Geste an und forderte mich auf, ihr alles zu geben und sie über den Abgrund der Ekstase zu stoßen.

Ich war mir nicht sicher, wie ich sie so schnell in diesen Zustand versetzt hatte, doch ich hatte nicht das Geringste dagegen.

Ich liebte erregte und begierige Frauen.

Und Adalyn enttäuschte mich nicht.

Als ich meine Lippen wieder auf ihren Mund wandern

ließ, keuchte sie und begegnete meinem Blick. In ihren dunklen Augen spiegelte sich eine unbändige Begierde wider. Wenn ich sie bitten würde, mich jetzt zu ficken, würde sie es tun. Sie würde mir alles geben, was ich wollte, damit ich sie zum Höhepunkt brachte.

Denn in diesem Moment ergriff ich von ihr Besitz. Sie gehörte mir.

Ich machte meinen Anspruch mit meinem Mund geltend, indem ich ihr mit meiner Zunge zu verstehen gab, dass ich in diesem Moment ihren Körper befehligte.

Sie erschauderte und war Wachs in meinen Händen.

So perfekt, dachte ich. Statt die Worte laut auszusprechen, brachte ich meine Bewunderung für sie mit meiner Zunge zum Ausdruck.

Doch das war nicht genug.

Sie musste wissen, wie wunderbar sie war und wie sehr ich sie respektierte. Ich wollte ihr zu verstehen geben, dass ich ihr Flügel verleihen wollte. Vor mir würde sie niemals knien müssen, es sei denn, sie sehnte sich danach.

Ich würde sie immer befriedigen.

Und dafür sorgen, dass sie meinen Namen in ekstatischer Glückseligkeit herausschrie, statt ihn unter Schmerzen hervorzupressen.

Ich bediente mich sinnlicher Qualen, um unser beider Lust zu steigern, nicht nur meine eigene.

So wurde dieses Spiel nicht gespielt, zumindest nicht in meinem Schlafzimmer.

Und im Moment brannte in ihr ein Feuer. In ihrem Inneren loderte ein Verlangen, das unbedingt gestillt werden wollte.

Aber ich zögerte ihre Erregung noch ein wenig länger hinaus, indem ich nur leichten Druck auf ihren heißen Unterleib ausübte. Ich ließ sie spüren, wie erregt und *begierig* ich selbst war. Doch ich zog meine Boxershorts nicht aus, sondern reizte sie nur so weit, um ihr Tränen in die Augen zu treiben. Die subtile Folter diente einzig und allein dem Zweck, ihre Lust zu steigern.

Ein grausamer Sadist würde sie bis an den Rand des Wahnsinns treiben, aber ihr die Erlösung verwehren.

Doch ich war nicht grausam.

Ich genoss es lediglich, sie noch ein wenig zappeln zu lassen. Außerdem liebte ich es, mit den Sinnen meiner Sub zu spielen und sie mit Reizentzug zu quälen.

Doch das würde sie mit der Zeit noch lernen. Heute wollte ich ihr nur zeigen, wozu ich fähig war, und ihr beweisen, dass ich ihr im Gegensatz zu den Männern in ihrer Vergangenheit nicht wehtun wollte.

Ich würde mich um sie kümmern.

So wie jetzt.

Ich würde ihr geben, was *sie* brauchte, und mein eigenes Verlangen zurückstellen.

Denn hier ging es nicht um mich, sondern einzig und allein um sie. Ich wollte sie erden, damit sie wieder Halt und zurück zu sich selbst fand.

Ich wollte ihr ein Gefühl von Kontrolle vermitteln.

Sie ihre Lust ausleben lassen.

Und ihr einen Grund geben zu *atmen*.

Ich küsste sie erneut und verwöhnte sie mit meiner Zunge, während ich eine Hand zwischen ihre Schenkel gleiten ließ. Ich strich mit zwei Fingern über ihre Spalte, woraufhin sie ein begieriges Wimmern ausstieß.

Ihr Körper wurde von einem Beben erfasst, das ich bis in meine Seele spürte, als ich mühelos beide Finger in ihre feuchte Muschi schob. Mit dem Daumen massierte ich ihre pulsierende Lustperle, die förmlich darum bettelte, von mir liebkost zu werden.

Ich fragte mich, ob ihr je ein Mann erlaubt hatte, während einer Session zum Orgasmus zu kommen.

Denn sie steuerte viel schneller auf den Höhepunkt zu, als ich erwartet hätte. Ihr Wimmern wich einem Schrei, als ich sie immer weiter auf den Abgrund zutrieb.

»So ist es gut«, murmelte ich. »Du wirst jetzt für mich kommen, nicht wahr, Kleines?«

»Bitte«, flehte sie mich an. »Bitte … Bitte lass mich kommen. *Bitte.*«

Ich fragte mich, ob ihr Ausbilder von ihr verlangt hatte, um ihre Erlösung zu betteln, bevor er sie befriedigte, oder ob sie die Erlaubnis brauchte, um loszulassen. Vielleicht flehte sie mich auch nur an, nicht aufzuhören, weil ein anderer Mann es getan hätte.

Aber ich wollte ihr genau das geben, wonach sie sich sehnte.

»Ich will, dass du an meiner Hand kommst, Adalyn.« Ich biss ihr auf die Unterlippe, um dem gebieterischen Tonfall in meiner Stimme Nachdruck zu verleihen. »Ich will, dass du deine Lust hinausschreist, damit alle Welt hören kann, wie gut du dich dabei fühlst.« Ich leckte über die Stelle, die ich gerade gebissen hatte. »Lass dich gehen, Schätzchen«, fuhr ich fort und führte meinen Mund an ihr Ohr. »Dieser Orgasmus ist für dich, und du wirst das Lustgefühl bis zuletzt auskosten.«

Sie zitterte so heftig, dass ich befürchtete, sie könnte ohnmächtig werden. Als sie im nächsten Moment jedoch einen Schrei ausstieß, wusste ich, dass sie sehr wohl bei Bewusstsein war.

Und *berauscht.*

Ihre Muskeln zuckten um meine Finger und ich spürte, wie ihre Lust durch meinen Arm vibrierte und mir direkt ins Herz ging. Sie gab sich hin und ließ sich von der Welle der Ekstase mitreißen, die ihren Köper durchflutete.

Es war ein herrlicher Anblick.

Und ihr Schrei war ein wunderbarer Laut, von dem ich noch jahrelang träumen würde.

Sinnliche Perfektion.

Sie drückte den Rücken durch, als wollte sie mir ihre schönen Brüste präsentieren, während sie sich um meine Finger krampfte.

Mit meinem Daumen spürte ich, wie sogar ihre Klitoris pulsierte.

Wenn Lust eine Gestalt hatte, dann war es Adalyn.

Wunderbar.

Berauschend.

Süchtig machend.

Dieser Moment hätte nur noch besser sein können, wenn ich sie mit meinem Mund statt mit meiner Hand befriedigt hätte.

»So verdammt schön«, flüsterte ich, als sie ihren Kopf mit einem erschöpften Stöhnen an meine Schulter fallen ließ.

Sie hatte hart gearbeitet, um an diesen Punkt zu gelangen.

Und jetzt spürte sie die Nachwirkungen des Schlafmangels.

Langsam bahnte ich mir einen Weg zurück durch das Schwimmbecken, während ich einen Arm um ihren Rücken und den anderen um ihre Schultern geschlungen hatte.

Sie zuckte und spannte die Schenkel an, als ich die Treppe hinaufstieg.

Ich beruhigte sie und ging mit ihr ins Haus, wobei ich bei jedem Schritt eine kleine Pfütze hinterließ, die ich jedoch ignorierte.

Adalyn musste sich ausruhen.

Ich presste meine Lippen auf ihre Schläfe, als ich die Treppe in den oberen Stock erklomm, wobei ich Vorsicht walten ließ, um nicht auf den Holzdielen auszurutschen. Dann ging ich mit ihr den Flur entlang bis in ihr Zimmer. Natürlich hätte ich sie am liebsten in mein Bett gelegt, doch an diesem Punkt waren wir noch lange nicht. Vielleicht würden wir ihn nie erreichen.

Statt sie auf die Matratze zu betten, steuerte ich zuerst das Bad an, um ein Handtuch zu holen.

Ich schnappte mir das nächstbeste, wickelte sie darin ein und trug sie dann zum Bett. Sie konnte kaum die Augen offen halten, als ich sie in die Mitte legte.

Ich verzog die Lippen zu einem Lächeln. *Dann kann ich Adalyn also am ehesten dazu bringen, sich auszuruhen, indem ich ihr einen überwältigenden Orgasmus beschere. Verstanden.*

Ich küsste sie auf die Stirn und deckte sie zu, bevor ich das Zimmer verließ.

Bevor ich aus der Tür trat, blickte ich noch einmal zurück und sah, dass sie gleichmäßig atmete. Sie war eingeschlafen.

Dennoch hatte ich das Bedürfnis zu sagen: »Jetzt weißt du, was für ein Mann ich wirklich bin, Schätzchen.«

Jemand, dem du vertrauen kannst.

Jemand, der dich beschützen wird.

Aber nur, wenn du mich lässt …

KAPITEL ACHTZEHN
ADALYN

Mm. Was ist das für ein köstlicher Duft?

Ich streckte mich und fühlte mich so entspannt wie schon lange nicht mehr. Meine Glieder waren warm und erfrischt, als hätte ich gerade ein Jahr lang geschlafen.

Vielleicht hatte ich das auch.

Nein, dachte ich und sah, wie die Sonne durch die Fenster fiel. *Es ist immer noch helllichter Tag.*

Ich gähnte und streckte mich erneut, dann rollte ich mich auf die Seite, um herauszufinden, woher dieser wunderbare Duft kam.

Ich erstarrte, als ich sah, dass Asher mit einem Tablett auf dem Schoß neben mir saß.

»Du hast das Abendessen und das Frühstück verpasst, also habe ich dir etwas zum Mittagessen gebracht«, sagte er im Plauderton. »Setz dich auf und iss etwas, dann werde ich dich belohnen.«

Blinzelnd blickte ich zu ihm auf. »Abendessen und …« Ich verstummte, denn meine Kehle fühlte sich an, als sei sie voller Watte.

Er nahm ein Glas vom Tablett und drückte mir den Strohhalm an die Lippen. »Trink.«

Sein gebieterischer Tonfall raubte mir den Atem und mein Herz setzte einen Schlag aus. Ich spannte unwillkürlich die Schenkel an, als ich ihm gehorchte und er mich mit einem sinnlichen Blick beobachtete.

»Braves Mädchen«, murmelte er mit einem Lächeln. »Ich habe die Orangen heute Morgen eigenhändig für dich ausgepresst, da dir der Saft gestern augenscheinlich geschmeckt hat. Als du nicht zum Frühstück erschienen bist, habe ich das Glas im Kühlschrank für dich aufbewahrt.«

Ich zog die Augenbrauen in die Höhe, als ich einen weiteren Schluck trank. Dabei achtete ich darauf, nur langsam an dem Strohhalm zu saugen, da ich jeden Tropfen genießen wollte. Dann hielt ich inne und setzte mich neben ihm auf.

Er musterte mich, während ich ihn betrachtete und mir ins Gedächtnis rief, was im Schwimmbecken passiert war.

Die Lust.

Das Vergnügen.

Seine Hände.

Sein Mund.

Dieser *Kuss*.

Danach war ich so erschöpft gewesen, dass ich eingeschlafen war, ohne mich bei ihm zu revanchieren. Doch er hatte nicht von mir verlangt, ihn zu befriedigen. Er hatte mich weder geweckt, noch hatte er einfach seinen Schwanz in mich gestoßen.

Er hatte mich einfach schlafen lassen.

Und das offenbar fast einen Tag lang.

»Wie fühlst du dich?«, fragte er leise und stellte das Glas zurück aufs Tablett.

»Ausgeschlafen«, gestand ich, während ich ihn weiterhin anstarrte. »Warum …«

Er zog eine Augenbraue in die Höhe. »Warum was, Liebling?«

»Ich …« Ich war mir nicht sicher, wie ich die Frage formulieren sollte.

Aber dann ging mir etwas durch den Kopf, was er gestern zu mir gesagt hatte. »*Sie wollen wissen, was für ein Mann ich wirklich bin? Ich werde es Ihnen zeigen.*«

Er hatte etwas Ähnliches geflüstert, bevor er das Zimmer verlassen hatte.

Ich hatte es kaum gehört, doch die Worte hatten mich verfolgt, als ich in einen traumlosen Schlaf gesunken war.

»Jetzt weißt du, was für ein Mann ich wirklich bin, Schätzchen.«

Ich starrte ihn sprachlos an.

Er zog die Augenbrauen in die Höhe und wartete eindeutig darauf, dass ich etwas sagte.

Aber mir fehlten die Worte.

Ich hatte versucht, ihn im Schwimmbecken zu provozieren, indem ich mich seinem Befehl widersetzt und seine Autorität untergraben hatte.

Und er hatte mir daraufhin den besten Orgasmus meines Lebens beschert.

Vielleicht weil es der erste Orgasmus war, der sich nicht *gezwungen* anfühlte.

Er hatte mich um meinetwillen befriedigt und nicht, um seine Lust zu stillen. Es war ein unglaubliches Gefühl gewesen, was ich so noch nie zuvor empfunden hatte.

Ich hatte mich *sicher* gefühlt. Warm. Umsorgt. *Angebetet.*

So sehr, dass ich danach in einen tiefen Schlaf gefallen war und so lange geschlummert hatte wie schon seit einer gefühlten Ewigkeit nicht mehr.

»Ich glaube, es gefällt mir hier, Mr. Sinner«, gestand ich leise. Die Worte hinterließen einen ungewohnten

Beigeschmack in meinem Mund, der von Hoffnung genährt war.

In meiner Welt war Hoffnung etwas Undenkbares.

Doch dieser Mann schien wirklich nichts mit meiner Welt zu tun zu haben.

Er war der weiße Ritter, von dem ich nicht zu träumen gewagt hatte.

Der Held, von dem ich geschworen hatte, dass er nicht existierte.

Es war möglich, dass er log. Vielleicht war alles nur eine ausgeklügelte List, um mich schlimmer zu verletzen, als es jemals jemand getan hatte.

Doch dann meldete sich meine naive Seite zu Wort und ich zog die Möglichkeit in Betracht, dass alles real sein könnte. Vorsichtig begann ich, der Idee Glauben zu schenken, dass Asher Sinner tatsächlich ein wahr gewordener Traum sein könnte.

Er begegnete meinem Blick und verzog die Lippen zu einem Lächeln. »Mir gefällt es hier auch«, antwortete er genauso leise wie ich. Unsere Worte glichen einem zärtlichen Flüstern, in dem ein Geheimnis mitschwang, das nur wir beide teilten.

Ein Geheimnis, das auf *Vertrauen* beruhte.

Er räusperte sich und richtete die Aufmerksamkeit wieder auf das Tablett. »Ich habe dir einen Käsetoast gemacht und etwas von Caylins Suppe aufgewärmt.«

»Du hast Käsetoast gemacht?«

»Und den Saft«, erinnerte er mich und zog eine Augenbraue in die Höhe. »Das scheint dich zu überraschen.«

»Das tut es.«

»Weil ich ein Sandwich gemacht und ein paar Orangen ausgepresst habe?«

»Ja«, gestand ich.

Er lächelte. »Dann sollte ich wohl Caylin den Abend freigeben, damit ich dich in der Küche so richtig beeindrucken kann.«

Ich starrte ihn an. »Du hast mich längst beeindruckt, Asher.« Allem Anschein nach hatte ich heute beschlossen, ehrlich zu sein. Nach allem, was zwischen uns vorgefallen war, schien das gerechtfertigt zu sein.

»Ach wirklich?«, fragte er und verzog die Lippen zu einem leicht arroganten Grinsen, während sich ein zufriedener Ausdruck in seinen Augen widerspiegelte. »Nun, dann werde ich mich bemühen, dich noch mehr zu beeindrucken.«

Er nahm den Teller und reichte ihn mir.

»Wir fangen mit dem Sandwich an. Es ist meine eigene Spezialkreation.«

Ich schenkte ihm einen fragenden Blick. »Ein Käsetoast.«

»Probiere ihn einfach«, murmelte er.

Ich zuckte mit den Schultern. *Warum nicht?* Nachdem mein Magen das enorme Frühstück von gestern endlich verdaut hatte, hatte ich Hunger.

Glücklicherweise bestand das Sandwich nicht nur aus Brot.

Aber es war fettig.

Und mit Käse gespickt.

So viel Käse.

»Wow«, sagte ich nach ein paar Bissen. »Wie ist das möglich?«

Er grinste. »Es ist meine eigene Mischung aus französischen, leicht schmelzenden Käsesorten.«

»Und gehaltvoll.« Es war fast schon zu viel. Doch etwas milderte den kräftigen Geschmack ab. »Preiselbeeren?«

»Eine Preiselbeermarmelade«, antwortete er und begegnete wieder meinem Blick. »Beeindruckt?«

Am liebsten hätte ich Nein gesagt, nur um ihm diesen arroganten Ausdruck aus dem Gesicht zu wischen, doch ich brachte es nicht über mich, ihn anzulügen. »Ja.«

Wahrscheinlich würde ich mich für immer an das stolze Lächeln erinnern, das er mir daraufhin schenkte. Mit seinem Gesicht hätte er die Titelseiten von Modemagazinen zieren können.

Dazu kam noch sein Körperbau, und er hätte ohne Weiteres eine neue Karriere als Model beginnen können.

Ich griff nach dem Saft, weil ich etwas brauchte, um das Fett herunterzuspülen.

Dann aß ich auch den Rest meines Sandwiches.

Asher deutete auf die Suppe, aber ich schüttelte den Kopf. »Ich möchte mich zuerst frisch machen. Außerdem habe ich gestern viel zu viel gegessen.«

Er ließ den Blick über meine Brüste bis hinunter zu meinem Bauch wandern und erinnerte mich daran, dass ich nackt war. Ich war so daran gewöhnt, ohne Kleidung herumzulaufen, dass ich es nicht einmal bemerkt hatte.

Doch jetzt war ich mir meines entblößten Körpers sehr wohl bewusst.

Vor allem als ich den Funken glühender Hitze in seinen Augen sah. »Deine Figur ist noch genauso wie vorher, Adalyn. Ich denke, du kannst dir noch ein paar Tage Schlemmerei erlauben.«

Ich schnaubte. »Mir geht es nicht um meine Figur, sondern darum, wie ich mich nach all dem Essen gefühlt habe.«

Er bedachte mich mit einem wissenden Blick. »Vielleicht solltest du dich das nächste Mal darauf beschränken, was du essen willst, und nicht versuchen, mich auf die Probe zu stellen, hm?«

Ich hätte seine Behauptung gern abgestritten oder zumindest etwas Geistreiches erwidert, doch mir fiel nichts ein. Denn er hatte recht. Ich hatte wissen wollen, wie er reagieren würde.

Genau wie gestern im Schwimmbecken.

Ich stellte ihn immer wieder aufs Neue auf die Probe und wartete darauf, dass er mir endlich seine grausame Seite zeigte.

Allerdings schien diese nicht zu existieren.

Ich beugte mich vor und gab ihm einen Kuss auf die Wange. »Ich werde heute Abend brav sein, Herr«, versprach ich ihm, »aber jetzt gehe ich duschen.«

Danach könnten wir uns vielleicht unterhalten.

Denn ich wollte herausfinden, was er hinsichtlich Sin Cave vorhatte.

Ich wollte mehr darüber erfahren, wie er die Schuld für den Mord an Nate auf sich nehmen wollte.

Und ihn unverblümt fragen, was er wirklich von mir wollte. Er schien ein guter Mensch zu sein, doch es musste mehr als nur Anstand dahinterstecken, wenn er sich eine solche Last aufbürdete.

Ganz sicher wollte er etwas im Gegenzug.

Nachdem ich geduscht hatte, würde ich herausfinden, was genau dieses Etwas war. Dann würden wir weitersehen.

KAPITEL NEUNZEHN

ADALYN

Als ich aus der Dusche kam, war Asher nicht mehr im Schlafzimmer.

Ich kämmte mein Haar und beschloss, es lufttrocknen zu lassen, dann streifte ich mir ein Kleid über, wobei ich mir nicht die Mühe machte, Unterwäsche anzuziehen.

Danach ging ich die Treppe hinunter in Richtung seines Arbeitszimmers.

»Ja, damit wäre ich einverstanden«, hörte ich Asher sagen. »Ich werde alles für sie vorbereiten.«

Ich hielt in der Tür inne. Er saß am Schreibtisch und blickte zu mir auf, als eine männliche Stimme antwortete: »Mr. Rose wird das zu schätzen wissen.«

Ich erstarrte und mir stockte der Atem, als ich den Namen meines Vaters hörte.

»Vielleicht möchte er auch Mr. Huntington mitbringen«, fügte der Mann hinzu.

Asher lehnte sich in seinem Stuhl zurück und konzentrierte sich wieder auf den Bildschirm vor ihm. »Ich denke nicht, dass ich eine Villa für Mr. Huntington zur Verfügung habe.«

Es folgte Stille.

»Das wird den anderen möglicherweise nicht gefallen«, erwiderte der Mann schließlich.

Asher zuckte mit einer Schulter, als kümmerte ihn das nicht. »Mir hat Nathan Spencers Verhaltensweise auch nicht gefallen, doch diese haben wir wohl Taylor Huntington und Ihrer Organisation zu verdanken, Mr. Jovanni.«

»Unsere Organisation hat Ihnen bereits bestätigt, dass wir nichts davon wussten.«

»Genau aus diesem Grund gestatte ich Ihnen auch, nächste Woche meine Insel zu besuchen, aber diese Einladung gilt nur für eine begrenzte Anzahl an Personen.«

Für einen Moment herrschte wieder Stille, bevor der Mann erwiderte: »Ich verstehe.«

Plötzlich nahm ich eine Bewegung hinter mir wahr und das Herz schlug mir bis zum Hals.

Asher hob wieder den Blick, doch er sah nicht mich an, sondern die Person in meinem Rücken. Er nickte einmal.

Ich runzelte die Stirn und verstand nicht, was vor sich ging.

Im nächsten Moment spürte ich eine Hand an meiner Hüfte und schreckte auf. Ich war bereit, mich gegen den Mann zu wehren, doch er schob mich nur sanft beiseite, bevor er das Büro betrat.

»Machst du Julian das Leben schwer?«, fragte er im Plauderton.

»Wohl kaum«, antwortete Asher mit einem Lächeln, das sich jedoch von seinem Grinsen von vorhin unterschied. »Ich gebe nur Auskunft bezüglich der Unterkünfte hier auf der Insel.«

»Er scheint nicht sehr erpicht darauf zu sein, dass Mr.

Huntington sich unserer Gruppe anschließt«, fügte Julian hinzu, als der andere Mann an Ashers Seite trat.

»Ich kann mir nicht vorstellen, dass du deshalb allzu enttäuscht bist«, erwiderte der dunkelhaarige Mann, dessen lässige Offenheit darauf hindeutete, dass er den Mann am Telefon kannte. Ich nahm an, dass dieser auf dem Bildschirm zu sehen war, den Asher vor sich hatte.

»Nein, da hast du wohl recht«, gab Julian zu. »Aber Mr. Rose wird darüber nicht sehr glücklich sein.«

»Das hätte er bedenken sollen, bevor er dieses Trainingslager auf meiner Insel genehmigt hat«, warf Asher ein.

»Ich werde diese Nachricht an ihn weiterleiten«, erklärte Julian. »Aber machen Sie sich auf seine Antwort gefasst.«

Asher verzog die Lippen erneut zu einem Lächeln, das fast kalt schien. »Ich bin gefasst.«

»Das sind Sie nicht«, entgegnete Julian. »Aber Bryant wird dafür sorgen, dass Sie es sein werden.«

»Er wird bereit sein«, sagte der andere Mann mit ausdrucksloser Stimme, während er den Blick auf den Bildschirm gerichtet hatte. »Wird sich sonst noch jemand eurer Gruppe anschließen?«

»Ist das deine Art, nach meiner Frau zu fragen?«

»Ich mag sie lieber als dich«, erwiderte der andere Mann mit einem belustigten Unterton. »Ich werde für ihre Unterhaltung sorgen, falls du sie mitbringst.«

»Du meinst wohl eher, dass sie für deine sorgen wird«, konterte Julian unzweideutig.

Ich wusste, wer Julian Jovanni war und wie seine Familie ihr Geld verdiente. Ihnen gehörte das Elitebraut-Programm.

Und Julians Frau stammte eindeutig aus meiner Welt.

Die Tatsache, dass der Mann neben Asher sie kannte,

verriet mir, dass er über unsere Lebensumstände Bescheid wusste.

Wahrscheinlich war er selbst schon in diese Welt eingetaucht.

Das widersprach jedoch Ashers vorheriger Behauptung, dass er nichts damit zu tun hatte.

Es sei denn, dieser Neuankömmling war als eine Art Vermittler hier?

Ein Ausbilder?

Mir gefror das Blut in den Adern. *Mein neuer Ausbilder.*

Asher runzelte die Stirn, als sein Blick auf mich fiel. »Ich muss mich jetzt um Adalyn kümmern, Mr. Jovanni. Gibt es sonst noch etwas, was Sie wissen wollen?«

Der Neuankömmling folgte Ashers Blick. Sein Lächeln erstarb, als er den Ausdruck auf meinem Gesicht sah.

»Ist sie da?«, wollte Julian wissen, wobei seine Stimme einen seltsamen Unterton annahm, den ich nicht definieren konnte.

»Ja, sie ist gerade hereingekommen«, antwortete der andere Mann.

Oh Gott. Am liebsten hätte ich Reißaus genommen, bevor sie noch etwas sagen konnten, doch dank meiner jahrelangen Ausbildung stand ich wie erstarrt in der Tür und wartete auf die nächste Anweisung.

Ich wusste bereits, wie diese lauten würde.

»Kann ich sie sehen?«, fragte Julian.

Da war sie.

Ich zitterte und hob die Hände, um mein Kleid auszuziehen, denn ich wusste genau, was er mit *sehen* meinte.

Mein Haar war noch feucht und ich trug kein Make-up, aber ich hatte jetzt keine Zeit mehr, um mich zurechtzumachen.

»Adalyn«, sagte Asher mit gebieterischem Tonfall. Ich

wollte gerade die Träger meines Sommerkleids herunterschieben, doch ich hielt inne. »Behalte dein Kleid an und komm her.«

Ich schluckte und setzte mich in Bewegung.

Mit gesenktem Kopf ging ich auf ihn und den anderen Mann zu, von dem ich annahm, dass er mein neuer Ausbilder werden würde. Sobald ich neben Asher trat, beugte ich ganz automatisch die Knie, um eine unterwürfige Position einzunehmen.

Doch Asher schlang einen Arm um mich und zog mich an sich, bevor ich mich hinknien konnte. Als ich mit dem Hintern auf seinem Schoß landete, zuckte ich erschrocken zusammen.

Er festigte seinen Griff um meine Taille und packte mit der anderen Hand mein Kinn. Dann drehte er meinen Kopf, sodass ich ihm in die Augen blickte.

Es herrschte Stille und alles andere um uns herum schien in den Hintergrund zu treten. Ich sah nur noch Ashers schönes Gesicht und seinen durchdringenden Blick. Und ich spürte, wie er mit dem Daumen über meinen Kiefer streichelte.

»Ich beginne zu verstehen, warum Mr. Huntington auf Ihrer Insel nicht willkommen ist«, sagte Julian auf dem Bildschirm.

»Wenn ein Mann etwas als wertvoll erachtet, sollte er es nicht an einem Ort lassen, an dem andere es ihm wegnehmen können«, antwortete Asher, wobei er mir immer noch in die Augen blickte. »Auf diese Weise verliert man leicht kostbare Besitztümer.«

Er beugte sich vor, um mit seinen Lippen über die meinen zu streichen. Die Geste war so zärtlich, dass mir Tränen in die Augen traten.

Dieser Mann gab mir das Gefühl, etwas Besonderes zu sein.

Ich fühlte mich geschätzt.

Und auf wunderbare Weise in Besitz genommen.

Aber was hat der neue Ausbilder hier zu suchen?, fragte ich mich.

Asher streichelte mir über die Wange, zog meinen Kopf an seine Schulter und hielt mich fest, als er sich wieder dem Bildschirm zuwandte. »Gibt es noch etwas, was Sie mit mir besprechen wollen, Mr. Jovanni?«

Ich schloss die Augen und ließ mich von Ashers Stärke umhüllen. *Sicher*, dachte ich. *Ich bin in Sicherheit.*

»Im Moment nicht. Ich werde mich mit Mr. Rose hinsichtlich der Unterbringung unterhalten«, sagte Julian. »Außerdem werde ich mich zum Wert der Besitztümer äußern. Möglicherweise gibt es ja etwas Kostbares, was sie gern als ihr Eigentum beanspruchen würden, sobald sie ganz offiziell unserer Organisation beitreten.«

Asher legte eine Hand an meinen Hinterkopf. »Das wäre durchaus möglich.«

»Ich werde es auf jeden Fall erwähnen«, sagte Julian. »Danke, dass Sie sich Zeit für mich genommen haben, Mr. Sinner.«

»Und ich danke Ihnen, Mr. Jovanni«, erwiderte Asher.

»Bryant«, fügte Julian hinzu.

»Julian«, sagte der Mann neben uns. »Grüße Bria von mir.«

»Hm«, brummte Julian daraufhin. »Ich sehe, du vermisst unsere Sparringeinheiten. Vielleicht werde ich während meines Besuches auf Sinners Isle eine arrangieren.«

Der Mann, der offensichtlich Bryant hieß, lachte leise.

Als ich hörte, wie er sich bewegte, öffnete ich die Augen und sah, wie er das Gespräch beendete. »Tut mir leid, Ash. Wenn ich gewusst hätte, dass er anruft, wäre ich schon früher gekommen.«

»Ich vermute, genau das war der Grund für den überraschenden Videochat«, antwortete Asher. »Er wollte mit mir sprechen, wenn du nicht dabei bist.« Er fuhr mit den Fingern durch mein feuchtes Haar und sah mich an. »Ist alles in Ordnung, Adalyn?«

»Ja, Herr«, antwortete ich leise.

»Das hier ist keine Session, Liebling, also nenne mich bitte Asher.« Er drückte mir einen Kuss auf die Schläfe und wandte sich dann an Bryant. »Würdest du uns einen Moment allein lassen?«

»Kein Problem.« Er war bereits auf dem Weg zur Tür. »Ich bin dann in der Küche, um Caylin auf die Nerven zu gehen.«

»Aber ich werde nicht für den Schaden aufkommen, falls sie dich absticht«, rief Asher ihm nach.

Bryant lachte nur und verschwand im Flur, wobei er die Tür hinter sich schloss.

Asher fuhr noch einmal mit seinen Fingern durch mein Haar, während er seinen anderen Arm noch immer um meinen Rücken geschlungen hatte. »Dir ging es gut, bis Bryant Julians Frau erwähnte«, sagte er nach einem kurzen Moment. »War sie eine Elitebraut?«

Ich blinzelte ihn an. »Ich glaube schon, ja.«

Er nickte. »Ich glaube es auch«, wiederholte er. »Aber nach allem, was Bryant mir erzählt hat, führen Julian und seine Frau eine gute Ehe. Werden einige Elitebräute also gut behandelt?«

Die Frage bewies nur, wie wenig Asher über Sin Cave wusste. Falls er tatsächlich ein Spiel mit mir trieb, könnte er möglicherweise einen Teil seiner Scharade glaubhaft erscheinen lassen. Aber solange er ständig derartige Fragen stellte, zweifelte ich daran. Dazu kam sein Verhalten, das auf die Dauer unmöglich vorgetäuscht sein konnte.

Falls er mir jedoch tatsächlich etwas vorspielte, dann war er so gut darin, dass er es verdient hätte zu gewinnen.

»Adalyn?«, fragte er, als ich nicht antwortete.

Ich zog den Kopf ein Stück weit zurück und sah ihn an. Ich musterte ihn eindringlich. Dieses schöne Gesicht. Diese perfekten Wangenknochen. Diese sündhaft dunklen Augen.

Er war so ein gut aussehender Mann.

Stark. Dominant. Und er hat eine Augenbraue in die Höhe gezogen und betrachtet mich erwartungsvoll.

Bei dem Anblick verzog ich die Lippen zu einem Lächeln. Der widerspenstige Teil in meinem Inneren wollte ihn reizen und ihn dazu bringen, mit mir zu spielen.

Doch unsere Unterhaltung war viel zu ernst, als dass ich ihn jetzt hätte provozieren können.

Er musste meine Welt verstehen. Nur so wäre er in der Lage, sie zu überleben.

»Die Familien treffen untereinander Absprachen«, erklärte ich ihm mit gedämpfter Stimme, »wobei die ganze Macht dem männlichen Erben übertragen wird. In meinem Fall hat Taylor seine Bedürfnisse geäußert, und das Programm hat mich in einer Weise geformt, die seinen Wünschen entsprach.«

»Und was waren seine Bedürfnisse? Wollte er eine Sklavin?«

Ich dachte darüber nach und nickte. »Er wollte eine Frau, die bereit ist, sich teilen zu lassen. Eine Masochistin, um genau zu sein. Soweit ich weiß ist diese Forderung nicht ungewöhnlich, aber es gibt Männer, die es vorziehen, ihre Frauen selbst auszubilden. Nicht alle Anforderungen sind gleich.«

»Aber was geschieht, wenn die arrangierte Braut keine Masochistin ist? Wird sie gezwungen, eine zu werden?«, fragte er mit ungläubigem Tonfall.

»Ja. Dazu wird sie ausgebildet.« Ich war nicht mehr imstande, Lust ohne Schmerzen zu empfinden. Allerdings war ich mir nicht sicher, ob ich von Anfang an diese Neigung hatte oder ob ich diese Vorliebe Nate zu verdanken hatte.

Es spielte keine Rolle.

Ich konnte weder meine Vergangenheit ungeschehen machen, noch konnte ich ändern, was sie aus mir gemacht hatte.

Ich bin, wer ich bin, dachte ich, wobei ich keinerlei Reue empfand.

»Ich weiß nicht viel über die anderen Elitebräute, da ich von ihnen ferngehalten wurde. Aber ganz zu Anfang habe ich einige von ihnen kennengelernt, und ich erinnere mich, dass manche begeistert von ihren zukünftigen Ehemännern waren. Ich kann jedoch nicht sagen, ob diese Begeisterung angehalten hat. Sie alle gingen ihren eigenen Weg, und meiner führte mich zu Nate ...« Ich verstummte, denn Asher konnte sich den Rest denken.

»Ich verstehe.« Er zog seine Finger aus meinem Haar und schlang seine Hand um meinen Nacken. »Würde es dir helfen, über meine Vorlieben Bescheid zu wissen, statt sie erraten zu müssen?«

»Du bist ein Sadist«, flüsterte ich, wohl wissend, dass er ein Faible für Schmerzen hatte.

»Bis zu einem gewissen Grad, ja. Ich füge anderen gern Schmerzen zu, um das Lustempfinden zu steigern.«

»Damit meinst du deine Lust?«, fragte ich.

»Nicht nur.« Er betrachtete mich mit einem abschätzenden Blick. »Für mich liegt der Reiz in dem Wissen, die Kontrolle über den Orgasmus der Frau zu haben. Ich kann mit ihren Sinnen spielen und sie bis an den Rand der Agonie treiben, um dann ihre Qualen mit dem intensivsten Orgasmus ihres Lebens zu lindern. Das ist wahre Macht. Genau das erregt mich.«

Ja, ich konnte den Beweis dafür an meinem Hintern spüren. »Oh«, flüsterte ich, als mein Körper unwillkürlich auf seine Worte reagierte. Ich hatte einen Vorgeschmack davon gestern im Schwimmbecken bekommen, wobei Schmerzen dabei nur eine untergeordnete Rolle gespielt hatten.

Wie ist er wohl als Dom?, fragte ich mich.

»Was ist mit dir, Adalyn? Hast du eine Vorliebe dafür, geteilt zu werden?«

Ich verzog den Mund. »Ich ... ich tue alles, was man mir befiehlt.«

»Das habe ich nicht gefragt.«

»Ich weiß ... aber ... ich weiß auch nicht.« Ich war mir nicht sicher, wie ich ihm antworten sollte. »Es macht mir nichts aus, mich zu unterwerfen ...«

»Aber gefällt es dir auch?«, wollte er wissen. »Gefällt es dir, einem Mann die Kontrolle zu überlassen? Dich von ihm fesseln zu lassen? Dir von ihm sagen zu lassen, was du tun sollst? Dir vorschreiben zu lassen, wann und wie heftig du kommst?«

Ich spürte, wie mir die Hitze in die Wangen stieg, als seine Worte ein Feuer in mir entfachten. »Ja«, flüsterte ich. »Ja, bitte.«

Er zog eine Augenbraue in die Höhe. »Was davon?«

»Alles.«

»Trotzdem warst du gestern im Schwimmbecken wie erstarrt, als ich deine Hände hinter deinem Rücken fixiert habe. Lag das nur daran, dass du dachtest, ich wollte Waterboarding an dir durchführen?«

Ich nickte zaghaft. »Ich ... ich mag Wasserspiele nicht.«

»Was ist mit Atemspielen?« Er legte eine Hand an meine Kehle und drückte leicht zu. »Gefällt dir das?«

Ich musste schlucken, während mein Puls sich beschleunigte. »Mir dir? Ich denke schon, ja.«

»Aber nicht mit anderen Männern?«, drängte er.

»Nicht mit anderen Männern«, gestand ich. »Ich …«

Noch nie hatte mir jemand erlaubt, so etwas zu sagen.

Ich hatte noch nie die Möglichkeit gehabt, auf meine eigenen Bedürfnisse einzugehen und meine Wünsche zu äußern.

Doch Asher gab mir jetzt die Gelegenheit dazu. Und ich hatte das unbestimmte Gefühl, dass er meine Grenzen vielleicht sogar *respektieren* würde.

»Ich mag es nicht, geteilt zu werden«, gestand ich im Flüsterton. »Ich würde es vorziehen, wenn du mich nicht mit anderen teilst, Herr.«

Ich senkte den Blick, und mein Herz schlug mir plötzlich bis zum Hals.

Denn ich hatte ihm soeben offenbart, wie er mich brechen konnte. Er musste nur das Gegenteil von dem tun, worum ich ihn gebeten hatte.

»Ich werde dich nie mit anderen teilen, es sei denn, du willst es«, versprach er mir, und ich erstarrte. »Es gehört nicht zu meinen Vorlieben. Ich genieße es zwar, andere zusehen zu lassen, aber wenn eine Frau mir gehört, werde ich sie keinem anderen überlassen, es sei denn, sie bittet mich darum.«

Ich blinzelte. »Ich werde dich nie darum bitten.« Viel zu oft hatte ich in meinem Leben schon vorgeben müssen, die Männer zu begehren, die Nate mich befriedigen ließ.

Aber noch nie hatte ich einen von ihnen gewollt.

Der Einzige, den ich je begehrt hatte und auf gewisse Weise selbst *wählen* konnte, war dieser Mann. *Asher Sinner.*

»Dann wird dich nie wieder jemand ohne deine Erlaubnis berühren«, gelobte er.

Ich runzelte die Stirn, denn das war zu schön, um wahr zu sein. In der kommenden Woche würde ich vielleicht ihm gehören, aber danach ... »Du solltest keine Versprechen machen, die du nicht halten kannst, Asher.«

Er musterte mich einen Moment lang und in seine Augen trat ein unnachgiebiger Ausdruck. »Du kennst mich nicht sehr gut, Adalyn, also werde ich die Tatsache ignorieren, dass du mich gerade beleidigt hast. Aber wenn ich jemandem ein Versprechen gebe, dann halte ich es auch. Und in diesem Fall habe ich vor, den Mitgliedern der Elite zu sagen, dass du *mir* gehörst.«

Er festigte den Griff um meine Kehle, als wollte er seinen Worten damit Nachdruck verleihen.

Ich starrte ihn an. »Dir?«

»Ich habe dir bereits erzählt, was ich vorhabe, Adalyn. Die Elite schuldet mir eine Entschädigung für das, was auf meiner Insel geschehen ist, und ich gedenke, dich als Bezahlung zu akzeptieren.«

Ich riss die Augen auf. Er hatte mir schon zuvor von seinen Plänen berichtet und nach seinem Gespräch mit Julian konnte ich zwischen den Zeilen lesen. *Ich* war der kostbare Besitz, von dem er gesprochen hatte – das wertvolle Gut, das auf dieser Insel zurückgelassen wurde, damit ein anderer Mann es sich aneignen konnte.

Und er war dieser Mann.

»Ich habe ihnen erklärt, dass ich mich von nun an um deine Ausbildung kümmern werde«, fuhr er fort. »Die Vorstellung hat sie so fasziniert, dass sie einverstanden waren, dich bei mir zu lassen. Es gehört alles zu meinem Plan, um dir letztendlich zur Freiheit zu verhelfen. Aber ich brauche deine Hilfe, Adalyn. Du kennst diese Welt besser als ich, wahrscheinlich sogar besser als Bryant. Ich kann dir nur helfen, wenn du mir hilfst.«

Ich runzelte die Stirn. »Bryant ist ein Ausbilder. Er kennt diese Welt genauso gut wie ich, vielleicht sogar besser.«

»Ein Ausbilder?«, wiederholte er und verzog den Mund, wobei er meine Kehle losließ. »Dann kennst du Bryant also von dem Eliteprogramm?«

Äh … »Nein, ich habe ihn heute zum ersten Mal getroffen. Aber er ist doch hier, um Frauen auszubilden, nicht wahr?«

Asher blinzelte und verzog dann die Lippen zu einem Lächeln. »Nein, Adalyn. Bryant ist der Chef meines Sicherheitsdienstes auf der Insel. Aber bevor er zu mir kam, hat er für Julian gearbeitet. Ich habe gehört, dass er dessen Frau gut kennt, aber nicht als Ausbilder.«

»Ach so.« Ich rümpfte die Nase. »Er ist also nicht hier, um mich zu trainieren?«

»Der Einzige, der dich *trainieren* wird, bin ich, Liebling.« Er strich mir die Haare hinters Ohr und legte mir eine Hand an den Hinterkopf. »Und du wirst mich ebenfalls ausbilden, indem du mir von deiner Welt erzählst und mir sagst, was die Elite von mir erwarten wird. Um glaubwürdig zu sein, muss ich meine Rolle überzeugend spielen. Im Gegenzug werde ich für deine Sicherheit auf der Insel sorgen.«

Meine Sicherheit?, dachte ich. »Und was werde ich hier tun?«

»In Frieden leben.« Er löste seine Hand von meinem Kopf und legte sie an meine Hüfte. »Und wenn die Zeit gekommen ist, dass du die Insel gefahrlos verlassen kannst, dann werde ich dir ebenfalls helfen.«

Ich dachte einen Moment lang darüber nach. »Aber

ich kann nirgendwo hingehen.« Wahrscheinlich würde es nie einen anderen Ort geben, an dem ich leben konnte.

»Aber das wusstest du offensichtlich, als du Nathan Spencer umgebracht hast.«

»Ja«, gestand ich, »aber es war mir egal. Ich habe nach einem Ausweg gesucht und wollte nur noch weg von ihm. Ich hatte Angst davor, was in dieser Woche passieren würde.«

»Und du hast gewonnen, Adalyn«, versicherte er mir. »Aber es war nur die erste Schlacht. Hilf mir, den Krieg zu gewinnen, und ich lasse dich hier in Frieden leben, wo niemand Hand an dich legen oder dir wehtun kann.«

KAPITEL ZWANZIG

ASHER

ADALYN STARRTE mich mit ihren großen, schönen Augen an. Die Emotionen, die sich darin widerspiegelten, versetzten mir einen Stich im Herzen.

Dennoch war sie jetzt an dem Punkt angelangt, an dem ich sie haben wollte.

Sie stand kurz davor, mir zu glauben, dass ich nicht hier war, um sie zu verletzen, sondern um ihr zu helfen.

Sie würde entweder einwilligen oder sich weigern.

Ich würde ihre Entscheidung in jedem Fall respektieren müssen, denn ich konnte sie nicht zwingen, sich von mir retten zu lassen. Zuerst musste sie sich selbst retten wollen.

Sie blickte mich fragend an, während ich förmlich sehen konnte, wie sich die Rädchen in ihrem Kopf drehten.

Bis sie schließlich sagte: »Nicht alle Elitemitglieder teilen gern. Nate hatte sogar eine Liste von Männern, mit denen ich in den Ecstasy-Klubs nicht verkehren durfte. Seiner Meinung nach waren sie zu besitzergreifend, und da ich bereits vergeben war, wäre der Verkehr mit ihnen für meine Ausbildung eher hinderlich gewesen.«

Ihre Worte waren zwar keine direkte Einwilligung.

Aber ich fasste ihre Erklärung als Einladung auf fortzufahren.

Denn sie analysierte ihre Welt und ließ mich an diesem Gedankenprozess teilhaben.

Ich zog die Augenbrauen in die Höhe. »Hatte er etwa Angst, sie könnten dich für sich beanspruchen und damit die Vereinbarung zwischen deinen Eltern und Taylor zunichtemachen?«

Sie zuckte mit den Schultern. »Ich weiß es nicht, möglich wäre es. Die Elite ist von einer Hierarchie geprägt. Meine Familie rangiert irgendwo in der Mitte. Taylors Familie ist höhergestellt, doch er ist nicht der Erbe ihres Vermögens. Daher steht er im Grunde auf einer niedrigeren Stufe.«

»Und ich vermute, dass einige dieser besitzergreifenden Männer auf Nates Liste einen höheren Rang einnehmen.«

»Ja. Einige von ihnen stehen sogar ganz oben.« Sie nannte eine Handvoll Namen, die mir alle bekannt waren. Ein paar von ihnen waren sogar Kunden von mir. Vielleicht würden sich diese Informationen später noch als nützlich erweisen, wenn ich etwas Überzeugungsarbeit leisten musste.

»Ich nehme an, Nate und Taylor waren befreundet, und er wollte die Investition seines Freundes schützen, indem er vermeiden wollte, dass jemand höheren Ranges an dir Gefallen findet.«

Sie dachte einen Moment lang darüber nach. »Es wäre möglich, ja. Aber da einige dieser Männer es vorziehen, nicht zu teilen, könnte deine Idee, dich als besitzergreifenden Dom auszugeben, tatsächlich funktionieren.«

»Ich täusche nichts vor«, stellte ich klar. »Ich teile

nicht, Adalyn. Wie ich schon sagte, mache ich nur eine Ausnahme, wenn meine Sub darum bittet.«

Ich konnte an ihrem Blick sehen, dass sie mich nie darum bitten würde.

Das machte sie nur umso perfekter.

Denn ich zog es vor, wenn eine Frau nur mich wollte, und sah es als Herausforderung an, sie zu befriedigen. Leider hatten es die meisten meiner Spielpartnerinnen nur ein paar Wochen oder Monate mit mir ausgehalten, sodass ich mich der Herausforderung nie wirklich hatte stellen können.

Vielleicht würde Adalyn mir die Gelegenheit geben, längerfristig daran zu arbeiten.

»Also gut, es wäre also glaubhaft, dass du mich ganz für dich haben willst. Aber meine Eltern und Taylor werden immer noch ein Problem sein. Falls ...« Sie verstummte und musste schlucken. »*Da* du nicht zu dieser Welt gehörst, nimmst du auch keinen Rang in der Hierarchie ein.«

Fast hätte ich gelächelt.

Die Tatsache, dass sie sich gerade selbst verbessert hatte, verriet mir, wie weit wir in so kurzer Zeit gekommen waren.

Am liebsten hätte ich sie geküsst, um meine Dankbarkeit zum Ausdruck zu bringen, aber wir hatten zuerst wichtigere Dinge zu besprechen. *Danach* würde ich sie küssen.

»Willst du denn die Firma deines Vaters?«, fragte ich, als ich darüber nachdachte, was sie gerade über ihre Eltern gesagt hatte. »Würdest du sie gern besitzen?«

Sie schüttelte den Kopf. »Das Einzige, was ich mir je gewünscht habe, ist meine Freiheit.«

»Dann wären sie vielleicht damit einverstanden, wenn du deine Rechte abtrittst«, schlug ich vor. Es war zwar nicht die beste Lösung, aber immerhin wäre sie dann keine *Erbin* mehr, was vielleicht den Anreiz, sie zu verheiraten, hinfällig machte.

Sie schüttelte den Kopf. »Das würde nicht funktionieren. Ich bin die einzige Erbin.«

»Also gut, warum können sie dann nicht einfach Taylor einstellen und ihn schließlich zum neuen Eigentümer machen? Im Grunde würden sie das ohnehin tun, indem sie dich mit ihm verheiraten. Er wird dein Ehemann und sie erlauben ihm, das Unternehmen zu übernehmen, nicht wahr?«, wollte ich wissen.

»Nein. Durch mich wären sie immer noch Teilhaber«, antwortete sie. »Oder zumindest mein Vater«, fügte sie hinzu und verzog den Mund. »Er will die Firma in der Familie Rose behalten, doch das kann er nur, wenn er sie durch mich weitergibt. Aber ich bin eine Frau …«

»Und welches Jahr schreiben wir?«, konterte ich und zog die Augenbrauen in die Höhe. »Warum zum Teufel ist es wichtig, dass du eine Frau bist?«

»Die Elite wird von Männern geführt«, antwortete sie schlicht. »Das war schon immer so, und es wird auch immer so sein.«

Ich schnaubte. »Diese Vorstellung ist einfach lächerlich.« Frauen waren genauso fähig wie Männer, Unternehmen zu führen. Häufig waren sie sogar besser geeignet.

»Wir reden hier von der Elite«, sagte sie, als sei das eine Erklärung. »Sie regeln die Dinge auf ihre Art, und zwar schon seit Jahrhunderten. Dazu gehören auch arrangierte Ehen und moderne Mitgiften.«

Mein Gott, dachte ich und musste mich beherrschen, um ihre Hüfte nicht noch fester zu packen. »Das ist archaischer Schwachsinn.«

Sie zuckte mit der Schulter. »Du hast mich gebeten, dir alles beizubringen.«

»Ich weiß.« Das bedeutete aber nicht, dass der Unterricht mir gefallen würde. »Warte einen Moment.« Wenn wir nun schon darüber sprachen, konnten wir es uns auch bequem machen.

Ich schlang meine Arme um sie und stand auf, um sie zu der Couchgarnitur zu tragen, die in meinem Arbeitszimmer stand. Bryant und Clive machten es sich immer darauf gemütlich, wenn sie mich hier aufsuchten.

Statt sie in ihren eigenen Sessel zu setzen, ließ ich mich mit ihr nieder und platzierte sie wieder auf meinem Schoß. Während ich mit Julian telefoniert hatte, hatte ich sie auf meine Oberschenkel gezogen, um meinen Besitzanspruch zu untermauern. Jetzt tat ich es um meinetwillen.

Weil ich sie gern berührte.

Und ihrer Reaktion nach zu urteilen gefiel es ihr auch.

Möglicherweise lag es nur daran, dass sie dahingehend trainiert worden war.

Dennoch knisterte eine heiße Spannung zwischen uns, die ich näher erforschen wollte.

Sobald wir das Treffen mit den Sin Cave Mitgliedern überlebt hatten.

»In Ordnung, Adalyn. Erzähl mir mehr.«

Sie verzog den Mund und bedachte mich mit einem nachdenklichen Blick. »Nun«, hob sie an, doch dann schwieg sie einen Moment, bevor sie fortfuhr. »Ich habe immer gewusst, dass meine Ehe arrangiert sein würde. Das hat meine Mutter mir schon erklärt, als ich noch ein Kind war. Ich dachte, es sei völlig normal.« Sie runzelte die Stirn. »Ich habe alles für normal gehalten, bis ich aufs College ging.«

Sie erzählte mir, dass sie die meiste Zeit über einen Privatlehrer hatte und danach eine Privatschule mit anderen Mädchen aus dem Elitekreis besucht hatte. Mit ein paar von ihnen hatte sie sich angefreundet, doch heute hatte sie zu keiner von ihnen Kontakt.

Nicht seit ihrem sechzehnten Lebensjahr.

Damals war sie Nathan Spencer zum ersten Mal begegnet.

Aufgrund der Videos und Informationen auf seinem Handy wusste ich das bereits, doch ich ließ sie selbst erzählen, wie er mit ihrer Ausbildung begonnen hatte. Sie bekam einen Privatlehrer, um die Schule zu beenden, während er sie abends trainierte.

Bei jedem Wort drehte sich mir der Magen um.

Aber sie erzählte weiter, als sei es völlig normal.

»Als ich danach an der Mason University studierte, hat sich alles für mich verändert«, sagte sie.

Sie berichtete mir von dem gesellschaftlichen Training, das sie in den darauffolgenden vier Jahren durchlaufen hatte.

Offensichtlich hatte ihr Studium nur dem Zweck gedient, ihre Fähigkeit auf die Probe zu stellen, sich mit anderen Menschen zu umgeben, ohne die Geheimnisse der Elite auszuplaudern. Sie wollten sichergehen, dass sie nichts von ihrer arrangierten Ehe oder ihrem abendlichen Training erzählte, das schließlich auf die Wochenenden ausgeweitet wurde.

Außer in den Sommermonaten.

Denn sie hatte jeden Sommer mit Nathan verbracht.

»Ich *hasse* den Sommer«, fügte sie zitternd hinzu.

Mir brach das Herz, während ich ihr zuhörte, doch sie fuhr fort. Ich hatte den Eindruck, es tat ihr gut, sich alles von der Seele zu reden. Sie erzählte mir von ihrer Freundin und Mitbewohnerin Jen.

»Sie weiß nichts über mein Leben«, flüsterte Adalyn. »Nicht wirklich. Vor ein paar Monaten hätte sie es jedoch fast herausgefunden, weil ich einen Fehler begangen hatte.« Sie sah mich mit ihren großen Augen an. »Ich habe sie eines Abends als Gast ins Ecstasy mitgenommen.«

»Ich war schon ein paarmal mit Kunden dort«, gab ich zu, »aber ich habe nie bezeugt, dass die Frauen nicht damit einverstanden gewesen wären, was dort vor sich ging.«

»Du würdest es nicht erkennen«, pflichtete sie mir bei. »Die Elitebräute werden gut ausgebildet, bevor sie die Klubs betreten dürfen.« Sie räusperte sich. »Aber Jens älterer Bruder hat mich mit Nate zusammen gesehen und seinem besten Freund Pierce davon erzählt. Dieser hat es dann Jen verraten.« Sie senkte den Blick. »Sie hat mir eine Menge Fragen gestellt. Ich … ich habe sie belogen, weil ich wusste, dass Nate uns belauschte.«

»Sie wird dir daraus keinen Vorwurf machen, Schätzchen«, sagte ich mit sanfter Stimme. »Das weißt du doch, nicht wahr?«

Sie nickte zaghaft. »Es ist mir einfach zuwider, dass ich sie anlügen musste. Und ich finde es schrecklich, dass ich gehen musste. Ich weiß nicht einmal, ob sie die Sache mit Pierce geklärt hat oder nicht.«

»Das ist der beste Freund ihres Bruders?«, fragte ich, um mich zu vergewissern, dass ich alles richtig verstanden hatte.

»Ja.« Sie begegnete meinem Blick und in ihren Augen spiegelte sich ein sanftes Lächeln wider. »Jen ist schon seit Jahren in ihn verliebt. Sie hatten ein Abenteuer im Klub miteinander, doch dann hat er ihr wieder die kalte Schulter gezeigt.« Sie schüttelte den Kopf und seufzte. »Wenn ich an ihrer Stelle wäre, würde ich nicht zulassen, dass mein Bruder meiner Liebe im Weg steht. Aber ich bin natürlich nicht sie.«

Nein, sie war nicht ihre Freundin. Aber das bedeutete nicht, dass sie nicht auch Liebe erfahren konnte.

»Du bist nicht sie«, pflichtete ich ihr mit sanfter Stimme bei. »Du bist Adalyn, eine starke und wunderschöne Kriegerin. Du hast es verdient, zu leben, zu lieben, zu fühlen und glücklich zu sein. Lass nicht zu, dass deine Vergangenheit deine Zukunft bestimmt.« Ich strich ihr mit den Fingerknöcheln über die Wange, während meine andere Hand auf ihrem Rücken ruhte. »Hier bist du frei, Adalyn. Hier bei mir bist du frei.«

Sie starrte mich an.

Ich starrte zurück und wartete darauf, dass sie noch etwas sagte.

Allerdings war ich mir nicht sicher, was sie noch sagen könnte.

Sie hatte genügend Details aus ihrer Vergangenheit preisgegeben, die allesamt ein düsteres Bild von ihrem Leben zeichneten. Der einzige Lichtblick schien ihre Freundin Jen zu sein. Sie war ihre Mitbewohnerin gewesen, was bedeutete, dass sie sich wahrscheinlich gerade Sorgen um Adalyn machte.

Es sei denn, sie glaubte, Adalyn wäre nur in den Sommerurlaub gefahren. Offenbar hatte Letztere für gewöhnlich ihre Abwesenheit auf diese Weise erklärt.

Feiertage und Schulferien wurden als *Familienurlaube* ausgegeben.

Das alles war nur ein kranker, verkorkster Test, um sicherzustellen, dass sie das Zeug zu der High-Society-Ehefrau hatte, die Taylor Huntington sich wünschte, während sie ihm im Schlafzimmer gefällig sein musste.

Meine Neugierde war geweckt und ich wollte mehr über diese besitzergreifenden Männer in ihrer Welt wissen. Waren sie genauso krank? Oder waren sie nur derart beherrschend, um ihre Ehefrauen zu schützen?

In welche Kategorie fiel Julian Jovanni? Bryants Aussage über den berüchtigten Roten Prinzen deutete auf

Letzteres hin, während sein Ruf auf Ersteres schließen ließ.

Ich würde mir selbst ein Bild von ihm machen müssen, wenn ich ihm begegnete.

Adalyns Blick fiel auf meinen Mund, dann sah sie mir wieder in die Augen. Sie schien mit sich zu hadern.

Ich sagte nichts und überließ sie ihren Gedanken, damit sie in Ruhe ihre Entscheidung treffen konnte.

»Ich habe vorhin meine Mahlzeit gegessen«, flüsterte sie.

»Das ist richtig. Hast du wieder Hunger?«, fragte ich und erinnerte mich daran, dass sie die Suppe nicht angerührt hatte.

Sie schüttelte den Kopf. »Nein. Aber du hast gesagt, ich würde eine Belohnung bekommen.« Sie ließ den Blick wieder zu meinem Mund wandern. »Und ich will nicht die Erlaubnis, mein Safeword ein weiteres Mal benutzen zu können.«

»Du kannst dein Safeword so oft benutzen, wie du willst«, erklärte ich ihr und hoffte, dass sie mir jetzt glaubte. »Aber verrate mir, was du dir als Belohnung wünschst, und ich werde dir den Wunsch erfüllen.«

»Egal was?«, fragte sie mit einem Hoffnungsschimmer in den Augen.

Ich verzog die Lippen zu einem Lächeln und betrachtete fasziniert, wie sie mir diese neue Seite von sich zeigte. »Sag mir, was es ist, und ich werde mein Bestes tun, um es möglich zu machen.«

»Ich ...« Sie schluckte und ihre Nasenflügel bebten, als ein entschlossener Ausdruck über ihr Gesicht huschte.

Erfreut lehnte ich mich zurück, als sie sich rittlings auf mich setzte. Sie trug ein kurzes Kleid, das an ihren wohlgeformten Schenkeln hochrutschte, wobei ich fast einen Blick darunter werfen konnte.

»Das gefällt mir«, sagte ich und legte meine Hände an ihre Hüften, als sie sich auf meinem Schoß niederließ. »Was wünschst du dir als Belohnung, Adalyn?«

Sie ergriff meine Hände und schob sie an ihren Schenkeln hinunter, dann hob sie ihr Kleid an und zog es hoch.

Über ihren Kopf.

Bis sie nackt auf mir saß.

Denn sie trug keine Unterwäsche.

Heilige Scheiße.

»Befriedigung, Herr«, sagte sie. »Ich hätte gern einen Orgasmus, bitte.«

KAPITEL EINUNDZWANZIG

ADALYN

MEIN PULS raste und das Blut rauschte mir in den Ohren. Ich fühlte mich wagemutig. Beherrscht. *Lebendig.*

Mein Gott, Nate hätte mich verprügelt, wenn ich nur daran gedacht hätte, um so etwas zu bitten. Es sei denn natürlich, der Mann, dem ich mich unterwerfen sollte, hatte einen Faible dafür, seine Sub zu belohnen.

Aber ich hatte um *meinetwillen* darum gebeten, belohnt zu werden.

Zu Jen hatte ich oft im Scherz gesagt, dass ich den Schwanz eines Mannes spüren wollte, hauptsächlich um den wahren Grund für meine Besuche im Ecstasy zu verbergen.

Aber jetzt?

In diesem Moment meinte ich es so.

Ich wollte *Ashers* Schwanz in mir.

Ich wollte seine Zunge. Seine Hände. Und *ihn.*

»Du bist Adalyn, eine starke und wunderschöne Kriegerin. Du hast es verdient, zu leben, zu lieben, zu fühlen und glücklich zu sein.«

Seine Worte hatten mein Herz zum Explodieren gebracht und es so wild schlagen lassen, dass ich nicht mehr klar denken konnte. Im nächsten Augenblick hatte mein Instinkt die Oberhand gewonnen und meinen Verstand ausgeschaltet.

Und deshalb saß ich jetzt auf dem Schoß dieses Mannes.

Und bat unverblümt darum, von ihm befriedigt zu werden.

Als ich die begierige Flamme in seinen Augen sah, wusste ich, dass ich die richtige Entscheidung getroffen hatte.

»Ein Orgasmus?« Er ließ den Blick über meinen Körper gleiten, der auf meiner entblößten Haut förmlich brannte. »Hm …«

Er packte meine Hüften und im nächsten Moment rollte er mich auf den Rücken. Die abrupte Bewegung ließ mich schwindeln, doch ich spürte seine Hand in meinem Haar, als er behutsam meinen Kopf stützte.

Er war stets so sanft.

Und beschützend.

Selbst wenn er mich auf einem Sessel herumwirbelte.

Mein Hintern traf den Sitz, während er sich zwischen meinen Schenkeln auf den Boden kniete. Mir stockte der Atem. Asher Sinner war anders als alle Männer, denen ich je begegnet war.

Und jetzt kniete er *vor mir* nieder.

»Ja, Adalyn.« Er drückte mir einen Kuss aufs Knie. »Ich würde dich liebend gern belohnen«, murmelte er an meinem Oberschenkel, während er seine Lippen weiter hinaufgleiten ließ. »Mit meiner Zunge.«

Oh Gott …

Er presste seinen Mund auf meine Klitoris. Ich wurde augenblicklich von einer Hitzewelle durchzuckt und meiner Kehle entfuhr ein Stöhnen.

»Asher«, hauchte ich und spürte, wie ich bereits dem

Höhepunkt entgegentrieb. Es fühlte sich an, als reizte er mich schon seit Stunden, dabei hatten wir gerade erst angefangen.

Vielleicht war ich von meinen Emotionen überwältigt, oder es waren seine Worte, die mich so erregten. Möglicherweise lag es auch daran, dass ich noch nie wirklich befriedigt worden war.

Ich hatte zuvor schon Orgasmen erlebt.

Doch diese waren nichts im Vergleich zu Ashers Liebkosungen gewesen. Seiner Zunge. *Und oh*, seiner Berührung.

Er strich mit den Händen über die Innenseite meiner Schenkel und brandmarkte meine Haut.

Kein Mann hatte mich je so berührt. Mich so geleckt. Oder mich so angesehen.

Er durchbohrte mich förmlich mit seinem Blick, während er meine Reaktionen abschätzte.

Er saugte an meiner empfindsamen Klitoris.

Knabberte daran.

Und leckte mich.

Dann drang er mit einem Finger in mich ein und ließ sogleich einen zweiten folgen, um beide in mir zu spreizen.

Ich wand mich vor Lust und verlor mich in den Empfindungen, die er in mir auslöste. Immer wieder kam mir sein Name, halb flehend, halb ehrfürchtig über die Lippen.

Oh, und diese Augen.

Verdammt.

Mit seinen dunklen Iriden zog er mich völlig in seinen Bann und schien mit seinem hypnotisierenden Blick Besitz von mir zu ergreifen. »Asher«, flüsterte ich wieder und wölbte mich auf, um mein Geschlecht an seine Lippen zu pressen. »Ich komme gleich.«

Ich hätte nie geglaubt, dass ich je derart erregt sein und so schnell auf den Abgrund der Ekstase zutreiben könnte.

Doch mit seinen Worten schien er ein Feuer in mir entfacht zu haben, das er mit seinen Liebkosungen nur noch geschürt hatte.

Es brannte lichterloh.

Es pulsierte, schwelte und durchströmte meine Venen.

»So ein braves Mädchen, das darauf wartet, kommen zu dürfen«, lobte Asher, und ich spürte seinen Atem an meiner empfindsamen Klitoris. »Wolltest du, dass ich dich auf diese Weise ...«

Er wurde von einem Klopfen unterbrochen, und ich wurde erneut von einer Welle der Begierde durchströmt. Es hatte etwas unbestreitbar Erotisches, in flagranti ertappt zu werden, als würden wir uns gerade einem verbotenen Abenteuer hingeben, von dem niemand wissen durfte.

Asher bedachte mich mit einem fragenden Blick. Er hatte mir zuvor gestanden, dass er eine Vorliebe für Exhibitionismus hatte. Auch ich genoss es, mich vor anderen zu zeigen.

»Ja«, keuchte ich und wölbte mich wieder auf, um meinen Unterleib an seinen Mund zu pressen. Damit gab ich ihm die Erlaubnis, zu antworten und die Kontrolle zu übernehmen.

Natürlich hatte er so etwas nicht nötig, schließlich war er ein Dom und es war meine Aufgabe, mich ihm zu unterwerfen. Allerdings schien mir das in letzter Zeit nicht sonderlich gut zu gelingen.

Oder vielleicht doch.

Ich wusste es nicht.

Glücklicherweise verzog er die Lippen zu einem Lächeln und verriet mir damit, dass er meine Reaktion guthieß. Mehr interessierte mich im Moment nicht.

Nur das und seine Zunge.

»Komm rein«, rief er, ohne jedoch einen Blick über die Schulter zu werfen. Stattdessen leckte er mich genüsslich, als die Tür geöffnet wurde.

Bryant trat ein und richtete den Blick zuerst auf den Schreibtisch, bevor er uns auf dem Sessel entdeckte. Er öffnete den Mund, als wollte er etwas sagen.

Was auch immer es war, die Worte blieben ihm im Halse stecken, als er Asher zwischen meinen Schenkeln knien sah. »Wer ist es, Liebling?« Seine Stimme vibrierte an meinem feuchten Geschlecht und steigerte meine Erregung.

»Bryant«, antwortete ich keuchend.

»Hm«, brummte Asher. »Sag ihm, dass ich beschäftigt bin. Ich werde mit ihm sprechen, sobald ich dich zum Höhepunkt gebracht habe.« Er verlieh seinen Worten Nachdruck, indem er mit den Lippen meine Lustperle umschloss und sie tief in seinen Mund saugte.

Meine Brustwarzen zogen sich zusammen und ich spannte den ganzen Körper an, als ich kurz davor war zu explodieren.

»Wiederhole, was ich dir gerade gesagt habe, Adalyn.«

Scheiße ... Ich konnte kaum atmen, geschweige denn sprechen. Ich konnte mich nicht einmal an seine Worte erinnern. Er hatte etwas davon gesagt, dass er ... beschäftigt sei und mich zum Höhepunkt bringen wolle.

Ja, genau, das war es.

»Mr. Sinner ist ...« Ich unterdrückte ein Stöhnen, als Asher an meiner geschwollenen Klitoris knabberte. »*Asher* ist beschäftigt.« Ich musste schlucken. Mein Mund war plötzlich wie ausgetrocknet. »Er ist damit beschäftigt, mich zu befriedigen.«

Wollte er das von mir hören?

Nein. Er hatte etwas von »Höhepunkt« gesagt.

»Er wird ...« Ich verstummte, als Asher seine Finger in

mir krümmte und mich streichelte. *Verdammt.* »Er wird mit Ihnen sprechen … Bald … *Sehr* bald.« Denn ich war kurz davor zu explodieren. »Sobald … sobald ich zum Höhepunkt gekommen bin.«

»So ein braves Mädchen«, flüsterte Asher, wobei sein ordentlich gestutzter Bart an meiner Spalte rieb. Im nächsten Moment leckte er mich erneut und krümmte seine Finger in mir.

Ich versuchte vergeblich zu schlucken, denn meine Kehle war wie zugeschnürt. Mein ganzer Körper war angespannt und ich hatte das Gefühl, von innen heraus zu verbrennen.

»Beobachtet er uns, Schätzchen?«, fragte Asher, und seine tiefe Stimme ließ mich erbeben.

Mit einiger Mühe riss ich den Blick von ihm los und wandte den Kopf dem Mann zu, der in der Tür stand. »Ja«, stieß ich zischend hervor. Mir verschwamm die Sicht, als Asher mich erneut mit seiner Zunge liebkoste.

»Was genau betrachtet er im Moment?«, wollte Asher wissen.

Ich stöhnte auf, denn sowohl mit seiner vibrierenden Stimme als auch mit seinen Fingern trieb er mich an den Rand des Wahnsinns. »Meine Brüste.«

»Mm.« Asher ließ den Blick ebenfalls auf meine Brüste gleiten. »Sieh dir nur diese begierigen Nippel an. Zwicke sie für uns, Schätzchen. Schenk ihnen ein wenig Aufmerksamkeit, um Bryant eine Show zu bieten.«

Mein Gott, mit seinen Worten raubte er mir noch den Verstand.

Zugleich keimte in mir ein Anflug von Angst auf. Gerade erst hatte ich begonnen, Vertrauen zu ihm zu fassen, und hatte ihm gestanden, dass ich es nicht mochte, geteilt zu werden.

Indem er Bryant mit in seine Worte einbezog, weckte

er in mir den Verdacht, dass dies eine Session werden könnte, während der …

»Sag Bryant, dass er dich nicht anfassen darf«, forderte Asher und ich wandte mich wieder dem Mann zwischen meinen Schenkeln zu. Er hielt inne und sah mich an. »Sag ihm, dass ich dich nicht mit anderen teile.«

Ich erschauderte, als ich den gebieterischen Unterton in seiner Stimme hörte. »Asher sagt, Sie dürfen mich nicht anfassen«, stieß ich krächzend hervor. »Er teilt mich nicht mit anderen.«

»Verstanden«, erwiderte Bryant, der endlich seine Stimme wiedergefunden hatte. Er hatte die ganze Zeit über in der Tür gestanden und eine Schulter gegen den Türrahmen gelehnt, während er die Aussicht bewunderte.

»Er hat verstanden«, wandte ich mich wieder an Asher und ließ mich auf dieses erotische Spielchen ein. So etwas hatte ich noch nie zuvor getan, doch es vermittelte mir ein machtvolles Gefühl, das ich sehr genoss. Asher hatte zwar immer noch das Sagen, aber er gestattete mir, sein Sprachrohr zu sein und dadurch als Erweiterung seiner Macht zu fungieren.

»Danke, Adalyn.« Er leckte mich erneut. »Du bist wunderschön, Schätzchen. Wir sollten Bryant eine Show bieten, damit er sich wünscht, er wäre an meiner Stelle, hm?«

Er wartete nicht auf meine Antwort, sondern liebkoste mich weiter, bis ich aufschrie. Der Anflug von Angst hatte meine Erregung noch gesteigert, während Asher mich mit seiner Dominanz umhüllte.

Ich fühlte mich beschützt.

Sicher.

In Besitz genommen.

Und zwar auf eine so wunderbar erregende Art und Weise.

Denn ich und meine Lust waren ihm wichtig, und den Beweis dafür erbrachte er mit jedem Streich seiner Zunge. Er spreizte seine Finger in mir, krümmte sie und spreizte sie wieder, während er mich die ganze Zeit über aufmerksam beobachtete.

»Asher«, keuchte ich und umfasste meine Brüste, wie er es von mir verlangt hatte. Ich kniff in meine Brustwarzen, um Bryant wie befohlen eine Show zu bieten.

Doch ich tat es für Asher.

Und für mich.

Für *uns*.

Ich konnte förmlich spüren, wie sein Freund mich begierig beobachtete. Es erregte mich nur noch mehr. »Ich komme gleich«, sagte ich zu Asher. »Bitte, Herr. Bitte.«

Er reizte mich, indem er seine Zunge von meiner Klitoris zurückzog und sie über meine Spalte gleiten ließ, bis mir Tränen in die Augen traten.

Oh Gott. »*Bitte.*«

Ich wollte, dass er mich zum Explodieren brachte und mich über den Abgrund der Ekstase in die Besinnungslosigkeit stieß. Ich wollte mich noch einmal wie gestern im Schwimmbecken fühlen.

Doch er quälte mich weiter, reizte mich und trieb mich weiter auf den Abgrund zu, ohne mich über die Klippe fallen zu lassen.

Ich begann zu weinen. Mein ganzer Körper stand in Flammen, sodass ich das Gefühl hatte dahinzuschmelzen. »Bitte«, versuchte ich es erneut.

»Sie bettelt auf so wunderbare Weise«, bemerkte Bryant wie beiläufig.

Asher verzog die Lippen an meinem Geschlecht zu einem Grinsen. »Das ist wahr.« Er leckte mich erneut. »Frag Bryant, ob er sehen will, wie du kommst.«

Ich hatte das Gefühl, als würde ich jeden Moment in tausend Stücke zerbersten.

Doch irgendwie fand ich meine Stimme wieder, als jede Zelle meines Körpers von dem Drang übermannt wurde, Asher zu gehorchen.

»W-wollen Sie …« Ich musste schlucken, während ich von einer unbändigen Hitze durchströmt wurde. »Würden Sie gern sehen, wie ich komme, Herr?«

»In der Tat«, antwortete Bryant. »Sehr gern sogar.«

»Er sagt Ja«, flüsterte ich. »Bitte, Asher. Bitte.«

In Ashers Augen spiegelte sich eine zügellose Begierde wider. Ich spannte die Schenkel um ihn herum an, als er so heftig an meiner empfindsamen Lustperle saugte, dass ich Sterne vor Augen hatte. Aber er hatte mir immer noch nicht die Erlaubnis gegeben zu kommen, vielmehr forderte er mich auf, mich ihm zu widersetzen.

Verdammt. Mit seinem Mund trieb er mich noch in den Wahnsinn. Langsam, aber sicher fühlten sich seine Liebkosungen eher wie eine Bestrafung statt einer Belohnung an.

Schmerz und Lust, dachte ich und erinnerte mich daran, was er mir über seine Vorlieben erzählt hatte. Offenbar gefiel es ihm, eine Frau zu reizen und die Kontrolle darüber zu haben, wann sie zum Höhepunkt kam.

Und genau das demonstrierte er mir in diesem Moment.

Er brachte mich an einen Punkt, an dem ich ihn anflehte, kommen zu dürfen, und sorgte dafür, dass mein Körper in Flammen …

Ich würde das nicht viel länger ertragen. Er raubte mir den Verstand. Ich wollte nur …

»Komm für mich, Adalyn. Lass dich gehen«, befahl er und krümmte seine Finger in mir.

Im nächsten Moment leckte er mich auf so geübte

Weise, dass ich über den Abgrund der Ekstase stürzte und mich fallen ließ.

Ich schrie.

Weinte.

Wand mich.

Es war fast schon zu überwältigend. Zu heiß. Zu außergewöhnlich. Zu *mächtig.*

Eine Schockwelle durchströmte mich und drang in jede Zelle meines Körpers. Sie setzte mich in Flammen und nahm mein ganzes Wesen gefangen. Ich hatte das Gefühl zu *ertrinken.*

Ich konnte nicht atmen. Ich konnte nichts sehen. Asher hatte mir gerade einen Höhepunkt beschert, der mich ganz und gar außer Gefecht setzte.

Er war so viel intensiver als gestern. Als jemals zuvor in meinem Leben.

Ich keuchte und versuchte, an die Oberfläche zu gelangen, um mir einen Weg aus der Dunkelheit zu bahnen.

Im nächsten Moment wurde ich von seinem minzigen Aftershave umhüllt und badete in seinem maskulinen Duft.

Er drückte mich an sich und schlang seine starken Arme um meinen Rücken, während er mich auf seinem Schoß hin und her wog.

Er beruhigte mich.

Und brachte mich zurück auf die Erde, während ich mich immer noch auf der Welle der Ekstase treiben ließ.

Es war so schön, kraftvoll, hypnotisierend und überwältigend.

Ich gähnte und schmiegte mich an ihn, während ich mich in den Empfindungen verlor, die er gerade in mir ausgelöst hatte.

Seine Stimme vibrierte durch mich hindurch, als er

etwas sagte, was ich nicht verstand. Er sprach mit Bryant, der irgendetwas über seine Schwester bemerkte.

Dann wurden die Worte deutlicher. »Du hättest mich vorwarnen können«, sagte Asher.

»Das habe ich bereits vor zwanzig Minuten versucht, doch du warst anderweitig beschäftigt«, entgegnete sein Freund.

Asher brummte und drückte mir einen Kuss auf den Kopf. »Sie soll im Wohnzimmer auf mich warten.«

»In Ordnung«, erwiderte Bryant. »Und vergiss nicht, Kane zurückzurufen. Ich glaube, er weiß, dass etwas im Busch ist.«

»Das wundert mich nicht«, murmelte Asher. »Er ist viel zu scharfsinnig.«

»Ihr Sinner-Kinder habt alle eure Macken. Ich überlasse dich jetzt deiner und kümmere mich um die andere, sobald sie hier ist.«

Ich hörte vage, wie die Tür geschlossen wurde.

Im nächsten Moment presste Asher seine Lippen an mein Ohr. »Du schmeckst so unglaublich, Adalyn, vor allem wenn du kommst.« Er gab mir einen Kuss auf die Schläfe und fuhr mit seinen Fingern durch mein Haar. »Am liebsten würde ich dich gleich noch einmal befriedigen, aber meine Schwester wird jeden Moment hier sein. Also werde ich dich später noch einmal belohnen.«

Ich versuchte, die Lippen zu einem Lächeln zu verziehen. »Wofür willst du mich belohnen?«, fragte ich mit heiserer Stimme.

»Für dein Vertrauen in mich«, antwortete er mit zufriedenem Tonfall. »Ich danke dir, Adalyn. Danke, dass du mir erlaubt hast, dich zu befriedigen.«

Mein Herz setzte einen Schlag aus. Noch nie hatte mir

ein Mann gedankt, schon gar nicht für etwas, das er für *mich* getan hatte. »Ich sollte mich bei dir bedanken.«

Er lachte leise. »Es ist ein Geschenk für mich, wenn du für mich kommst, Liebling.« Er packte mein Kinn und hob meinen Kopf an, sodass ich seinem Blick begegnete. »Wie fühlst du dich?«

»Durch und durch befriedigt«, gestand ich.

»Gut.« Er presste seine Lippen auf meine. »Aber das ist erst der Anfang.«

Seine Worte brachten mein Innerstes zum Vibrieren. »Der Gedanke gefällt mir.« Die Wölbung, die ich nun unter mir spürte, verriet mir, dass es ihm nicht anders erging.

Er bedachte mich mit einem Lächeln. »Später. Meine Schwester wird jeden Moment hier sein, und wenn ich mich nicht gleich um sie kümmere, wird sie hier hereinplatzen.«

»Sie ist sehr selbstsicher.«

»Weil keiner ihrer Brüder ihr je einen Wunsch abschlägt«, murmelte er mit einem zärtlichen Unterton in der Stimme. »Willst du mich begleiten oder dich hier ausruhen?«

»Ich komme mit.«

»Sie wird dich sicher ausfragen.«

»Dann ist es gut, dass ich dafür ausgebildet wurde«, erwiderte ich.

Er runzelte die Stirn. »Es ist mir zuwider, dass du sie anlügen musst, aber sie darf nichts von Sin Cave erfahren.«

Ich legte eine Hand an seine Wange. »Deshalb lüge ich. Nicht um die Elite zu schützen, sondern um die anderen vor Gefahren zu bewahren.«

Auf diese Weise rechtfertigte ich vor mir selbst, Jen jahrelang belogen zu haben. Sie war die einzige Person in meinem Leben, die einer besten Freundin am nächsten kam. Sie wusste nichts über mich, weil ich nur auf diese Weise für ihre Sicherheit garantieren konnte.

»Dadurch bist du sicher sehr einsam«, sagte er leise.

Entweder hatte er es in meinem Gesicht gesehen oder er hatte es meinen Worten entnommen.

Wie dem auch sei, er hatte recht.

»Das bin ich schon mein ganzes Leben lang.«

»Jetzt nicht mehr«, flüsterte er. Die Worte klangen wie ein Gelübde. »Denn jetzt hast du mich.«

Er küsste mich, als wollte er einen Schwur besiegeln, indem er mir versprach, immer bei mir zu bleiben.

Ich wollte ihm sagen, dass er keine Versprechen machen sollte, die er vielleicht nicht halten konnte. Aber er weckte eine Hoffnung in mir, die alle Bedenken überschattete.

Für heute beschloss ich, ihm zu glauben.

Ich gab mich dem Hier und Jetzt hin.

Und erwiderte seinen Kuss.

KAPITEL ZWEIUNDZWANZIG

ASHER

Meine Schwester hatte darauf bestanden, zum Abendessen zu bleiben.

Also wurde aus meiner geplanten Mahlzeit für zwei Personen ein Dinner für vier.

Glücklicherweise kümmerte sich das Kindermädchen um Graham, was bedeutete, dass meine Schwester schon bald nach dem Essen wieder gehen würde. Schließlich wollte sie nicht zu lange von ihrem Sohn getrennt sein.

Bis dahin hatte sie jedoch reichlich Zeit, meine *Geliebte* mit Fragen zu löchern.

Daher stand sie jetzt in der Küche, während Adalyn mit mir Gemüse schnitt. Ich hatte ihr angeboten, mir beim Kochen zu helfen, weil ich hoffte, sie dadurch von Darby fernzuhalten.

Leider war meine neugierige Schwester uns gefolgt.

Bis zu diesem Zeitpunkt hatte sie nur das Übliche gefragt und hatte wissen wollen, wie meine Geliebte hieß und wie wir uns kennengelernt hatten.

»Adalyn« und »auf der Insel« hatte sie geantwortet.

Dann hatte Adalyn Darby gefragt, wie sie Yon

kennengelernt hatte, und hatte den Spieß umgedreht, bis meine Schwester jede Einzelheit über ihr Leben preisgegeben hatte.

Ich vermutete, dass Adalyns Fähigkeit, geschickt das Thema zu wechseln und von unangenehmen Fragen abzulenken, etwas mit ihrer »Ausbildung« zu tun hatte.

Eine Zeit lang hatte es funktioniert.

Aber meine Schwester war hartnäckig.

Sie setzte sich auf den Barhocker an meinem Küchentisch und nippte an dem Cocktail, den ich ihr gemixt hatte. Yon hatte mit einem Bier in der Hand neben ihr Platz genommen und begegnete flüchtig meinem Blick.

Wir wussten beide, dass Darby gleich mit ihrer Inquisition beginnen würde. Ich konnte förmlich sehen, wie sich die Rädchen in ihrem Kopf drehten, während sie mit der Zunge den Strohhalm umkreiste.

Adalyn ignorierte sie und konzentrierte sich auf das Gemüse. Ihr Haar glich einer wilden Mähne, nachdem sie es hatte lufttrocknen lassen. Die langen, dunklen Strähnen fielen ihr auf den oberen Rücken. Sie hatte sich in meinem Arbeitszimmer ihr Kleid wieder übergestreift und war sich mit den Fingern durch ihr Haar gefahren. Das war alles. Wie ich feststellte, gefiel mir dieser legere Look an ihr.

Und das Wissen darum, dass sie unter dem Kleid keine Unterwäsche trug, brachte mein Blut in Wallung.

Meine Gedanken kreisten darum, sie auf die Anrichte zu heben und sie zu verschlingen.

Das hätte ich zweifellos getan, wenn meine Schwester meine Pläne nicht durchkreuzt hätte.

Caylin hatte ausgeholfen, indem sie noch ein paar zusätzliche Lebensmittel besorgt hatte, aber ich hatte sie dennoch vorzeitig nach Hause geschickt. Ich hatte ihr einen freien Abend versprochen und hatte nicht vor, mein Versprechen wegen meiner Schwester zu brechen.

Ich war in der Lage, eine Mahlzeit für vier Personen zuzubereiten.

Vor allem, da Adalyn mir half.

»Soll ich die hier kochen?«, fragte sie und deutete auf den Haufen Kartoffeln, den ich gewaschen hatte, bevor ich mich dem Fleisch gewidmet hatte.

Ich schüttelte den Kopf. »Nein, ich mache ein Kartoffelgratin. Willst du sie in Scheiben schneiden?«

Sie betrachtete ihr Messer. »Äh, ja. Wie dünn?«

»Du solltest den Gemüsehobel benutzen«, sagte Darby, bevor ich es tun konnte. »Dann werden die Scheiben gleichmäßig dick.«

Ich wusch mir die Hände, bevor ich einen Schrank öffnete und besagtes Gerät herauszog. Adalyn nahm den Hobel entgegen und legte die Stirn in Falten. »Okay.« Sie drehte ihn um, sodass der Deckel abfiel. »Hm.« Sie räusperte sich, hob den Deckel auf und legte das Gerät flach auf die Anrichte.

Während ich sie beobachtete, wurde mir klar, dass sie so ein Ding noch nie gesehen hatte. »Soll ich dir zeigen, wie man es benutzt?«, fragte ich.

Sie wandte sich mir zu und biss sich auf die Unterlippe. »Ja bitte.«

Ich lächelte. »Zuerst stellst du den Hobel auf die Anrichte.« Ich klappte den kleinen Ständer an der Seite aus. »Und hier musst du das Schneidegerät einstellen.« Ich zeigte auf den Drehknopf und wählte die richtige Breite, während sie mich beobachtete. »Ich würde dir außerdem empfehlen, ein Papiertuch darunterzulegen, da die Scheiben hier herauskommen.«

Sie schnappte sich ein Papiertuch und platzierte es unter dem Hobel. »Und das hier?«, fragte sie und hielt das Teil hoch, das abgefallen war.

»Dieses Teil stichst du in die Kartoffel, um sie zu

fixieren.« Ich stellte mich hinter sie. »Nimm es in die Hand.« Sie tat, wie geheißen. »Und jetzt schnapp dir eine Kartoffel.« Sie schnappte sich eine mit der anderen Hand. »Gut.«

Ich streckte meine Arme um sie herum aus und legte meine Hände auf ihre. Es war ein gutes Gefühl, ihren Rücken an meiner Brust zu spüren, sodass ich fast Lust bekam, jeden Abend auf diese Weise zu kochen.

»Jetzt drücken wir auf diesen Knopf hier«, sagte ich leise an ihrem Ohr, während ich ihren Zeigefinger an besagten Knopf legte. »Dadurch klappst du die Zinken aus.«

»Verstanden«, flüsterte sie und konzentrierte sich auf das Werkzeug in ihrer Hand. »Soll ich damit in die Kartoffel stechen?«

»Ja.« *Ähnlich, wie du Nathan Spencer erstochen hast,* dachte ich. Natürlich behielt ich die Worte für mich und führte sanft ihre Hände.

Die scharfen kleinen Klingen bohrten sich in die Kartoffel und fixierten sie.

»Perfekt«, murmelte ich und führte eine ihrer Hände zum Hobel auf der Anrichte. »Halte ihn fest, damit er nicht verrutscht. Und jetzt legst du die Kartoffel hierher und ziehst sie über die Klinge.« Ich demonstrierte es ihr, indem ich ihre Hände führte und gerade genügend Druck ausübte, um eine Scheibe Kartoffel abzuschneiden.

»Oh. Es funktioniert genauso wie eine Aufschnittmaschine.« Sie drehte den Kopf, um mich anzusehen. »Wie nützlich.«

»Das ist wahr«, erwiderte ich und strich mit meinen Lippen über ihre Wange. »Könntest du ein paar in Scheiben schneiden?«

»Und du willst, dass ich die Schale dranlasse?«

»Das ist der beste Teil. Ja, bitte.«

Sie nickte. »Kein Problem.«

Ich küsste sie noch einmal auf die Wange, bevor ich ihr ins Ohr flüsterte: »Danke, Schätzchen.«

Als ich mich von Adalyn löste, starrte meine Schwester mich mit offenem Mund an. Ich konnte an ihrem Gesichtsausdruck sehen, dass sie eine Menge Fragen an mich hatte.

Doch ich warf ihr einen warnenden Blick zu.

Natürlich ignorierte sie mich. »Ihr habt euch also auf der Insel kennengelernt«, sagte sie gedehnt. »Wie lange ist das her?«

»Noch nicht lange«, antwortete Adalyn, die sich mit gerunzelter Stirn auf ihre Aufgabe konzentrierte.

»Lass Adalyn einen Moment durchatmen, Kleine«, warf ich ein, bevor Darby die nächste Frage stellen konnte.

»Wie wäre es, wenn wir vor dem Abendessen einen Spaziergang machen und sie in Ruhe kochen lassen?«, schlug Yon vor, der erkannte, was vor sich ging.

»Aber ich …«

Yon beugte sich vor, um ihr etwas ins Ohr zu flüstern, ähnlich wie beim Frühstück gestern Morgen.

Und genau wie gestern liefen auch jetzt ihre Wangen rot an. »Oh, in Ordnung«, flüsterte sie und räusperte sich. »Wir gehen eine Runde spazieren.«

»Das Abendessen sollte in vierzig Minuten fertig sein«, sagte ich zu den beiden. »Wir werden den Tisch decken.«

Ich wollte nicht wissen, was Yon vorhatte, um meine Schwester abzulenken, aber ich war ihm dankbar.

»Sie ist hartnäckig«, bemerkte Adalyn, nachdem meine Schwester und Yon durch die Schiebetür verschwunden waren.

»So kann man es auch nennen«, murmelte ich und widmete mich wieder dem Fleisch.

»Es ist, als hätte sie dich noch nie mit einer Frau

gesehen.« Adalyn hielt den Gemüsehobel fest, während sie sich ganz auf die Kartoffel konzentrierte. »Sie starrt mich ständig mit erstauntem Blick an.«

»Weil sie noch nie eine meiner Freundinnen kennengelernt hat«, erklärte ich. »Außerdem hatte ich noch nie eine *Geliebte*.«

Adalyn hielt inne. »Noch nie?«

»Abgesehen von einer Verabredung hier und da während der Highschool? Nein, nie.« Ich zuckte mit den Schultern. »Mein Liebesleben ist eine private Angelegenheit. Darby hatte keine Ahnung, dass du hier sein würdest, daher glaubt sie jetzt, dass du ein großes Geheimnis bist, das ich vor allen anderen verborgen habe. Momentan versucht sie noch, weitere Informationen aus mir herauszuquetschen. Dann wird sie es in die Chatgruppe mit meinen Geschwistern schreiben, damit alle davon erfahren.«

Adalyn starrte mich mit ihren großen dunklen Augen an. »Könnte das zu einem Problem werden?«

Ich zuckte mit den Schultern. »Nur wenn du keine Lust auf Überraschungsbesuche von meiner Familie hast. Sie werden dich alle kennenlernen wollen.«

Das erinnerte mich daran, dass ich Kane zurückrufen musste. Er hatte mir vor einer Stunde eine Nachricht geschickt, in der er mir mitteilte: *Geh mir nicht aus dem Weg, Bruder. Wir müssen über dein Blumenproblem reden.*

Ich nahm an, dass die *Blume* eine Anspielung auf Adalyns Nachnamen sein sollte.

Also hatte entweder jemand ihre Anwesenheit auf meiner Insel ihm gegenüber erwähnt.

Oder er hatte anderweitig etwas darüber erfahren, was diese Woche hier vorgefallen war.

Wie dem auch sei, ich schuldete ihm offenbar einen Anruf.

Wenn ich mich nicht bald bei ihm meldete, würde er wahrscheinlich seinen Hintern in ein Flugzeug schwingen und hier auftauchen. Und ich hatte im Moment wirklich keine Lust, mich mit noch einem meiner Geschwister herumzuschlagen.

»Warum werden sie mich treffen wollen?«, fragte Adalyn mit gedämpfter Stimme, während ihre Hände wie erstarrt auf dem Gemüsehobel ruhten.

Ich legte das Fleisch beiseite und wusch mir noch einmal die Hände. Ich stellte mich hinter sie und schlang meine Arme um sie, um ihre Hände zu ergreifen. »Sie werden die Frau kennenlernen wollen, die ich für mich beansprucht habe.« Ich presste meine Lippen auf ihre Halsschlagader, bevor ich erneut begann, ihre Hände zu führen.

»Für dich beansprucht«, wiederholte sie.

»So lautet der Plan, nicht wahr?« Ich half ihr, die Kartoffel in ihrer Hand in Scheiben zu schneiden, bevor ich nach der nächsten griff. »Ich bin besitzergreifend. Du gehörst mir. Ich teile nicht. Sin Cave schuldet mir eine Entschädigung. *Du* bist das kostbare Objekt meiner Begierde.«

Sie zitterte. »Und dann?«

»Und dann bleibst du hier bei mir. Oder du wohnst in deiner eigenen Villa, wenn dir das lieber ist. Aber hier wirst du sicher sein und über dich selbst bestimmen können.« Ich hielt kurz inne und dachte nach. »Du könntest sogar Jen einladen. Du hast mir doch erzählt, dass sie ähnliche Neigungen hat, nicht wahr?« Vorhin hatte Adalyn noch erwähnt, dass die beiden den Ecstasy-Klub gemeinsam besucht hatten.

»Sie hat einen Hang zur Unterwürfigkeit. Ihr älterer Bruder ist ein Dom. Sein bester Freund ebenfalls.«

»Du könntest sie alle einladen. Sie können kostenlos

hier in einer Villa Urlaub machen.«

»Vorausgesetzt Pierce ist zur Vernunft gekommen«, murmelte sie und klang verärgert. »Ich weiß nicht einmal, ob die beiden zusammen sind.« Sie biss die Zähne zusammen. »Ich ... hatte nicht erwartet, sie je wiederzusehen.«

Für mich war es unvorstellbar, wie schmerzhaft es sein musste, eine Freundin zu haben, die dich kaum kannte, während du genau wusstest, dass du ihr eines Tages für immer Lebewohl sagen musst.

Ich hatte das unbestimmte Gefühl, dass Adalyn sie auf Distanz gehalten hatte, um sie nicht in Gefahr zu bringen. Wahrscheinlich war es in ihren Augen das Sicherste gewesen, ohne eine Erklärung zu verschwinden.

Aber ... »Hier musst du dich nicht verstecken, Adalyn«, versicherte ich ihr. »Wir müssen nur die Elite davon überzeugen, dass du mir gehörst. Wenn du danach den Kontakt zu Jen aufrechterhalten willst, kannst du das gern tun.«

»Aber gehöre ich dir denn?«, fragte sie, während ich immer noch ihre Hände führte und mit ihr die Kartoffeln in Scheiben schnitt.

»Willst du das denn?«, konterte ich.

Sie runzelte die Stirn. »So funktioniert das nicht.«

»Doch, genau so funktioniert es, Schätzchen.« Ich hobelte die Kartoffel fertig, packte dann Adalyns Hüfte und drehte sie zu mir, um ihr in die Augen zu blicken. »Mir ist klar, dass man dir in deiner Welt immer nur gesagt hat, wem du dich zu unterwerfen hast. Aber ich wünsche mir eine willige Untergebene, keine Sklavin.« Ich beugte mich vor. »Wenn du also bei mir bleibst – *wirklich* bei mir bleibst –, dann nur, weil wir es beide wollen. Und nicht, weil irgendein Netzwerk es vorschreibt.«

»Aber wenn sie es herausfinden ...«

»Das werden sie nicht«, warf ich ein. »Denn wir werden unsere Rollen spielen. Und ich werde dich beschützen.«

»Bis du eine bessere Sub findest.«

Ich zog eine Augenbraue in die Höhe. »Liebling, ich glaube nicht, dass das möglich ist. Du bist absolut perfekt.«

»Du meinst wohl eher gebrochen.«

»Ich meine *perfekt*«, wiederholte ich und legte eine Hand an ihre Wange. »Du hast in der Vergangenheit viel durchgemacht. Aber lass nicht zu, dass sie deine Zukunft bestimmt, Adalyn.«

»Unsere Vergangenheit macht uns zu dem Menschen, der wir heute sind. Sie liefert die Bausteine für unsere Persönlichkeit und unser Handeln. Und mein Fundament ist fehlerhaft«, erwiderte sie. »Du hast doch gesehen, dass ich nicht sonderlich stabil bin.«

Ich betrachtete sie einen Moment. »Ich sehe nur eine starke Frau, die durch die Hölle gegangen ist und für ihre Zukunft kämpft. Eine Frau, die sich gegen ihren Peiniger zur Wehr gesetzt und gewonnen hat. Eine Kriegerin, die nächste Woche an meiner Seite stehen und dieses Spiel *überleben* wird.«

Ich starrte sie an und hoffte, dass sie mich verstand.

Sie musste schlucken, während sie mich immer noch misstrauisch beäugte.

»Adalyn, du bist die atemberaubendste Frau, der ich je begegnet bin«, versicherte ich ihr. »Ja, ich mache mir ein wenig Sorgen darüber, wie gut wir unsere Rollen spielen werden. Aber ich bin bereit, dir die Stabilität zu bieten, die du brauchst. Ich will dein Fundament mit einer neuen Schicht stärken, damit nichts und niemand es zerbrechen kann.«

Es würde nicht leicht sein.

Und wahrscheinlich war ich verrückt, weil ich mich

darauf einließ.

Aber sie hatte einfach etwas an sich, dem ich mich nicht entziehen konnte. Ich wollte mehr von ihr. Ich wollte eine Zukunft, nicht nur diesen Moment.

Dieses Mädchen war etwas Besonderes.

Und wenn ich ihr das für den Rest ihres Lebens sagen müsste, damit sie mir glaubte, dann würde ich es tun. Jeden verdammten Tag.

»Wir stehen erst am Anfang«, fuhr ich fort. »Möglicherweise wird es nicht funktionieren. Vielleicht findest du jemand anderen oder du beschließt, die Insel zu verlassen. Aber im Moment können wir nur einen Tag nach dem anderen angehen. Und um meine Familie zu schützen, werde ich dich als die Meine beanspruchen. Diesen Anspruch werde ich auch Sin Cave gegenüber geltend machen. Nur so können wir unser beider Sicherheit garantieren.«

»Vielleicht auf Kosten deines eigenen Glücks«, flüsterte sie. »Was ist, wenn *du* eine andere findest?«

Ich seufzte. »Du hast mich gefragt, warum meine Schwester so fixiert auf dich ist, und ich habe dir bereits erzählt, dass sie noch nie eine meiner Freundinnen getroffen hat. Wie ich schon sagte, ist mein Liebesleben eine private Angelegenheit. Aber vor allem bin ich noch nie einer Frau begegnet, die ich meiner Familie hätte vorstellen wollen.«

»Aber ich habe deine Schwester nur getroffen, weil wir uns in dieser misslichen Lage befinden.«

»Vielleicht«, räumte ich ein. »Aber das ändert nichts an der Tatsache, dass es sich richtig anfühlt, dich meiner Schwester vorzustellen. Deshalb stört es mich auch, wenn du dich selbst als meine *Geliebte* bezeichnest. Du bist mehr für mich als eine Geliebte. Du bist … Adalyn.«

Sie runzelte die Stirn. »Wir kennen uns noch nicht

lange, daher ist das eine angemessene Bezeichnung.«

»Möglicherweise, aber in meinen Augen bist du nicht nur eine Geliebte.« Ich ließ meine Hand an ihren Nacken gleiten und drückte leicht zu. »Das alles ist noch neu. Aber gib mir eine Chance, bevor du Mauern um dich herum errichtest. Diese Situation ist zwar alles andere als ideal, aber ich würde mich der Herausforderung immer wieder aufs Neue stellen, nur um dir zu begegnen.« Ich presste meine Lippen auf ihre und besiegelte meine Worte mit einem Kuss.

Denn ich meinte es ernst.

Ich hatte keine Ahnung, was mit uns geschah oder warum ich diese Frau unbedingt retten wollte.

Aber es fühlte sich richtig an.

Und ich hatte nicht vor, gegen das Schicksal aufzubegehren.

»Und nun könntest du bitte noch zwei weitere Kartoffeln in Scheiben schneiden. Dann werde ich die Soße dazu zubereiten.« Ich ließ ihren Nacken los. »Wenn du mir hilfst, werde ich dich später wieder belohnen.«

In ihren Augen flackerte ein Feuer auf. »Kann ich mir die Belohnung aussuchen?«

»Wie immer«, versprach ich ihr.

Sie leckte sich über die Lippen. »In Ordnung.«

Ich lächelte. *Und du behauptest, keine perfekte Sub zu sein,* dachte ich amüsiert. Diese Frau hatte keine Ahnung, wie unglaublich sie war.

Aber ich würde dafür sorgen, dass sie es mit der Zeit erkannte.

Ich würde jede Wunde heilen, sowohl die äußeren als auch die inneren.

Und wenn sie mich wollte, würde ich sie für mich beanspruchen.

Immer und immer wieder.

KAPITEL DREIUNDZWANZIG

ADALYN

Asher Sinner war ein Meisterkoch.

Hm, außerdem ist er ein meisterhafter Liebhaber, dachte ich und rollte mich auf die Seite.

Im Grunde war er in allem ein Meister, auch in der Verführung.

Davon zeugte die hübsche rosa Blume auf dem Kissen neben mir.

In den letzten Nächten hatte er mich nur belohnt, meist mit seiner Zunge zwischen meinen Schenkeln.

Ich hatte mehrmals versucht, mich bei ihm zu revanchieren, das erste Mal an dem Abend, an dem er seine Kochkünste unter Beweis gestellt hatte. Er hatte jedoch erwidert, dass er mit seinem Bruder sprechen müsse, und war gegangen. Während ich darauf gewartet hatte, dass er zurückkehrte, war ich eingeschlafen. Als ich am nächsten Morgen aufgewacht war, hatte so wie jetzt eine Blume neben mir gelegen.

Am darauffolgenden Abend hatte er mir Einhalt geboten, als ich versucht hatte, ihn zu berühren. »Ich will dich nur kommen hören, Adalyn, das ist Belohnung genug für mich«, hatte er gesagt. »Mehr brauche ich nicht.«

Brauchen ist nicht gleichbedeutend mit *wollen*, hätte ich fast zu ihm gesagt.

Aber ich war zu müde gewesen, um ihm zu widersprechen.

Während der letzten beiden Abende hatte er mich mehrmals derart heftig zum Höhepunkt gebracht, dass ich nur noch hatte gähnen können und nicht in der Lage gewesen war, irgendwelche Wünsche zu äußern.

Ich nahm die Blume vom Kissen und atmete den süßen Duft ein. »Guten Morgen«, murmelte ich und dachte dabei an Asher. So wie an jedem anderen Morgen war er nicht da.

Aber heute hatte er mir neben der Blume eine Nachricht hinterlassen.

Ich setzte mich auf und streckte die Arme über den Kopf, dann griff ich nach der Karte. Als ich seine elegante Handschrift sah, verzog ich die Lippen zu einem Lächeln. Irgendwie passte sie zu ihm.

Guten Morgen, meine Schöne,
du sahst so niedlich aus, dass ich dich nicht wecken wollte.

Unten wartet dein Frühstück auf dich. Es steht unter der Wärmelampe auf dem Herd.

Ich musste zum Flughafen, um meine Schwester zu verabschieden, aber ich werde gegen Mittag zurück sein.

A

Ich runzelte die Stirn. Seine Schwester würde heute abreisen? Warum hatte er mir das nicht gesagt? Ich hätte mich gern von ihr verabschiedet. Zwar hatte ich keine Gelegenheit, sie näher kennenzulernen, aber sie war nach unserem gemeinsamen Abendessen ein paarmal vorbeigekommen. Sie wirkte wie ein Mensch, mit dem ich mich eines Tages anfreunden könnte.

Vielleicht wollte Asher wegen der Sache mit Sin Cave nicht, dass wir Freundinnen wurden.

Betrübt legte ich die Karte beiseite.

Wahrscheinlich hatte er mich genau aus diesem Grund nicht eingeladen, ihn zum Flughafen zu begleiten. Er wollte nicht, dass ich mit Darby in Verbindung gebracht würde.

Ich konnte es ihm nicht wirklich verübeln. Meine Welt war dunkel und verdorben, während Darbys Welt voller Sonnenschein und Glück war. Genau wie Jens Leben in Oregon.

Ich atmete tief durch und stieß einen Seufzer aus. Solange ich andere Menschen auf Distanz hielt, brachte ich sie nicht in Gefahr. Das wusste ich besser als jeder andere.

Es hatte keinen Sinn, darüber nachzugrübeln, denn es würde nichts ändern.

Ich rollte mich aus dem Bett und lenkte mich ab, indem ich duschte und mich für den Tag fertig machte.

Wieder zog ich ein Sommerkleid an.

Verzichtete auf Unterwäsche.

Und kämmte mein Haar, um es lufttrocknen zu lassen.

Mein bevorzugter Look diese Woche.

Allerdings war das Kleid, das ich heute trug, strahlend weiß und verlieh mir ein fast jungfräuliches Aussehen. Ich betrachtete es eine Sekunde lang im Spiegel und überlegte, ob ich etwas anderes anziehen sollte. Ich hatte nur noch drei Kleider: dieses, ein dunkelviolettes und ein schwarzes.

Hm, wenn Asher den ganzen Morgen weg ist, muss ich mich irgendwie beschäftigen.

Vielleicht gehe ich nach dem Frühstück am Strand spazieren.

Bisher hatte ich noch nicht viel von der Insel erkundet, sondern war in der Nähe seiner Villa geblieben. Aber ich sehnte mich nach dem Meer. Ein weißes Kleid wäre passender für einen Spaziergang in der Sonne als ein lilafarbenes oder schwarzes.

Hör auf, dir den Kopf zu zerbrechen, und geh frühstücken, Adalyn.

Statt weiter mit mir selbst zu hadern, ging ich nach unten und fand einen Teller mit Armen Rittern und Eiern unter der Wärmelampe.

Ich zog ihn vorsichtig hervor und trug ihn zum Tisch, an dem eine weitere Nachricht von Asher lag.

Im Kühlschrank steht eine kleine Sauciere mit Sirup für dich. Stelle sie für dreißig Sekunden in die Mikrowelle. A

Ich verzog die Lippen zu einem Lächeln, denn mit den Worten spielte er auf unser allererstes Frühstück an.

Ein dritter Zettel klebte am Griff des Kühlschranks.

Der Orangensaft in dem Krug ist für dich, Schätzchen. Lass es dir schmecken. A

»Du verstehst es wirklich, einer Frau den Tag zu versüßen«, sagte ich, obwohl er mich nicht hören konnte. Dennoch hoben seine Nachrichten meine Stimmung augenblicklich.

Genauso wie die wunderbare Mahlzeit.

Eindeutig ein Meisterkoch, dachte ich und leerte fast den ganzen Teller. Im Gegensatz zu unserem ersten Frühstück, bei dem ich ebenfalls um eine Sauciere mit Sirup gebeten hatte, war diese Portion perfekt.

Nachdem ich meine Mahlzeit beendet hatte, räumte ich die Küche auf und setzte dann die Sonnenbrille auf, die er mir neulich geliehen hatte. Bis zur Mittagszeit waren es noch ein oder zwei Stunden, daher hatte ich noch etwas Zeit, um die Insel auf eigene Faust zu erkunden.

Asher hatte mir zu verstehen gegeben, dass ich mich hier frei bewegen konnte.

Zumindest bis die Mitglieder von Sin Cave eintrafen. Wir hatten noch nicht darüber gesprochen, wer genau sich der Gruppe anschließen würde, aber ich wusste, dass meine Eltern und Julian Jovanni auf der Gästeliste standen.

In dem Moment, in dem ich durch die Hintertür der Villa trat, wärmte die Sonne meine Haut. Diesmal ließ ich das Schwimmbecken links liegen und ging direkt an den Strand. Der Sand brannte an meinen Füßen und ich eilte zum Meer.

»Ah«, seufzte ich erleichtert, als das Wasser das Brennen linderte. »Heute ist definitiv ein heißer Tag.«

Eigentlich waren die Temperaturen perfekt, um eine Runde zu schwimmen.

Aber ich hatte keine Lust, im Meer zu baden, denn ich fühlte mich dort ein wenig zu ungeschützt. Vielleicht würde ich auf dem Rückweg ein Bad in seinem Schwimmbecken genießen.

Oder dort nackt auf Asher warten.

Bei dem Gedanken verzog ich die Lippen zu einem Lächeln.

Wahrscheinlich würde er mich nur wieder mit seinem Mund und seinen Händen verwöhnen. Natürlich genoss ich seine Liebkosungen, aber ich wollte mehr. Ich wollte *ihn*.

Er sagte mir immer, dass es ihm Vergnügen bereite, mich zum Höhepunkt zu bringen. Mir ging es genauso, wenn ich davon träumte, ihn zum Orgasmus zu bringen. Es gab mir ein Gefühl der Macht, wenn man einen Mann auf diese Weise in die Knie zwang und beobachten konnte, wie er seine Mauern fallen ließ und für einen Sekundenbruchteil den Verstand ausschaltete.

Asher war stets so beherrscht.

So *dominant*.

Ich wollte ihn in diesem verletzlichen Moment sehen in dem Wissen, dass ich ihn in diesen Zustand versetzt hatte.

Vielleicht würden wir sogar gemeinsam über den Abgrund der Ekstase fallen.

Während er in mir war.

Und pochend zum Höhepunkt kam.

Bei dem Gedanken spannte ich unwillkürlich die Schenkel an. Ich wollte, dass er mich ohne Kondom nahm. Ich wollte ihn spüren, ohne dass etwas zwischen uns war. Ein Dom, der seine Sub in Besitz nahm.

Asher, der mich nahm.

Ich ballte die Hände zu Fäusten, als ich gegen den Drang ankämpfte, mich hier an den Strand zu legen, die Beine zu spreizen und von Ashers Schwanz zu träumen.

Bisher hatte ich ihn noch nicht zu Gesicht bekommen.

Ich hatte nur den Umriss seiner Erregung in seinen schwarzen Boxershorts gesehen.

Er war lang und dick, so viel konnte ich erkennen. Er würde mich ganz ausfüllen und mich vielleicht sogar ein wenig dehnen. *Ein perfektes Gefühl,* dachte ich staunend und seufzte, als ich die Augen schloss und mir vorstellte, wie er immer wieder in mich eindrang.

Während er mich mit einem brennenden Blick durchbohrte.

Und meine Hüfte mit seinen starken Händen ein wenig zu fest umklammerte.

Ich malte mir aus, wie er die Muskeln anspannte, als er mit Wucht in mich stieß und uns beide auf den Abgrund der Ekstase zutrieb …

»Adalyn?«

Ein Schauer lief mir über den Rücken und mir gefror das Blut in den Adern. Ich schluckte und öffnete langsam die Augen, um meine Umgebung wahrzunehmen. Ich war blindlings den Strand entlanggegangen und hatte mich am Ufer gehalten, um meine Füße zu kühlen.

Ich war mir nicht sicher, wie weit ich mich von Ashers Villa entfernt hatte. Vielleicht einen Kilometer?

Dabei war ich den Gästevillen offensichtlich ziemlich nahe gekommen.

Ja, da vorn stehen ein paar davon, stellte ich fest und erblickte die unheimlich vertrauten Stege, die zu drei verschiedenen Hütten führten. Sie standen in einigem Abstand zueinander, um die Privatsphäre der Gäste zu gewährleisten.

Ich hatte in einer solchen Villa gewohnt.

Mit Nate.

War das erst eine Woche her? Oder ein wenig länger? Ich war mir nicht sicher. Zeit hatte nur eine untergeordnete Rolle gespielt, da ich mich in Ashers Zuhause in vermeintlicher Sicherheit gewogen hatte. Bei ihm zu sein war wie eine *Flucht* vor der Realität.

Aber dieser Traum hatte gerade ein jähes Ende gefunden.

Denn nun stand ich nur noch etwa drei Meter von einem meiner früheren Albträume entfernt.

»Du bist es tatsächlich«, sagte der Mann und ein verschmitztes Lächeln umspielte seine Lippen. Ich konnte mich nicht an seinen Namen erinnern, denn ich hatte ihn wohl verdrängt. Aber ich kannte *ihn.* Ich kannte seine Begierden. Seine Vorlieben. Seine Perversionen. Er mochte es besonders, mich zum Weinen zu bringen.

»Du gehst allein am Strand spazieren? Wie gewagt.« Er trat einen Schritt vor, sodass ich instinktiv zurückwich. »Oder bist du gerade unartig?«

Ich musste schlucken. »Ich ... äh ...« *Denk nach, Adalyn.* »Mein Herr hat mir erlaubt, einen Spaziergang zu machen.« Ich trat einen weiteren Schritt zurück, als er wieder auf mich zukam. »Ich ... ich wollte gerade zu ihm zurückgehen.«

»Ach wirklich?« Sein graumeliertes Haar glänzte in der Sonne und seine dunklen Augen erinnerten mich an die des Teufels, als er den Blick über mein Kleid schweifen ließ. »Mir scheint, du bist eher hier draußen, um die Männer scharfzumachen.«

Ich schüttelte den Kopf. »N-nein, mein Herr hat mir erlaubt, spazieren zu gehen.«

»In einem durchsichtigen Kleid?« Er schüttelte missbilligend den Kopf. »Das glaube ich weniger, du kleine Schlampe.«

Ich runzelte die Stirn. *Ein durchsichtiges Kleid?* Es war weiß, daher wirkte es vielleicht in der Sonne …

Ich machte einen Satz nach hinten, als er wieder auf mich zukam. »Mein Herr will mich nicht mit anderen teilen.«

Er zog eine Augenbraue in die Höhe. »Jetzt lügst du auch noch?« Er stieß ein tiefes, bedrohliches Lachen aus. »Oh, du willst wohl bestraft werden, nicht wahr?«

Er stürzte sich auf mich, doch ich wich zurück. »Nein!«

Sein Lächeln wich einem Stirnrunzeln. »Du weißt, dass ich nicht darauf stehe, meiner Sub hinterherzujagen. Knie nieder, bevor ich dir den Hintern versohle, Adalyn.«

Fast hätte ich gehorcht, während mein Herz wild in meiner Brust hämmerte.

Lauf!, hörte ich eine innere Stimme rufen. *Lauf weg, bevor er dich zu fassen kriegt!*

Ich taumelte rückwärts und beschleunigte meine Schritte, doch ich blieb mit dem Knöchel an einem Felsen hängen und fiel zu Boden.

»Verdammte Göre«, knurrte der Mann.

Brevington, flüsterte mir eine innere Stimme zu. *Mitchell Brevington.*

So hieß er.

Ende vierzig. Verheiratet. Steht darauf, Frauen auszupeitschen. Meine Gedanken überschlugen sich, während ich mich kaum darauf konzentrieren konnte, mich von ihm loszureißen.

Das Bedürfnis zu gehorchen war stärker als der Drang zu fliehen.

Ich wusste, dass es keinen Sinn hatte, mich zu wehren, denn jedes Mal, wenn ich Widerstand leistete, geschah etwas Furchtbares.

Allerdings habe ich Nate getötet …

Oh, das durfte er nicht wissen.

Es sei denn … Hat Asher …

Nein. Nein, das hätte er nicht getan.

Und wenn doch?, flüsterte eine finstere Stimme in meinem Inneren. *Was, wenn alles nur ein Spiel war, um mich in einen Zustand der Zufriedenheit zu versetzen? Nur damit Mr. Brevington …*

Er packte mich an den Haaren und zog mich aus dem Wasser, sodass ich laut aufschrie.

»Jetzt versuchst du nur, mich geil zu machen«, beschuldigte er mich und schleuderte mich an den Strand. Der Sand klebte überall an meiner Haut und ich hatte das Gefühl, darin zu versinken, als er sich über mir aufbaute. »Auf die Knie.«

Mein Puls raste, während ich versuchte, zu schlucken, zu sprechen, zu *schreien*. Ich wusste nicht, was ich tun sollte, und hatte keine Ahnung, ob mir jemand zu Hilfe eilen würde.

Vielleicht war das alles eine Lüge.

Warum sonst sollte dieses Monster hier sein?

Asher hatte mir die E-Mails gezeigt. Er hatte sie alle angewiesen, nicht zu kommen.

Aber vielleicht … vielleicht war auch das nur eine Lüge. Eine List, damit ich ihm vertraute.

Meine Sicht begann zu verschwimmen und mir drehte sich der Magen um. *Nein. Ich … ich habe ihm geglaubt. Ich … ich habe ihm vertraut.*

Dabei hatte ich von Anfang an gewusst, dass das alles eine furchtbare Folter war, um mir die schlimmste Strafe meines Lebens zuteilwerden zu lassen.

Weil ich Nate getötet hatte.

Ich hatte etwas getan, was mir lebenslange Qualen einbringen würde.

Fast hätte Asher mich davon überzeugt, dass er mein Retter war. Er hatte mich glauben lassen, dass ich hier bei ihm in *Sicherheit* bleiben könnte.

Doch Mr. Brevingtons Anwesenheit bewies, dass das alles nur ein abgekartetes Spiel war, um mich endgültig zu brechen und mir auch den letzten Rest Kampfgeist auszutreiben.

Er hatte Gefühle in mir geweckt …

Nur …

Nur um sie mir wieder zu entreißen.

Es war gelogen. Nichts davon war wahr.

Mr. Brevington trat mich so heftig in die Seite, dass ich sicher blaue Flecke davontragen würde. »Auf die Knie, Schlampe.« Ich spürte, wie er noch einmal meine Rippen traf. Mit seinem Fuß? Seiner Faust? Ich war mir nicht sicher. Ich konnte nicht mehr klar sehen. Alles war verschwommen. Mir wurde schwarz vor Augen. Meine Sicht verengte sich zu einem schwarzen Tunnel, während ich versuchte, all meine Kraft zu mobilisieren.

Doch ich spürte, wie sie mir entglitt.

Sie wurde schwächer.

Und zerbarst.

Nichts davon war real, flüsterte ich mir selbst zu und rollte mich zu einer Kugel zusammen, als Mr. Brevington erneut auf mich einschlug. *Asher hat mich angelogen. Er hat mich ausgetrickst. Er hat diesen abscheulichen Mann eingeladen, um mich zu brechen.*

Ich spürte etwas Feuchtes in meinen Augen.

Meerwasser.

Nein, Tränen.

Vielleicht beides.

Ich konnte weder meine feuchten Augen noch die Schmerzen in meiner Taille verarbeiten. Nichts davon war vergleichbar mit meinem Herzen, das in tausend Stücke zerbrach.

Im nächsten Moment wurde ich von einem eisigen Schauer durchströmt, der mich betäubte.

Ich schloss die Augen.

Ich ignorierte die Geräusche um mich herum.

Ich zwang mich, nicht zu atmen.

Was machte es schon? Für eine kurze Zeit hatte ich erfahren dürfen, was Glückseligkeit bedeutet, und hatte mich meinem qualvollen Dasein entziehen können.

Träume, die ein Leben lang halten, dachte ich, und das Wort blieb mir im Gedächtnis haften.

Mein Safeword.

Würde es funktionieren? Würde Asher diesem Schrecken ein Ende bereiten, wenn ich das Wort laut aussprach? War das alles nur ein Test, um mich davon zu überzeugen, dass ich ihm vertrauen konnte?

Oder wollte er mich nur noch mehr leiden lassen?

Ich öffnete den Mund.

Dieses Wort war alles, was ich hatte.

Wenn ich damit diese Qualen beenden könnte … Wenn er mir zu Hilfe eilen würde … Es war einen Versuch wert.

»Träume«, hauchte ich und zuckte zusammen, als jemand meine Handgelenke packte und in den Sand drückte.

Es folgte ein Knurren.

Mr. Brevington.

»Träume«, wiederholte ich und klammerte mich an das Wort, als sei es eine Rettungsleine. »Träume!«

»Halt die Klappe!«, schrie er und rammte mir seine Faust so fest gegen das Kinn, dass ich Sterne sah.

Aber mir kam das Wort immer wieder über die Lippen. »Träume.« Es war der einzige Rettungsanker, den ich kannte. »Träume.« Asher musste mich einfach hören. Er musste mich retten. Er hatte mir versprochen … geschworen … dass er mich nicht teilen würde. »Träume!«

Mr. Brevington stopfte Sand in meinen Mund und ich würgte.

Ich biss ihm in die Hand und durchbrach mit den Zähnen seine Haut, als ich von dem Drang übermannt wurde, gegen ihn anzukämpfen und ihn zu verletzen. Ich musste etwas tun.

»Träume!«, rief ich würgend und hustend, während ich versuchte, den Mann von mir zu stoßen.

Ich hob das Knie und stieß es ihm gegen den Oberschenkel.

Er beschimpfte mich und *schlug* mich, um mich zum Schweigen zu bringen, während er mir befahl stillzuhalten.

Ich verpasste ihm eine Ohrfeige.

Doch er packte erneut meine Handgelenke.

»Träume!«

Asher musste mich einfach hören. Er musste diesem Albtraum Einhalt gebieten. Er hatte es mir versprochen. Er hatte mir versichert, dass ich mit diesem Wort alles beenden könnte.

Meine Tränen raubten mir die Sicht, während das Rauschen des Meeres in meinen Ohren dröhnte.

Ich konnte nicht mehr *atmen*.

Mr. Brevington schlang seine Hände um meine Kehle und würgte mich.

Aber meine Hände waren frei.

Ich packte seine Handgelenke und krallte mich in seine Haut. Ich versuchte, mich zu befreien, während meine Lunge um Luft bettelte.

Sein bösartiges Lachen drang mir ins Bewusstsein, als er seinen Griff um meinen Hals festigte.

Ich werde sterben.

Asher hat mein Safeword ignoriert.

Asher hat gelogen.

Es war alles ... es war alles nur ...

Ich schluchzte in Gedanken, während ich verzweifelt nach Luft rang.

Ich versuchte erneut, ihm das Knie gegen den Schenkel zu rammen, doch ich erreichte ihn nicht. Obwohl ich weiter meine Fingernägel in seinen Handgelenken vergrub und sie mittlerweile zum Bluten brachte, ließ er nicht von mir ab.

Ich ballte eine Hand zur Faust und versuchte, sie ihm ins Gesicht zu rammen.

Ich streifte nur knapp seinen Kiefer. Nein, seine Schulter.

Ich wusste es nicht.

Es war irgendein Knochen.

Irgendetwas ...

Oh Gott ...

Um mich herum wurde alles schwarz. Mir war kalt ... Nein, warm. Beides im Wechsel.

Träume.

Es war das perfekte Safeword.

Ein unglaublicher Trick.

Ich hatte immer gewusst, dass Träume nicht existieren.

Genauso wenig wie die Sicherheit, die Asher mir versprochen hatte.

Die … die Versprechungen.

Lügen.

Träume … sind …

»Adalyn!«

Ich erkannte die Stimme nicht. Ein weiterer Mann war hier. Wahrscheinlich wollte er sich Mr. Brevington anschließen.

Das hätte erklärt, warum ich ihn nicht mehr auf mir spürte. Der andere Kerl hatte ihm wahrscheinlich gesagt, er solle Platz machen, damit er seinen Spaß mit mir haben konnte.

Ich konnte nichts sehen und nahm nur noch das Rauschen des Meeres wahr. Es schien so grausam, von den Wogen verschlungen zu werden, die eigentlich so beruhigend hätten sein sollen.

Doch alles andere in meinem Leben war dank männlicher Begierden zunichtegemacht worden.

Warum mir nicht auch den Strand madig machen?

»Adalyn?«, wiederholte die Stimme. Im nächsten Moment spürte ich etwas Warmes an meiner Wange. *»Scheiße.* Ruf Dr. Zansky! Und nimm das Arschloch in Gewahrsam. Asher wird ein Wörtchen mit ihm reden wollen.«

»Er wird noch viel mehr wollen als das«, ertönte eine andere Stimme.

Ich erkannte einen von ihnen.

Aber ich konnte mich nicht daran erinnern, wer es war.

Ich konnte nicht klar denken, sondern immer nur das Wort »Träume« vor mich hin flüstern. Es lag schwer wie Zement auf meiner Zunge, und jedes Mal, wenn ich es aussprach, schwand meine Hoffnung ein wenig mehr.

Bis ich mich an nichts mehr festhalten konnte.
Ich wurde von der Dunkelheit verschluckt.
Und hatte nur noch den Wunsch zu schlafen.
Traumlos.
Denn Träume existieren nicht.
Nicht für eine Frau wie mich.

KAPITEL VIERUNDZWANZIG
ASHER

DIE UHR an meinem Handgelenk gab einen summenden Laut von sich, als Bryants Name auf dem Display erschien. Ich runzelte die Stirn. Es war bereits das dritte Mal in fünf Minuten, dass er versuchte, mich zu erreichen.

»Offenbar ist es wichtig«, sagte Darby, die meinem Blick gefolgt war. »Nimm mich zum Abschied noch einmal in die Arme. Wir steigen ohnehin gleich in das Flugzeug.«

Ich schenkte ihr ein angespanntes Lächeln. »Die Familie geht vor.« Es war ein ungeschriebenes Gesetz, dass wir immer füreinander da sein würden. Egal was passierte.

Wieder vibrierte meine Uhr, wobei ich diesmal eine SMS erhielt.

Darby warf mir einen wissenden Blick zu. »Komm schon her, Opa.« Sie schlang ihre Arme um meine Schultern und lenkte mich von meiner Uhr ab. Ich hatte die Nachricht zwar noch nicht geöffnet, aber es beunruhigte mich, dass Bryant derart hartnäckig war. Schließlich wusste er, dass ich heute meine Schwester verabschiedete.

Yon begegnete über Darbys Schulter meinem Blick und sah mich fragend an.

Ich schüttelte nur den Kopf. *Es ist alles in Ordnung*, gab ich ihm zu verstehen.

Allerdings hatte ich ein flaues Gefühl im Magen.

Das lag wahrscheinlich daran, dass meine Welt von den Arschlöchern von Sin Cave auf den Kopf gestellt wurde. Sie würden in wenigen Tagen auf der Insel eintreffen.

Und mein Bruder Kane würde morgen hier sein.

Denn Clive hatte ihn über die Situation informiert, und ich war deshalb stinksauer.

»Du arbeitest für mich«, hatte ich ihn erinnert. »Nicht für meinen Bruder.«

»Und genau deshalb habe ich ihn angerufen«, hatte Clive erwidert. »Ich will dich nur beschützen, denn scheinbar weigerst du dich, es selbst zu tun.«

Bryant hatte sich aus der Unterhaltung herausgehalten, aber sein Schweigen war Beweis genug, dass er Clive zustimmte.

Ich steckte bis zum Hals in der Sache drin.

Daher wäre es gut, wenn ich Verstärkung hätte, nur für den Fall.

Schließlich hatte ich um Adalyns willen eingelenkt. Sollte mir etwas zustoßen, brauchte ich jemanden, der gut genug vernetzt war, um ihr zu helfen, von der Bildfläche zu verschwinden. Und dieser Jemand war Kane Sinner.

Wie all meine Geschwister hatte auch er einen Klub geerbt. Aber seine wahre Leidenschaft galt seiner Firma, die auf private Sicherheitsdienstleistungen spezialisiert war.

Und diese Firma hatte eine Menge Verbindungen zur Regierung und zum Militär.

Sin Cave war zwar mächtig.

Aber Kane war es ebenfalls.

Und ich auch, dachte ich und ließ meine Schwester los.

Yons Miene nach zu urteilen hatte er meinem Gesichtsausdruck entnommen, dass etwas nicht stimmte. Ich gab ihm jedoch keine Gelegenheit, sich dazu zu äußern, und meine Uhr genauso wenig, als sie einen Moment später erneut summte.

Ich seufzte, als Bryants Name wieder auf dem Display auftauchte.

»Dann wollen wir mal«, sagte Darby und schenkte mir ein sanftes Lächeln. »Danke für die Flitterwochen.«

»Ihr seid hier jederzeit willkommen«, erwiderte ich mit ruhiger Stimme. »Ich werde dich vermissen, Kleine.«

»Ich werde dich auch vermissen, Opa«, antwortete sie. »Komm mich bald mal besuchen.«

»Das werde ich«, versprach ich ihr.

»Tru auch«, fügte sie hinzu.

Ich verdrehte die Augen. »Wir werden sehen.«

»Ich werde ihm erzählen, dass du das gesagt hast«, entgegnete sie warnend.

»Bitte tu das.« Meine Uhr summte erneut. »Meine Güte. Ich sollte wirklich rangehen, Darby.« Es sah Bryant gar nicht ähnlich, derart beharrlich zu sein. »Passt auf euch auf«, sagte ich, wobei ich mich zuerst Yon zuwandte, da die Worte hauptsächlich an ihn gerichtet waren. *Pass auf meine Schwester auf*, gab ich ihm zu verstehen.

»Immer«, versprach er mir und verzog die Lippen zu einem liebevollen Lächeln, als er meine Schwester ansah. Er schlang seine Hand um ihren Nacken und strich mit dem Daumen über ihr Halsband. »Lass uns gehen, Baby.«

Ich wusste, was das zu bedeuten hatte.

Ich wusste, was das alles zu bedeuten hatte.

Aber ich fegte den Gedanken beiseite, weil ich mir

nicht ausmalen wollte, was Yon mit meiner Schwester anstellte, solange sie das Halsband trug.

Ihre Augen funkelten wie Sterne, als sie seinem Blick begegnete. Die beiden waren so verliebt ineinander, dass es fast wehtat.

Yon küsste sie, bevor er sich bückte, um ihren Sohn aus dem Kinderwagen zu holen.

Darby winkte mir mit tränenfeuchten Augen noch einmal zu.

Ich schenkte ihr ein Lächeln. »Bis bald«, sagte ich.

»Danke«, wiederholte sie im Flüsterton.

Ich zwinkerte ihr zu.

Im nächsten Moment klingelte mein Handy erneut und ich zog es aus der Tasche. »Gib mir eine Minute«, sagte ich zu Bryant und winkte meiner Schwester zu, als sie gerade die Treppe zum Jet emporklomm. Ich war ihnen auf die Rollbahn gefolgt, vor allem um sicherzugehen, dass sie tatsächlich abreisen würden.

Ich musste mich vergewissern, dass meine Schwester und ihre Familie in Sicherheit waren.

Und ich musste sie loswerden, bevor Kane eintraf, andernfalls würde sein Besuch einen Haufen Fragen aufwerfen, die ich nicht beantworten konnte.

Aus diesem Grund hatte ich Adalyn nicht zum Flughafen mitgenommen. Sie hatte die Fragen meiner Schwester die ganze Woche über hervorragend abgewehrt, doch ich kannte Darby. Es wäre typisch für sie, Adalyn vor ihrem Abflug noch zu löchern, weil ihr die Zeit davonlief.

Mein Verdacht hatte sich bestätigt, als Darby ihre Enttäuschung darüber zum Ausdruck gebracht hatte, dass Adalyn nicht bei mir war.

Yon hatte sie abgelenkt, indem er vorschlug, dass ich Adalyn an den Feiertagen oder zu einem anderen Zeitpunkt mit nach Hause bringen könne.

Ich hatte genickt.

Denn das würde ich auf jeden Fall tun.

Wenn Adalyn mich begleiten wollte.

Darby winkte mir ein letztes Mal zu.

Dann verschwand sie im Flugzeug.

Und die Crew begann, die Türen zu schließen.

Ich warf noch einen Blick auf den Jet, drehte mich um und ging auf die Türen des Flughafengebäudes zu. »Okay. Was ist so dringend, dass du mich siebenmal angerufen hast?«

»Neunmal«, korrigierte er. »Es geht um Adalyn.«

Ich blieb auf der Stelle stehen. »Adalyn?«

»Mitch Brevington hat sie am Strand angegriffen.«

»*Wie bitte?*« Ich setzte mich wieder in Bewegung und eilte zum Eingang. Ich hoffte inständig, dass meine Schwester mich nicht sehen konnte. Wenn sie auch nur den Verdacht hatte, dass etwas nicht stimmen könnte, würde sie sofort verlangen, aussteigen zu dürfen. »Was zum Teufel ist passiert?«

»Ich weiß es nicht. Jemand hat sie am Strand irgendetwas von Träumen schreien hören und den Sicherheitsdienst verständigt.«

Ich verspürte einen Stich im Herzen. *Oh, Adalyn …* »Das ist ihr Safeword.«

»*Scheiße.*«

»Wo ist sie?«

»Am Strand, ungefähr einen Kilometer von deinem Haus entfernt. Dr. Zansky ist gerade eingetroffen. Sie …« Er verstummte. »Sie wiederholt immer wieder das Wort *Träume*, Asher.«

»Hat er sie verletzt?«

»Das weiß ich noch nicht. Sie ist nass und mit Sand bedeckt, aber ich habe kein Blut gesehen.«

Das hatte nichts zu bedeuten. Sie hatte vielleicht innere Verletzungen.

Oder schlimmer.

Seelische.

»Clive hat Mitch in die Arrestzelle gesteckt«, fuhr Bryant fort. »Ich habe dich angerufen, sobald wir den Tatort gesichert hatten. Meine Männer haben den Zugang zum Strand gesperrt.«

»Gut.« Ich erreichte die Tür und warf einen Blick zurück auf den Jet, um mich zu vergewissern, dass Darby nicht versucht hatte, hinter mir herzueilen.

Doch es schien alles in Ordnung zu sein. Ich hob meine Hand, um ihr ein letztes Mal zuzuwinken, und hoffte inständig, dass ich dabei völlig normal wirkte. Dann trat ich durch die Tür.

»Gib mir drei Minuten«, sagte ich zu Bryant. Ich beendete das Gespräch, steckte das Telefon in meine Tasche und sprintete durch das Flughafengebäude.

Glücklicherweise war es nicht sonderlich groß.

Ich eilte zu meinem Wagen, der vor dem Eingang stand.

Oscar wartete draußen auf die Ankunft der nächsten Gäste. Als er mich sah, zog er die Augenbrauen in die Höhe. »Alles in Ordnung, Chef?«, wollte er wissen.

»Ja«, log ich und setzte mich auf den Fahrersitz. Ich startete den Wagen und gab mir Mühe, auf dem Weg niemanden umzufahren.

Seit ich das Gespräch mit Bryant beendet hatte, waren mehr als drei Minuten vergangen.

Aber ich konnte ihn nicht zurückrufen. Noch nicht.

Ich musste zuerst wieder einen klaren Kopf bekommen.

Verdammt, das Ganze war zum Verrücktwerden.

Mitch Brevington? Warum zum Teufel sollte er Adalyn angreifen?

Sie hat ihr Safeword benutzt.

Bedeutete das, dass sie es für eine Session gehalten hatte? Und zwar eine, die ich inszeniert hatte?

Bei dem Gedanken drehte sich mir der Magen um.

Ich hatte ihr versprochen, dass ich sie nicht mit anderen teilen würde, und hatte ihr versichert, dass kein anderer je Hand an sie legen würde. Warum zum Teufel sollte sie denken, ich würde eine Session mit *Mitch Brevington* inszenieren?

Tief im Inneren kannte ich die Antwort bereits.

Sie vertraute mir immer noch nicht.

Aber die Tatsache, dass sie versucht hatte, ihr Safeword zu benutzen, verriet mir, dass sie mir vertrauen *wollte*. Sie hatte geglaubt, es würde sie retten.

Scheiße.

Scheiße.

Scheiße!

Ich schlug mit der Hand gegen das Lenkrad, während mein Verstand auf Hochtouren lief. Im nächsten Moment klingelte mein Handy wieder.

Bryant.

Ich nahm das Gespräch an. »Ich sitze im Auto. Bis zu meiner Villa sind es nur noch ein paar Minuten.« Ich raste mit fast hundertdreißig Kilometern pro Stunde über meine Insel. Es war verdammt gefährlich, aber ich musste so schnell wie möglich zu Adalyn. Ich musste mich vergewissern, dass es ihr gut ging.

»Der Doc hat ihr gerade ein Beruhigungsmittel gegeben«, berichtete er mit gedämpfter Stimme. »Sie hat nach ihm geschlagen, während sie ihr Safeword geschrien hat.«

Meine Kehle war plötzlich wie ausgetrocknet. »Was zum Teufel hat Brevington ihr angetan?«

»Ich weiß es nicht, aber ich kann es herausfinden.«

Ich dachte einen Moment darüber nach, doch dann schüttelte ich den Kopf. »Nein. Ich will mit ihm reden, nachdem ich Adalyn gesehen habe. Wo genau am Strand seid ihr?«

Er nannte mir die Nummer der Villa, die von seinem Standpunkt aus am nächsten lag.

»Das hätte ich mir denken können«, murmelte ich. »Dort wohnt Brevington mit seiner Geliebten.«

Der Scheißkerl vergnügte sich gern mit ihr auf meiner Insel, gerade weil sie so abgeschieden war. Die Medien konnten ihn hier nicht finden.

Und seine Frau auch nicht.

Aber ich vermutete, dass sie alles über sein kleines Schoßhündchen wusste.

»Ist er ein Mitglied von Sin Cave?«, wollte ich wissen.

»Ich weiß es nicht«, antwortete Bryant. »Aber ich kann Julian fragen.«

»Tu das. Und bitte Clive, Nates Dateien noch einmal zu durchforsten. Mal sehen, ob er etwas über Brevington finden kann.«

»Wird gemacht«, erwiderte Bryant.

Ich konnte mich nicht dazu durchringen, ihm zu danken, denn meine Selbstbeherrschung hing am seidenen Faden. Es war zwar unhöflich, aber er würde es verstehen und mir verzeihen. »Ich bin gleich da.«

Ich beendete das Gespräch und stieß einen Fluch aus, während in mir das Verlangen wuchs, jemanden *umzubringen*.

Dieser Scheißkerl hatte Hand an Adalyn gelegt.

An *meine* Adalyn.

Möglicherweise beanspruchte ich sie nur zum Schein

als die Meine, um sie vor einem schlimmeren Schicksal zu bewahren, aber insgeheim hatte ich begonnen, sie wirklich als mein Eigentum zu betrachten.

Dabei war es nicht von Bedeutung, wie lange wir uns kannten.

Es zählten nur unsere Umstände.

Unser *Schicksal.*

Und die Art, wie Adalyn mich ansah, wie sie mir langsam Vertrauen schenkte und wie sie für mich zum Höhepunkt kam. Die Art, wie sie sich entspannte, wenn sie neben mir lag, wie sie mich bat, sie zu befriedigen, und wie sie sich von mir führen ließ.

Wie sich anfühlte, wenn sie sich an mich schmiegte.

Wie sie mich küsste.

Wie sie einfach nur bei mir war.

Das alles war so viel wichtiger als die Zeit.

Diese Frau war mir unter die Haut gegangen und sie bedeutete mir etwas.

Es war fast so, als sei sie für mich geschaffen worden. Sie war die perfekte Sub mit einer Prise Trotz und einer wunderbaren Seele. Sie war intelligent und wunderschön.

Ich musste schlucken. Alles an ihr schrie mich förmlich an, sie zu der *Meinen* zu machen. Ich wollte sie. Ich wollte sie *behalten.*

Und dieser Scheißkerl hatte sie angefasst.

Er hatte sie an einen Punkt gebracht, an dem sie ihr Safeword geschrien hatte.

»Ich werde ihn umbringen«, schwor ich. Ich hatte ihr versprochen, dass kein anderer Mann je wieder Hand an sie legen würde.

Dieses Versprechen war gebrochen worden.

Denn Mitch Brevington hatte mich zum Lügner gemacht.

Das konnte ich nicht hinnehmen.

Er hatte Adalyns Vertrauen in mich erschüttert.

Scheiß auf alles. Scheiß auf ihn. Scheiß auf diese verdammte Situation.

Alles, was zählte, war Adalyn.

Und er hatte es fertiggebracht, sie an mir zweifeln zu lassen. Er hatte das zarte Fundament, das wir uns aufgebaut hatten, zum Einstürzen gebracht, und er hatte das bisschen Vertrauen zerstört, das sie zu mir aufgebaut hatte.

Mit zusammengebissenen Zähnen fuhr ich den Wagen an den Straßenrand.

Ich hörte, wie die Fahrertür hinter mir zuknallte, als ich bereits den Strand hinuntereilte, wobei ich die Tatsache ignorierte, dass meine Schuhe nicht für die Umgebung geeignet waren.

Bryants Männer stoben auseinander und sagten kein Wort, als ich sie erreichte.

Ich sah, dass Dr. Zansky in der Nähe des Ufers kniete.

Bryant stand neben ihm und bedachte mich mit grimmiger Miene, als er mich erblickte.

»Sagen Sie mir, dass es ihr gut geht«, forderte ich, als ich sie erreichte. »Verdammt, sagen Sie mir, dass es ihr gut geht.«

»Es geht ihr gut«, erwiderte Dr. Zansky mit ruhiger Stimme. »Zumindest physisch.«

Er untersuchte gerade ihre Taille, sodass ich mich ihm gegenüber niederkniete. »Was tun Sie da?«

»Brevington hat sie entweder geschlagen oder getreten.« Dr. Zansky zeigte auf die gerötete Stelle. Erst dann wurde mir bewusst, dass sie nackt war.

Ein Haufen weißen Stoffes lag ein paar Meter von ihr entfernt. »Hat er … Hat er sie …« Ich konnte den Satz nicht beenden, denn ich sah rot vor Wut und brachte kein weiteres Wort heraus.

»Nein, es sieht nicht so aus, als hätte er es geschafft, sie zu vergewaltigen. Sie hat sich gewehrt.« Dr. Zansky zeigte mir ihre Hände und das Blut unter ihren Fingernägeln. »Abgesehen von ein paar blauen Flecken wird sie wieder gesund. Zumindest physisch.«

Das war das zweite Mal, dass er das sagte. »Und seelisch?«

Er verzog den Mund und begegnete endlich meinem Blick. »Als ich ankam, war sie ziemlich verwirrt, Asher. Ich mache mir wirklich Sorgen.«

Ich nickte, denn seine Antwort kam nicht unerwartet. »Ich werde ihn verdammt noch mal umbringen.« Aber zuerst musste ich Adalyn in Sicherheit bringen, denn im Moment lag sie entblößt und bewusstlos am Strand. »Kann ich sie bewegen?«

Dr. Zansky führte noch ein paar Untersuchungen durch, bevor er nickte. »Ja, aber seien Sie vorsichtig. Sie wird ein paar blaue Flecke haben und vielleicht ein wenig Sand aushusten, aber ansonsten scheint es ihr gut zu gehen. Ich würde sie aber gern noch ein paar Stunden im Auge behalten.«

»Ja, ich auch«, erwiderte ich. »Kann ich sie zu mir in die Villa tragen?«

Er nickte wieder. »Achten Sie nur darauf, dass Sie sie ruhig halten. Ich habe keine Ahnung, ob sie sich wieder den Kopf gestoßen hat oder nicht.«

Ich warf einen Blick auf Bryant. »Hilfst du mir, sie anzuheben?«

»Sicher.« Er kniete sich neben Dr. Zansky.

»Ich muss nur ihren Kopf und Hals stabil halten, während ich sie hochhebe. Dann kannst du mir helfen, ihren Kopf an meine Schulter zu legen.« Ich schob einen Arm unter ihre Knie und den anderen unter ihre Schultern. »Bereit?«

Er stieß ein zustimmendes Brummen aus, dann standen wir gemeinsam auf. Adalyn war nicht schwer, aber ich wollte sicherstellen, dass ich sie gemäß Dr. Zanskys Anweisung ruhig hielt.

Er beobachtete uns und ich konnte an seinem Gesichtsausdruck erkennen, dass wir alles richtig gemacht hatten. Sobald ihr Kopf an meiner Schulter ruhte, setzte ich mich in Bewegung.

Bryant folgte mir. Dr. Zansky sagte, er würde uns in meiner Villa treffen, und ging zu seinem Wagen.

Ich erwog, mit Adalyn ebenfalls zurückzufahren, aber ich wollte mich nicht mit dem Schalensitz herumärgern. Außerdem hatte ich das Bedürfnis, sie zu halten und zu tragen, um buchstäblich ihre Last zu schultern.

Das alles war meine Schuld.

Ich hatte ihr versichert, dass sie auf meiner Insel in Sicherheit war. Und ich hatte sie im Stich gelassen.

Nie wieder, schwor ich in Gedanken. *Dein Safeword wird immer respektiert werden.*

Verdammt, ich konnte die Vorstellung kaum ertragen, dass sie es hatte benutzen müssen. Nur, um dennoch verletzt zu werden.

Nach dem zu urteilen, was Dr. Zansky gesagt hatte, hatte er sie nicht vergewaltigt. Aber selbst die kleinste Übertretung ihrer Grenzen war ein Vergehen.

»Ja?«, fragte Bryant neben mir, als er sich sein Handy ans Ohr hielt. »Ja«, wiederholte er, diesmal als Bestätigung. »Ich verstehe.«

Mit einer Hand in der Hosentasche war er der Inbegriff entspannter Eleganz. Doch ich konnte sehen, dass er die Kiefermuskeln anspannte.

»Er wird darüber reden wollen«, fuhr er fort und sah mich mit seinen haselnussbraunen Augen an. »Nein, er hat im Moment alle Hände voll zu tun.«

Wieder schwieg er.

Dann hielt er das Handy in einigem Abstand vor sich und winkelte es ab, um es auf mich zu richten.

Ich runzelte die Stirn, bis ich merkte, dass er die Kamera eingeschaltet hatte. »Er hat buchstäblich alle Hände voll zu tun«, wiederholte er.

»Scheiße«, drang Julians Stimme durch den Lautsprecher, woraufhin ich mit zusammengekniffenen Augen einen Blick auf den Bildschirm warf.

Bryant schaltete den Lautsprecher aus und führte das Handy wieder an sein Ohr. »Wie ich schon sagte, er wird darüber reden wollen.«

Ich sagte nichts.

Damit würde ich warten, bis er das Gespräch beendet hatte.

»Ich werde es ihm ausrichten«, antwortete Bryant. Ein weiterer Augenblick verstrich und Bryant seufzte. »Ja, ich denke, das wird er.«

Dann legte er auf.

»Mr. Brevington ist ein hochrangiges Elite-Mitglied«, sagte er, ohne mich dabei anzusehen. »Du darfst ihn nicht töten.«

Ich schnaubte. Momentan war ich in einer mörderischen Stimmung, also sagte ich: »Das kann ich nicht versprechen.«

»Asher, ihm gehört der größte Finanzkonzern der Welt. Er ist nicht nur irgendein reicher Sohn.«

»Ich weiß, wer er ist«, entgegnete ich mit zusammengebissenen Zähnen. Doch das milderte mein Verlangen, ihn zu töten, nicht ab.

Zum Glück hielt ich gerade Adalyn im Arm. Andernfalls wäre ich jetzt wahrscheinlich in der Arrestzelle und würde Mitch Brevington die Scheiße aus dem Leib prügeln.

Und ich wusste, dass das schwerwiegende Folgen haben würde.

Ich musste mich beruhigen, bevor ich mit ihm sprach.

»Wissen wir, ob er Adalyn früher schon einmal begegnet ist?«, fragte ich, denn ich brauchte noch weitere Informationen.

»Clive geht immer noch die Aufzeichnungen durch, die er auf Nathans Handy gefunden hat. Der Kerl hat eine Menge Videos gedreht.«

Das stimmte. Adalyn hatte gesagt, dass sie alle Dokumentationszwecken dienten. Allerdings hatte Clive erwähnt, dass keines davon in der Cloud gespeichert war, was ihm seltsam erschien.

»Wenn sie für Taylor bestimmt gewesen wären, hätte er sie dann nicht in einem Ordner abgelegt, zu dem dieser Zugriff hatte?«, hatte Clive vor ein paar Tagen gefragt.

»Vielleicht waren sie als Hochzeitsgeschenk vorgesehen«, hatte Bryant geantwortet.

Das erschien mir nicht schlüssig. Wenn Taylor wollte, dass Adalyn für ihn ausgebildet wurde, würde er dann nicht vor der Hochzeit einen Beweis für diese Ausbildung sehen wollen?

Irgendetwas passte nicht zusammen.

Nichts davon fühlte sich richtig an.

Bryant ging voraus, um mir wortlos die Tür aufzuhalten, als ich mit Adalyn ins Haus trat.

Ich ging auf direktem Weg nach oben, doch statt sie ins Gästezimmer zu bringen, trug ich sie in mein Schlafzimmer.

Bryant sagte nichts, sondern half ihr nur, ihren Kopf zu halten, als ich sie aufs Bett legte.

»Ich werde dem Arzt Bescheid geben, wo er dich finden kann, wenn er eintrifft«, sagte er und ließ mich endlich mit Adalyn allein.

An ihrem Körper klebte überall Sand.

Ihr Haar war zerzaust.

Und an ihrem Hals bildete sich ein Bluterguss.

So zerbrechlich und verwundet.

Es brach mir das Herz.

Aber ich zwang mich, sie anzusehen und mir vor Augen zu führen, dass ich versagt hatte. »Nie wieder«, versprach ich ihr. »Ich werde nie wieder zulassen, dass jemand Hand an dich legt.«

Denn diese Frau gehörte mir. Selbst wenn sie mich nun nicht mehr wollte, würde ich für ihre Sicherheit sorgen und sie aus der Ferne für mich beanspruchen. Ich würde alles in meiner Macht Stehende tun, um dafür zu sorgen, dass sie nie wieder verletzt wurde.

Ich beugte mich vor und strich mit meinen Lippen über ihre Wange.

Dann ging ich ins Badezimmer, um ein paar Handtücher zu holen.

Es würde eine Weile dauern, bis ich sie von all dem Sand befreit hatte, aber ich hatte mir geschworen, mich um sie zu kümmern.

»Es tut mir leid, Adalyn«, flüsterte ich und strich mit dem Tuch über ihren Hals. »Es tut mir so verdammt leid.«

KAPITEL FÜNFUNDZWANZIG

ASHER

Mitch Brevington saß in einem zerrissenen Hemd und einer sandfarbenen Hose an einem schlichten weißen Tisch in der Arrestzelle. Seine Handgelenke waren mit Handschellen an der Tischplatte fixiert, sodass ich das getrocknete Blut sehen konnte, das seinen Unterarm bedeckte. Auch an seinem Hals befanden sich ein paar Blutspritzer.

Es war sein eigenes Blut.

Denn Adalyn hatte sich gegen ihn gewehrt.

Mir gefiel, wie sie ihn zugerichtet hatte. Ich wünschte nur, sie hätte ein Messer zur Hand gehabt, um ihm den Garaus zu machen.

Leider hätte das für keinen von uns ein gutes Ende genommen.

»Er war kein Stammgast von Adalyn«, informierte Clive mich. Wir standen nebeneinander im Flur und beobachteten Brevington durch den Einwegspiegel, als sei er ein Tier im Zoo. »Aber er ist mindestens einmal mit ihr zusammen gewesen.«

»Wie brutal war er?«, wollte ich wissen.

»Er steht darauf, seine Sub so weit zu bringen, bis sie vor Scham in Tränen ausbricht, denn er genießt es, Macht über sie auszuüben. Adalyn war für ihn nicht leicht zu brechen, also griff er zu härteren Methoden.« Er räusperte sich. »Er hat sie an empfindsamen Körperstellen geschlagen und hat Klammern benutzt, um sicherzugehen, dass sie nichts als Schmerzen empfindet, während er sie fickte.«

In Anbetracht einiger anderer Videos, die er mir gezeigt hatte, war das nicht das Schlimmste, was sie durchgemacht hatte.

Aber es verleitete mich nicht dazu, diesem Scheißkerl verzeihen zu wollen.

»Er mag es, wenn eine Frau sich gegen ihn wehrt«, fuhr Clive fort. »Ich vermute, er glaubte, Adalyn würde eine Rolle spielen. Seine Geliebte hat uns bestätigt, dass er auf so etwas steht.«

Ich schnaubte. »Ein guter Dom weiß, wann seine Sub ihm etwas vorspielt.«

»Er ist kein guter Dom«, entgegnete Clive. »Er ist überhaupt kein Dom, sondern nur ein reiches Arschloch, das sich an Machtspielen aufgeilt.«

Ich hatte in meinen neunundzwanzig Jahren einige solcher Typen kennengelernt – Männer, die von sich glaubten, einen Fetisch auszuleben, ohne wirklich zu wissen, was er bedeutete.

»Was willst du mit ihm machen?«, fragte Clive.

»Ich will ihn am liebsten umbringen«, antwortete ich geradeheraus. »Aber das kann ich nicht tun.« Wegen seiner gesellschaftlichen Stellung. Es würde viel zu viele Probleme mit sich bringen. Und Julian hatte bei unserem Telefonat vor einer Stunde ein gutes Argument vorgebracht.

»Wenn Sie in diesem Fall Nachsicht zeigen, könnten

Sie ein mächtiges Mitglied der Elite auf Ihre Seite ziehen«, hatte er zu mir gesagt. »Jemand, der vielleicht in der Lage wäre, Druck auszuüben und dafür zu sorgen, dass gewisse Ehevereinbarungen geändert werden. Immerhin hat er die Kontrolle über beachtliche Investitionen, was ihm in einer Vielzahl von Situationen einen nicht zu verachtenden Einfluss verschafft.«

Mit anderen Worten, ich hatte die Möglichkeit, Brevington als Verbündeten zu gewinnen.

Es war verkorkst.

Aber möglicherweise würde es mir erlauben, Adalyn zur Freiheit zu verhelfen.

Aus genau diesem Grund hatte ich die Zelle bisher noch nicht betreten, denn sonst hätte ich den Mistkerl getötet.

Oh, ich würde ihn immer noch liebend gern umbringen. Aber mir war klar, dass ich meine Emotionen außen vor lassen musste und mir diese Chance nicht entgehen lassen durfte.

»Er weiß nicht einmal, warum wir ihn festhalten«, bemerkt Clive leise. »Als wir ihm Handschellen angelegt haben, hat er immer wieder gefragt, warum wir seine Session unterbrochen haben. Dann verlangte er von uns, mit Nathan zu sprechen, da dieser bestätigen würde, dass er mit Adalyn spielen durfte.«

Ich runzelte die Stirn. »Brevington stand nicht auf der Gästeliste für die Abschlussfeier.«

»Nein. Aber wir hatten nur die Liste derjenigen, die die Einladung angenommen hatten. Die Liste aller geladenen Gäste ist uns nicht bekannt.«

Ich dachte einen Moment darüber nach. »Mr. Brevington hat erst vorgestern reserviert.«

»Also wusste er wahrscheinlich nicht, dass die Party abgesagt wurde«, fügte Clive hinzu. »Und ich vermute, dass die Mitglieder des Netzwerks Nathans Tod erst einmal geheim halten, bis sie entschieden haben, wie sie weiter verfahren sollen.«

»Ja«, stimmte ich zu und runzelte die Stirn, während ich über die Möglichkeit einer unbestätigten Teilnehmerliste nachdachte. »Wie viele andere Last-minute-Gäste befinden sich derzeit auf der Insel?«, fragte ich und ging im Geiste sämtliche Villen durch.

Die Frage war eher an mich selbst gerichtet, denn Clive würde die Antwort nicht kennen. Das war ihm bewusst, denn er blieb schweigend neben mir stehen, während ich mir unsere derzeitige Gästeliste vor Augen führte.

»Kingston.« Er hatte erst vor zwei Tagen reserviert und war noch am selben Tag angereist. »Parks.« Auch er hatte kurzfristig eine Villa gebucht. »Und Mavens.«

»Ich werde die Namen an Bryant weiterleiten und ihn bitten, sie zu überprüfen«, sagte Clive, während er bereits eine Nachricht verfasste.

Als er sein Handy zurück in die Tasche steckte, herrschte Stille und wir starrten den Mann hinter der Glasscheibe an.

Brevington schien erschöpft zu sein und ließ die Schultern hängen.

Der Mann war es sicher nicht gewohnt, verletzlich zu sein. Er genoss es, das Sagen zu haben, und würde auf jeden Fall in die Luft gehen, sobald ich den Raum betrat.

Darauf musste ich gefasst sein.

Andernfalls würde ich ihn wahrscheinlich zu Brei schlagen.

Doch dadurch würde ich die Chance zunichtemachen, die Julian erwähnt hatte.

Dennoch wäre es mein gutes Recht, diesen Mann meine Wut spüren zu lassen. Er hatte Hand an meine Adalyn gelegt und er würde noch lernen, dass er damit einen Fehler begangen hatte, der Konsequenzen nach sich zog.

Auf meiner Insel gab es Regeln.

Er kannte diese Regeln.

Und er hatte die gebrochen, die mir am wichtigsten war.

Genau wie Nathan Spencer.

»Das wären bereits zwei Regelverstöße auf meiner Insel«, hatte ich Julian zuvor gesagt. »Wie oft muss ich diese Respektlosigkeit noch dulden, bevor ich ernst genommen werde?«

»Ich nehme Sie sehr ernst, Asher«, hatte Julian mit gedämpfter Stimme geantwortet, wobei er mich mit Vornamen angesprochen hatte, um dem Gespräch eine persönlichere Note zu verleihen.

»Dann verstehen Sie sicher auch, wenn ich Ihnen sage, dass Adalyn Rose mir gehört«, hatte ich erwidert.

»Ja«, hatte er zugestimmt. »Darüber würde ich mit Ihnen gern noch ausführlicher sprechen.«

Schließlich hatte er mich gebeten, Brevington gegenüber Nachsicht walten zu lassen.

Julian Jovanni wurde auch der *Rote Prinz* genannt, doch das schien nicht recht zu ihm zu passen. *König der Strategie* wäre nach unserer letzten Unterhaltung wesentlich angemessener. Auf mich wirkte er wie ein meisterlicher Schachspieler, der ständig alle möglichen Züge im Blick hatte.

Ich räusperte mich. »Also gut.« Es gab nichts weiter zu sagen. Ich hatte mich so weit wie möglich beruhigt, und ich wollte nicht die ganze Nacht hier stehen bleiben. Vor allem wollte ich vermeiden, dass Adalyn aufwachte, wenn lediglich Bryant und Dr. Zansky bei ihr waren.

Sie war mein.

Und ich würde sie daran erinnern, sobald sie ihre schönen Augen öffnete.

Deshalb musste ich diese Unterhaltung mit Brevington so schnell wie möglich hinter mich bringen.

Ich ballte die Hände zu Fäusten und entspannte sie wieder.

Dann öffnete ich die Tür.

Als ich den Raum betrat, hob Brevington den Kopf und blitzte mich mit wütend funkelnden Augen an.

»Mr. Brevington«, begrüßte ich ihn in gelangweiltem Tonfall.

»Das wird aber auch Zeit, Sinner«, fauchte er, als ich mich zwang, mich ihm gegenüber auf den Stuhl zu setzen. »Ich warte schon seit Stunden hier drin. Und ich muss sagen, dass ich von Ihrer Gastfreundschaft nicht gerade beeindruckt bin.«

Ich legte die Fingerspitzen aneinander und starrte ihm in die Augen. »Nun, ich bin von ihrem Verhalten auch nicht gerade beeindruckt, also würde ich sagen, wir sind quitt.«

»Wovon zum Teufel reden Sie da?«, wollte er wissen. Er klang durch und durch wie ein Mann, der es gewohnt war, ein Imperium zu leiten. *Alle verneigen sich vor mir,* drückte er mit seinem Tonfall aus. *Ich bin der König.*

Nicht auf meiner Insel, dachte ich. »Adalyn Rose.«

Er zog eine Augenbraue in die Höhe und versuchte, die Arme zu heben. »Ich kenne sie.«

»Das weiß ich«, presste ich zwischen zusammengebissenen Zähnen hervor. »Nathan hatte ein Video auf seinem Laptop, auf dem deutlich zu sehen ist, wie gut Sie sie kennen. Aber wie ich vermute, wissen Sie noch nicht, dass ihr Status sich geändert hat.«

»Video?«, wiederholte er und runzelte die Stirn. »Welches Video?«

»Das Video, das Nathan während einer seiner vielen Trainingseinheiten aufgenommen hat. *Sie* sind darauf sehr gut zu erkennen«, informierte ich ihn. Seine Reaktion machte mich jedoch stutzig, denn offenbar hatte er nicht bemerkt, dass er gefilmt wurde.

Aber Adalyn hatte es zweifellos gewusst.

Ich würde sie später fragen müssen, was genau Nathan ihr in dieser Hinsicht erzählt hatte.

»Es existiert ein Video?«, fragte Brevington unsicher.

»Ist es denn nicht normal, dass Ihr Netzwerk die Ausbildung einer Elitebraut aufzeichnet?«, fragte ich ihn.

Er riss die Augen auf und zum ersten Mal huschte ein Ausdruck von Unbehagen über sein Gesicht. »Die Ausbildung einer Elitebraut?«

Aha, er stellt sich also dumm. Was mich nur noch mehr verärgerte. »Ich bin durchaus vertraut mit Sin Cave, Mr. Brevington. Beleidigen Sie mich nicht, indem Sie leugnen, welchen Status Sie in diesem Netzwerk einnehmen. Ich bin immer noch wütend, weil Sie meine Regeln missachtet haben. Es würde Ihnen nicht gut zu Gesicht stehen, weiterhin meine Integrität infrage zu stellen.«

Er betrachtete mich einen langen Moment. »Ich weiß, dass Sie auf der Rekrutierungsliste stehen. Mir war nur nicht klar, dass Sie darüber Bescheid wissen.«

»In der letzten Woche ist eine Menge geschehen«, erwiderte ich. »Wie Sie sicher wissen, hat Nathan Spencer Adalyn Rose zu einer Art Abschlussfeier hierhergebracht. Allerdings hat er sie mir als seinen Gast vorgestellt. Dann hat er unerlaubte Geschäfte auf meiner Insel getätigt und meine Regel bezüglich der Einwilligung seiner Spielpartnerin gebrochen. Jetzt ist er tot.«

Brevington riss die Augen auf.

Aber ich war noch nicht fertig.

»Aus diesem Grund gehört Adalyn Rose jetzt mir«,

fügte ich hinzu. »Ich glaube, niemand kann es mir verübeln, dass ich die Gelegenheit ergriffen habe, eine so gut ausgebildete Sub für mich zu beanspruchen.«

Mir waren diese Worte zuwider.

Und ich verabscheute das Gefühl, das sie in mir hervorriefen.

Aber ich musste meine Rolle spielen. *Für Adalyn.*

»Sehr zu Ihrem Pech, Mr. Brevington, teile ich nicht mit anderen. Deshalb haben Sie nicht nur meine Regeln gebrochen, sondern auch Hand an eine Sub gelegt, die nicht Ihnen gehört.« Ich hielt inne und gab ihm einen Moment Zeit, meine Worte zu verarbeiten.

»Mir … mir war nicht bewusst, dass die Besitzverhältnisse sich geändert haben«, erklärte er gedehnt.

»Ja. Wie ich schon sagte, ist es kürzlich dazu gekommen. Deshalb wurde mir empfohlen, Ihnen gegenüber Nachsicht walten zu lassen. Nathan Spencer hatte nicht so viel Glück.«

Mr. Brevington musterte mich eindringlich. In seinen Augen spiegelte sich eine Intelligenz wider, die ich bewundert hätte, wenn er nicht versucht hätte, Adalyn zu vergewaltigen. »Ich verstehe. Und mit wem haben Sie gesprochen?«

Ich hatte diese Frage erwartet, genauso wie Julian. Aus diesem Grund hatte ich mein Handy mit in den Raum gebracht.

Ich zog es aus der Tasche und wählte eine Nummer. Dann stellte ich es auf Lautsprecher.

»Mr. Sinner«, sagte Julian zur Begrüßung. Er wusste, warum ich anrief, denn wir hatten über diese Möglichkeit gesprochen.

Allerdings wusste er nicht, ob ich ihm mitteilen wollte, dass ich Brevington getötet hatte.

Oder ob ich ihn immer noch in einer Zelle festhielt.

Ich wartete einen Moment, bevor ich sagte: »Ich habe Sie auf Lautsprecher gestellt, Mr. Jovanni. Ich glaube, Mr. Brevington hätte gern eine Bestätigung bezüglich der derzeitigen Besitzverhältnisse.«

»Natürlich«, antwortete Julian, wobei sein Tonfall seine Gemütslage nicht preisgab. Ich vermutete jedoch, er war erleichtert zu erfahren, dass ich den Finanzkönig noch nicht umgebracht hatte. »Mr. Brevington, kann ich davon ausgehen, dass Sie gut behandelt werden?«

»Im Moment bin ich mit Handschellen an einen Tisch gefesselt, Julian. Es hängt also davon ab, wie Sie *gut behandeln* definieren.«

»Es ist besser als die Behandlung, die Sie meiner Sub zuteilwerden ließen«, warf ich mit eisiger Stimme ein. »Nicht wahr?«

Er räusperte sich. »Mir war nicht bewusst, dass die Besitzverhältnisse sich geändert haben«, wiederholte er.

»Ja, Mr. Sinner war so freundlich, Miss Roses Ausbildung zu übernehmen«, warf Julian ein. »Aber es scheint, als sei er für unser Goldstück geradezu entflammt. Und zwar so sehr, dass er sie dauerhaft in Besitz nehmen will. Ich werde in ein paar Tagen mit Mr. Rose auf die Insel reisen, um mit allen Parteien die Überarbeitung des Vertrags zu besprechen.«

Eine wahrlich beschönigte Zusammenfassung der Situation. »Das ist keine Bitte, Mr. Jovanni«, erinnerte ich ihn. »Sie gehört mir.«

Er stieß ein leises Lachen aus, das an meinen Nerven zerrte. »Wie Sie sehen, Mr. Brevington, ist Asher ziemlich besitzergreifend, wenn es um sein neues Spielzeug geht. Das ist bedauerlich, denn ich habe gehört, dass Adalyn recht beliebt ist. Aber wir hoffen, Mr. Sinner für uns gewinnen zu können, und wenn das der Preis ist, den er dafür verlangt, dann sollten wir ihn wohl bezahlen.«

Mr. Brevington starrte mich an.

Ich starrte zurück, ohne mir die Mühe zu machen, meine Wut vor ihm zu verbergen.

Er schluckte. Offensichtlich konnte er spüren, dass ich ihn, ohne mit der Wimper zu zucken, töten würde. Es half natürlich, dass er davon ausging, ich hätte Nathan Spencer umgebracht.

Das hier war meine Insel.

Ich erlaubte nicht einmal Sicherheitskräfte von außerhalb, denn ich hatte mein eigenes Personal, das von Bryant und Clive angeführt wurde. Die Männer hatten die Fähigkeit, sich unauffällig in die Umgebung einzufügen. Es war einer der Hauptgründe, warum ich sie angeheuert hatte.

Und Mr. Brevington hatte heute mehrere von ihnen getroffen.

Was ihm seine Lage hier sicher deutlich vor Augen geführt hatte. Er war ihnen in jeder Hinsicht unterlegen.

Er war zwar der Eigentümer eines Finanzimperiums, doch das hatte hier rein gar nichts zu bedeuten.

Und nur weil ich ihm gesittet gegenübersaß und in meinem Hemd und meiner Anzughose ganz wie ein Geschäftsmann wirkte, bedeutete das nicht, dass ich ihn im nächsten Moment nicht windelweich prügeln würde.

Das alles gab ich ihm mit einem Blick zu verstehen.

Nach einem Moment räusperte er sich. »Ja, wir sollten auf jeden Fall in Betracht ziehen, den Preis zu zahlen«, stimmte er zu, während er immer noch meinen Blick festhielt. »Ist Mr. Rose für eine neue Vereinbarung offen?«

»Ich bin momentan dabei, das mit ihm zu klären. Vielleicht wären Sie bereit zu helfen?«, fragte Julian.

»Ja, das wäre ich«, antwortete Mitch, während er mich

weiter anstarrte. »Vorausgesetzt Mr. Sinner nimmt meine aufrichtige Entschuldigung an und erlaubt mir, seine Insel zu verlassen.«

Ich spannte die Kiefermuskeln an. Sie ließen mir nicht wirklich eine Wahl. »Wie können Sie mir zusichern, dass Sie mir bei den Verhandlungen helfen werden?«, fragte ich. »Sie können sich vorstellen, warum Ihr Wort mir in dieser Situation nicht genügt, nicht wahr?«

Es war eine unverhohlene Beleidigung, die Mitch jedoch mit Fassung trug. Aber er hatte mich ebenfalls beleidigt, daher war es nur fair, dass ich mich bei ihm revanchierte. »Julian, wussten Sie von den Videos, die Nathan Spencer von den Trainingseinheiten gemacht hat?«, wollte Mitch wissen, während er mich immer noch mit seinem Blick durchbohrte.

»Videos?«, wiederholte Julian.

»Ja. Mr. Sinner hat sich zu einem Video geäußert, das er von mir und Adalyn gesehen hat. Es wäre mir recht, wenn es nicht … *geteilt* würde.«

Ah. Diese Männer waren alle ziemlich raffiniert, wenn es um ihre Wortwahl ging. Es verriet mir, dass sie dieses Spielchen schon sehr lange miteinander spielten. »Ja, es würde Ihnen nicht gerade zum Vorteil gereichen«, stimmte ich zu. »Denn in dem Video ist Ihre gewalttätige Seite deutlich zu sehen.« Es war nicht gerade weit hergeholt, wenn man bedachte, was Bryant mir darüber erzählt hatte.

»Ich wusste nichts von irgendwelchen Videos«, sagte Julian und klang überrascht.

»Es gibt einen ganzen Laptop voll davon«, informierte ich ihn. Mir wurde klar, dass ich damit vielleicht noch ein Druckmittel in der Hand hatte. Es würde erklären, warum Nathan die Videos nicht in der Cloud gespeichert hatte. Entweder waren sie für Taylor bestimmt oder Nathan hatte sie für persönliche Zwecke behalten.

Erpressung vielleicht?, dachte ich.

Wie dem auch sei, ich wollte mir die Gelegenheit nicht entgehen lassen.

»Vielleicht werde ich sie Ihnen zeigen, wenn Sie uns besuchen, Mr. Jovanni.« Aber ich würde eine Kopie für mich behalten, um mich abzusichern. Ich würde sie jedoch niemals weiterreichen, denn das würde Adalyn mehr schaden als den Männern, die darauf zu sehen waren. Doch das mussten diese Elite-Arschlöcher nicht wissen.

»Und in der Zwischenzeit werden Sie sie sicher aufbewahren«, hakte Mitch nach, »während wir eine Vereinbarung ausarbeiten.«

»Natürlich«, antwortete ich. »Damit bin ich einverstanden.« Damit hatte ich ein Druckmittel und die Garantie, dass er mir helfen würde, die Ehevereinbarung zu ändern.

Leider geriet ich dadurch noch tiefer ins Netz von Sin Cave.

Aber das war ohnehin unvermeidlich gewesen.

»Ich habe noch eine weitere Bedingung«, fügte ich hinzu.

»Und die lautet?«, fragte Julian.

»Mr. Brevingtons Mitgliedschaft auf Sinners Isle läuft hiermit aus«, erklärte ich und stellte sicher, dass beide Männer hörten, wie ernst es mir damit war. »Das Gleiche gilt für alle Männer, die an Adalyns Ausbildung beteiligt waren. Ich weiß zwar, dass sie eine Vergangenheit hat, die sie zu der Sub macht, die sie heute ist, aber ihre Zukunft gehört mir. Und ich teile sie nicht, nicht einmal mit ihren Erinnerungen. Ich werde sie alle aus ihrem Gedächtnis löschen, einschließlich des heutigen Vorfalls.«

Es war eine gewagte Aussage.

Doch ich wusste, dass sie die Worte auf meine besitzergreifende Art zurückführen würden.

Dennoch meinte ich es ernst. Ich hatte vor, die Erinnerungen an diese Männer aus ihrem Gedächtnis zu löschen und sie mit meinen eigenen zu überschreiben. Ich wollte ihr helfen zu *heilen*. Ich wollte das Heilmittel sein, das sie brauchte, um von ihren Wunden zu genesen, die diese Arschlöcher ihr zugefügt hatten.

Es würde Jahre dauern.

Vielleicht sogar Jahrzehnte.

Und vielleicht würde sie mich nie als den Ihren akzeptieren.

Aber damit konnte ich umgehen. Solange sie nur überlebte, würde ich alles annehmen, was sie mir bereitwillig zuteilwerden ließ.

Aber ich würde ihre Dämonen verjagen. Ich würde ihr helfen, wieder zu *träumen*.

»Haben Sie das verstanden?«, fragte ich und hielt Mitchs Blick fest, während ich mich vergewisserte, dass Julian die unterschwellige Drohung in meiner Stimme hören konnte.

»In meinen Ohren klingt das vernünftig«, antwortete Julian.

»Ja«, sagte auch Mitch. »Ich werde Ihre Insel vermissen, aber ich verstehe die Notwendigkeit meines Besuchsverbots. Ich möchte mich nochmals für dieses Missverständnis entschuldigen. Ich hätte niemals Hand an Adalyn gelegt, wenn ich gewusst hätte, dass sie Ihnen gehört.«

Missverständnis war eine Untertreibung. Wenn ich noch länger mit diesem Mann in einem Raum blieb, würde ich ihm zeigen, wie groß dieses Missverständnis zwischen uns war.

»Jetzt wissen Sie es. Und ich erwarte von Ihnen und Julian, dass Sie diese Neuigkeit verbreiten.« Schließlich senkte ich den Blick auf mein Handy. »Julian, vielleicht könnte Mitch Ihnen dabei behilflich sein, Taylor Huntington zu erklären, warum es besser wäre, wenn er nicht mehr auf einem Besuch auf meiner Insel besteht.«

Ich stand auf.

Mitch lehnte sich in seinem Stuhl zurück und schluckte.

»Ja, auch dabei kann ich helfen«, erklärte Mitch, der deutlich sehen konnte, dass ich immer noch das Verlangen hatte, ihm wehzutun.

»Ausgezeichnet«, presste ich zwischen zusammengebissenen Zähnen hervor. »Gibt es sonst noch etwas, Mr. Jovanni?«

»Nein, ich denke, das war alles, Mr. Sinner. Wir sprechen uns bald wieder.«

»Ja«, stimmte ich zu, »das werden wir.« Ich nahm mein Handy vom Tisch und beendete das Gespräch. »Um es mit aller Deutlichkeit zu sagen, Mr. Brevington, Sie haben großes Glück, dass Sie noch am Leben sind. Und wenn Sie es bleiben wollen, werden Sie sich in den nächsten sechzig Minuten von meiner Insel verpissen.«

Mit diesen Worten verließ ich den Raum.

»Nehmt ihm die Handschellen ab und begleitet ihn zu einem Jet. Es ist mir egal, in welchen ihr ihn setzt, Hauptsache, er verschwindet, bevor ich es mir anders überlege und ihn töte.« Ich hob die Stimme, damit Mitch mich durch die geöffnete Tür hören konnte.

Dann eilte ich aus dem Gebäude und überließ es Clive, sich um das Milliardärsarschloch zu kümmern.

Ich musste eine Frau umsorgen.

Meine Adalyn.

Mein.

KAPITEL SECHSUNDZWANZIG
ADALYN

HERRJE.

Was zum …

Alles war verschwommen. Falsch. *Schwer.*

Als sei ich von Schlamm bedeckt.

Wo bin ich?, fragte ich mich, doch ich brachte es nicht fertig, die Augen zu öffnen. Ich fühlte mich, als schwämme ich in einem trüben Tümpel, während ich verzweifelt versuchte, mich daran zu erinnern, was mich in diesen Zustand versetzt hatte.

War ich mit Jen etwas trinken?

Verdammt, ich hoffe nicht. Nate wird mich dafür …

Moment mal …

Nate ist tot.

Ein Bild seiner Leiche blitzte vor meinem inneren Auge auf.

Im nächsten Moment sah ich Asher Sinner vor mir.

Seine Villa. Sein Gästezimmer. Arme Ritter. Ein Spaziergang am Strand …

Träume.

Oh Gott.

»Träume«, hauchte ich, als ich endlich die Augen aufriss.

Schwarze Bettwäsche. Bettpfosten. Ein Balkon mit Blick auf den Ozean.

»Adalyn.« Die tiefe Stimme drang von links an mein Ohr. »Ganz ruhig, Schätzchen. Du bist in Sicherheit.«

In Sicherheit? Ich wurde von Panik gepackt und schnappte nach Luft. *Ich bin nicht in Sicherheit!*

Es war alles eine Lüge.

Sicherheit existierte nicht.

Safewords hatten keine Bedeutung.

Sicherheit war nicht *real*.

»Adalyn«, ertönte die Stimme wieder, als ich eine starke Hand an meinem Kinn spürte. Dann strich er mit dem Daumen über meine Wange.

Ich konnte nur noch daran denken, was diese Hände mir angetan hatten, bevor ich ohnmächtig geworden war.

Meine Kehle. Er hat versucht, mich zu erwürgen. Mich zu töten.

Ich konnte mich nicht daran erinnern, was danach geschehen war.

Hat er mich gefickt? Hat Asher mitgemacht?

Ich runzelte die Stirn. *Asher.*

Es war seine Stimme, die ich jetzt hörte.

Vielleicht hatte er sich tatsächlich zu ihm gesellt. Aber hatte er mir nicht gesagt, dass er es vorzieht, wenn seine Spielpartnerinnen bei Bewusstsein sind?

Oh, aber er hatte mir auch ein Safeword versprochen.

Doch das hatte nichts gebracht.

»Es tut mir leid«, flüsterte er und ließ seine Hand an meinen Hals gleiten. »Es tut mir leid, dass er dich angefasst hat, Adalyn. Es tut mir leid, dass ich nicht da war. Es tut mir leid, dass ich dich im Stich gelassen habe. Es tut mir alles so leid.«

Mein Herzschlag verlangsamte sich und meine

Atmung begann, sich zu beruhigen. *»Es tut mir leid, dass ich nicht da war.«*

Er ... er war nicht da?

»Du hast alles richtig gemacht und dein Safeword benutzt, Schätzchen«, fuhr er mit sanfter Stimme fort. »Jemand hat mein Sicherheitsteam alarmiert. Aber ich hätte da sein müssen. Ich hätte diesen Scheißkerl nicht auf meine Insel lassen dürfen. Ich verspreche, dass so etwas nie wieder vorkommen wird.«

Er fuhr mit den Fingern durch mein Haar, während mein Verstand darum kämpfte, seine Worte zu verarbeiten.

Mein ... mein Safeword hat funktioniert?

Oder ist das nur wieder gelogen?

»Clive sichtet gerade Nathans Dateien und erstellt eine Liste von allen Männern, die je Hand an dich gelegt haben. Ich habe Julian bereits gesagt, dass keiner von ihnen hier willkommen ist. Und Brevington ist mittlerweile abgereist. Er hat die Insel verlassen und darf nie wieder hierher zurückkehren. Und sobald Clive mir die Liste gegeben hat, werde ich den anderen Hausverbot erteilen.«

Er griff sanft nach meinem Kinn und drehte meinen Kopf, um mich mit seinem Blick zu durchbohren.

»Ich habe dich enttäuscht, aber es wird nie wieder vorkommen. Niemand wird dich je wieder unerlaubt anfassen, Adalyn.« Er strich mit seinem Daumen über meinen Kiefer. »Ich werde dich beschützen. Mir ist klar, dass ich dein Vertrauen in mich erschüttert habe, und das tut mir leid. Aber ich werde dir beweisen, dass ich deiner würdig bin, Schätzchen. Ich verspreche es dir.«

Ich musterte ihn verwirrt. *Spielt er nur wieder mit mir? Will er mich auf diese Weise verletzen? Und mich mit emotionaler Folter quälen?*

Was ist passiert, nachdem Mr. Brevington mich gewürgt hatte?, fragte ich mich und versuchte, mich zu erinnern.

Ich … ich war nicht *wund*. Ich hatte nur ein paar blaue Flecke an der Taille. Meine Kehle fühlte sich rau an, doch ansonsten tat mir nichts weh. Zumindest nicht so wie normalerweise nach einem harten Fick.

»Nimm das Arschloch in Gewahrsam.«

Die tiefe Stimme hallte in meinem Kopf wider, dann erinnerte ich mich, dass jemand etwas von einem Arzt gesagt hatte. Oder war das davor gewesen? Ich konnte mich weder an die Reihenfolge erinnern, noch wusste ich, was wirklich geschehen war.

Aber ich erinnerte mich, dass ich Hände auf mir gespürt hatte.

Jemand hatte mich beruhigt.

Und mir gesagt, dass alles in Ordnung sei und Asher bald bei mir sein würde.

Aber ich hatte nur immer wieder mein Safeword benutzt. Außer dem Wort *Träume* hatte ich nichts herausgebracht. Fast hätte ich es jetzt wieder ausgesprochen.

Denn ich fühlte mich gebrochen. Zerrüttet. *Benutzt.*

Doch zugleich vollkommen.

Und …

Und *sicher*.

Das ergab keinen Sinn. Für mich gab es keine Sicherheit. Es war eine Lüge. *Alles ist eine Lüge.*

Dennoch meldete sich eine innere Stimme zu Wort, die Asher glaubte.

Vielleicht war sie naiv, aber sie *wollte* ihm vertrauen. Doch er hatte mir seine dunkle Seite noch nicht gezeigt. Er konzentrierte sich auf mich und nicht auf sich selbst, wobei er immer die Kontrolle innehatte.

»Jetzt weißt du, was für ein Mann ich wirklich bin, Schätzchen«, hatte er zu mir gesagt.

Aber was hatte dann diese Session mit Mr. Brevington

auf sich? War das nur Zufall gewesen? Oder ein Test? Eine kranke Bestrafung?

Ich … Ich verstand das alles nicht.

Ich konnte weder seine Worte noch seine Begierden oder seine Absichten und Beweggründe verstehen. Es war alles so verwirrend und erschien mir verdreht, falsch und grausam.

Und *gebrochen*.

Er hatte mich gequält, indem er mir Versprechungen gemacht hatte, die er nicht gehalten hatte. Ich hatte mich danach gesehnt, doch die Realität hatte mich eingeholt und diese Versprechungen zunichtegemacht. Meine Hoffnung war erloschen und ich wurde zurück in mein früheres Leben geworfen.

Ich fühlte mich, als würde ich ertrinken und von einem Strudel in die Tiefe gezogen werden, um zu *sterben*.

Nichts ergab einen Sinn. Nichts schien richtig zu sein. Meine Welt war auf den Kopf gestellt worden und drehte sich um mich herum.

»Adalyn«, sagte er leise und betrachtete mich mit besorgtem Blick. »Rede mit mir, Schätzchen. Sag mir, was du brauchst.«

Ich brauche Realität, dachte ich. *Etwas … das sich richtig anfühlt. Etwas, das mich erdet und dafür sorgt, dass die Welt aufhört, sich um mich herum zu drehen!*

Ich fasste mir an den Kopf, denn das Schwindelgefühl wollte nicht nachlassen. Es fühlte sich alles so falsch an. Ich verabscheute meine verworrenen Gedanken und meine düstere Vergangenheit. Ich wollte … mich normal fühlen.

Ich wollte Asher kennenlernen.

Ihn wirklich verstehen.

Ihn fühlen.

Ich wollte lernen, was er von mir erwartete, um zu verstehen, wie viel Kontrolle er über mich hatte.

Ich … ich wollte, dass er mich dominierte.

Mich erdete.

Mich zurück ins Leben brachte.

Und *mir half.*

Plötzlich umfasste er meine Wangen mit beiden Händen und schwebte über mir, wobei sein Gesicht nur Zentimeter von meinem entfernt war. Ich fühlte mich, als würde ich in einer Abwärtsspirale nach unten gezogen und in ein Loch fallen, aus dem es keinen Ausweg gab. Die Erde schien mich zu verschlucken und erstickte mich, während ich …

»Wie lautet dein Safeword, Adalyn?«, fragte Asher mit fordernder Stimme. Die Worte legten sich um mich wie eine Schlinge, die mich an die Oberfläche zurückzog und mich zwang, ihn anzusehen und mich auf ihn zu konzentrieren. Sie brachte mich zurück *zu* ihm.

Ja.

Mehr.

Ich … ich brauche … ich kann es nicht definieren … ich brauche nur … ich …

»Wie lautet dein Safeword, Adalyn?«, wiederholte er mit gebieterischem Tonfall, als er seine Hand an meine Kehle legte. »Sag es mir, und zwar sofort.«

»T-Träume«, stammelte ich und runzelte die Stirn. »Aber es funktioniert nicht … Es ist eine Lüge.« Es war doch eine Lüge, nicht wahr? Es war alles nur ein Spiel.

»Du wirst das Wort *Träume* äußern, wenn du willst, dass die Session endet«, sagte er. »Nur ein Wort, Adalyn. Mehr brauchst du nicht. Das, was Mitch Brevington getan hat, war keine Session, sondern versuchte Vergewaltigung. Ich bin hier, um dich zu beschützen, dich zu befriedigen und mich um dich zu kümmern. Wenn du mit mir zusammen bist und das Wort *Träume* aussprichst, werde ich sofort aufhören und wir unterhalten uns über deine Grenzen und darüber, wie es weitergehen soll. Brevington hat nichts mit uns zu tun. Er ist fort. Wir sind jetzt hier in der Gegenwart, und *Träume* ist dein Safeword. Und jetzt sag es mir, damit ich weiß, dass du es verstanden hast.«

Aber ich verstand es nicht.

Ich verstand überhaupt nichts.

»Asher, ich …«

»Herr«, korrigierte er mich. »Dies ist der Beginn einer Session. Du nennst mich ›Herr‹ oder ›Mr. Sinner‹. Das darfst du dir aussuchen. Und jetzt sag mir, wie dein Safeword lautet, Adalyn. Ich will, dass du es voller Überzeugung aussprichst. Du sollst *wissen*, dass du es immer benutzen kannst. Du hast hier die Kontrolle und die alleinige Macht. Es ist meine Aufgabe, deine Grenzen nicht zu überschreiten und dich zu *erden*. Aber ich brauche deine Einwilligung. Und die gibst du mir, indem du mich an dein Safeword erinnerst.«

»Träume«, flüsterte ich.

Er schüttelte den Kopf. »Das ist nicht überzeugend genug, Liebling. Mit diesem Wort sorgst du dafür, dass alles aufhört. Es verkörpert deine Macht. Lass nicht zu, dass dieses Arschloch sie dir entreißt. Lass nicht zu, dass deine Vergangenheit sie schmälert. Du bist jetzt hier. Du gehörst mir. Und du hast ein Safeword, das ich respektieren werde. Doch ich werde sicherstellen, dass du es nie benutzen musst. Und jetzt sag es noch einmal.«

Ich erschauderte, denn die Dominanz in seiner Stimme ließ mich dahinschmelzen.

Es war genau das, was mein Körper brauchte.

Genau das, was meine Seele *wollte*.

Eine Flucht. Ein Ventil. Eine Möglichkeit, alles abzuschalten. An nichts anderes zu denken als an diesen Moment. Und an *ihn*.

Asher Sinner.

Mein Herr.

Mein Meister.

»Ja.« Ich starrte ihm in die Augen, während alles um uns herum in den Hintergrund trat. »Träume.«

»Noch einmal, Schätzchen«, befahl er, während er seine Hand immer noch um meine Kehle geschlungen hatte. Er drückte nicht zu, aber es war ein beruhigendes Gefühl. Als würde er mit seiner Liebkosung die Berührungen all der anderen Männer auslöschen.

Männer wie Mr. Brevington.

Asher überschrieb meine Erinnerung daran.

Er begann eine neue Session.

Und schuf eine neue Erfahrung.

Ein Erlebnis, das alles und jeden überschatten würde.

Eine Session, die ich begehrte.

Vielleicht sehnte ich mich aus den falschen Beweggründen danach, aber es … es fühlte sich richtig an. Ich hatte das Gefühl, durchatmen zu können und zu neuem Leben zu erwachen, während die Gegenwart mich wie ein frischer Wind umwehte.

Die Vergangenheit ruhte.

Ich dachte nicht mehr.

Es gab nur noch ihn. Nur noch Asher. Und *uns*.

»Wie lautet dein Safeword, Adalyn?«

»Träume«, antwortete ich, ohne zu zögern. »Mein Safeword lautet *Träume*.«

»Braves Mädchen«, lobte er mich und strich mit seinen Lippen über die meinen. »Und wer bin ich?«

»Mein Herr.«

»Sehr gut, meine Süße.« Er gab mir einen weiteren Kuss. »Und jetzt sag mir, was du brauchst.«

Ich blinzelte zu ihm auf. *Was brauche ich?* »Ich brauche dich.« Ich brauchte seine Stimme. Seine Befehle. Seine Berührung. Sein Lob. Seine Kontrolle. »Ich will dich verstehen.« Dieses Spiel. Diese Welt. Diese Realität. Diese *Gegenwart*. »Es ist alles ein einziges Durcheinander, Herr. Bitte mach, dass es wieder in Ordnung kommt.«

Ich war mir nicht ganz sicher, was ich brauchte.

Aber tief im Inneren vertraute ich darauf, dass er wusste, was ich begehrte. Vielleicht hatte ich den Verstand verloren. Vielleicht schlief ich und das alles war nur ein Traum.

War das wirklich so wichtig?

Ich wollte Asher.

Er sollte mir beweisen, dass das Leben noch mehr zu bieten hatte. Und mir zeigen, was es bedeutete, ihm zu gehören. Ich wollte, dass er diesem Wahnsinn ein Ende setzte und mich in der Gegenwart verankerte. »Bitte«, wiederholte ich flüsternd und starrte ihn eindringlich an. »Bitte, Herr.«

Er küsste mich und brachte mich mit einem leisen »Schhh« zum Schweigen. Dann ließ er seine Lippen an mein Ohr gleiten. »Ich werde dir geben, was du brauchst, Schätzchen.« Er knabberte an meinem Ohrläppchen, bevor er meinen Hals liebkoste. Seine Berührung verursachte eine Gänsehaut auf meinen Armen. »Halt dich am Kopfteil fest«, sagte er mit sanfter, aber gebieterischer Stimme.

Ich gehorchte.

»So eine brave kleine Sub«, flüsterte er und ließ seine Lippen über meinen Hals gleiten. Er schien sich einen Weg entlang der Blutergüsse zu bahnen, denn die Berührung schmerzte und beruhigte mich zugleich.

Dann ließ er seine Zunge folgen und leckte über meinen Hals, bis ich am ganzen Körper bebte.

»Falls je wieder jemand außer mir über diese geschmeidige Haut streichelt, dann wirst du dein Safeword benutzen, Adalyn«, gab er mir mit sanfter Stimme zu verstehen. »Schrei es hinaus. Jemand wird dir zu Hilfe eilen. Und ich werde denjenigen töten, der es gewagt hat, dich ohne Erlaubnis zu berühren.«

Ich schluckte, doch ich zweifelte seine Worte immer noch an.

Er musste meine Unsicherheit gespürt haben, denn er stützte sich zu beiden Seiten meines Kopfes auf die Ellbogen und streichelte über meine Arme, während ich mich immer noch an das Kopfteil klammerte.

»Mein Sicherheitspersonal kennt dein Safeword inzwischen, Adalyn. Selbst wenn du es nur flüsterst, werden die Männer sofort bei dir sein. Denn niemand außer mir hat die Erlaubnis, dich zu berühren. Es sei denn, du willst es.« Er zog eine dunkle Augenbraue in die Höhe. »Verstanden?«

Ich leckte mir über die Lippen. »Ja, Herr.«

»Nur ich«, fügte er hinzu. »Ich bin der Einzige, der dich berühren darf. Es sei denn, du verspürst je das Bedürfnis nach einem anderen Mann. Dann werden wir deine Grenzen neu ausloten. Aber bis dahin gibt es nur dich und mich. Für immer.« Er schlang erneut eine Hand um meine Kehle. »Ich bin jetzt dein Dom. Hast du das verstanden?«

»Für immer?«, wiederholte ich.

»Solange du mich willst«, erklärte er.

Ich runzelte die Stirn. »Wirst du mich denn immer wollen?«

Sein Blick verfinsterte sich. »Ja, Adalyn. Das werde ich.«

»Woher weißt du das?«

»Weil ich noch nie eine Frau so sehr begehrt habe wie dich.« Er senkte den Kopf und strich mit der Nase über meine. Die Geste war so zärtlich, dass mir fast Tränen in die Augen gestiegen wären. Noch nie hatte jemand mich so liebevoll berührt. Und doch ließ er in jede seiner Bewegungen eine gewisse Dominanz und Kontrolle einfließen, die mich wie eine Naturgewalt in ihren Bann zogen.

Es ließ mich schwindeln.

Und ich konnte mich kaum konzentrieren.

Ich hatte seinen Worten keinen Glauben schenken wollen. Sie waren mir sonderbar erschienen.

Doch sobald er mich auf diese Weise berührte, waren sämtliche Zweifel wie weggeblasen.

Seine Berührung war so kraftvoll, so *real* und so verzehrend. »Okay«, hauchte ich und willigte ein, obwohl ich es nicht ganz verstand.

Er presste seine Lippen auf meine und küsste mich leidenschaftlich, wobei er einen Schwur zu besiegeln schien.

Ich bat ihn nicht um eine Erklärung, sondern ergab mich mit Haut und Haar den Empfindungen, die er mit seiner Zunge in mir auslöste.

Er ließ seine Daumen über meine Armbeuge kreisen, während er meinen Körper ganz und gar beherrschte.

Doch er trug immer noch seine Kleidung.

Ein Baumwollhemd und eine graue Jogginghose.

Ich wollte, dass er sich auszog und genauso nackt war wie ich. Ich wollte ihn *in* mir spüren.

Er hatte mich gefragt, was ich brauchte.

Ich wusste jetzt genau, was es war.

»Herr«, hauchte ich an seinen Lippen. »Ich weiß, was ich brauche.«

»Sag es mir, Schätzchen.« Seine Worte hinterließen einen minzigen Geschmack auf meiner Zunge, der meine Sinne umhüllte und sich wie ein warmer Mantel um mich legte.

»Ich will dich in mir spüren«, sagte ich. »Ich will

fühlen, wie du kommst. Ich will diejenige sein, die dich zum Höhepunkt bringt. Ich will dich *verstehen* und dich *befriedigen*.« Ich öffnete die Augen, die ich irgendwann unbewusst geschlossen hatte, und starrte zu ihm auf. »Bitte, Herr. Ich brauche mehr. Ich brauche *dich*.«

Vielleicht handelte ich in diesem Moment nur aus einem Impuls heraus.

Möglicherweise sah ich in ihm den Helden, der mich gerettet hatte.

Oder ich hatte einfach den Verstand verloren.

Aber das Leben war kurz, und ich begehrte ihn. Außerdem bestand die Möglichkeit, dass ich diese Gelegenheit nie wieder bekommen würde. Ich war ganz auf das *Hier und Jetzt* konzentriert – auf unsere Gegenwart. Denn unsere Zukunft war ungewiss.

Und ich wollte nicht länger in der Vergangenheit leben.

»Ich will dich«, fuhr ich fort. »Ich will wissen, wie es ist, mit einem Mann zusammen zu sein, der … der mich respektiert. Der … der mir nicht wehtun wird, nur um sich überlegen zu fühlen.«

Ich war mir nicht sicher, was mich dazu bewog, die Worte laut auszusprechen, doch in diesem Moment wurde mir klar, wie wahr sie waren.

»Mein ganzes Leben lang haben irgendwelche Männer mir befohlen, wen ich zu berühren und was ich zu tun habe. Doch das hier will ich um meinetwillen. Ich … ich will das Recht, meine eigenen Entscheidungen treffen zu dürfen.«

Ich musste schlucken und verstummte.

Mit meinen Worten brachte ich nicht nur ein körperliches Bedürfnis zum Ausdruck.

Ich sprach damit auch eine seelische Wunde an, die

schon viel zu lange in mir blutete. Eine Wunde, die ich behandeln musste und *heilen* wollte.

»Bitte«, sagte ich, als mir eine Träne über die Wange kullerte. Plötzlich fühlte ich mich noch gebrochener als zu dem Zeitpunkt, an dem ich aufgewacht war. Als sei etwas in mir zerrissen und bis zur Unkenntlichkeit zerstört worden. Vielleicht lag es daran, dass ich gerade etwas laut zugegeben hatte, was ich mir nicht einmal selbst hatte eingestehen wollen.

Mein Herz raste und ich hatte das Gefühl, dass mir die Luft aus der Lunge gepresst wurde.

Ich wartete gespannt auf seine Reaktion. Was würde er sagen? Ich war die Sub. Er war der Dom. Es stand mir nicht zu, ihm Vorschriften zu machen.

Aber er hatte gefragt, was ich brauchte.

Und ich brauchte das Recht, meine eigenen Entscheidungen zu treffen.

Und ich hatte mich für ihn entschieden.

KAPITEL SIEBENUNDZWANZIG

ASHER

VERDAMMT.

Adalyns Worte trafen mich mitten ins Herz und versetzten mir einen schmerzhaften Stich.

Sie bat mich darum, selbst entscheiden zu dürfen, um ihr ein Gefühl von Macht zu geben. Und eine Sub sollte immer diejenige sein, die den Ton angibt.

Als ihr Dom oblag es mir, ihre Begierden zu befriedigen und ihr Vertrauen zu gewinnen. Es war meine Aufgabe, ihre Reaktionen zu deuten, ihre Bedürfnisse zu erkennen und sie, wenn nötig, zu maßregeln.

Gerade vor ein paar Minuten wäre sie fast von einer Spirale der Finsternis in die Tiefe gezogen worden. Ich hatte die Anzeichen für ihre Verzweiflung erkannt, als sie mich mit diesem gequälten Blick angesehen hatte. Mir war augenblicklich klar gewesen, dass sie dabei war, in die Dunkelheit ihrer Gedanken abzudriften.

In diesem Moment hatte meine dominante Seite sofort das Kommando übernommen. Ich hatte mich von einem Instinkt leiten lassen, der mir befohlen hatte, sie zu beherrschen.

Es hatte funktioniert.

Und jetzt bat sie mich, ihr Macht zu geben, damit sie *entscheiden* konnte, was als Nächstes zwischen uns passierte.

Ich hatte vorgehabt, sie wieder mit meiner Zunge zu befriedigen und sie dann zum Frühstück nach unten zu tragen. Doch meine süße Adalyn verlangte nach mehr.

Sie wollte mich befriedigen.

Aber nicht, weil sie meine Lust über ihre eigene stellte, sondern weil sie meine Ekstase am eigenen Leib erleben wollte. Sie wollte mich verstehen. Bisher hatte ich immer nur ihre körperlichen Bedürfnisse befriedigt, war aber nie auf ihre emotionalen eingegangen.

Sie brauchte diese Bindung zwischen uns, die sich auch in der Vereinigung unserer Körper niederschlug. Sie wollte wissen, was es bedeutete, wirklich die Meine zu sein.

Das verstand ich jetzt.

Denn sie hatte mir gesagt, was sie brauchte.

»Ich danke dir, Adalyn.« Ich presste meine Lippen auf ihre. »Danke für deine Ehrlichkeit.«

Eine offene Kommunikation war der Schlüssel zu einer gesunden Beziehung. Ich musste darauf vertrauen können, dass sie mir ihre Gefühle mitteilte und wusste, wann sie ihr Safeword benutzen musste.

Und im Gegenzug musste sie darauf vertrauen können, dass ich ihre Grenzen niemals überschritt.

Endlich waren wir an einem Punkt angelangt, an dem wir bereit für eine solche Bindung waren.

Es war ein bedeutungsvoller und emotionaler Moment.

Ich küsste sie erneut und gab ihr mit meiner Zunge zu verstehen, wie dankbar ich für ihr Vertrauen war. Im Augenblick war es vielleicht nur ein schwacher Funke, während sie sich meiner Beweggründe wahrscheinlich immer noch nicht sicher war, doch mit der heutigen Erfahrung würde ich ihr den Weg in die Zukunft weisen.

Weil sie jetzt mir gehörte. So lange, wie sie mich haben wollte.

Ich ließ meine Hände über ihre Arme gleiten und erfreute mich an der Gänsehaut, die meine Berührungen hinterließ. »Sag mir, wer dich gerade küsst, Adalyn.«

»Mein Herr«, flüsterte sie, ohne zu zögern.

»Braves Mädchen.« Ich ließ meine Zunge zu ihrem Ohr gleiten. »Sag mir, wie ich dich ficken soll.«

»Wie du willst, Herr.«

»Hm.« Ich liebkoste ihre Halsschlagader. »Ich will, dass du so heftig um meinen Schwanz kommst, dass ich dich noch Tage später spüren werde, Liebling. Ich will all die Männer, die je Hand an dich gelegt haben, aus deinem Gedächtnis löschen und die Erinnerung an sie mit neuen Erfahrungen überschreiben. Also sag mir, wie ich das anstellen soll, Schätzchen. Sag mir, was du brauchst, damit ich dich über den Abgrund der Ekstase stoßen kann.«

Sie bebte am ganzen Körper und spannte die Schenkel an. *»Herr …«*

»Sag es mir, Adalyn. Du entscheidest, was zwischen uns geschieht.« Ich wollte ihr ihre Macht und ein Gefühl von Kontrolle zurückgeben, auch wenn ich sie dominierte.

Es war keine leichte Aufgabe.

Aber ich würde es für sie tun.

Für sie würde ich alles tun.

»Ich … ich will dich nackt sehen«, antwortete sie leise. »Ich will dich schmecken, Herr.«

Ich knabberte an ihrem Ohrläppchen und erwiderte mit einem leisen Brummen: »Und ich dachte, du wolltest, dass ich dich ficke, Liebling. Doch es hört sich so an, als wolltest du mir stattdessen einen blasen.«

Sie wölbte sich auf und rieb ihr Becken an meinen Lenden. »Ich will beides, Herr. Bitte.«

»Du bist ja ziemlich begierig«, flüsterte ich, während

ihr leises Flehen Musik in meinen Ohren war. Ich bezweifelte, dass ich ihr je einen Wunsch würde abschlagen können. Vor allem da sie gerade erst begonnen hatte, ihren Begierden Ausdruck zu verleihen.

Sie wollte so viel mehr als nur einen harten Fick.

Sie musste eine Bindung spüren.

Sie brauchte das Gefühl, die Kontrolle zu haben und ihre eigenen Entscheidungen treffen zu können.

Also würde ich etwas von meiner Dominanz an sie abgeben. Gerade genug, um ihr die Oberhand zu überlassen, während ich meine Macht weiterhin auf eine Art und Weise ausübte, die ihr ein Gefühl von Sicherheit und Geborgenheit gab.

»Also gut, Adalyn«, sagte ich und strich mit den Lippen über ihren Mund. Dann richtete ich mich auf und setzte mich auf meine Fersen.

Sie riss die Augen auf und ich konnte den Ausdruck der Angst darin erkennen.

Ich ergriff eine ihrer Hände, die sie über ihrem Kopf ausgestreckt hatte, und führte sie an mein Gesicht, während ich mich wieder zu ihr vorbeugte. Mit der anderen Hand stützte ich mich auf der Matratze ab. »Ich will, dass du mich entkleidest. Jetzt setz dich auf und zieh mir das Hemd aus.« Ich betrachtete ihre Augen und sah, wie ihre Pupillen sich weiteten, dann richtete ich mich wieder auf.

Sie reagierte gut auf Befehle.

Besonders auf solche, denen sie gehorchen wollte.

Und meine Worte waren offenbar gebieterisch genug gewesen, um sie aus ihren Gedanken zu reißen. Sie tat, wie geheißen und setzte sich auf, wobei ihre Brüste verführerisch hin und her schwangen. »Ja, Herr«, antwortete sie und packte den Saum meines T-Shirts.

Ich hob die Arme und überließ ihr die Kontrolle, während sie meinen Oberkörper entblößte.

Mit einem beifälligen Ausdruck in den Augen ließ sie ihren Blick über meine Brust und meinen Bauch gleiten, sodass ich die Lippen zu einem Lächeln verzog. »Willst du mich berühren, Kleines?«

»Ja, Herr«, hauchte sie.

»Dann berühre mich«, befahl ich ihr, um ihr Verlangen zu stillen.

Sie räusperte sich und schluckte, als ihre Wangen verführerisch erröteten.

»Sofort, Schätzchen«, drängte ich und gab ihr damit den Anstoß, den sie brauchte, um sich ihren Bedürfnissen hinzugeben.

Sie legte die Hände an meine Brust. Ihre Nasenflügel bebten, als sie ihre Daumen über meine Brustmuskeln gleiten ließ.

Es war immer ein gutes Gefühl, von einer Frau bewundert zu werden. Aber bei dieser Frau fühlte ich mich wie ein König.

Denn sie war eine verdammte Göttin. Und es war berauschend zu wissen, dass ich ihr auch gefiel.

Sie fuhr mit ihren Fingernägeln über meinen Bauch und zeichnete dabei die Vertiefungen meiner Muskeln nach, wobei sie mich mit jeder Berührung anbetete.

Ich ließ sie diesen Moment der Kontrolle auskosten und wartete, bis sie meine Hose erreichte.

»Darf ich, Herr?«, fragte sie.

»Nur wenn du mir versprichst, meinen Schwanz zu küssen, wenn du fertig bist«, sagte ich und gab ihr damit einen weiteren Befehl, der ihre eigenen Bedürfnisse befriedigen sollte.

Ich würde lügen, wenn ich behauptete, dass diese Forderung nicht auch meine Bedürfnisse befriedigte.

Aber so funktionierte dieser Tanz nun einmal – er war dazu da, uns beide in Ekstase zu versetzen.

Und das Wissen darum, dass sie sich dafür *entschieden* hatte, machte das Ganze umso erregender.

Sie leckte sich über die Lippen. »Ja, Mr. Sinner.« Sie packte den Saum meiner Hose und zog sie herunter. Ich hob nacheinander die Knie an, damit sie sie bis zu meinen Waden schieben konnte. Dabei beugte sie sich vor und presste ihre Lippen auf meinen Schwanz.

Ich packte ihren Hinterkopf, um sie festzuhalten, während ich mir die Hose von den Füßen streifte. Dann ließ ich meine Finger durch ihr langes, seidiges Haar gleiten. »Küss mich«, befahl ich ihr. »Zeig mir, wie sehr du mich willst, Adalyn.«

Sie umschloss meinen Schwanz mit ihren Lippen und nahm mich tief in ihren Rachen auf. Die Tatsache, dass sie dabei nicht würgen musste, fuhr mir direkt in die Hoden.

Denn *verdammt*. Diese Frau wusste wirklich, wie man einen Schwanz lutscht. Doch ich wollte nicht darüber nachdenken, wie sie sich diese Fähigkeit angeeignet hatte.

Sie griff nach meiner Hüfte, um das Gleichgewicht nicht zu verlieren, während sie mit dem Unterkörper ein Stück zurückrutschte.

Ich verharrte in meiner knienden Position und genoss es, wie sie den Hintern in die Luft ragte.

Der Anblick war unglaublich sinnlich, doch es war ihr Blick, der mir den Verstand raubte.

Sie beobachtete meine Reaktionen, um sich zu vergewissern, dass ihre Liebkosungen mir gefielen. »Das machst du sehr gut, Kleines«, sagte ich. »Hast du denn schon genug oder willst du noch mehr?«

»Mehr«, brachte sie um meinen Schwanz herum hervor.

»Dann fang an, mir den Schwanz zu lutschen,

Schätzchen. Nimm dir, was du brauchst. Berühre mich, wie es dir gefällt. Und hör nicht auf, bis du genug hast.«

Ihre Augen nahmen einen verträumten Ausdruck an, der mich schwach werden ließ. Es erregte sie, mit meinem Schaft in ihrem Mund vor mir zu knien. Und es gefiel ihr, meine Befehle entgegenzunehmen.

So perfekt.

Aber wenn sie so weitermachte, würde sie mich in Windeseile zum Höhepunkt bringen.

Und ich weigerte mich, schon zu kommen.

Denn sie hatte mich gebeten, sie zu ficken, und ich wollte mich in ihrer feuchten Spalte ergießen.

»Bist du feucht für mich, Adalyn?«

Sie brummte zustimmend und brachte meinen Schwanz damit noch mehr zum Pulsieren.

»Beweise es, Adalyn.« Ich setzte mich langsam auf den Fersen ab und zog sie ein Stück mit. »Stütze dich mit einer Hand auf der Matratze ab, um das Gleichgewicht zu halten. Und mit der anderen greifst du zwischen deine Schenkel.«

Sie gehorchte mit einem Stöhnen, während immer noch dieser verträumte Ausdruck in ihren Augen schimmerte.

»Du bist so verdammt schön«, sagte ich zu ihr. »Ich könnte dich stundenlang so anstarren, Adalyn.« Doch ich wäre nicht in der Lage, mich so lange zu beherrschen. Vor allem nicht, solange ich beobachtete, wie sie mich mit ihrer Kehle und ihrer Zunge verwöhnte.

Eindeutig eine Göttin.

»Zeig mir deine Finger, Kleines. Zeig mir, wie feucht du bist.«

Adalyns Pupillen weiteten sich, bis ihre Iriden kaum noch zu sehen waren. Sie tat, wie geheißen, und in dem schwachen Licht, das durch die Fenster fiel, konnte ich sehen, wie ihre Finger feucht glitzerten.

Ich ließ ihr Haar los, ergriff ihr Handgelenk und führte ihre Hand zu meinem Mund.

Sie lutschte weiter an meinem Schwanz, als ich jeden ihrer Finger sauber leckte, wobei ihre Wangen hochrot anliefen. »Ich will, dass du klitschnass bist«, sagte ich, als ich ihre Hand losließ. »Bist du schon fertig damit, mich zu schmecken? Denn ich will dich jetzt lecken. Und zwar gründlich.«

Sie bebte am ganzen Körper. Jegliche Anzeichen ihrer Angst waren wie weggeblasen.

Vor mir kniete nur noch eine Göttin, die angebetet werden wollte.

Sie löste ihre vollen Lippen von meinem Schwanz und streichelte ihn noch einmal mit ihrer Hand, wobei sie meiner Brust ein beifälliges Stöhnen entlockte. »Ich werde jetzt deine Spalte verschlingen, Adalyn. Leg dich hin.«

Ihre Wangen liefen erneut tiefrot an, als sie mir eilig gehorchte.

»Spreiz die Beine«, befahl ich ihr, denn ich wollte jeden Zentimeter ihrer feuchten Muschi sehen.

Sie tat, wie geheißen und präsentierte mir ihre hübsche rosafarbene Spalte, damit ich sehen konnte, wie sehr es sie erregte, mir einen zu blasen.

Vielleicht würde ich ihr später erlauben, mir den Schwanz sauber zu lecken.

Dann würde ich noch einmal in ihrem Rachen kommen.

Aber genau wie gerade eben würde ich sorgsam auf ihren Hals achten, denn ich wollte nicht riskieren, sie zu verletzen. Sie hatte hauptsächlich Prellungen davongetragen, doch ihr seelischer Zustand war sehr labil.

Daran dachte ich, als ich mich vorbeugte, um ihre köstlich heiße Weiblichkeit zu lecken.

Ich wollte, dass sie sich so sehr auf *uns* konzentrierte, dass sie nicht einmal an die anderen denken konnte.

Für diesen Moment ruhte die Vergangenheit. Und die Männer waren verschwunden. Es gab nur noch mich und meine Zunge zwischen ihren bebenden Schenkeln. »Sag meinen Namen, Adalyn. Sag mir, wer dich gerade leckt.«

»Mein Herr«, hauchte sie und bäumte sich auf, um mir ihr Becken entgegenzuschieben.

»Braves Mädchen«, lobte ich und drang mit meiner Zunge in sie ein.

Sie zitterte und ihre Brüste erröteten vor Verlangen, während ihre Nippel wie zwei Leuchtfeuer der Begierde aufragten.

Gleich würde ich auch sie liebkosen.

Sobald ich sie mit meinem Mund zum Höhepunkt gebracht hatte.

Ich schob zwei Finger in ihren Unterleib und spreizte sie, während ich fühlte, wie eng sie war. Sie wimmerte auf und krallte sich ins Bettlaken, wobei sie die Hände zu Fäusten ballte. *»Herr«*, zischte sie und warf den Kopf hin und her, als ich mit den Lippen ihre Klitoris umschloss.

»Tu dir nicht weh«, ermahnte ich sie. »Bleib ganz ruhig. Atme. Genieße den Augenblick.«

Sie keuchte nur, doch sie hielt still. »Ich … Ich komme gleich …«

Ich weiß, dachte ich und liebkoste ihre geschwollene Lustperle. »Es hat dich wirklich erregt, mich zu schmecken, nicht wahr, Kleines?«

»Ja«, gab sie zu. »Ja, Herr. Ich möchte dich mit meinem Mund zum Höhepunkt bringen.«

»Noch nicht, Schätzchen«, erwiderte ich. »Zuerst wirst du an meiner Zunge explodieren. Dann werde ich dich ficken. Und wenn du ein braves Mädchen bist, darfst du mir danach einen blasen.«

»Ohhh …« Sie bebte am ganzen Körper und spannte die Schenkel um meine Schultern an.

Ich drückte meine Handfläche auf ihren Unterleib, um sie festzuhalten, während sie versuchte, sich aufzubäumen. Mit meiner Zunge an ihrer Klitoris hatte sie all ihre Hemmungen über Bord geworfen.

»Wirst du für mich kommen, Liebling?«, fragte ich an ihrem feuchten Unterleib. »Damit deine Muschi schön eng für meinen Schwanz wird?«

»Ja, Herr. Ja.« Sie versuchte erneut, ihre Hüfte anzuheben, doch ich gebot ihr Einhalt, und im nächsten Moment brachte ich sie zum Explodieren.

Sie stieß einen Schrei aus, den ich nun schon ein paarmal gehört hatte, doch ich wollte, dass er ihr noch eine Million Mal über ihre schönen Lippen kam.

Ihre Beine zitterten und sie krallte sich so fest in das Laken, dass ihre Fingerknöchel weiß hervortraten. Ihr Unterleib zuckte um meine Finger und verriet mir, dass sie bereit für mich war.

Ich drückte einen zärtlichen Kuss auf ihren pochenden Unterleib, dann stand ich auf, um ein Kondom aus meinem Nachttisch zu holen. Sie schien es kaum zu bemerken, denn sie trieb immer noch auf der Welle der Ekstase.

Wunderschön, dachte ich und bewunderte den Anblick ihres bebenden Körpers, als ich mir das Kondom über meinen harten Schwanz rollte. Am liebsten hätte ich sie ohne Gummi gefickt, doch das erforderte Vertrauen, und so weit waren wir noch nicht.

Zuerst musste sie mich wirklich kennenlernen.

Und ich musste sie dazu bringen, ihre Wünsche offen und ohne Umschweife zu äußern.

Daran würden wir noch arbeiten.

Sie öffnete die Augen, als ich mich auf sie legte, wobei ihre Beine immer noch weit gespreizt waren. Für gewöhnlich war die Missionarsstellung nicht mein Stil, doch für Adalyn war es in diesem Moment genau das Richtige. Sie brauchte die emotionale Verbindung mehr als den reinen Lustgewinn eines Ficks.

Ich hatte die Absicht, ihr beides zu geben.

Sie zu erden.

Und ihr verständlich zu machen, was es bedeutete, mir zu gehören.

Ich wollte ihr zeigen, was wirkliche Kontrolle war. Ich wollte ihr Vertrauen gewinnen und sie an einen Punkt bringen, an dem sie mich um mehr anbettelte.

»Wie fühlst du dich, Süße?«, fragte ich, senkte meine Hüfte ab und ließ sie meinen Schwanz an ihrem Geschlecht spüren. »Bist du bereit für mich?«

»Ja«, flüsterte sie und schlang ihre Arme um meinen Hals. »Bitte fick mich, Herr.«

KAPITEL ACHTUNDZWANZIG

ASHER

FÜR GEWÖHNLICH WÜRDE ich eine Sub anweisen, sich am Kopfteil festzuhalten, während ich sie mit meinen Händen und meinem Mund an den Rand der Ekstase brachte. Vielleicht würde ich sogar ein paar Atemspiele mit einfließen lassen.

Aber nicht mit Adalyn.

Sie hatte es verdient, verwöhnt zu werden. Also drang ich stattdessen in sie ein und gab ihr die Möglichkeit, mich zu spüren, mich zu umarmen und mich *kennenzulernen*.

Sie schlang ihre Schenkel automatisch um meine Taille und verschränkte ihre Knöchel hinter meinem Rücken.

Sie brauchte diese innige, zärtliche Umarmung in diesem Moment.

Denn sie wollte wissen, wie es sich anfühlte, im Bett respektiert und umsorgt, statt benutzt zu werden.

Also zeigte ich es ihr mit meiner Hüfte, meinem Mund und meiner Zunge. Ich legte eine Hand an ihre Wange und ließ die andere Hand auf ihre Brust gleiten, um mit dem Daumen ihre Brustwarze zu liebkosen.

Sie spannte die Muskeln um meinen Schwanz an und

hob ihr Becken an, um sich mir entgegenzuwölben. Wir bewegten uns in einem sinnlichen Tempo, das den Moment umso zärtlicher und *inniger* machte.

Auf gewisse Weise war es viel kraftvoller als ein harter Fick.

Vielleicht lag es daran, dass ich jeden Zentimeter von ihr spüren konnte, während ich ihren Herzschlag fühlte und ihr leises Seufzen hörte.

Bis sie sich an meinen langen, großen Schwanz gewöhnt hatte, war dieser langsame Rhythmus genau richtig.

Doch schon bald steigerten wir das Tempo und unsere Umarmung wurde *leidenschaftlicher*. Sie war nicht mehr so verspannt und begann, mit den Fingern durch mein Haar zu fahren, während sie die andere Hand um meinen Nacken schlang.

Sie vergrub ihre Fingernägel in meiner Haut und drückte zu.

»Willst du mehr, Liebling?«, fragte ich dicht an ihren Lippen.

»Ja«, hauchte sie. »Fick mich, Mr. Sinner.«

»Wie hart?« Ich stieß in sie hinein, um ihr zu zeigen, wie ich die Intensität steigern konnte. »Genau so?«, wollte ich wissen, bevor ich meinen Schwanz fast vollständig aus ihr herauszog und dann mit Wucht in sie eindrang und sie zum Schreien brachte. »Oder so hart?«

»So hart«, antwortete sie keuchend. »Auf jeden Fall *so*.«

Offenbar genoss sie einen Anflug von Schmerz.

In meinem Inneren begann meine dunkle Seite beifällig zu pulsieren.

»Also gut, Schätzchen. Du kennst dein Safeword. Sag mir, wenn ich langsamer werden soll.«

Sie schüttelte den Kopf, dann nickte sie. »Ja. Härter. Fester, Herr. Bitte, fester.«

Ich ließ meine Hand von ihrer Brust an ihre Hüfte gleiten. Dann zog ich sie ein Stück nach oben und stieß wieder in sie hinein.

Wieder entfuhr ihr einer dieser wunderbaren Laute. »Schrei für mich, Schätzchen«, befahl ich ihr. Ich wollte in den Schreien ihrer Ekstase ertrinken.

Sie krallte sich erneut in meinen Nacken, woraufhin ich die Hand von ihrer Wange löste und ihr Handgelenk packte. Ich streckte ihren Arm über ihren Kopf und drückte dann ihre beiden Hände mit einer Hand auf die Matratze.

Sie öffnete die Augen und starrte mich an.

Ein Anflug von Panik lag in ihren Augen.

»Wer ist jetzt gerade in dir, Adalyn?«, fragte ich sie. »Sag mir, wer dich fickt.«

»Mein Herr«, sagte sie, woraufhin etwas von ihrer Panik verflog.

»Und du willst, dass ich dich hart ficke, richtig?«

»Ja«, flüsterte sie. *»Noch härter.«*

»Braves Mädchen.« Ich strich mit meiner Nase über die ihre. »Und jetzt schrei noch einmal für mich, Liebling. Schrei, damit jeder weiß, dass ich dich ficke.«

Sie enttäuschte mich nicht. Sie gab mir alles, bis sie ganz heiser war.

Später würde ich ihr alles Wasser der Welt zu trinken geben und sie umsorgen. Und ich konnte es kaum erwarten, denn ich wollte sie halten, sie umarmen und sie küssen, bis sie einschlief.

Nur um sie mit meinem Gesicht zwischen ihren Schenkeln zu wecken.

Allein der Gedanke daran ließ mich fast kommen. Sie

war wie eine Sucht, die drohte meine Selbstbeherrschung zunichtezumachen.

Aber zuvor wollte ich sie noch einmal zum Höhepunkt bringen.

Ich wollte, dass sie explodierte.

Und sich ganz und gar in dem Moment verlor.

Ich winkelte mein Becken ab, um mit jedem Stoß ihre Klitoris zu stimulieren, und beobachtete sie, als sie zu zittern begann. Sie schrie ihre Lust nicht mehr hinaus, sondern murmelte nur immer wieder das Wort »Herr«.

»So ist es richtig, Adalyn«, ermutigte ich sie. »Ich will, dass du für mich über den Abgrund der Ekstase fällst, Schätzchen. Und ich will, dass du mich mitnimmst.« Ich presste meine Lippen auf ihre und schob meine Zunge in ihren Mund, während ich weiter mit Wucht in sie stieß.

Sie bebte heftig am ganzen Körper und spannte die Schenkel um mich an, als müsse sie sich an mir festhalten.

»Komm für mich«, befahl ich ihr. »Ich will spüren, wie deine Muschi um meinen Schwanz zuckt und du mich zwingst, dir in die Vergessenheit zu folgen.«

Sie stieß ein lautloses Stöhnen aus, das durch mich hindurch vibrierte. Sie hatte so laut geschrien, dass sie völlig heiser war.

Dafür vergötterte ich sie.

Weil sie mir gehorcht hatte. Sie hatte sich mir unterworfen. Und zugleich hatte sie sich für mich entschieden.

Sie begehrte *mich*.

Ich brachte meine Dankbarkeit mit einem Kuss zum Ausdruck, während ich ihr gab, was sie begehrte. Im nächsten Moment spannte sie sich am ganzen Körper an.

Und dann explodierte sie auf eine so wunderbare und *vollkommene* Weise, dass ich nicht anders konnte, als mich selbst von der Welle der Ekstase mitreißen zu lassen.

»Verdammt, Adalyn«, stöhnte ich, als sie ihre Muschi so fest um mich herum anspannte, dass ich mich kaum noch bewegen konnte.

Das nächste Mal würde ich sie ohne Kondom ficken müssen.

Denn *meine Güte*.

Sie fühlte sich so verdammt gut an. So perfekt. So *unglaublich*.

Ich zitterte, doch ich war noch lange nicht fertig. Ich wollte mehr. Ich wollte sie wieder ficken. Und zwar sofort.

Es war der reine Wahnsinn.

Ich war zwar in der Lage, eine Session in die Länge zu ziehen und dabei selbst zweimal zum Höhepunkt zu kommen, doch Adalyn … gab mir das Gefühl, als könnte ich gleich noch einmal über den Abgrund fallen.

Ich vergrub meinen Kopf in ihrem Nacken, während ich mich bemühte, meine Selbstbeherrschung wiederzuerlangen und mich aus dem verführerischen Paradies zwischen ihren Schenkeln zurückzuziehen. *Verdammt.*

»Darf ich dich jetzt schmecken?«, fragte Adalyn im Flüsterton, wobei ihre Stimme fast schmerzverzerrt klang. »Bitte?«

Ich hob den Kopf und sah, dass sie mich mit einem Funkeln in den Augen anstarrte.

Sie war nach wie vor in ihrer Rolle als Sub verhaftet und wollte mich weiter befriedigen.

Die Frau ist eine Göttin.

Ich wusste bereits, dass sie eine Aphrodite im Bett war, die über eine unglaubliche Ausdauer verfügte.

Dafür war sie ausgebildet worden.

Doch darüber wollte ich jetzt nicht nachdenken, vor allem nicht, solange sie mich auf diese Weise ansah.

»Willst du das wirklich?«, fragte ich, um mich zu

vergewissern, dass sie es nicht nur sagte, weil es ihr eingetrichtert worden war.

»Ja, Herr«, antwortete sie mit rauer Stimme. »Ich will dich genauso schmecken, wie du mich geschmeckt hast.«

Allein durch ihre Worte wäre ich fast noch einmal zum Höhepunkt gekommen, während ihre Muschi noch immer um meinen Schwanz zuckte.

»Du musst zuerst etwas Wasser trinken«, erwiderte ich. »Trink ein Glas für mich, dann darfst du meinen Schwanz lutschen.«

Sie schluckte. Als sie im nächsten Moment zusammenzuckte, wusste ich, dass meine Forderung angebracht war.

Sie brauchte Flüssigkeit. Sie brauchte meine Fürsorge. Ich konnte sie zwar an ihre Grenzen bringen, aber nicht auf diese Weise. Nicht nach allem, was sie durchgemacht hatte.

»Okay«, antwortete sie schließlich.

Ich belohnte sie mit einem Kuss und glitt dann langsam aus ihr heraus. Sie beobachtete mich und richtete ihren Blick auf meine Lenden, wobei sie sich über die Unterlippe leckte.

Zu einem anderen Zeitpunkt hätte ich vielleicht in Erwägung gezogen, den Inhalt des Kondoms direkt in ihrem durstigen Mund zu entladen.

Aber sie brauchte Zuneigung.

Sie musste *heilen*.

Also entsorgte ich das Kondom im Badezimmer und füllte ein Glas mit kühlem Wasser.

Als ich zurückkam, lag wieder ein Anflug von Angst in ihren Augen und sie ließ den Blick über meinen nackten Körper schweifen, als ich mich dem Bett näherte. Sie richtete sich langsam auf und zuckte dabei erneut.

»Hast du Schmerzen?«, fragte ich, als ich mich mit dem Glas in der Hand neben sie setzte.

Sie nahm es entgegen und trank einen Schluck, bevor sie antwortete: »Ja, in der Seite.«

Ich fuhr mit den Fingerknöcheln sanft an ihrem Brustkorb entlang. »Hier?«

Sie räusperte sich und nickte. »Er ... er hat mich getreten.«

Ich beugte mich vor und fuhr mit den Lippen über die blauen Flecke an ihrer Seite, bevor ich auch ihren Hals liebkoste. Sie blieb reglos sitzen und hielt das Glas fest in ihrer Hand. »Es tut mir leid, Schätzchen«, flüsterte ich ihr ins Ohr. »Es tut mir leid, dass ich nicht da war.«

Sie begegnete meinem Blick, als ich mich wieder aufrichtete. »Du warst nicht da?«, wiederholte sie.

»Ich habe meine Schwester zum Flughafen gebracht«, erinnerte ich sie. »Bryant rief mich an, um mir zu sagen, was passiert war. Ich bin sofort zu dir geeilt und habe dich hierhergetragen. Der Arzt hatte ein Auge auf dich, während ich mich um Brevington gekümmert habe. Er ist mittlerweile abgereist.«

Es schien mir wichtig, diese Information zu wiederholen, damit sie die Bedeutung meiner Worte verstand.

Du bist in Sicherheit, wollte ich ihr sagen. *Bei mir bist du sicher.*

Aber ich hatte ihr Vertrauen gebrochen.

Ich hatte sie enttäuscht.

Und es würde Zeit brauchen, dieses Vertrauen wiederherzustellen.

»Mein Safeword ... hat funktioniert?«

Offenbar war sie endlich in der Lage, das Geschehene zu verarbeiten, und glaubte mir.

»Ja, Schätzchen. Meine Sicherheitsleute haben dich

gerettet. Ich wünschte nur, sie wären schneller bei dir gewesen.«

»Hat er …« Sie senkte den Blick und musste schlucken.

»Er hat dich gewürgt«, erzählte ich ihr. »Nach dem zu urteilen, was Dr. Zansky gesagt hat, hat er dich nur an der Kehle und an deinen Rippen verletzt. Es ist nichts gebrochen. Und Brevington hat dich nicht gefickt.«

Sie nickte. »Okay.«

»Okay?«, wiederholte ich. »Es ist nicht okay, Adalyn. Was er getan hat, ist das Gegenteil von *okay*. Aber ich werde alles in meiner Macht Stehende tun, damit so etwas nie wieder passiert.«

In ihren dunklen Augen blitzte ein Hauch von Unsicherheit auf, doch statt etwas zu erwidern, leerte sie ihr Glas.

»Möchtest du noch mehr?«, fragte ich.

Sie nickte. »Ja bitte.«

Ich gab ihr einen Kuss. »Danke, dass du ehrlich zu mir bist, Adalyn.«

Ich ging ins Bad und füllte das Glas auf. Als ich ins Zimmer zurückkam, gähnte sie.

Unsere Session war nicht so intensiv gewesen, wie ich es gewohnt war. Aber sie hatte Adalyn eindeutig erschöpft.

Ich reichte ihr das Glas und setzte mich wieder neben sie, während sie schweigend das Wasser trank.

Als sie fertig war, seufzte sie. »Ich … ich bin mir nicht sicher …« Ihre Nasenflügel bebten, als sie verstummte.

Daran würden wir noch arbeiten müssen.

Ihr Körper hatte für heute genug durchgemacht. Sie brauchte eine Pause. Aber ihr Verstand befahl ihr, weiterzumachen und ihre Grenzen zu überschreiten.

Doch das konnte ich nicht zulassen.

Ich packte ihr Kinn und zwang sie, mich anzusehen. »Liebling, ich will deinen Mund nur um meinen Schwanz spüren, wenn du dir sicher bist, dass du es auch willst.« Ihr Zögern verriet mir, dass sie sich nicht ganz sicher war. »Wie wäre es stattdessen mit einem Bad, hm? Ich werde dich ein wenig verwöhnen, deine schmerzenden Muskeln massieren, dein Haar waschen und dich einfach nur halten.«

Sie blinzelte. »Willst du das denn?«

»Ich will dich«, antwortete ich, als ich ihr das Glas abnahm und es auf den Nachttisch stellte. »Und ich will dir zeigen, wie ich das meine. Wirst du mir eine Chance geben, es dir zu beweisen, Schätzchen? Wirst du zulassen, dass ich mich so um dich kümmere, wie ein Dom sich um seine Sub kümmern sollte?« Aber nicht nur ein Dom. Jeder Mann sollte seiner Frau Zärtlichkeit und Fürsorge entgegenbringen, unabhängig davon, welchem Lebensstil sie frönten.

»Ich …« Sie flatterte mir den Wimpern und ein erstaunter Ausdruck huschte über ihr Gesicht. »Das würde mir gefallen.«

»Gut«, sagte ich und löste meine Hand von ihrem Kinn, um sie um ihre Kehle zu schlingen. Ich achtete darauf, sie nicht zu fest zu drücken, aber mit der sanften Berührung brachte ich meine Dominanz zum Ausdruck. »Dann gib mir fünf Minuten, um alles vorzubereiten.«

Ich hatte nicht vorgehabt, sie heute Abend zu ficken.

Und ich hatte nur selten eine Frau zu Gast. Im Grunde hatte ich noch *nie* eine Frau in mein Schlafzimmer mitgenommen. Die Kondome befanden sich nur für den Fall der Fälle in meinem Nachttisch.

Ich brauchte also einen Moment, um mein Badezimmer vorzubereiten.

Glücklicherweise bewahrte ich dort eine Menge Badezubehör auf, denn hin und wieder genoss ich selbst ein Schaumbad. Wer tat das nicht?

Ich küsste sie noch einmal und besiegelte damit einen unausgesprochenen Schwur, in dem mein Besitzanspruch mitschwang. »Ich bin gleich wieder da«, murmelte ich. »Sei ein braves Mädchen und entspann dich, in Ordnung?«

»Ja, Herr«, flüsterte sie und ließ die Schultern hängen, als sie sich mit dem Rücken gegen das Kopfteil lehnte.

»Ich danke dir für deinen Gehorsam, Adalyn«, sagte ich, wobei ich mich sowohl auf unsere Session als auch auf diesen Moment bezog. »Du bist perfekt und stark und bist ganz und gar mein.«

KAPITEL NEUNUNDZWANZIG

ADALYN

Es roch nach frischem Eukalyptus.

Ich atmete tief ein und sog den reinigenden Duft in meine Nase, während Asher mit seinen Fingern durch mein Haar fuhr. Er hatte mich gründlich gebadet, mein Haar gewaschen, mich eingeseift und abgespült. Dann hatte er mich in ein Handtuch gewickelt.

Jetzt kämmte er mein Haar mit seinen Fingern und löste die Knoten in meinen Strähnen. Dabei legte er eine Zärtlichkeit an den Tag, die mich mit einer wohligen Wärme umhüllte. Er hatte mich auf den Waschtisch gesetzt, meine Beine gespreizt und war zwischen meine Schenkel getreten. Dann hatte er um mich herumgegriffen und begonnen, mit den Fingern durch mein Haar zu fahren, während er meinen Hinterkopf im Spiegel hinter mir betrachtete.

Ich hatte im Ecstasy gesehen, wie Doms sich um ihre Subs kümmerten, doch ich hatte es noch nie am eigenen Leib erfahren. Die meisten meiner Herren hatten mich nur ficken wollen und waren dann gegangen.

Aber nicht Asher.

Er hatte mich befriedigt und mir ein Gefühl der Kontrolle gegeben, während er mich zugleich seine Stärke und Macht hatte fühlen lassen.

Und jetzt gab er mir das Gefühl, *vollkommen* zu sein.

Plötzlich traten mir Tränen in die Augen, während mir das Herz bis zum Hals schlug.

Ich wusste nicht, wie ich mit dieser Fürsorge umgehen sollte, wie ich sie verstehen oder annehmen sollte. Das … das war ich nicht gewohnt.

Und doch brachte er mich dazu, dieses Leben führen zu wollen. Er weckte in mir eine Sehnsucht, die ich nicht verspüren sollte. Er verleitete mich dazu, mich nach der *Ewigkeit* zu sehnen.

»Schhh«, beruhigte er mich und strich mit seinen Lippen über meine Stirn. »Du bist in Sicherheit, Adalyn. Es ist alles in Ordnung.«

Aber für wie lange?, hätte ich ihn am liebsten gefragt. *Wie lange wirst du noch so zärtlich zu mir sein?*

Ich war mir nicht mehr sicher, was schlimmer war – der Gedanke, dass das alles nur ein beschissenes Spiel war, oder die Vorstellung, dass es real sein könnte.

Denn wenn es real war, könnte es mir wieder entrissen werden.

Wäre alles nur ein Spiel, so hätte ich es zumindest erwartet.

Doch mich dazu zu bringen, mich an dieses Leben zu gewöhnen, nur um es mir dann wieder wegzunehmen? *Das* würde mich mehr verletzen, als es je jemand getan hatte.

»Adalyn«, flüsterte er und umfasste mit beiden Händen mein Gesicht, um mit den Daumen meine Tränen wegzuwischen. »Du bist in Sicherheit, Schätzchen. Ich bin bei dir.«

»Ich weiß«, sagte ich mit rauer Stimme. Ich war zwar nicht mehr heiser, doch in meinen Ohren klang es immer noch wie ein Krächzen. »Ich weiß, dass du bei mir bist. Ich … ich weiß nur nicht, wie lange …« Ich verstummte und ließ die Schultern hängen. Ich fühlte mich so schwach. So jung. So naiv.

Hier verfügte ich nicht über das Selbstbewusstsein, das ich häufig in den Klubs vortäuschte.

Hier war ich einfach nur ich. Die gebrochene Adalyn, die Angst vor der Zukunft hatte.

Was ist mit der Frau passiert, die Nathan getötet hat?, fragte ich mich.

Mein Gott, ich hatte das Gefühl, als läge das eine Ewigkeit zurück.

Ich … ich war nicht mehr diese Frau.

Ich war wie neugeboren, doch ich war mir nicht sicher, ob mir diese neue Version von mir gefiel. Denn diese Frau hatte *Gefühle*. Und Gefühle waren hinderlich.

»Wie lange was?«, fragte Asher und legte eine Hand an meinen Oberschenkel. »Wie lange ich bei dir sein werde?«

Fast hätte ich es geleugnet, weil ich Angst vor der Antwort hatte. Doch ich war zu erschöpft, um mich weiter zu verstecken. Dieser Mann hatte mein Herz genommen und mich gezwungen, mich allem zu stellen, was es zu bieten hatte.

Ein Teil von mir hasste ihn dafür.

Der andere Teil von mir … hoffte, dass er es würde heilen können.

Deshalb nickte ich jetzt zur Bestätigung. *Wie lange wirst du bei mir sein? Wirst du lange genug hier sein, um mich zu heilen? Wirst du mich wirklich beschützen? Wirst du mich behalten?*

So viele Fragen, die ich kaum aussprechen konnte.

Aber er schien sie alle zu hören, denn seine dunklen Augen strahlten voller Verständnis. Möglicherweise hatte ich all diese Fragen tatsächlich laut ausgesprochen.

Denn er durchbohrte mich mit einem eindringlichen Blick, der mir den Atem raubte.

»Ich werde so lange bei dir sein, wie du mich willst«, antwortete er. Seine Worte waren wie ein Schwur. Gerade erst vorhin im Bett hatte er mir gesagt, dass er mich wollte. Ich wusste noch, dass ich seine Bemerkung infrage gestellt hatte, doch ich konnte mich nicht mehr an den genauen Wortwechsel erinnern.

Wie dem auch sei, er schien mich nach wie vor behalten zu wollen.

»Ich will für immer mit dir zusammen sein«, gestand ich im Flüsterton. »Ich will diesen Ort nie mehr verlassen.« Das erste Mal in meinem Leben fühlte ich mich *sicher*. Ich fühlte mich umsorgt und *geliebt*.

»Dann wirst du für immer hier bei mir bleiben«, antwortete er schlicht. »Du gehörst mir, Adalyn. Und ich werde dafür sorgen, dass diese Sin Cave Arschlöcher das nicht vergessen.«

»Sin Cave Arschlöcher?«, wiederholte ich und blinzelte. Irgendetwas an diesen Worten klang … lustig. Ich spürte tatsächlich, wie meine Mundwinkel zuckten. So etwas hatte ich schon seit einer Ewigkeit nicht mehr erlebt. Ich konnte mich nicht daran erinnern, wie lange es schon zurücklag. Allein die letzten Stunden erschienen mir wie ein Jahrhundert.

Alles war verschwommen.

Ich fühlte mich erfrischt und erschöpft zugleich.

Mein Verstand sehnte sich nach einer Flucht, nach einem Ort, an dem er aufhören konnte zu funktionieren, nur für eine kleine Weile.

Und mein Herz … mein Herz schlug ein wenig schneller, als es sollte, während meine Seele bei dem Gedanken an eine gemeinsame Zukunft von Wärme durchflutet wurde.

Hier. Mit Asher.

Er presste seinen Mund auf den meinen. »Ja. Die Sin Cave Arschlöcher.« Er ließ seine Lippen über meine Wange bis zu meinem Ohr gleiten, während er die Hand an meine Hüfte legte. »Aber ich will jetzt nicht an sie denken, Adalyn. Viel lieber würde ich darüber nachdenken, dir dieses Handtuch abzunehmen.«

Ich erschauderte. »Und dann?«, fragte ich.

Doch bevor er etwas erwidern konnte, klopfte es an der Tür. »Ja?«, fragte Asher gerade laut genug, um gehört zu werden, ohne zu schreien.

»Bist du angezogen?«, fragte eine tiefe Stimme. »Oh, wem mache ich was vor, verdammt? Du bist wahrscheinlich splitternackt.«

»Scheiße«, fluchte Asher und griff nach einem Handtuch, das er sich schnell um die Taille wickelte. Ich schloss augenblicklich die Schenkel und mein Herz setzte einen Schlag aus.

Jemand war hier.

Jemand mit einer männlichen Stimme.

Jemand, den Asher zu fürchten schien.

Was ist hier los? Wer ist das? Wird der Traum jetzt platzen?

»Adalyn.« Ashers dominanter Tonfall legte sich wie eine Schlinge um mich und zwang mich, seinem Blick zu begegnen. »Wie lautet dein Safeword?«

»Träume«, hauchte ich.

»Braves Mädchen.« Er musterte mich einen Moment mit einem wissenden Blick. »Willst du dieses Safeword jetzt benutzen?«

Ich schluckte. »Ich … ich weiß es nicht«, gestand ich.

»Kane, gib mir fünf Minuten«, sagte er in Richtung Tür. Es war keine Bitte, sondern ein Befehl.

Der andere Mann antwortete nicht, aber er stürmte auch nicht ins Zimmer.

Ich atmete schwer und mein Herz hämmerte in meiner Brust.

Asher kam langsam auf mich zu, wobei er seine Arme locker seitlich herabhängen ließ. »Der Mann da draußen ist mein Halbbruder, Adalyn. Er wird dich nicht anfassen. Aber er wird uns beschützen.«

Ich runzelte die Stirn. »W-wie bitte?«

»Ich habe dir doch erzählt, dass ich viele Geschwister habe, Schätzchen. Kane ist einer meiner älteren Brüder.« Er trat einen weiteren Schritt auf mich zu, und trotz der Distanz spürte ich die Wärme, die er ausstrahlte. »Er wird dir nicht wehtun.«

Mein Herzschlag normalisierte sich allmählich wieder, während ich seine Worte verarbeitete. »Okay.«

»Okay?«, wiederholte er.

Ich nickte. »Okay.« Wenn er sagte, Kane würde mir weder wehtun noch mich anfassen, dann glaubte ich ihm. Aber ich wollte wissen, was er damit meinte, dass sein Bruder »uns beschützen« würde.

Asher legte eine Hand an meine Wange und die andere an meine Hüfte. Ich spreizte automatisch die Beine für ihn, damit er nähertreten konnte. Als er seine Lippen auf die meinen presste, erwiderte ich den Kuss.

Es fühlte sich so natürlich an.

So ... so ... *selbstverständlich*.

Als sei dies das Leben, das wir gemeinsam führen sollten.

Der Gedanke ließ meinen Puls in die Höhe schnellen, als ich meine Arme um seinen Hals schlang. Er drang mit der Zunge in meinen Mund ein und vollführte mit mir einen sinnlichen Tanz, bis ich am ganzen Körper bebte.

Mehr, bitte, dachte ich, als meine Brustwarzen unter dem Handtuch steif wurden.

Er ließ seine Hand von meiner Hüfte an mein Kreuz

gleiten und brandmarkte mich durch den Baumwollstoff des Handtuchs hindurch, als er mich an den Rand des Waschtisches zog und seine Lenden an meinen Unterleib schmiegte. Obwohl er ein Handtuch um die Taille geschlungen hatte, konnte ich spüren, wie hart er war.

Ich wölbte mich ihm entgegen und er presste seine Lenden gegen mein Geschlecht, wobei er seine Finger in mein Haar gleiten ließ und meine Strähnen packte.

»Asher«, hauchte ich. Plötzlich wurde ich von einer unbändigen Hitze durchströmt und war nicht mehr in der Lage, klar zu denken. »Herr.«

»Asher«, erwiderte er. »Das hier ist keine Session, Schätzchen, sondern nur du und ich.«

»Aber du hast nach meinem Safeword gefragt.«

»Um dich daran zu erinnern, dass du immer eine Fluchtmöglichkeit hast«, antwortete er. »Egal was passiert. Wenn du das Wort *Träume* aussprichst, höre ich sofort auf.«

»Ich denke, ich will aber nicht, dass du je damit aufhörst«, gestand ich leise. »Ich ... ich glaube, ich will einfach nur *mehr*.«

Er verzog die Lippen zu einem Lächeln und schob noch einmal sein Becken vor. »Ich auch, Schätzchen. Aber zuerst muss ich mit Kane sprechen. Und wahrscheinlich ist er hier heraufgekommen, weil er dich kennenlernen will.« Er zog den Kopf zurück, um mich zu mustern. »Willst du ihn denn treffen? Oder soll ich ihm sagen, dass er sich verpissen soll?«

Ich zog die Augenbrauen in die Höhe. »Das würdest du ihm sagen?«

»Natürlich würde ich das, falls du noch nicht bereit bist, ihn zu treffen. Und er würde es mir nicht übel nehmen. Er ist ein Dom wie ich und weiß, wie wichtig es ist, eine Frau zu beschützen. Es ist ihm sogar überaus wichtig, denn er hat es zu seinem Beruf gemacht, andere zu schützen.«

»Zu seinem Beruf?«, wiederholte ich.

»Er arbeitet im privaten Sicherheitsdienst.« Er lockerte seinen Griff um mein Haar und ließ seine Hand an meinen Nacken wandern, um zärtlich meine verspannten Muskeln zu massieren. »Aus diesem Grund ist er hier, Adalyn. Er wird für deinen Schutz sorgen, egal was geschieht.«

Ich starrte ihn an. »Wie bitte? Was willst du damit sagen?«

»Er weiß, wie man Leuten dabei hilft, von der Bildfläche zu verschwinden, Adalyn.« Asher drückte meinen Nacken, um mich zu beruhigen. »Falls etwas schiefgeht, wird er dich in Sicherheit bringen und dafür sorgen, dass niemand dich findet.«

»Du glaubst, es könnte etwas schiefgehen?«, fragte ich und betrachtete ihn mit einem suchenden Blick. »Asher, wenn du ... Ich kann nicht zulassen, dass du dich für mich in Gefahr begibst. Unmöglich. Wenn du denkst, es wird nicht funktionieren, dann händige mich ihnen einfach aus.«

Ich ... ich könnte nie wieder in den Spiegel sehen, falls ihm meinetwegen etwas zustoßen sollte.

Allein der Gedanke daran beschleunigte meinen Puls, während der Raum um uns herum zu schrumpfen begann. »Ich ... ich kann nicht, Asher. Ich kann nicht ...«

»Adalyn.« Sein schroffer Tonfall brachte mich sofort wieder zu ihm zurück und er fixierte mich mit einem gebieterischen Blick. »Es ist nur eine Vorsichtsmaßnahme. Nach meiner Unterhaltung mit Julian heute sind sie genau da, wo ich sie haben will. Es wird alles gut werden.«

»Genau da ...«, hob ich an, doch ich verstand nicht, was er mir sagen wollte.

»Sie stehen in meiner Schuld, Adalyn, denn sie haben mich bereits zweimal vor den Kopf gestoßen. Ich habe von ihnen verlangt, dass ich dich als Zeichen ihrer Wiedergutmachung behalten darf, genau wie wir es besprochen haben.« Er ließ seine Hand von meinem Nacken an mein Gesicht gleiten und strich mir mit dem Daumen über die Wange. »Es wird alles gut werden, Schätzchen. Und Kane ist eingeflogen, um zu garantieren, dass alles glatt läuft. Er ist lediglich der Ausweichplan, denn ich glaube nicht daran, dass man sich auf eine einzige Strategie verlassen kann. In Ordnung?«

Ausweichplan.

Schuld.

Wiedergutmachung.

Strategie.

In meinem Kopf drehte sich alles, während seine Worte mir jedoch schlüssig erschienen. Dennoch hielt es mich nicht davon ab, mir Sorgen zu machen.

Ich kannte diese Organisation besser als Asher.

Ich wusste, wie diese Leute vorgingen, was sie von ihrer Elite verlangten und wie sie ihre Spielchen spielten. Ich hatte genügend Zeit in den Klubs verbracht und ihre Schwänze gelutscht, um zu wissen, wie sie mit- und übereinander sprachen.

Dieses Wissen verschaffte mir einen Vorteil.

Und ich sollte ihn nutzen.

Ich könnte Asher damit helfen. Ich könnte uns helfen. Vielleicht würde es mir ermöglichen hierzubleiben.

»Dein Bruder wird mich nirgendwo verstecken können«, flüsterte ich. »Diese Leute besitzen Sicherheitsfirmen auf der ganzen Welt und haben außerdem Verbindungen zu einer Menge Regierungen. Der Ausweichplan ist also nicht praktikabel.«

»Wie wäre es, wenn wir uns mit Kane unterhalten,

damit er uns seine Meinung dazu mitteilt? Dann kannst du uns erklären, wo du Fehler im Plan siehst«, schlug Asher vor. Dabei war er nicht im Geringsten herablassend, wie Nathan es in so einer Situation gewesen wäre.

Vielmehr schien er aufrichtig daran interessiert zu sein, was ich zu sagen hatte.

Es schien, als würde er in mir eine gleichberechtigte Partnerin sehen.

Ich setzte mich ein wenig aufrechter hin, denn plötzlich fühlte ich mich … wichtig. *Menschlich.* Und nicht mehr ganz so verloren.

»Das … das würde mir gefallen«, gestand ich.

Asher nickte. »Gut. Dann bist du vielleicht auch daran interessiert, meinen Plan zu hören.«

»Ja«, antwortete ich. »Ja, allerdings.«

Er verzog die Lippen zu einem Lächeln, während ich immer noch die Wärme seiner Hand an meiner Wange spürte. »Das ist mein Mädchen«, murmelte er mit Stolz in der Stimme. »Ich vertraue darauf, dass du uns helfen wirst zu überleben, Adalyn. Denn genau das bist du − eine Überlebenskünstlerin. Aber du musst auch darauf vertrauen, dass ich die Dinge regeln werde, okay?«

Ich musterte ihn einen Augenblick, bevor ich antwortete: »Okay.« Das schien heute das vorherrschende Wort zu sein, doch es schien noch so viel mehr zu bedeuten.

»Braves Mädchen«, flüsterte er und küsste mich. »Dann lass uns mit Kane sprechen. Ich bin mir sicher, er wird etwas hinsichtlich der Uhrzeit zu bemerken haben.«

»Der Uhrzeit?«

»Mm«, brummte er. »Du wirst schon sehen.«

KAPITEL DREISSIG
ASHER

»Siebzehn Minuten, Ash«, sagte mein Bruder vom Fuß der Treppe aus. Offensichtlich hatte er beschlossen, in meinem Haus herumzuwandern, während er auf Adalyn und mich wartete.

Vielleicht hatte er aber auch nur einen Rundgang unternommen, um die Sicherheitsmaßnahmen zu überprüfen.

Verdammt, wahrscheinlich hatte er das bereits getan, bevor er mein Haus überhaupt betreten hatte. Was mich auf einen Gedanken brachte ... »Wer hat dich reingelassen?«, fragte ich, als ich sah, dass außer ihm niemand in der Eingangshalle war.

Er verzog die Lippen zu einem Lächeln. »Ich habe mich selbst hereingelassen.« Er legte den Kopf schief. »Du solltest dir ein besseres Schloss zulegen. Und vielleicht ein funktionierendes Sicherheitssystem.«

Ich verdrehte die Augen. »Ich lebe auf einer verdammten Insel, Kane. Das ist Sicherheit genug.«

Adalyn zitterte, als ich sie die Treppe hinunterführte.

Zuvor hatte ich ihr aus ihrem Zimmer ein Kleid und Unterwäsche geholt.

Sie hatte sich das Kleid übergestreift und auf die Unterwäsche verzichtet, während sie ihr Haar lufttrocknen ließ.

Ich liebte diesen Look an ihr. Er war so natürlich und ganz und gar sie selbst. Ich hatte mir eine Jogginghose angezogen und mich gegen ein T-Shirt entschieden. Dadurch würde ich später nur weniger ausziehen müssen.

Außerdem war es mitten in der Nacht.

Ich führte Adalyn am Fuß der Treppe neben mir her und ging direkt an meinem Bruder vorbei in Richtung Küche.

Als ich ihr das Kleid gereicht hatte, hatte ihr Magen geknurrt. Dr. Zansky hatte ihr zwar etwas Flüssigkeit und Elektrolyte zugeführt, nachdem er sie ruhiggestellt hatte, doch gegessen hatte sie noch nichts.

Kane folgte ihr, woraufhin Adalyn versuchte, einen Blick zurückzuwerfen.

»Küche, Schätzchen«, sagte ich zu ihr. »Du musst etwas essen.«

Mein Bruder würde dort mit ihr reden können.

Ich suchte ihr einen Platz an der Kücheninsel und hob sie auf den Hocker. Dann schmiegte ich meine Brust an ihren Rücken, wobei ich die Arme um sie herum ausstreckte und die Hände auf die marmorierte Arbeitsplatte legte. Auf diese Weise schirmte ich sie mit meinem Körper ab und sorgte dafür, dass sie sich sicher fühlte, als mein Bruder hinter uns die Küche betrat.

Kane erkannte sofort, was vor sich ging, und setzte sich zwei Hocker von ihr entfernt hin, um ihr genügend Freiraum zu lassen.

Ich dankte ihm mit einem Blick, bevor ich mich wieder an Adalyn wandte.

»Was möchtest du essen, Liebling?«, fragte ich sie. »Frühstück oder Abendessen?«

»Äh«, sagte sie zitternd, »willst du mich überraschen?«

»Gefüllte Arme Ritter mit frischen Erdbeeren bitte«, meldete sich mein Bruder zu Wort.

»Die Frage war nicht an dich gerichtet«, entgegnete ich.

»Aber es ist deine Spezialität«, erwiderte Kane und wackelte ermutigend mit seinen dunklen Augenbrauen.

»Ich habe ihr erst heute Morgen Arme Ritter gemacht.« Genaugenommen war es gestern gewesen. Aber ich bezweifelte, dass sie sie noch einmal wollte.

»Aber sie waren nicht gefüllt«, murmelte Adalyn. »Es waren nur normale Arme Ritter.«

Ich zog die Augenbrauen in die Höhe, als ich den Kopf zurückneigte, um sie zu betrachten. »Willst du dich etwa beschweren, Liebling?«

»Nein. Ich will damit nur sagen, dass es einfache Arme Ritter waren und keine *gefüllten.*« Als ich sah, wie sie die Lippen zaghaft zu einem Lächeln verzog, wusste ich, dass sie mich necken wollte. Es gefiel mir, dass sie sich wohl genug fühlte, um mir diese spielerische Seite von sich zu zeigen.

»Ich denke, du solltest uns gefüllte Arme Ritter machen«, warf Kane ein. »Mit frischen Erdbeeren.«

»Und Bananen«, fügte Adalyn hinzu. Sie sah zu mir auf, bevor sie den Blick wieder auf die Kücheninsel senkte. Ihr breites Lächeln bestätigte mir, dass sie mich tatsächlich reizen wollte.

»Ich verstehe.« Ich schlang von hinten meine Arme um sie und drückte meine Lippen auf ihre Schläfe. »Gefüllte Arme Ritter mit Erdbeeren und Bananen. Sonst noch etwas?«

»Orangensaft?«, fragte sie leise.

»Natürlich«, erwiderte ich und küsste ihre Wange, während ich sanft meinen Griff um sie festigte. »Übrigens, die Nervensäge am anderen Ende der Kücheninsel ist mein Bruder Kane Sinner.« Ich sah ihn an. »Und diese wunderschöne Frau ist Adalyn Rose. Sie gehört mir.«

Ich küsste sie noch einmal auf die Wange, während ich seinen Blick festhielt, dann ließ ich sie los, um die Zutaten für ein nächtliches Frühstück zusammenzutragen.

»Ich habe noch nie zuvor gehört, dass mein Bruder eine Frau für sich beansprucht hat«, sagte Kane im Plauderton. »Sie müssen wirklich etwas Besonderes sein.«

»Ich weiß nicht, ob ich etwas Besonderes bin«, erwiderte sie ausweichend. »Ich bin nur …«

Ich wartete darauf, dass sie den Satz beendete, doch sie blieb stumm. Als ich einen Blick zu ihr zurückwarf, sah ich, dass sie die Stirn gerunzelt hatte.

»Du bist etwas ganz Besonderes«, versicherte ich ihr. »Besonders für mich.«

Sie blinzelte mich an. »Ja. Aber … aber ich weiß nicht, was ich bin.«

»Ich habe es doch gerade gesagt, Adalyn.« Ich schloss die Kühlschranktür und ging zu ihr hinüber. »Du bist etwas Besonderes.«

»Nein, das meine ich nicht. Normalerweise sage ich den Leuten, dass ich eine Geliebte oder nur eine Freundin bin, die zu Besuch ist. Aber … aber in deinem Fall fühlt sich das nicht richtig an.« Sie musterte mich. »Ich … ich weiß einfach nicht, wie ich darauf antworten soll.«

»Mit der Wahrheit«, erwiderte ich. »Du bist *mein*. Du bist nicht nur meine Geliebte oder eine Freundin, die mich besucht. Du bist … mein.«

»Dein.«

»Ja.« Ich strich mit den Fingerknöcheln über ihre Wange. »Meine Adalyn. Und ich bin dein Asher.«

»Solange ich dich will«, stellte sie klar.

»Ja, Schätzchen.«

»Also für immer«, sagte sie. »Denn ich will diesen Ort nie wieder verlassen.« Im nächsten Moment wandte sie sich an meinen Bruder und fixierte ihn mit einem klaren Blick. »Sie können mich nicht von der Bildfläche verschwinden lassen, Mr. Sinner. Ich werde Asher nicht verlassen.«

Er zog die Augenbrauen in die Höhe. »Wie ich sehe, kommen wir also direkt zur Sache.«

»Möglicherweise habe ich ihr gegenüber erwähnt, wie du dein Geld verdienst«, erklärte ich. »Ich habe ihr auch gesagt, dass du für ihre Sicherheit sorgen und sie verstecken wirst, falls etwas schiefgeht.«

»Bin ich deshalb hier?« Er sah mich eindringlich an. Ich kannte diesen Blick, denn ich hatte oft denselben Ausdruck in den Augen, wenn ich jemanden unverblümt korrigierte. »Glaubst du etwa, ich würde dich auf dieser Insel mit diesen Arschlöchern zurücklassen?«

»Ich denke nicht, dass ich dir die Wahl lasse«, konterte ich, bevor ich mich wieder dem Kühlschrank zuwandte. »Adalyn hat Priorität.«

»Das habe ich nicht«, warf sie ein. Ich wirbelte herum und bedachte sie mit demselben Blick, den mein Bruder mir gerade zugeworfen hatte.

»Doch, das hast du«, entgegnete ich in energischem Tonfall, der keinen Widerspruch duldete. Diese Stimme benutzte ich in meiner Rolle als Dom, denn ich wusste, dass sie sich mir dadurch unterwerfen würde.

Doch das tat sie nicht. Stattdessen stand sie auf und marschierte mit ihren zierlichen, nackten Füßen auf mich zu, um mir den Zeigefinger in die Brust zu stoßen. »Nein. Du wirst dich nicht für mich opfern.«

»Es ist meine Aufgabe, dich zu beschützen.«

»Nicht auf Kosten deines eigenen Lebens«, zischte sie. Noch nie zuvor hatte ich sie derart entschlossen erlebt. Es erregte mich ungemein. »Das werde ich nicht zulassen.«

Ich zog ruckartig die Augenbrauen in die Höhe. »Du wirst es nicht *zulassen*?« Ich schnappte mir das Nötigste aus dem Kühlschrank, damit ich die Tür schließen konnte, und stellte die Zutaten auf die Anrichte. Dann packte ich sie an den Hüften und führte sie rückwärts zur Kücheninsel. »Du bist hier nicht der Boss, Kleines.«

Sie kniff die Augen zusammen. »Ich könnte nie damit leben, wenn dir meinetwegen etwas zustoßen würde. Verstehst du das denn nicht?«

»Doch, denn ich empfinde das Gleiche für dich.«

»Aber deinetwegen stecken wir nicht in diesem Schlamassel, sondern meinetwegen.«

»Nein, Liebling. Wir stecken wegen *Nathan* in diesem Schlamassel. Und weißt du was?«

»Was?«, entgegnete sie. Das Feuer, das in ihren Augen loderte, war absolut atemberaubend.

»Ich bin froh, dass wir in diesem Schlamassel stecken.«

»Nun, ich …« Sie blinzelte. »Einen Moment mal, wie bitte?«

»Du hast mich schon verstanden. Ich bin *froh*, dass wir in diesem Schlamassel stecken.« Ich löste meine Hände von ihrer Hüfte und umfasste ihr Gesicht. »Denn dadurch bin ich dir begegnet. Und meine Gefühle für dich sind all den Ärger wert, dem ich mich werde stellen müssen.«

»A-aber … du … wir …« Sie schluckte und schüttelte den Kopf. »Asher, wir haben uns gerade erst kennengelernt.«

»Und zwar unter außergewöhnlichen Umständen«, stimmte ich zu. »Aber wie dem auch sei, ich habe beschlossen, dich zu behalten. Und du hast mir gerade zu verstehen gegeben, dass du dich auch für mich entschieden hast. Was gibt es also noch darüber zu sagen, Adalyn? Wir haben einander gefunden.« Ich presste meine Lippen auf ihre, bevor sie widersprechen konnte.

Glücklicherweise erwiderte sie den Kuss. Ihre Aggression schien verflogen und sie liebkoste mich zärtlich.

Dabei blickte sie mir in die Augen und ich konnte immer noch das Feuer in ihren Iriden sehen. Es war ein so schöner Anblick. So viel besser als ihre Tränen und ihre Angst.

Diese Frau war Adalyn Rose.

Meine Zukunft.

Die Frau, die ich als die Meine beanspruchte.

»Wehr dich nicht dagegen, Liebling«, murmelte ich und presste meine Stirn an ihre. »Wir stecken gemeinsam in der Sache drin. In guten und in schlechten Zeiten.«

»Das ist verrückt.«

»Das Leben ist verrückt«, konterte ich. »Aber das Schicksal hat dich auf diese Insel geführt und ich werde nicht den Blick davor verschließen, dass wir füreinander bestimmt sind. Und jetzt setz dich auf deinen Hocker, damit ich dir dein Frühstück zubereiten kann.«

Sie starrte zu mir auf und errötete leicht. »Ja, Herr.« Sie drückte mir noch einen Kuss auf die Lippen, bevor sie sich aus meiner Umarmung löste und zurück zu ihrem Platz ging.

Als sie sich umdrehte, legte ich eine Hand an ihren Hintern und tätschelte ihn, wobei ich sagte: »Braves Mädchen.«

Sie zuckte zusammen, doch dann grinste sie, als ihr die Röte in den Nacken stieg.

Es war nur ein liebevoller Klaps gewesen, der ihr zu gefallen schien.

Doch das wunderte mich nicht.

Sie hatte eine Vorliebe für ein wenig Lustschmerz.

Und das machte sie umso perfekter.

Als sie sich setzte, begegnete Kane meinem Blick und sah mich mit ausdrucksloser Miene an. Doch ich wusste, dass er mit meiner Wahl einverstanden war. Andernfalls würde er es mir mit einem Blick zu verstehen geben.

Stattdessen schien er die Situation abzuschätzen.

Er analysierte stets jeden Blickwinkel, wobei er ein derart lässiges Verhalten nur gegenüber den Menschen an den Tag legte, denen er nahestand. Wenn er nicht in Gesellschaft seiner Familie oder von Freunden war, war er immer nur der nüchterne Geschäftsmann.

Wahrscheinlich war das in seinem Beruf nicht ungewöhnlich.

»Sie haben also unsere kleine Schwester kennengelernt, nicht wahr?«, sagte Kane, als ich mich wieder dem Frühstück widmete. »Ich hoffe, Sie denken nicht, dass alle Sinners derart aufsässig sind. Darby kann eine ziemliche Göre sein.«

Ich schnaubte zustimmend.

»Auf mich wirkte sie nett«, erwiderte Adalyn diplomatisch.

»Sie wird der ganzen Familie berichten, dass ihr beide zusammen seid«, warnte Kane sie.

»Das macht mir nichts aus«, erwiderte sie, und ich spürte in meinem Rücken, dass sie mich anstarrte. »Vorausgesetzt es macht Asher nichts aus.«

»Es macht mir nichts aus«, wiederholte ich. »Darby kann ihnen erzählen, was sie will. Mir ist das völlig gleich.«

»Was hat Darby jetzt schon wieder erzählt?«, ertönte eine männliche Stimme, als Clive die Küche betrat. »Macht sie etwa Ärger?«

»Sie macht immer Ärger«, antwortete Kane.

Ich drehte mich um und sah Clive und Bryant im

Essbereich stehen. »Ist meine Türklingel etwa kaputt?«, fragte ich.

»Ich habe dir doch gesagt, du sollst das Schloss reparieren lassen«, warf Kane beiläufig ein. »Es ist nicht sicher.«

Ich warf ihm einen tadelnden Blick zu, bevor ich mich Adalyn zuwandte. Sie starrte Bryant und Clive mit großen Augen an, aber sie schien nicht verängstigt, sondern eher neugierig zu sein.

»Wie fühlen Sie sich, Miss Rose?«, fragte Bryant.

»Besser«, antwortete sie und sah mich mit ihren dunklen Augen an. »Mr. Sinner kümmert sich ausgezeichnet um mich.«

Bryant schnaubte. »Ja, er hat heilende Hände.«

»Genau«, bestätigte ich und stellte mich Adalyn gegenüber an die Kücheninsel. »Bist du damit einverstanden, dass Clive und Bryant hier sind, Schätzchen?«

Sie sah die beiden an. »Äh.«

»Bryant kennst du ja schon – er ist der Leiter meines Sicherheitspersonals. Clive ist der andere Sicherheitschef, aber er ist für die Technik zuständig. Die beiden sind in Ordnung und werden dir nichts antun«, versicherte ich ihr.

Sie blickte mich wieder mit ihren schönen dunklen Augen an. Nach einem kurzen Moment nickte sie und sagte: »Okay. Ich vertraue dir.«

Für einen Moment machten mich ihre Worte sprachlos, dann setzte ich mich wie von selbst in Bewegung und ging zu ihr. Ich schlang eine Hand um ihren Nacken und zog sie zu mir, um sie zu küssen, wobei ich mich nicht darum scherte, dass wir nicht allein waren.

Sie ließ ihre Hände an meinen Bauch gleiten und krallte sich in meine Haut, als wollte sie mich an sich binden.

Ich leckte ihr über die Unterlippe und lächelte. »Danke, Adalyn.«

Sie murmelte etwas Unzusammenhängendes und sah mich mit geweiteten Pupillen an. So langsam entwickelte sich diese Zusammenkunft in der Küche zu einem amüsanten Vorspiel.

Das Publikum verstärkte den Effekt nur.

Zumal sie alle Adalyn mit Bewunderung in den Augen anstarrten.

Sie war eine schöne Frau und hatte einen natürlichen Hang zur Unterwürfigkeit. Sie alle konnten sehen, warum sie derart verlockend war. Doch sie würden respektieren, dass ich sie für mich beansprucht hatte.

Ich strich mit den Lippen über ihre Schläfe, bevor ich mich wieder dem Frühstück widmete. Dank der häufigen Unterbrechungen brauchte ich für die Zubereitung viel länger als gewöhnlich.

Clive und Bryant setzten sich auf die Hocker in Kanes Nähe, um Adalyn ihren Freiraum zu lassen. Doch sie verwickelten sie in ein Gespräch, indem sie ihr erklärten, woher wir uns alle kannten.

Clive erzählte ihr, dass er früher für Kane gearbeitet und mich durch ihn kennengelernt hatte.

Und Kane berichtete, wie ich Clive dazu überredet hatte, auf meiner Insel zu arbeiten, woraufhin ich spöttisch bemerkte: »Ja, ich bin mir sicher, seine Entscheidung hatte nichts damit zu tun, Baltimore gegen die Fidschis einzutauschen.«

Sie lachten alle, und Adalyn stimmte mit ein. Allerdings war ihr Lachen eher ein leises, amüsiertes Glucksen. Aber nach allem, was sie durchgemacht hatte, war das eine deutliche Verbesserung.

Sie schien sich wirklich zu freuen, hier zu sein, und

schenkte mir ein aufrichtiges Lächeln, als ich endlich das Frühstück servierte.

Am Ende tischte ich fünf Teller auf, da ich annahm, dass Bryant und Clive mit uns essen wollten. Aber ich reichte Adalyn ihre Mahlzeit zuerst. »Frisch gepresster Orangensaft«, sagte ich und stellte das Glas neben ihrem Teller ab.

Ihre Augen schimmerten aufgeregt. »Danke.«

Ich zwinkerte ihr zu und servierte dann auch den anderen ihr Frühstück. Statt ins Esszimmer zu gehen, blieben wir alle an der Kücheninsel sitzen. Ich aß oft hier und hatte sechs Hocker, daher fanden wir alle bequem Platz.

»Das ist wirklich gut«, sagte Adalyn, als sie ihren Teller halb aufgegessen hatte. »Ich kann verstehen, warum Kane darauf bestanden hat.«

»Mein Bruder hätte Koch werden sollen«, bemerkte Kane.

»Sag das bloß nicht zu laut«, warf Bryant ein. »Wenn Chefköchin Caylin das hört, wird sie um ihren Job bangen.«

»Ihr Job ist nicht in Gefahr«, versicherte ich ihm.

»Wahrscheinlich gefällt dir die Vorstellung, dass sie Asher verlässt, damit du sie deinem Stab unterstellen kannst«, sinnierte Clive.

Bryant grinste. »Ich muss sie nicht einstellen, um sie meinem Stab zu unterstellen.«

Ich verdrehte die Augen. Die Bemerkung war geschmacklos. Ich hoffte nur, dass er sie – und auch Clive – bald fickte, um sich endlich seinen Begierden zu stellen.

Vielleicht könnten sie zu dritt spielen.

Im Grunde war es mir egal, aber es war offensichtlich, dass sie einander begehrten. Und obwohl ich nichts dagegen einzuwenden hatte, die Befriedigung meiner

Partnerin hinauszuzögern, trieben die drei es wirklich auf die Spitze.

Adalyn aß ihren Teller leer. Als sie fertig war, waren ihre Wangen gerötet und sie schenkte mir ein Lächeln, das mein Herz erwärmte. »Danke«, sagte sie und ging mit ihrem Teller zur Spüle.

Ich folgte ihr mit meinem eigenen und gebot ihr Einhalt, als sie ihn abwaschen wollte. »Ich mache das schon.«

»Aber …«

»Du hast zugestimmt, dass ich mich um dich kümmern darf«, flüsterte ich ihr ins Ohr. »Jetzt setz dich zurück auf deinen Platz. Ich bringe dir gleich noch etwas Saft.«

Sie sah mir direkt in die Augen. »Wenn ich gehorche, darf ich dich dann später schmecken?«

Ich blickte mit einem Grinsen auf sie herab. »Ja, Schätzchen. Wenn du brav bist, darfst du mich später schmecken.« Die Tatsache, dass sie darin eine Belohnung sah, machte sie umso umwerfender.

In ihren Augen lag ein erregtes Funkeln, als sie sich abwandte und mich dem Geschirr überließ. Die anderen spülten ihre Teller selbst, bevor wir alle in den Wohnbereich gingen.

Mittlerweile war es fast vier Uhr.

Doch das war nicht von Bedeutung.

Denn wir mussten einige wichtige Dinge besprechen.

Adalyns Belohnung würde ich mir für später aufheben.

Kane sah mich erwartungsvoll an, als er vor einem Sessel stehen blieb. Ich wusste, was er mich fragen wollte. *Können wir mit dem Gespräch beginnen oder willst du sie zuerst ins Bett schicken?*

Ich zog Adalyn neben mich auf den Zweisitzer. »Sie bleibt hier.« Denn hier ging es genauso sehr um Adalyn wie um mich. Und es wäre falsch, unsere Pläne vor ihr zu verheimlichen. »Du kannst in ihrer Gegenwart offen sprechen.«

Mein Bruder nickte, als er sich setzte. Clive und Bryant nahmen auf dem Sofa Platz, wobei ihre Mienen nicht verrieten, wie sehr unser mitternächtliches Frühstück sie amüsierte.

»Fangen wir ganz von vorn an«, schlug mein Bruder vor. »Erzählt mir, wie ein wunderschönes Juwel wie Adalyn Rose zu einer Braut in der Ausbildung für ein Arschloch wie Taylor Huntington wurde.«

KAPITEL EINUNDDREISSIG
ASHER

Ich hatte Kane ausreichend informiert, doch ich erzählte ihm nicht alles.

Das lag hauptsächlich daran, dass ich ihn nicht noch tiefer in diesen Schlamassel mit Sin Cave hineinziehen wollte, und er schien Verständnis dafür zu zeigen.

Während der letzten beiden Tage hatten wir uns auf das Treffen vorbereitet, wobei Adalyn wichtige Einzelheiten zu der Vorgehensweise der Elite lieferte, während Bryant die Fakten mit seinen eigenen Erfahrungsberichten untermauerte.

Sie hatte uns einige Dinge erzählt, die mich zur Weißglut brachten. Am liebsten hätte ich jeden einzelnen dieser verdammten Kerle umgebracht, die je Hand an sie gelegt und sie zu ihrer Sklavin gemacht hatten.

Aber ich verstand, dass sie diese unterwürfige Rolle heute spielen musste.

Nur aus diesem Grund hatte ich dem hauchdünnen weißen Kleid zugestimmt, in dem sie jetzt neben mir stand. Es entstammte ihrer eigenen Dessous-Kollektion. Eigentlich war vorgesehen, dass die Frau darunter keine

Unterwäsche trug, aber ich hatte sie gezwungen, einen weißen Spitzentanga anzuziehen.

Allerdings bereute ich diese Entscheidung jetzt, denn im Sonnenlicht wirkte sie dadurch nur noch verführerischer.

Durch den dünnen Stoff konnte ich ihre rosigen Brustwarzen sehen. Der Anblick war verlockend und ärgerlich zugleich. »Ich hasse das«, murmelte ich. »Ich hasse es, dir das anzutun.«

Sie blickte fragend zu mir auf. »Wovon redest du?«

»Es ist mir zuwider, dich so zur Schau zu stellen.« Ich schlang eine Hand um ihren Nacken und zog sie an mich. »Ich will dich nicht teilen, Adalyn.«

»Hier geht es nicht ums Teilen, Herr. Dieses Treffen ist wie eine Session. Du führst mich vor, während du den anderen zu verstehen gibst, dass sie mich nicht anfassen dürfen.« Sie verzog die Lippen zu einem zaghaften Lächeln. »Und es macht mir nichts aus, zur Schau gestellt zu werden. Du kannst mich anfassen, wenn du willst. Den Beweis dafür findest du zwischen meinen Schenkeln.«

Ich zog eine Augenbraue in die Höhe. »Spielst du gerade ein Spiel mit mir, Kleines?« Denn ich hatte das Gefühl, dass sie in die Rolle der Verführerin geschlüpft war, und sie spielte sie perfekt.

»Es ist nicht wichtig, ob ich spiele oder nicht. Die Sache zwischen uns fühlt sich echt an«, sagte sie aufrichtig. »Und …« Sie atmete tief durch, während ihre dunklen Iriden im Sonnenlicht glitzerten. »Und ich vertraue dir, Asher.«

Da waren sie wieder, diese Worte, die mir das Gefühl gaben, ein König zu sein, und zugleich eine schwere Last auf meine Schultern luden.

Doch ich würde diese Last und sogar die ganze Welt

auf meinen Schultern tragen, wenn ich sie dadurch beschützen konnte.

Ich zog sie an mich, um sie zu küssen, wobei ich meinen Besitzanspruch öffentlich zur Schau stellte, als die Passagiere begannen, das Flugzeug zu verlassen. Bryant stand neben mir und Clive flankierte Adalyn zu ihrer Rechten. Auf diese Weise waren wir von Menschen umgeben, denen ich vertraute, während ich sie vor den Augen unserer Gäste verschlingen konnte.

Sollten sie doch sehen, wie sehr ich sie anbetete.

Sollten sie sehen, wie ernst es mir damit war, dass ich sie behalten wollte.

Diese Frau gehörte mir, ob sie nun zustimmten oder nicht.

Ich zog den Kopf zurück und presste meine Lippen an ihr Ohr. »Denk an dein Safeword, Adalyn«, flüsterte ich und drückte ihren Nacken.

Das hier war beim besten Willen keine traditionelle Session, aber ich wollte, dass sie sich sicher fühlte. Sobald sie das Wort *Träume* aussprach, würde ich alles in meiner Macht Stehende tun, um ihr zu Hilfe zu eilen.

»Ja, Herr«, hauchte sie und schmiegte sich einladend an mich.

Ich lachte leise und zog den Kopf zurück. »So eine kleine Verführerin«, beschuldigte ich sie laut genug, damit die anderen mich hören konnten.

»Kommt mir bekannt vor«, antwortete eine tiefe, ausdruckslose Stimme.

Julian Jovanni.

Er bewegte sich mit einer überlegenen Anmut auf uns zu. Sein Anzug saß selbst nach dem langen Flug perfekt. Die Frau an seiner Seite wirkte in ihrem schwarzen Sommerkleid und Riemchensandalen nicht minder elegant. Ihre selbstsichere Haltung erinnerte mich ein wenig an Adalyns, genauso wie ihr kaum merklich geneigter Kopf.

Eindeutig eine ausgebildete Sub.

Und Julians Hand an ihrem Rücken wies ihn als ihren Dom aus.

Ich wusste jedoch, dass er mehr war als nur ihr Herr. Sie waren verheiratet, und laut Bryant führten die beiden eine gesunde Beziehung.

Wobei es natürlich nicht als solche begonnen hatte.

Ich kannte die Details nicht, aber ich vermutete, es hatte etwas damit zu tun, dass die Ehe arrangiert gewesen war.

»Brianna, du bist so schön wie eh und je«, begrüßte Bryant sie, wobei er im Gegensatz zu dem Telefonat mit Julian vor ein paar Tagen ihren vollen Namen benutzte. »Du darfst mich jederzeit verführen, Liebes.«

Julian schüttelte den Kopf und biss die Zähne zusammen, wobei seine ohnehin markanten Wangenknochen noch stärker hervortraten. »Ich bin nicht einmal fünf Sekunden hier und schon will ich dich umbringen. Das muss ein neuer Rekord sein, Bryant.«

Der Leiter meines Sicherheitstrupps grinste nur. »Ich tue mein Bestes«, erwiderte er und wackelte mit den Augenbrauen, wobei er Brianna mit einem vielsagenden Blick bedachte.

Adalyn trat ein Stück näher an mich heran, vielleicht weil ihr die Vorstellung nicht gefiel, dass mehrere Männer sich diese Frau teilten. Brianna lächelte jedoch nur. Ihre Augen waren hinter einer dunklen Sonnenbrille verborgen, sodass es mir schwerfiel, auf ihren Gemütszustand zu schließen, doch ihr Grinsen schien echt zu sein.

Julian ignorierte Bryant und konzentrierte sich auf mich, wobei er mir seine freie Hand entgegenstreckte. Ich trat einen Schritt vor, um mich zwischen ihn und Adalyn zu stellen, und ergriff seine Hand. »Mr. Jovanni.«

»Mr. Sinner«, erwiderte er. »Aber ich denke, wir können auf die Formalitäten verzichten. Die anderen werden bald hier sein und bis zu ihrer Landung sollten wir uns auf ein freundschaftliches Verhältnis einigen.«

Ich ließ seine Hand los und nickte. »Julian also«, sagte ich zustimmend.

»Asher«, entgegnete er und spähte um mich herum. »Und das muss die schöne Adalyn Rose sein.«

Ich trat einen Schritt zurück, damit er sie sehen konnte.

»Mr. Jovanni.« Sie verbeugte sich tief und kniete auf eine Art und Weise nieder, die mich sowohl erregte als auch irritierte. Mitten auf dem Rollfeld stellte sie ihre Demut zur Schau, und ich ärgerte mich selbst über meine Reaktion.

Und doch konnte ich nichts gegen das Zucken meiner Lenden tun, als ich sah, wie sie vor uns kniete.

Ich streckte ihr meine Hand entgegen. Sie ergriff sie fast instinktiv und erlaubte mir, ihr beim Aufstehen zu helfen. Zur Belohnung drückte ich einen Kuss auf ihr Handgelenk und schlang meinen Arm um ihre Taille.

»Ich kann verstehen, warum Sie sie behalten wollen«, sagte Julian leise, während er ihr Gesicht betrachtete. In seinen Worten schwang jedoch weniger ein sexueller als vielmehr ein besitzergreifender Unterton mit. Meine Vermutung wurde bestätigt, als er seine Frau mit einem gebieterischen Funkeln in den Augen ansah.

Sie wandte sich ihm zu und zog eine Augenbraue in die Höhe.

»Du hast dich schon lange nicht mehr so vor mir verbeugt«, sagte er zu ihr.

Sie verzog die Lippen zu einem Lächeln. »Möchtest du

das denn, *Mr. Jovanni?*« In ihren Worten schien eine unterschwellige Bedeutung mitzuschwingen, die ihn zu amüsieren schien.

Er musterte sie für einen Moment. »Vielleicht später.« Dann wandte er sich wieder mir zu und setzte eine nüchterne Miene auf, als er zum Geschäft überging. »Wie vereinbart habe ich drei Sicherheitsleute an Bord. Bryant kennt jeden einzelnen von ihnen.«

Ich nickte. Normalerweise erlaubte ich keine Sicherheitsleute von außerhalb auf meiner Insel, aber diese Situation war nicht normal. Und Bryant hatte mich davon überzeugt, dass es ein Zeichen des guten Willens sei, wenn ich Julian erlaubte, seine Leibwächter mitzubringen.

Gleichzeitig hatte ich jedoch dafür gesorgt, dass Julian verstand, dass dies ein Zugeständnis meinerseits war.

Darüber hinaus hatte ich ihn darauf hingewiesen, dass Bryant sie bei ihrer Ankunft einweisen würde.

Aus diesem Grund wandte ich mich jetzt meinem Sicherheitschef zu und fragte: »Willst du deine alten Freunde begrüßen?«

»Ich würde viel lieber mit Brianna spielen«, murmelte er, woraufhin Julian ihm wieder einen vielsagenden Blick zuwarf. »Aber ich werde zu ihnen gehen, um sie zu begrüßen.«

»Eines Tages werde ich dich erschießen lassen«, informierte Julian ihn leise.

»Nein, das wirst du nicht«, entgegnete Bryant. »Damit würdest du Brianna wütend machen.«

»Das ist wahr«, stimmte sie zu. »Sehr sogar.«

»Siehst du?« Bryant zwinkerte ihr zu und klopfte Julian auf den Rücken, als er sich neben ihn stellte. »Außerdem würdest du mich lieber selbst erschießen, statt meinen Mord in Auftrag zu geben.«

Julian grinste. »Da hast du recht.« Dann packte er

Brianna und küsste sie auf eine ähnlich leidenschaftliche und besitzergreifende Weise, wie ich auch Adalyn während der letzten Woche mehrmals geküsst hatte.

Bryant lachte nur und schüttelte den Kopf. »Wir alle wissen, dass sie dir gehört, Jules.« Statt auf eine Antwort zu warten, schlenderte er in Richtung Jet, um sich um das Sicherheitsteam zu kümmern.

Clive blieb bei uns stehen. Über einen Ohrhörer stand er in Verbindung mit Kane, der dadurch diese Unterhaltung und die Ankunft unserer Gäste überwachen konnte.

Wir erwarteten nur zwei Jets – Julians und den der Roses.

»Hör auf zu flirten«, sagte Julian mit einem bedrohlichen Unterton in der Stimme.

»Das würde mir im Traum nicht einfallen«, erwiderte Brianna aufsässig.

Er kniff die Augen zu dünnen Schlitzen zusammen.

Sie starrte ihn mit ausdrucksloser Miene an. Durch ihre Brille konnte ich ihre Augen nicht sehen, aber ich vermutete, dass Julian genau wusste, welchen Blick sie ihm zuwarf.

Er packte ihr Kinn und ich erkannte einen Anflug von Trotz, der sich in ihrer Haltung niederschlug.

Zumindest ihr Spiel schien einvernehmlich zu sein, ganz im Gegensatz zu dem, was sich zwischen Nathan und Adalyn abgespielt hatte.

Ich gestattete ihnen den Moment der Zweisamkeit, während ich mit meinem Zeigefinger über Adalyns Rücken strich. Sie zitterte und spannte die Hände an, die seitlich an ihrem Körper herabhingen. Ich ließ meine Hand zuerst an ihren Hintern und dann über ihre Hüfte gleiten, um ihre Hand zu ergreifen.

Sie lehnte sich an mich und ich belohnte sie, indem ich

ihr einen Kuss auf den Kopf drückte. Julian warf mir einen wissenden Blick zu.

»Wir erwarten zehn Mitglieder zu der heutigen Telefonkonferenz«, informierte er mich, wobei seine Stimme wieder einen geschäftlichen Unterton annahm, während er weiterhin Briannas Kinn umfasste. »Wie Sie wissen, würde ich eine solche Angelegenheit normalerweise nicht persönlich in die Hand nehmen. Meine Anwesenheit hier hat die Neugierde einiger Elitemitglieder geweckt. Aber dies ist eine einzigartige Situation. Es wird zu einer Abstimmung kommen.«

»Und wenn sie negativ ausfällt?«, wollte ich wissen.

»Das wird sie nicht«, versicherte Julian mir. »Aber falls doch, haben Sie meine volle Unterstützung. Und das bedeutet in unserer Welt sehr viel.«

Ich sollte dankbar für diese Information sein, doch ich konnte nicht umhin nachzuhaken: »Wie genau kann ich auf Ihre Unterstützung zählen? Ich weiß zwar, dass Sie mit Bryant befreundet sind, aber obwohl ich zu schätzen weiß, was Sie für mich getan haben, kenne ich Sie kaum.«

»Ja, das ist wahr. Aber ich bringe Ihnen nun schon seit fast zwei Wochen meine Wertschätzung und Unterstützung entgegen. Das sollte mir zumindest eine gewisse Gunst einbringen.«

»Das tut es. Aus diesem Grund weist Bryant gerade Ihr Sicherheitspersonal ein«, erklärte ich und deutete auf die vier Männer, die am Fuß der Treppe vor dem Jet standen. »Für gewöhnlich erlaube ich meinen Gästen nicht, ihre privaten Leibwächter mitzubringen, da dies ein Affront gegen mein eigenes Sicherheitsteam wäre. Aber für Sie mache ich eine Ausnahme.«

»Wie Sie bereits sagten«, antwortete er, »es ist eine Ausnahme, und ich weiß sie zu schätzen. Ich nehme an, sie gilt nicht für Mr. Rose?«

»Nein, ich habe ihm nicht die gleiche Höflichkeit zuteilwerden lassen.« Ich hatte seinem Jet nur ungern eine Landeerlaubnis erteilt. Aber ich musste mich mit seinem Erscheinen abfinden, damit wir diesen ganzen Mist endlich hinter uns bringen konnten. »Im Gegensatz zu Ihnen hat Mr. Rose sich meinen Respekt nicht verdient.«

»Das sollte dann auch Ihre Frage hinsichtlich meiner Verlässlichkeit beantworten. Ich schließe keine Freundschaften, nur um sie grundlos zu beenden, Asher.« Er ließ Briannas Kinn los, als das Sicherheitsteam auf uns zukam. »Bryant, ich vertraue dir meine Frau an. Pass gut auf sie auf. Und vergiss nicht, dass sie mir gehört.«

»Sie ist ein Diamant, Julian. Also mach dir keine Sorgen. Ich weiß, wie man mit Edelsteinen umgeht.« Bryant streckte ihr eine Hand entgegen.

Brianna warf ihm einen amüsierten Blick zu, als sie seine Hand ergriff und mit ihm und Julians Leibwächtern im Gebäude verschwand.

In dem Moment, in dem sich die Tür hinter ihr schloss, spannten sich Julians Schultern an. Es war eine kaum merkliche Reaktion, doch sie bestätigte mir, was ich in Bezug auf ihn und Brianna vermutet hatte – sie bedeutete ihm sehr viel. Und es gefiel ihm nicht, von ihr getrennt zu sein.

Es bewies auch, dass nicht alle Elitebräute so schlecht behandelt wurden wie Adalyn. Sie hatte es zwar angedeutet, doch es war schön, es mit eigenen Augen zu sehen.

Die Uhr an meinem Handgelenk summte, als ich eine Nachricht von meinem Fluglotsen erhielt. »Offenbar wird der Jet der Roses in den kommenden drei Minuten landen«, sagte ich, wobei das Dröhnen in der Luft meinen Worten Nachdruck verlieh.

Julian nickte. »Ich nehme an, Ihre Sicherheitsleute stehen in Bereitschaft?«

»Sie sind überall am Flughafen verteilt«, bestätigte ich. Aber wie immer leistete mein Team gute Arbeit, um nicht gesehen zu werden. Mein Bruder eingeschlossen.

Er hatte zudem ein paar seiner eigenen Mitarbeiter hinzugezogen und sie an den strategisch wichtigsten Punkten der Insel und in der Nähe des Flugplatzes stationiert.

Wir waren auf eine Vielzahl von Szenarien vorbereitet.

Glücklicherweise war die größte Bedrohung – die Ankunft des berüchtigten Roten Prinzen – ohne Probleme verlaufen.

Wir hatten nicht gewusst, ob Julian Brianna tatsächlich mitbringen würde. Die Tatsache, dass sie ihn begleitete, war ein Zeichen der Freundschaft, denn offenbar setzte er genügend Vertrauen in mich und meine Insel, um gemeinsam mit ihr anzureisen.

In Anbetracht seines besitzergreifenden Verhaltens war dieser Vertrauensbeweis sogar ziemlich beachtlich.

Ich musste Bryant wirklich bitten, mir von seiner Vergangenheit mit Julian und Brianna zu erzählen, denn sie standen sich eindeutig näher, als er angedeutet hatte. Er schien viel mehr zu sein als nur ein ehemaliger Angestellter.

Julian trat an meine Seite und zog eine Sonnenbrille aus seiner Tasche, um damit seine Augen zu bedecken, während er den einfliegenden Jet beobachtete. »Das dürfte interessant werden«, murmelte er.

»In der Tat«, stimmte ich zu und ließ Adalyns Hand los, um meinen Arm um ihren Rücken zu legen. Clive befand sich immer noch zu ihrer Rechten, sodass wir alle in einer Reihe nur etwa drei Meter von dem Flughafengebäude entfernt standen.

Als der Jet landete, frischte der Wind auf und Adalyn fröstelte. Es war nicht kühl heute – hier herrschten ganzjährig hohe Temperaturen –, aber wir standen im Schatten des Gebäudes.

Und ihre Kleidung bot nicht gerade viel Schutz.

Also zog ich sie näher an meine Seite, um ihr Wärme zu spenden. Wie auch Julian trug ich einen Anzug. Auf einer Insel war das zwar nicht gerade das bequemste Outfit, doch der heutige Tag erforderte formelle Kleidung.

Denn bestimmte Anzugmarken – wie ich sie trug – standen für Reichtum. Und in diesem Spiel bedeutete Reichtum Macht.

Der Jet parkte auf dem Rollfeld. Einige meiner Gäste stellten ihre Jets hier ab für den Fall, dass sie kurzfristig abreisen mussten. Andere ließen sich hier nur absetzen und wieder abholen. Mein Planer hatte jedoch alles gut organisiert, sodass der Platz optimal genutzt werden konnte.

Ich steckte eine Hand in die Hosentasche, während die Flughafenangestellten ihre Arbeit erledigten.

Im Nu hatten sie die Papiere überprüft, wobei mich die Flughafenbehörde mit Nachrichten über Ankunftszeiten und anderen Einzelheiten ständig auf dem Laufenden hielt.

Ich überprüfte jede Nachricht und stellte fest, dass es keine ungewöhnlichen Vorkommnisse gab.

»Ich übernehme die Begrüßung«, sagte Julian, als die Türen des Flugzeugs sich öffneten.

Ich nickte zustimmend. Bisher hatte ich mit Albert Rose noch nicht gesprochen. Er hatte mir zwar einige seiner Forderungen per E-Mail geschickt, doch alles andere war über Julian abgewickelt worden. Es war also logisch, dass er sich um die Formalitäten kümmerte.

Ich strich mit dem Daumen über Adalyns Taille und

spendete ihr ein wenig Trost, als ihre Eltern in der Tür erschienen.

Äußerlich zeigte sie keinerlei Reaktion und nahm eine selbstsichere und zugleich unterwürfige Haltung ein. Sie bot einen berauschenden Anblick, der mich nur noch mehr in Ehrfurcht versetzte.

Ihr Vater ließ den Blick über seine Tochter schweifen, wobei ihr Outfit ihn nicht zu beunruhigen schien.

Ich hatte ihn zuvor schon gehasst.

Doch jetzt hasste ich ihn umso mehr.

Ein guter Vater würde sein Kind beschützen, doch dieser Mann sah in ihr lediglich eine Ware, mit der er handeln konnte.

»Albert«, begrüßte Julian ihn. »Danke, dass Sie den weiten Weg hierher auf sich genommen haben.«

»Ich hatte wohl kaum eine Wahl«, antwortete der dunkelhaarige Mann barsch.

Er war ein gut aussehender Mann mit vollem Haar und durchtrainiertem Körperbau, dem das Alter offensichtlich nicht viel hatte anhaben können. Seine Frau war das Ebenbild von Adalyn. Sie war älter.

Und gebrochener.

Ich konnte es deutlich an ihrer Körperhaltung erkennen. Sie war nicht so selbstbewusst wie ihre Tochter. Sie war einfach nur … traurig. Nein, nicht einmal das. Sie schien leblos zu sein, wie eine hübsche, seelenlose Puppe.

Sie verkörperte die Zukunft, die Adalyn gehabt hätte, wenn Nathan Spencer sich meine Insel nicht für ihre Abschlussfeier ausgesucht hätte.

»Ja, ich denke, das haben wir alle Mr. Spencer zu verdanken«, antwortete Julian mit einem schroffen Unterton. »Mr. Sinner war nicht nur so freundlich, sich um das Wohlergehen Ihrer Tochter zu kümmern, sondern er hat uns auch eine Unterkunft zur Verfügung gestellt.

Nach allem, was geschehen ist, sollten wir ihm für seine Gastfreundschaft dankbar sein.«

Wie diplomatisch.

Doch Albert schienen seine Worte nicht zu interessieren. »Wir werden keine Unterkunft brauchen. Meine Tochter hat Ihre Gastfreundschaft lange genug ausgenutzt. Wir können in dreißig Minuten wieder in der Luft sein, damit wäre das Problem gelöst.«

Seine dreisten Worte veranlassten mich dazu, überrascht die Augenbrauen in die Höhe zu ziehen.

»Wir haben in dreißig Minuten eine Besprechung, bei der Ihre Anwesenheit erforderlich ist, Mr. Rose«, sagte Julian, bevor ich etwas erwidern konnte.

»Es gibt keinen Grund für eine Besprechung«, erwiderte er und warf einen Blick auf seinen Jet, als ein Mann aus der Tür trat. »Mr. Huntington ist hier, um Mr. Sinner persönlich dafür zu danken, dass er Adalyn diese Woche in Nathans Abwesenheit trainiert hat.«

Ich versteifte mich.

Julian reagierte jedoch überhaupt nicht. Er stand einfach nur mit ausdrucksloser Miene neben mir.

»Sobald die Formalitäten erledigt sind, wird Mr. Huntington seine Braut in Empfang nehmen und mit ihr zu einer privaten Verlobungsfeier nach Hause fliegen«, fuhr Albert fort. »Und damit wird diese ganze Sache beendet sein.«

ADALYN

MEIN HERZ SETZTE einen Schlag aus, während ich versuchte, die Worte meines Vaters zu verarbeiten.

Taylor ist hier.

Um mich nach Hause zu holen.

Zu einer Verlobungsparty.

Denn meine Ausbildung ist abgeschlossen.

Es war alles gelogen.

Aber was genau? Die Worte meines Vaters oder Ashers Versprechungen?

Asher schlang seinen Arm um meine Taille, als Taylor die Treppe herunterkam. »Sie haben die Situation eindeutig missverstanden, Mr. Rose. Adalyn wird nirgendwo hingehen. Und ich werde keine Dankbarkeitsbekundungen als Entschädigung akzeptieren. Vor allem nicht, nachdem Sie mich beleidigt haben, indem Sie einen ungebetenen Gast auf meine Insel gebracht haben. Und das nach allem, was bereits geschehen ist.«

»Mr. Sinner«, warf Julian ein, »wenn Sie mir erlauben, bei der Videokonferenz mit der Elite unserer Organisation zu vermitteln, bin ich zuversichtlich, dass dieses Missverständnis sofort beseitigt werden kann.«

»Es würde sofort beseitigt werden, wenn er die Treppe wieder hinaufsteigt und auf der Stelle verschwindet.«

Taylor kam auf uns zu und zog die Augenbrauen in die Höhe, als er Ashers Worte vernahm. »Wow. Das ist sicherlich nicht die herzliche Begrüßung, die ich von dem Mann erwartet habe, der seit zwei Wochen mit meiner Verlobten Spielchen spielt.«

Ich runzelte die Stirn. *Spielchen spielt?*

»Es sei denn, das gehört alles zu Ihrem Training?«, fügte Taylor hinzu, und mir gefror das Blut in den Adern. »Nathans Methoden waren recht konventionell. Möglicherweise sind die Ihren nicht ganz so gewöhnlich?«

Asher ignorierte ihn und wandte sich Julian zu, als er sagte: »Das ist ein weiterer Affront gegen mich und meine Insel, Mr. Jovanni. Wenn Ihre Organisation kein Interesse daran hat, mich ernst zu nehmen, dann ist das ihr Fehler.«

»Ich versichere Ihnen, dass wir Sie sehr ernst nehmen, Mr. Sinner.«

»Indem Sie sich über meine klaren Anweisungen hinwegsetzen?«, konterte Asher.

»Wir werden das Thema während unserer Unterredung ansprechen können, weshalb ich dringend vorschlage, dass wir uns wie geplant mit der Elite treffen. Ich glaube, das wird einige unserer Probleme hier lösen.« In Julians Stimme lag ein dominanter Unterton, in dem eine bedrohliche Autorität mitschwang, die mich schwindeln ließ.

Er war die Art von Mann, der in einen Klub ging, sich eine Sub aussuchte und sie auf der Stelle dominierte.

Er war ein Diktator.

Das größte Raubtier von allen.

Und er brauchte nur wenige Worte, um diese Macht zum Ausdruck zu bringen.

Das ist der Rote Prinz, dachte ich und zitterte. Sein gewalttätiger Ruf eilte ihm voraus, und ich wusste, dass er nicht davor zurückschreckte, andere bluten zu lassen. Aber zuerst versuchte er es mit Diplomatie.

So interpretierte ich diese Situation zumindest.

Er warnte die anderen davor, ihn auf die Probe zu stellen. Und ich hatte das unbestimmte Gefühl, dass er diese Warnung nicht wiederholen würde.

Das bedeutete, dass mein Vater log.

Das alles war überhaupt kein Spiel. Asher hatte jedes Wort ernst gemeint.

Er will, dass ich die Seine bin.

Jetzt musste nur noch die Elite von Sin Cave zustimmen.

Wenn ich Julian richtig verstanden hatte, wollte er uns helfen. Aber nur, wenn wir uns an seine Regeln hielten.

Mein Vater hatte die Vereinbarung gebrochen, indem er Taylor mitgebracht hatte.

Theoretisch sollte Asher dadurch die Oberhand gewinnen.

Doch dafür musste er an der Besprechung teilnehmen, die Julian organisiert hatte.

Wir müssen das Spiel mitspielen. Ich lehnte mich kaum merklich zu Asher hinüber, doch die Bewegung reichte aus, um ihn auf mich aufmerksam zu machen. Er wandte den Blick vorübergehend von Julian ab und sah mich an.

Weil er sich vergewissern wollte, dass es mir gut ging.

Das war ein guter Dom. Er kümmerte sich um mich. Er achtete auf meine Körpersprache, sorgte für meine Befriedigung und stellte dabei mein Wohlbefinden an erste Stelle. Selbst in einer solchen Situation, in der überall Gefahr lauerte, konzentrierte er sich ganz auf mich und ignorierte die anderen, nur weil ich mich zu ihm hinübergelehnt hatte.

Ich will dein sein, gab ich ihm mit einem Blick zu verstehen. *Aber wir müssen dieses Spiel mitspielen.*

Ich war mir nicht sicher, ob er mich verstehen würde. Aber ich hoffte, dass er in meinen Augen sehen konnte, wie viel Vertrauen ich in ihn – in *uns* – hatte, und die richtige Entscheidung treffen würde.

Er musterte mich einen Moment, bevor er sich wieder Julian zuwandte. »In Ordnung. Wir werden die Besprechung abhalten.«

»Eine gute Entscheidung«, antwortete Julian.

Mein Vater seufzte. »Also schön. Ich habe nur versucht, das Unvermeidliche zu beschleunigen.«

»Ach tatsächlich?«, fragte Julian. »Faszinierend.«

Asher ließ seinen Daumen an meiner Taille kreisen, um mich zu beruhigen. Vielleicht wollte er auch auf subtile Weise seinen Anspruch geltend machen. Auf jeden Fall fühlte ich mich dadurch sicher. Zumindest bis ich Taylors lüsternem Blick begegnete.

Schon bald, schienen seine blauen Augen zu sagen, als er jeden Zentimeter meines entblößten Körpers musterte.

Ich war spärliche Bekleidung gewohnt und für gewöhnlich störte es mich nicht, halb nackt herumzulaufen. Aber als er mich auf diese Art und Weise ansah, kam mir der Gedanke, dass wir uns vielleicht alle geirrt hatten.

Ich hatte von Anfang an gewusst, dass Sin Cave gefährlich war. Im Gegensatz zu Asher war ich in dieser Welt aufgewachsen. Er glaubte zu wissen, womit er es zu tun hatte, aber was wäre, wenn er falschlag? Was, wenn wir die Sache nicht gut genug geplant hatten? Was, wenn sie ihn verletzten?

Er hatte nur wenigen von ihnen gestattet, seine Insel zu

betreten, darunter eine Handvoll von Julians Männern. Aber es brauchte nur einen von ihnen, um ihn auszuschalten.

Und was dann?

Hätte ich dann seinen Tod verschuldet?

Bei dem Gedanken drehte sich mir der Magen um. Das konnte ich nicht zulassen. Aber was sollte ich tun, um es zu verhindern?

Wenn Nathan mich nur nicht hierhergebracht hätte.

Aber dann hätte ich Asher nicht kennengelernt.

Und das ... bedauerte ich nicht. Er hatte alles für mich verändert und mir ein neues Leben offenbart. Ich hoffte nur, er würde nicht mit seinem eigenen Leben dafür bezahlen.

Sein Bruder ist hier. Kane wird nicht zulassen, dass Asher etwas zustößt.

Doch als Taylor mich erneut begutachtete, gefror mir das Blut in den Adern. *Er weiß etwas. Er ist viel zu zuversichtlich.*

Das bedeutete, dass wir die Situation unterschätzt hatten.

Was haben sie vor? Wie kann ich Asher warnen?

»Wo wird die Besprechung stattfinden?«, wollte Taylor mit freundlicher Stimme wissen.

»In einer Konferenzvilla.« Asher klang völlig entspannt, doch ich spürte, wie fest er meine Taille umklammerte. *Ahnt er, dass etwas nicht stimmt? Weiß er, dass sie etwas im Schilde führen?*

»Nach Ihnen, Mr. Sinner«, sagte Julian mit gebieterischem Tonfall.

Asher widersetzte sich ihm nicht. Er wandte sich dem Gebäude zu und setzte sich in Bewegung, wobei er mich mit sich zog. Clive folgte uns, sodass wir zu dritt vorausgingen.

Unsere Rücken waren ungeschützt, und das bereitete mir Unbehagen.

Für Julian oder einen der anderen Männer wäre jetzt ein guter Zeitpunkt zu handeln.

Ashers Männer mussten es bemerkt haben, denn zwei von ihnen öffneten die Tür, bevor wir sie erreichten, und beobachteten die Gruppe hinter uns.

Ich atmete leise auf, als wir das Flughafengebäude betraten.

Bis Taylor uns einholte und neben mir herging. »Du siehst reizend aus, Adalyn«, sagte er und beugte sich zu mir hinüber. »Eine perfekte kleine Verführerin.« Ich konnte seinen Atem an meiner Schulter spüren und bekam eine Gänsehaut.

Taylor Huntington sah nicht schlecht aus. Eigentlich sah er sogar ziemlich gut aus.

Aber dank Nathan wusste ich alles über Taylors Vorlieben. Er war ein dunkler Mann mit noch dunkleren Vorlieben. Er liebte Macht. Und er erreichte dieses Ziel, indem er diejenigen herabsetzte, die er als unter seiner Würde ansah.

Wahrscheinlich um die Tatsache zu kompensieren, dass er ein Ersatzerbe war. Er wollte sich irgendwo wichtig fühlen, also behauptete er seine Autorität in jeder Situation, in der er konnte.

»Ich kann es kaum erwarten, dir das Kleid …«

»Falls Sie den Satz beenden, haben wir ein Problem«, warf Asher ein. Er blieb stehen und zog mich dicht an seine Seite.

»Wie bitte?« Taylor zog seine hellen Augenbrauen bis zum Haaransatz in die Höhe. »Sie ist meine zukünftige Frau. Ich kann mit ihr reden, wie ich will.«

Asher ließ seine Hand in einer besitzergreifenden Geste auf meine Hüfte gleiten. »Das mag vor drei Wochen noch so gewesen sein. Aber Sie haben einen ungeheuerlichen Fehler begangen, als Sie Nathan Spencer gestattet haben, sie auf meine Insel zu bringen. Denn er hat ein Juwel zurückgelassen, das ich zu behalten gedenke.«

Taylor stieß ein schockiertes Lachen aus. »Das kann nicht Ihr Ernst sein.«

»Es ist mein voller Ernst«, entgegnete Asher.

»Meine Herren, wir sollten nichts überstürzen«, meldete sich Julian zu Wort und stellte sich zwischen Taylor und Asher. »Ich weiß, dass sie eine schöne Frau ist, aber wir müssen einen Zeitplan einhalten und wichtige Verhandlungen führen.«

Asher nickte ihm knapp zu und tauschte dann einen vielsagenden Blick mit Clive. Einen Moment später legte Asher wieder seine Hand an meine Hüfte und setzte sich in Bewegung. Diesmal flankierte Clive mich auf der anderen Seite, bis wir die geparkten Wagen vor dem Gebäude erreichten.

Clive öffnete die Beifahrertür des Zweisitzers. Ich wusste, dass es Ashers Wagen war, denn wir waren damit hierhergefahren.

»Oscar wird die Roses und ihren Gast zu unserem Treffpunkt bringen«, verkündete Asher. »Clive wird Julian eskortieren. Adalyn fährt mit mir mit.«

Taylor schien protestieren zu wollen, doch ich ließ ihn verstummen, indem ich mich in den Schalensitz gleiten ließ. Ich fröstelte, als das kühle Leder auf meine Haut traf.

Clive schloss die Tür und brachte alles und jeden außerhalb des Wagens zum Schweigen. Dann blieb er neben mir stehen, bis Asher sich endlich auf den Fahrersitz setzte.

Der Motor heulte auf und Asher drückte das Gaspedal

durch, als wir den Parkplatz verließen, sodass ich mich an der Armlehne festhalten musste.

Nach kurzer Zeit wechselte er den Gang und fuhr die Straße entlang, als der Flughafen hinter uns verschwand. Ich musste schlucken, denn sein Zorn war deutlich spürbar.

Ich war mir nicht sicher, ob ich mich entschuldigen oder schweigen sollte. Schließlich entschied ich mich für Letzteres, denn ich vermutete, dass Ersteres ihn noch mehr in Rage gebracht hätte.

Das alles war meine Schuld. Aber auf der anderen Seite war ich nicht dafür verantwortlich. Ich war zwar die Ursache dieses Schlamassels, doch ich hatte ihn nicht herbeigeführt.

»Adalyn«, sagte Asher und legte eine Hand auf meinen Oberschenkel. Es war eine sanfte Geste, die ich in seinem aufgebrachten Zustand nicht erwartet hätte. »Geht es dir gut?«

»Ja«, antwortete ich, denn ich saß bei ihm in seinem Wagen und fühlte mich sicher.

»Taylor sollte nicht hier sein.«

Ich dachte einen Moment darüber nach. »Möglicherweise. Aber ich verstehe, warum er gekommen ist.«

Mein Vater hatte ihn mitgebracht, um ihn als Trumpf in diesem Spiel einzusetzen. Er hatte angenommen, er könne das »Problem« auf magische Weise lösen, wenn Taylor mit der Elite auf Tuchfühlung ging.

Vielleicht hatte er auch geglaubt, er könne Asher damit einschüchtern.

Aber mein Vater hatte Asher unterschätzt, denn dieser hatte nicht einmal mit der Wimper gezuckt.

Und nun würde eine neue Phase des Spiels beginnen.

Mit ein paar knappen Worten verriet ich Asher, was ich dachte, woraufhin er für einen Moment schwieg.

»Ich befürchte, er könnte etwas wissen oder hat irgendetwas geplant«, fügte ich hinzu. »Er ist viel zu selbstsicher.«

Asher antwortete immer noch nicht, ließ aber seine Handfläche auf meinem Oberschenkel ruhen.

Schließlich drückte er ihn leicht, bevor er einen Gang herunterschaltete und auf den Parkplatz einer Villa fuhr, die genauso groß war wie sein Haus. Er hatte sie mir neulich gezeigt und mir gesagt, dass er dort gedachte, die Verhandlungen mit Julian und meinen Eltern zu führen.

Wir waren die Ersten, denn er war wie ein Rennfahrer über die Insel gerast.

Und er stieg wortlos aus dem Wagen.

Ich runzelte die Stirn und löste meinen Sicherheitsgurt, um ihm zu folgen. Doch im nächsten Moment stand er vor mir und zog mich aus dem Schalensitz. Er schloss die Tür und drückte mich gegen den Wagen.

»Wie lautet dein Safeword, Adalyn?«

Ich schluckte. »Träume.«

»Braves Mädchen.« Er fuhr mit den Fingern durch mein Haar und ballte die Faust um die Strähnen. »Mal sehen, ob wir diese selbstsichere Fassade deines ehemaligen Verlobten zum Bröckeln bringen können, hm?«

»Wi...«

Asher presst seinen Mund auf meinen und küsste mich leidenschaftlich. Bevor ich wusste, was geschah, dominierte er mich mit seiner Zunge.

Es war keine zärtliche Liebkosung.

Sondern ein Kuss, um seinen Anspruch geltend zu machen.

Er war besitzergreifend und gebieterisch und ließ mir keine andere Wahl, als mich zu unterwerfen.

Und das tat ich.

Ich gab mich ihm hin und erlaubte ihm, mich für diesen kurzen Augenblick in seinen Bann zu ziehen. Ich vergaß alles und jeden um mich herum und konzentrierte mich nur auf ihn. Mein Herr. Mein Asher. Mein … mein neues Leben.

Bis ein Räuspern den innigen Moment unterbrach und mich in die Realität zurückholte.

Aber Asher hörte nicht auf. Sein Kuss war wie eine Verheißung, von der ich hoffte, dass sie in Erfüllung gehen würde.

Ich will dieses Leben. Ich will ihn.

Irgendwann schlang ich meine Arme um seinen Hals und presste meine Brüste an seinen Oberkörper. Die Geste war wollüstig und begierig, doch das war mir egal. Ich wollte einfach nur in diesem Moment der Sinnlichkeit mit Asher davonschweben und nie wieder mit jemandem reden müssen.

Allerdings war dies kein Traum, sondern das wahre Leben.

Und wir würden uns voneinander losreißen müssen.

Aber Asher wich nicht sofort zurück, sondern küsste mich zuerst zärtlich auf die Lippen und presste dann seine Stirn an meine. Erst dann zog er langsam den Kopf zurück, wobei er mir direkt in die Augen sah. In seinen Iriden lag ein warnender Ausdruck und ich wusste, dass sich jeden Moment alles ändern würde.

»Sieh es als eine Session«, hatte er mir zuvor gesagt. »Dein Safeword wird funktionieren.«

Ich wollte ihm widersprechen und ihm sagen, dass es im Sin Cave keine Safewords gab. Aber ich vertraute darauf, dass Asher dafür sorgen würde, dass es hier auf der Insel Wirkung zeigte. Er spielte nicht nach ihren Regeln.

Aber sie hielten sich auch nicht an seine Regeln.

Daher hatte ich keine Ahnung, was als Nächstes geschehen würde.

Mir blieb nur mein Vertrauen in Asher und mein Wunsch, die Sache unbeschadet zu überstehen.

Das war mehr als bei meiner Ankunft, denn zu jenem Zeitpunkt hatte ich lediglich den Willen gehabt zu überleben. Jetzt hatte ich einen Verbündeten. Jemanden, den ich … lieben und an den ich glauben konnte. Jemand, der mich verstand und mich respektierte. Jemanden, mit dem ich mich gemeinsam dieser Welt stellen konnte.

Es musste genügen.

Denn ich vermutete, dass Asher andernfalls eher diese Insel niederbrennen würde, statt Taylor zu gestatten, mich mitzunehmen.

Ich konnte es in seiner Miene sehen, als er dem wütenden Blick des anderen Mannes begegnete. *Sie gehört mir*, gab er ihm zu verstehen. *Sie gehört verdammt noch mal mir.*

Wir werden sehen, schien Taylor zu antworten und mir drehte sich der Magen um.

Nach wie vor zerrte dieses schreckliche Gefühl an meinen Nerven, dass etwas nicht mit rechten Dingen zuging. Vielleicht machte ich mir zu viele Gedanken oder ich war einfach eine geborene Pessimistin.

Aber für meinen Geschmack strahlte Taylor immer noch zu viel Zuversicht aus.

Mir war unbehaglich zumute, als wir alle das Gebäude betraten.

Asher verließ sich darauf, dass es zu einer Abstimmung kommen würde. Was, wenn Taylor genau das wollte? Was, wenn er die Wahl bereits irgendwie beeinflusst hatte?

Im Gegensatz zu Asher war Taylor ein Insider. Dadurch war Asher eindeutig im Nachteil, doch er war sich darüber im Klaren.

Aber was, wenn er zu viel Vertrauen in Julian gesetzt hatte?

Was, wenn Julian ein doppeltes Spiel trieb?

Was, wenn … was, wenn Julian gar nicht vorhatte, die Elite abstimmen zu lassen?

Ich beäugte ihn und bemerkte seine ausdruckslose Miene und markanten Wangenknochen. Sin Cave sah in ihm einen König, denn seine Familie war Teilhaber des illegalen Unternehmens. Insgesamt standen vier Familien an der Spitze der Geschäfte, und seine war eine davon.

Er hatte es nicht nötig, Asher zu helfen.

Trotzdem war er angereist, um sich persönlich um die Angelegenheit zu kümmern.

Mir stellte sich also die Frage: War er wirklich hier, um Asher zu helfen? Oder war er aus eigennützigen Zwecken hier?

Als wir den Konferenzraum betraten, dachte ich nur: *Wir werden es bald herausfinden …*

ASHER

»Auf die Knie.«

Adalyn und ich hatten bereits vor der heutigen Telefonkonferenz darüber gesprochen, was während dieser Besprechung von ihr erwartet werden würde.

Allerdings hatte ich nicht mit Taylors Anwesenheit gerechnet.

Und schon gar nicht damit, dass er meiner Sub diesen Befehl erteilen würde.

Soweit es mich betraf, hatte er nicht den geringsten Anspruch auf Adalyn Rose. Seine Verlobung mit ihr war in dem Moment aufgelöst worden, in dem sie einen Fuß auf meine Insel gesetzt hatte.

In Sekundenschnelle war sie die Meine geworden.

Daher hatte er keinerlei Macht über sie.

Ich packte ihren Ellbogen und führte sie von ihm weg, wobei ich sie zwang, ihn zu ignorieren.

Offenbar hatte ich ihn provoziert, indem ich Adalyn eben noch vor der Villa auf besitzergreifende Weise geküsst hatte. Nun fühlte er sich scheinbar genötigt, seinen Anspruch geltend zu machen, doch mehr als einen erbärmlichen Befehl hatte er nicht hervorgebracht. Er schien zu glauben, das würde genügen.

Schwachkopf, dachte ich, als ich am Kopfende des Tisches Platz nahm. Auf dem Boden lag ein Kissen für Adalyn. Sie hatte mir zwar gesagt, dass das nicht nötig sein würde, aber ich hatte dennoch darauf bestanden.

»Geh auf die Knie, Adalyn«, murmelte ich. Die Worte waren nur für sie und nicht für die Ohren der restlichen Anwesenden bestimmt. Dabei hielt ich jedoch Taylors Blick fest, denn er sollte verstehen, dass sie mir gehorchte und nicht ihm.

Er biss die Zähne aufeinander.

Ich nahm seine Reaktion nicht zur Kenntnis, sondern fuhr mit den Fingern durch Adalyns Haar, als sie auf die Knie ging. Sie legte die Hände in den Schoß und senkte den Kopf. Ich lobte sie wortlos, indem ich ihr mit den Fingerknöcheln über ihre Wange strich, dann legte ich die Fingerspitzen beider Hände aneinander und sah zu, wie alle ihre Plätze einnahmen.

Julian saß mir direkt gegenüber am Fuß des rechteckigen Tisches.

Albert wählte den Stuhl neben ihm, während Taylor gegenüber von Adalyns Vater Platz nahm.

Adalyns Mutter kniete auf dem Boden neben der Tür.

Ich hatte ein zusätzliches Kissen zur Verfügung, aber ich bezweifelte, dass Adalyns Vater es erlauben würde.

Da wir heute noch einige Verhandlungen zu führen hatten, beschloss ich, diesen einen Punkt nicht anzusprechen. Darüber hinaus schien Mrs. Rose zufrieden damit zu sein, in einigem Abstand zu ihrem Mann zu knien, also würde ich ihr diesen Moment der Zurückgezogenheit gönnen.

Clive betrat den Raum, als Julian einen Laptop aus einer Umhängetasche zog. Ich hatte sie bei seiner Ankunft nicht bemerkt, vermutete aber, dass einer seiner Mitarbeiter sie Bryant gegeben hatte, da sie mit Gepäck angereist waren. Bryant hatte sie wahrscheinlich auf dem Weg zur Villa zusammen mit Julians Frau und ihrem Sicherheitspersonal hier abgegeben.

Julian und Clive richteten alles für die Telefonkonferenz ein und schlossen den Laptop an das Internet und die Videoausrüstung an. Dann verabschiedete Clive sich mit einem höflichen: »Ich bin in meinem Büro, falls du mich brauchst.«

Wir hatten beschlossen, ihn so weit wie möglich aus der Sache herauszuhalten, vor allem um ihn zu schützen.

Doch er würde in der Nähe bleiben, falls etwas schiefgehen sollte.

In der Zwischenzeit kümmerte Bryant sich um Julians Sicherheitspersonal.

Und Kane überwachte das Geschehen aus der Ferne über Funk.

Ich hatte dafür gesorgt, dass dieser Raum frei von Wanzen und Überwachungskameras war, nur für den Fall, dass Julian oder einer der anderen beschloss, ihn zu überprüfen. Ich wollte, dass alles mit rechten Dingen zuging, und meinen guten Willen beweisen.

Die Tatsache, dass Julian den Raum nicht nach Abhörgeräten untersuchen wollte, deutete darauf hin, dass er mir vertraute. Vielleicht vertraute er aber auch Bryant. Der Gedanke weckte in mir erneut den Wunsch, mehr über ihre gemeinsame Vergangenheit zu erfahren, da Julian mir nicht der Typ schien, der anderen leichtfertig Vertrauen schenkte.

»Julian Jovanni«, sagte er, als er um eine Sprachautorisierung gebeten wurde, um die Konferenzleitung freizuschalten. Dann presste er seinen Daumen auf ein Pad am Computer und wartete.

Die beiden Projektoren im Raum erwachten zum Leben und zeigten mehrere Männer in Anzügen, die in ihrem jeweiligen Büro saßen.

Ich erkannte sie alle als einflussreiche Personen, deren Machtbefugnisse sich um den Globus erstreckten.

Unter ihnen war auch Mitchell Brevington.

Ich war froh, dass Adalyn zu Boden blickte, denn so musste ich mir keine Sorgen darüber machen, dass einer dieser Männer bei ihr eine Reaktion auslösen könnte.

Allerdings schien sie heute ihr Selbstvertrauen gefunden zu haben. Sie hatte mich vorhin geerdet, als ich bei Taylors Ankunft fast durchgedreht wäre. Dafür würde ich ihr später danken müssen.

Ich hätte es im Auto tun sollen, als wir ein paar Minuten allein waren.

Aber die Worte, die Taylor auf dem Flughafen an sie gerichtet hatte, hatten mich vor Wut rotsehen lassen. Ich hatte nur noch daran denken können, dass ich sie für mich beanspruchte.

»Ich befürchte, er könnte etwas wissen oder hat irgendetwas geplant. Er ist viel zu selbstsicher.«

Adalyns Worte gingen mir durch den Kopf, als ich Taylor erneut beäugte. Seine Miene verriet nichts, während er den Blick auf den Bildschirm gerichtet hatte, doch ich stimmte ihr zu.

Mir war nur nicht klar, ob er den Ausgang dieses bevorstehenden Gesprächs bereits irgendwie beeinflusst hatte oder ob seine Zuversicht auf seiner Beziehung zu Albert Rose beruhte.

Albert war eindeutig dagegen, Adalyn bei mir zu lassen. Möglicherweise hatten die beiden eine Vereinbarung getroffen, auf die Taylor sich nun verließ.

Aber was war mit den anderen hochrangigen Mitgliedern von Sin Cave?

Laut Julian erwarteten wir insgesamt zehn Mitglieder. Bisher hatten sich nur neun eingeschaltet.

Mitchell Brevington, König eines Finanzimperiums.

Geoff Kensington, eine große Nummer in der Ölindustrie.

Lawrence Earls, eine bekannte Persönlichkeit aus der Unterhaltungsbranche.

Die Informationen schossen mir durch den Kopf, während ich mir jeden einzelnen Mann ansah und seinen Namen seinem beruflichen Hintergrund zuordnete.

Quinton Carpenter, Autoindustrie.

Trenton Krain, Besitzer eines weltweit führenden Technologieunternehmens.

Die anderen vier Männer waren ebenfalls alle auf ihre Art mächtige Geschäftsleute.

Zuletzt schaltete sich Carver Langston der Konferenz zu und sagte mit einem Grinsen: »Tut mir leid. Ich war noch anderweitig gebunden.«

Julian schmunzelte. »Schon wieder?«

Carver zuckte mit den Schultern. »Sie hat nun einmal ihre Vorlieben, Jules.«

Einige der Männer schnaubten, da sie die unterschwellige Bedeutung seiner Worte ohne Zweifel richtig interpretiert hatten. Taylors Nasenflügel bebten nur vor Abscheu.

Ich lächelte jedoch. »Ich könnte mir vorstellen, dass Ihnen ein Besuch auf meiner Insel gefallen würde, Mr. Langston.« Seine Bemerkung ließ vermuten, dass seine Partnerin ihn *mit Vergnügen* fesselte, was mich wiederum zu der Annahme verleitete, dass er und seine Frau im gegenseitigen Einvernehmen miteinander spielten.

Zumindest nahm ich an, dass er seine Frau gemeint hatte. Er hatte sie vor etwa zwei Monaten geheiratet und damit einen ziemlichen Medienrummel ausgelöst, weil der reiche Junggeselle endlich sesshaft geworden war.

Hat er sie aus Liebe geheiratet oder ist sie eine Elitebraut?, fragte ich mich.

Allerdings mussten die beiden Dinge sich nicht gegenseitig ausschließen. Julian schien der Beweis dafür zu sein, dass die Liebe zu einer Elitebraut möglich war. Vorausgesetzt er hatte die Zurschaustellung seiner Zuneigung vorhin nicht vorgetäuscht.

»Ah, Mr. Sinner. Ich hatte schon lange den Wunsch, ihre Bekanntschaft zu machen, denn ich würde liebend gern auch einmal auf ihrer Insel spielen. Vielleicht könnten wir uns nach dieser Besprechung noch darüber unterhalten?«

»Wir können gern einen Zeitpunkt für einen Anruf und vielleicht eine Besichtigungstour vereinbaren«, antwortete ich.

»Ausgezeichnet«, erwiderte er mit einem breiten Lächeln.

Er wirkte herzlich und gut gelaunt. Ich wäre geneigt, ihn besser kennenzulernen, um herauszufinden, wie er zum Thema Einvernehmlichkeit stand.

Zudem stand sein Name nicht auf der Liste der Männer, die Clive von Adalyns früheren *Tutoren* erstellt hatte.

Leider waren drei der virtuell Anwesenden darauf vermerkt.

Quinton, Geoff und natürlich Mitchell.

Was bedeutete, dass ich sie während dieser Besprechung besonders im Auge haben musste.

»Nun, da Carver hiermit wohl das Eis gebrochen hat, sollten wir zum offiziellen Teil der Tagesordnung übergehen«, erklärte Julian, wobei in seinem Unterton ein wenig Belustigung mitschwang, die darauf hindeutete, dass er und Carver alte Freunde waren. »Kennen sich alle

Teilnehmer dieser Runde?«, fragte er, wobei er mich mit seinen dunklen Augen anblickte.

»Ich bin mit allen Anwesenden vertraut«, informierte ich ihn. »Und für diejenigen, die mich nicht kennen, ich bin Asher Sinner. Mein verstorbener Vater hatte eine Vorliebe für BDSM und gründete an verschiedenen Orten dieser Welt mehrere Klubs. Sinners Isle war einer dieser Klubs, und jetzt gehört er mir.«

»Ich war schon einmal in einem der Sinner-Klubs«, murmelte Trenton. »In Baltimore.«

Der gehört Kane, dachte ich. »Wie hat Ihnen das Etablissement gefallen?«

»Es war genauso gut wie unser Ecstasy, aber ich habe gehört, dass Ihr Klub der beste von allen ist«, antwortete er. Seinem sachlichen Tonfall konnte ich entnehmen, dass er nicht versuchte, mir Honig ums Maul zu schmieren oder mir Komplimente zu machen. Er sagte nur geradeheraus, was er dachte.

Ich grinste. »Nun, meine Insel ist einzigartig, da die Gäste im Gegensatz zu einem Nachtklub nicht nur zum Spielen hierherkommen, sondern auch eine Weile bleiben können.«

»Vielleicht wären Sie daran interessiert, noch mehr von uns als Gäste zu begrüßen«, sagte Julian. »Vorausgesetzt unsere Verhandlungen sind erfolgreich.«

»Ja«, stimmte ich zu. »Darüber können wir sicherlich reden.«

»Dann schlage ich vor, dass wir zur Sache kommen«, erwiderte Julian. »Nathan Spencer hat Adalyn Rose zum Abschluss ihrer Ausbildung nach Sinners Isle gebracht. Der Besuch wurde weder von mir als Mitglied der Sin Cave Organisation autorisiert, noch wurde er mit Asher Sinners Einverständnis durchgeführt. Wie Sie alle wissen, hat Mr. Sinner beschlossen, Mr. Spencer wegen dieser Respektlosigkeit zu …«

Er wurde von einem Piepton unterbrochen, als ein elftes Fenster sich auf dem Bildschirm öffnete.

Ich kniff die Augen zu dünnen Schlitzen zusammen, als ich sah, wer sich in die Besprechung einschaltete. *Larry Huntington.*

Aus dem Augenwinkel sah ich, dass Taylor lächelte. Offenbar hatte er auf diesen Moment gewartet.

Ist das etwa dein Trumpf?, hätte ich ihn am liebsten gefragt. *Musst du dir von deinem Daddy helfen lassen?*

Meine Güte. Ich hatte fast Mitleid mit Taylor, wenn er glaubte, er würde damit das Problem lösen können.

Was wollte er mir denn bieten? Einen Fernsehsender?

Oder wollte er versuchen, mir zu drohen?

Viel Glück, dachte ich und konzentrierte mich auf den Neuankömmling. *Dann wollen wir mal sehen, was Sie draufhaben, Mr. Huntington.*

Er räusperte sich. »Die Verspätung tut mir leid. Anscheinend war meine Einladung zur Telefonkonferenz nicht in meinem Posteingang, also musste ich mich auf andere Weise einloggen.«

»Ach wirklich?« Julian warf einen Blick auf Albert, bevor er sich wieder Larry zuwandte. »Schön, dass Sie zu uns stoßen, Larry. Wir haben gerade darüber gesprochen, inwieweit Nathan Spencers Tod gerechtfertigt war.«

Larry nickte. »Ja. Gut. Dann kommen wir gerade rechtzeitig.« Er beugte sich vor, um den Blickwinkel der Kamera zu erweitern, sodass wir sehen konnten, wer neben ihm saß.

Charles Spencer.

Verdammt.

Taylors Grinsen wurde noch breiter, als er sich mir zuwandte. Mit einem Blick schien er mir zu sagen: *Jetzt wünschst du dir wahrscheinlich, dass du uns einfach hättest abreisen lassen, nicht wahr?*

»Charles«, begrüßte Julian den Mann. »Das ist eine Überraschung.«

»Ist es überraschend, dass ich bei einem Gespräch mit dem Mörder meines Sohnes dabei sein will? Wie kann das für Sie eine Überraschung sein, Julian?« Er zog eine dunkle Augenbraue in die Höhe. »Vielleicht weil Sie es versäumt haben, mich zu diesem Gespräch einzuladen?«

Julian lehnte sich in seinem Stuhl zurück und schien die Lässigkeit in Person. »Verzeihen Sie, Charles. Ich bin davon ausgegangen, Sie würden die Notwendigkeit respektieren, diese Besprechung in einer freundlichen Atmosphäre abzuhalten, ohne emotionale Befindlichkeiten mit einspielen zu lassen. Mir ist jedoch klar, dass das eine Fehleinschätzung meinerseits war.«

Meine Güte. Der Kerl war ein Meister der Wortspiele und bissigen Kommentare. *Sieh zu, dass du ihn nicht gegen dich aufbringst,* dachte ich. Denn diesen Mann wollte ich wirklich nicht zum Feind haben.

»Wie dem auch sei, wir sprachen gerade darüber, dass Ihr Sohn die unglückliche Entscheidung getroffen hat, die Geschäfte von Sin Cave an einem externen Ort abzuwickeln. Dabei hat er es versäumt, einen Antrag bei den zuständigen Verantwortlichen zu stellen und …«

»Er hat mich gefragt«, warf Charles ein.

»Und mich«, fügte Larry hinzu.

»Und mich ebenfalls«, bestätigte Albert.

Julian zog die Augenbrauen in die Höhe. »Sie alle drei wussten also von seiner Entscheidung, eine Elitebraut in einer externen Einrichtung zu trainieren, und keiner von Ihnen hielt es für klug, sich dagegen auszusprechen?«

»Er hatte vor, Mr. Sinner dort die Möglichkeit zu geben, die Früchte seiner Arbeit zu genießen. Angesichts seiner Neigungen haben wir erwartet, dass er das Angebot annimmt«, erklärte Larry.

Ich schnaubte. »Dann kennen Sie meine *Neigungen* offensichtlich nicht.« Denn ich würde mich *niemals* zu etwas so Geschmacklosem hinreißen lassen. »Wenn ich eine Frau beanspruche, teile ich sie nicht mit anderen, Mr. Huntington.« Die Worte waren für Larry und seinen Idioten von einem Sohn bestimmt. »Außerdem lege ich Wert auf offene Kommunikation, die Mr. Spencer offenbar nicht für nötig hielt. Stattdessen hat er meine Gastfreundschaft ausgenutzt und eine der Regeln meiner Insel gebrochen – *Einvernehmlichkeit.*«

Die drei Männer stießen ein Schnauben aus.

Genauso wie Quinton.

Doch die anderen schwiegen.

Interessanterweise wirkte Mitchell sogar ein wenig zerknirscht. Vielleicht hatte er ein schlechtes Gewissen wegen seines Verhaltens. Oder er erinnerte sich daran, wie nahe er dem Tod auf meiner Insel gekommen war.

»Also haben Sie meinen Sohn getötet, weil er Sie *beleidigt* hat?«, wollte Charles wissen.

»Richtig.« Es hatte keinen Sinn, es zu erläutern. Zudem würde ich mich nicht für den Tod seines Sohnes entschuldigen.

Adalyn rührte sich an meiner Seite. Glücklicherweise verbarg der Tisch sie vor den Blicken der anderen, denn sie konnten nur ihren Scheitel sehen, nachdem sie sich auf ihre Fersen gesetzt hatte. Das war einer der Gründe, warum ich sie dort platziert hatte.

»Das ist lächerlich«, blaffte Charles. »Er hat meinen Sohn *getötet*. Warum reden wir überhaupt mit ihm? Erschießt ihn, verdammt.«

Julian zog eine Augenbraue in die Höhe. »Unsere Organisation hat die Integrität dieses Mannes beleidigt, indem sie auf seinem Grundstück unbefugt Geschäfte getätigt hat. Das ...«

»Und warum interessiert uns überhaupt, was er von uns denkt?«, fauchte Charles. »Er ist der Besitzer einer BDSM-Insel. Das gibt ihm wohl kaum Macht über uns.«

»Da bin ich anderer Meinung«, erwiderte Mitchell. »Mr. Sinner hat überall auf der Welt Freunde in hohen Positionen, von denen viele auch Mitglieder unserer Organisation sind. Deshalb steht er auf der Liste der potenziellen Mitglieder und ich gehe davon aus, dass Sie darüber Bescheid wussten, als Sie den Besuch Ihres Sohnes auf seiner Insel *genehmigt* haben.«

Carver nickte. »Deshalb hat er Mr. Sinner eingeladen, dem Vergnügen beizuwohnen, nicht wahr? Ich meine, offenbar hat Larry erwartet, dass Mr. Sinner die Einladung annimmt. Vielleicht wollten Sie diese Gelegenheit nutzen, um ihn anzuwerben?«

»Ich wollte ihn nicht rekrutieren«, antwortete Larry, »aber mir war bewusst, dass er auf der Liste steht.«

»Er ist kein verdammtes Mitglied«, stieß Charles hervor. »Im Gegensatz zu meinem Sohn, der ein vollwertiges Mitglied war. Sein Tod sollte von Bedeutung sein.«

»Und das ist er«, versicherte Julian ihm. »Aber es ist nun einmal eine Tatsache, dass Nathan nie die Geschäfte von Sin Cave ohne entsprechende Erlaubnis auf dieser Insel hätte durchführen dürfen.«

»Ich stimme zu«, erwiderte Mitchell.

»Ich auch«, warf Carver ein.

»Wir drei haben ihm die Erlaubnis gegeben«, argumentierte Larry.

»Ja, und das macht Sie alle zu Mitschuldigen an dieser Situation«, bemerkte Julian. »Sie hätten sich vor Nathans Anreise an Mr. Sinner wenden sollen, um sein

Einverständnis einzuholen. Indem Sie es jedoch versäumt haben, ihm diese Höflichkeit zuteilwerden zu lassen, haben Sie sein Unternehmen missachtet. Und aus diesem Grund spreche ich mich dafür aus, dass seine Reaktion auf diesen Affront gerechtfertigt ist.«

»Er ist kein verdammtes Mitglied!«, brüllte Charles. »Wie kann es sein, dass wir überhaupt darüber diskutieren?«

»Und jetzt sehen Sie, warum Sie nicht zu diesem Treffen eingeladen wurden, Mr. Spencer«, erwiderte Julian ungerührt. »Ich verstehe, dass Sie trauern, also bin ich bereit, über Ihren Gefühlsausbruch hinwegzusehen. Aber Sie können nicht erwarten, dass der Rest von uns eine Entscheidung auf der Grundlage Ihrer Emotionen trifft.« Julian drückte auf einen Knopf, um Charles' Fenster stummzuschalten, als dieser zu schreien begann. »Ich möchte Sie alle um Ihre unvoreingenommene Meinung zu dieser Angelegenheit bitten.«

»Er hat überreagiert«, sagte Albert, ohne zu zögern. »Er hätte Nathan nach Hause schicken sollen, damit wir ihn für sein Fehlverhalten bestrafen können.«

Ich schnaubte. »Nach allem, was ich bisher gesehen habe, bezweifle ich, dass Sie ihn bestraft hätten.«

»Sie sind nicht Teil unserer Organisation, Mr. Sinner. Sie wissen nicht, wie wir arbeiten oder wie wir unsere Geschäfte abwickeln. Daher empfehle ich Ihnen, sich nicht zu Dingen zu äußern, die Sie nicht verstehen.« Taylor bemühte sich um einen förmlichen Tonfall, doch in seiner Stimme schwang unverkennbar ein herablassender Unterton mit.

»Ganz im Gegenteil, ich habe ihm während der letzten beiden Wochen einen beachtlichen Einblick gewährt«, konterte Julian. »Asher steht schon seit fünf Jahren auf unserer Rekrutierungsliste. Also habe ich diese

Gelegenheit beim Schopf gepackt und unsere gemeinsame Zeit genutzt, um ihn einzuweisen. Mr. Sinner ist durchaus bereit, sich unserer Organisation anzuschließen.«

Er hielt einen Moment inne und gab allen – einschließlich mir – Zeit, um seine Worte zu verarbeiten.

Ich hatte nie meine Bereitschaft zum Ausdruck gebracht, ihrer Vereinigung beizutreten.

Allerdings war mir schon nach unserem ersten Telefonat klar gewesen, dass ich wahrscheinlich keine andere Wahl haben würde.

Nathan Spencer hatte sein Geschäft mit auf meine Insel gebracht und mich damit zu einer Mitgliedschaft gezwungen, ob es mir nun gefiel oder nicht.

»Wenn das Problem also darin liegt, dass Mr. Sinner kein dauerhaftes Mitglied von Sin Cave ist – und damit Nathan Spencer nicht gleichgestellt ist, wie Charles erwähnt hat –, dann sollten wir vielleicht damit beginnen, Mr. Sinners Mitgliedschaft zu genehmigen. Danach können wir eine angemessene Bestrafung in Erwägung ziehen.« Julian hielt erneut inne und ließ den Blick über sämtliche Konferenzteilnehmer schweifen.

»Das scheint eine vernünftige Lösung zu sein«, sagte Mitchell nach ein paar Sekunden. »Hat er seine Bedingungen für seine Mitgliedschaft genannt?«

»Das hat er«, antwortete Julian.

»Und wie lauten diese?«, wollte Carver wissen.

»Ist das wirklich euer Ernst?«, warf Taylor ein. »Er hat eines unserer Mitglieder getötet und wir wollen ihn dafür mit einer Mitgliedschaft belohnen?«

Julian blinzelte ihn an. »Mr. Sinner hat im besten Interesse seines Unternehmens gehandelt und dabei nicht nur sein Vermögen, sondern auch seinen Ruf geschützt. Aber ich nehme an, Sie würden diese Art von Opfer nicht verstehen, oder? Vielleicht wäre Ihr älterer Bruder für dieses Treffen besser geeignet gewesen.«

Taylor lief hochrot an vor Wut. »Wie können Sie es wagen ...«

»Ruhe«, fiel Mitchell ihm ins Wort. »Ich bin ein viel beschäftigter Mann und habe heute einen vollen Terminkalender. Ich will hören, was Mr. Sinner verlangt, damit wir eine Entscheidung treffen können.«

»Ich auch«, pflichtete Trenton ihm bei.

Weitere Mitglieder nickten zustimmend, woraufhin Taylor widerwillig verstummte.

»Also schön«, sagte Julian. »Seine Forderung ist im Grunde ganz einfach. Er möchte sich unserer Organisation anschließen, indem er Adalyn Rose heiratet.«

ASHER

FAST WÄRE mir vor Staunen die Kinnlade heruntergefallen, aber wie durch ein Wunder gelang es mir, die Fassung zu bewahren.

Was zum Teufel soll das?

Das hatte ich nie gesagt.

Ich hatte den Wunsch geäußert, sie zu behalten. Aber ich hatte nie davon gesprochen, sie zu heiraten.

Und Julian wusste das.

Er spielte irgendein Spiel, und zwar nicht nur mit den Mitgliedern von Sin Cave, sondern auch mit mir.

»Und im Gegenzug hat er zugestimmt, meinem Bereich der Organisation zu Trainingszwecken und für Feierlichkeiten Zugang zu einigen seiner Villen hier auf der Insel zu gewähren«, fuhr Julian fort und stellte Bedingungen, über die wir nie gesprochen hatten. »Aber sämtliche Anträge potenzieller Besucher müssen zuerst von mir genehmigt werden, wobei nicht alle die Erlaubnis erhalten werden.«

»Wie lauten die Rahmenbedingungen, damit ein

Antrag genehmigt wird?«, fragte Quinton, der sich zum ersten Mal zu Wort meldete.

»Die Rahmenbedingungen werden von Mr. Sinner und mir gemeinsam festgelegt«, sagte Julian. Seine Worte ließen mich innehalten.

»Gemeinsam festgelegte Rahmenbedingungen« soll was genau bedeuten?

Mir war gegenseitiges Einvernehmen wichtig.

Und in seinem Bereich der Organisation war nichts einvernehmlich, denn dort wurden Ehen arrangiert und Bräute ausgebildet.

»Interessant«, sagte Mitchell und kratzte sich am Kinn.

»Es gibt nur ein Problem«, räumte Albert ein. »Adalyn ist bereits mit Larrys Sohn verlobt.«

Bei den Worten warf ich einen Blick auf Larrys Fenster und sah, wie er wütend auf seiner Tastatur tippte, während Charles neben ihm nicht minder zornig wirkte.

Der Anblick wäre lustig gewesen, wenn die Situation nicht so verdammt vertrackt wäre.

Julian ignorierte sie, und die anderen schienen ihnen ebenfalls keine Beachtung zu schenken.

»Das ist wahr«, sagte Julian als Antwort auf Alberts Bedenken. »Dann nennen Sie Ihre Bedingungen, Albert.«

»Meine Bedingungen?«

»Dafür, dass Sie Mr. Sinner erlauben, Ihre Tochter zu heiraten.«

Ihm stand der Mund offen. »Er kann sie nicht *heiraten*. Wie ich schon sagte, ist sie bereits verlobt.«

»Die Verlobung wurde nie offiziell bekannt gegeben«, gab Julian zu bedenken und warf einen Blick auf Taylor Huntington. »Sie wollten es wie eine hitzige Affäre aussehen lassen, um Ihren Playboy-Status so lange aufrechtzuerhalten, wie es gesellschaftlich angemessen ist, nicht wahr?«

»Das ist nicht …«

Julian ignorierte Taylor und wandte sich wieder Mr. Rose zu. »Sie sind in der Lage, neu zu verhandeln, Albert. Da Mr. Sinner seit fünf Jahren auf der Rekrutierungsliste steht, könnten Sie vielleicht ein neues Bündnis mit seiner Familie eingehen. Und wir hätten endlich Zugang zur Elite der Sinner-Klubs.«

»Ich bin nicht in der Lage, im Namen meiner Geschwister zu verhandeln«, warf ich ein. »Ich kann nur für mich sprechen.«

Julian nickte beifällig. »Zufälligerweise ist es gerade Ihr Klub, für den sich viele unserer Mitglieder interessieren. Das ist doch ein Glücksfall, nicht wahr?«

Ich spannte den Kiefer an, doch ich nickte und spielte sein Spiel mit. »In der Tat.«

»Das ist ein sehr lukratives Angebot«, betonte Mitchell. »Ich habe Sinners Isle schon mehrmals besucht. Die Einrichtungen sind erstklassig und werden in unseren Kreisen wärmstens empfohlen.«

»Außerdem bietet die Insel einen exklusiven Ort für die Ausbildung einiger unserer Elitebräute«, fügte Julian hinzu. »Und viele unserer Mitglieder würden sicher liebend gern einen potenziellen Aufenthalt auf der Insel buchen. Ich kann mir vorstellen, dass Mr. Sinner für diejenigen, die sich für einen Besuch qualifizieren, einen Sondertarif ausarbeiten wird.«

Eine interessante Wortwahl, dachte ich. *Potenziell. Qualifizieren.* Das bedeutete, dass er in meinen Mitgliedsvertrag eine Klausel einarbeiten würde, die mir erlaubte zu kontrollieren, wer meine Insel besuchte.

Darauf ließ auch seine Bemerkung über die gemeinsam festgelegten Rahmenbedingungen schließen.

Dieser Mann ist wirklich ein Meister der Rhetorik.

»Ich bin einverstanden«, sagte Carver. »Die einfachste Entscheidung, die ich je getroffen habe.«

»Ich wäre auch interessiert«, meldete sich Trenton zu Wort.

Vier der anderen schlossen sich den beiden an und stimmten ebenfalls zu.

»Ich stimme zu und wäre daran interessiert, mit Ihnen einige Investitionsstrategien zu besprechen, Mr. Sinner«, sagte Mitchell.

»Ich bin für Vorschläge offen«, erwiderte ich und spielte mit. Denn wir wussten beide, dass ich mich nicht auf ein Geschäft mit ihm einlassen würde. Nicht nach dem, wie er Adalyn behandelt hatte. Aber jetzt hielt er sein Wort und gab mir Rückendeckung, sodass ich ihm heute widerwillig dankbar war.

Glücklicherweise schien seine Stimme Adalyn nicht zu beunruhigen.

Sie hatte sich während des gesamten Gesprächs kaum bewegt und war nur bei der Erwähnung von Nathans Tod zusammengezuckt.

Ich musste mich zusammenreißen, um meine Hand nicht nach ihr auszustrecken und sie zu berühren. Aber ich musste mich auf diese Unterhaltung konzentrieren, um uns beide zu retten.

»Aus naheliegenden Gründen bin ich nicht damit einverstanden«, warf Taylor ein. »Sie ist meine verdammte Braut.«

»Es gibt noch andere Kandidatinnen«, bot Julian achselzuckend an. »Ich bin sicher, dass wir eine passende Braut für Sie finden werden.« Er wandte sich wieder Albert zu. »Haben Sie sich für eine Bedingung entschieden?«

»Das ist also alles? Ihr sagt mir alle, mit wem ich meine Tochter verheiraten soll, und ich muss klein beigeben?«, fragte Albert und warf einen Blick auf den Bildschirm.

»Damit böte sich Ihnen eine lukrative Gelegenheit«, antwortete Mitchell. »Denken Sie an das Resort, das Asher aufgebaut hat, und daran, was er mit seinem Fachwissen zu Ihrem Unternehmen beisteuern könnte. Sie beide könnten gemeinsam eine ganz neue Kette von Resorts für Gleichgesinnte aufbauen.«

Allein bei dem Gedanken daran drehte sich mir der Magen um – allerdings nicht bei der Vorstellung einer Resortkette nach dem Vorbild von Sinners Isle, sondern bei dem Gedanken, mit Albert Rose zusammenzuarbeiten.

Doch Michells Worte schienen Albert zum Nachdenken zu bewegen.

»Ich denke, eine solche Kette würde das Interesse mehrerer Finanzorganisationen wecken und eine Fülle von Investitionsmöglichkeiten schaffen«, fügte Mitchell hinzu.

»Das ist ein sehr gutes Argument«, erwiderte Julian. »Es hat fast den Anschein, als seien ihre Familien dazu bestimmt, sich zu vereinen.«

»Ja«, sagte Albert und wandte sich mir zu, wobei er mich in einem ganz neuen Licht zu sehen schien. »Das ist ein interessantes Konzept.«

»Ich hätte nichts gegen eine Erweiterung«, räumte ich ein. Ich hätte zwar nicht geglaubt, in den nächsten zehn Jahren expandieren zu können, doch unter den richtigen Umständen würde ich es in Betracht ziehen.

»Albert, du kannst doch nicht …«

»Taylor, du weißt, wie dieses Spiel gespielt wird«, fiel Albert ihm ins Wort. »Wenn die Elite von Sin Cave will, dass Mr. Sinner der Organisation beitritt, dann kann ich ihr diesen Wunsch nicht verwehren. Und wenn er als Preis für seinen Beitritt meine Tochter verlangt, dann bin ich geneigt, ihm zu geben, was er verlangt.«

»Ausgezeichnet«, erwiderte Julian. »Ich nehme an, Sie wollen noch ein paar Details klären?«

»Ja.« Albert begegnete meinem Blick. »Ich werde mit meinem zukünftigen Schwiegersohn über einige geschäftliche Möglichkeiten sprechen wollen. Aber ich denke, wir können die Einzelheiten während meines Aufenthalts hier klären. Ich würde mir gern die Zeit nehmen, um die Insel zu erkunden und zu sehen, was den Reiz von Sinners Isle ausmacht.«

Dieses Arrangement wäre eine Herausforderung, aber da es mir erlaubte, Adalyn zu behalten, nickte ich zustimmend. »Ich freue mich darauf«, log ich.

Denn ich freute mich keineswegs auf dieses Gespräch.

Aber ich würde die notwendigen Formalitäten erledigen, um Adalyn aus dieser Hölle befreien zu können.

Oder um ihr zumindest eine gewisse Freiheit zu bieten.

Taylor stieß unerwartet ein leises Lachen aus. »Wow«, sagte er. »Er tötet Nate und darf meine Braut heiraten? Das ist ... *wow*.«

»Gemeinhin gilt es als unklug, einen wertvollen Besitz aus den Augen zu lassen«, sagte ich im Plauderton zu ihm. »Man kann nie wissen, ob nicht jemand anderes einen Anspruch darauf erhebt.«

Er nickte. »Wohl wahr. Aber ich habe sie nicht aus den Augen gelassen, Julian.« Er lehnte sich vor. »Tatsächlich habe ich sie seit Jahren im Auge.«

Beinahe hätte ich ihn um eine Erklärung gebeten, doch dann wurde mir eine halbe Sekunde zu spät klar, was er meinte.

Denn er sagte: »Deshalb weiß ich, dass Sie Nate nicht getötet haben. Sie war es. Und ich habe Videoaufnahmen, die das beweisen.« Er blickte auf den Bildschirm und betrachtete die Männer am Tisch. »Er hat euch alle belogen.«

Julian runzelte die Stirn. »Es existieren Videoaufnahmen von Nathan Spencers Tod?«

Scheiße.

Clive hatte zwar einen Speicher für die Videos erwähnt, aber er hatte keinen Beweis dafür gefunden, dass jemand anderes darauf zugreifen konnte. Allerdings hatte er auch etwas von einer seltsamen Verschlüsselung gesagt, die er nicht zu knacken vermochte. Er hatte angenommen, dass es sich dabei um eine Sicherheitsmaßnahme handelte, um die Dateien zu schützen.

Aber vielleicht hatte es etwas damit zu tun, dass jemand anderes darauf zugreifen konnte.

Oder Taylor hatte einfach nur Zugang zu Nathans Passwörtern.

Es sei denn, es waren die ganze Zeit über Taylors Passwörter, dachte ich. *Was, wenn Taylor derjenige ist, der das ursprüngliche Laufwerk für Nathan erstellt hat, auf dem alle Videos gespeichert sind?*

Vielleicht hatte er auf diese Weise sicherstellen wollen, dass Nathan die Ausbildung nach Taylors Maßstäben ausführte. Womit er schlichtweg ein krankes Arschloch wäre.

Oder er hatte die Videos für andere Zwecke aufbewahrt.

»Ja, ich habe gesehen, wie es passiert ist«, erklärte Taylor. »Nathan rief mich in jener Nacht an, nachdem er bemerkt hatte, dass Adalyn einen Haufen Messer in der Villa versteckt hatte. Er konnte es kaum erwarten, ihr eine Lektion zu erteilen, und installierte eine Kamera, von der aus ich alles beobachten konnte. Offensichtlich wusste sie nichts davon, denn sie tötete ihn, während ich zusah.«

»Und Sie haben nicht daran gedacht, den Vorfall schon früher zu melden?«, wollte Julian wissen und wandte sich dann an mich. »Und Sie haben mich belogen?«

Verdammt. Wenn Taylor das Video von jener Nacht hatte, dann wusste er auch, dass Bryant und Clive bei mir gewesen waren, als wir die Leiche fanden.

Und er hätte unser Gespräch mitgehört.

»Ich wurde außen vor gelassen, als es darum ging, wie wir in dieser Situation verfahren sollten«, antwortete Taylor knapp. »Wäre ich mit einbezogen worden, hätte ich es schon früher erwähnt.«

Ich dachte einen Moment über seine Worte nach und versuchte, mir eine Strategie zurechtzulegen.

Ja, ich hatte den Mord vertuscht, aber nur, um Adalyn zu schützen.

Julian hatte jedoch ein gutes Argument, was die Informationen und das Videomaterial anging. Warum hatte Taylor es den anderen nicht erzählt? Denn den Gesichtern auf dem Bildschirm war zu entnehmen, dass sowohl Larry als auch Charles von dieser Enthüllung schockiert waren.

Die anderen schienen genauso überrascht zu sein.

Das heißt, er hatte es niemandem erzählt.

Und genau *das* war sein Trumpf. Er hatte ihn als letztes Druckmittel aufbewahrt, falls die Dinge sich nicht nach seinen Vorstellungen entwickelten.

Denn er hatte nicht zugeben wollen, dass er die Videos hatte.

»Ich kann die Datei abspielen, wenn Sie wollen«, fügte Taylor hinzu. »Ich habe sie auf meinem Handy.«

»Ja«, sagte Julian. »Ich will sie sehen.«

Ich schwieg, als Taylor das Telefon hinüberschob, denn ich wollte erst sehen, wie viel auf dem Video zu sehen war. Würde es zeigen, wie meine Männer am Tatort eintrafen?

Clive hatte gesagt, dass das Video immer noch aufgezeichnet wurde, während wir dort waren, aber er hatte erklärt, dass die Daten direkt auf Nathans Handy übermittelt wurden.

Vielleicht hatte er einen Livestream mit Taylor eingerichtet, doch nach Nathans Tod hatte dieser aufgelegt, um sich darüber im Klaren zu werden, was er tun sollte.

Der Rest wurde also nur auf dem Telefon aufgezeichnet und nie in dem gemeinsamen Laufwerk gespeichert.

Auch der Mord selbst wurde nie übertragen; Clive hatte gesagt, dass die Videos manuell in den Ordner verschoben werden mussten, was Nathan offenbar in regelmäßigen Abständen getan hatte.

»Tatsächlich habe ich sie seit Jahren im Auge.«

Taylors Worte schossen mir durch den Kopf, als Julian das Video in die Konferenzschaltung einspeiste, damit alle es sehen konnten.

»Tatsächlich habe ich sie seit Jahren im Auge.«

Weil er sich die Videos in der Datei angesehen hatte, um ihre Ausbildung im Blick zu haben.

Und vielleicht noch mehr.

Ich warf einen Blick auf den Bildschirm. Ich wusste bereits, was sich darauf abspielte, doch ich bemerkte den Zeitstempel in der oberen Ecke, der die Sekunden zählte.

Das war in den Aufnahmen, die wir gesichtet hatten, nicht zu sehen gewesen.

Und laut des Zeitstempels war in diesem Video, das damit begann, dass Adalyn mit Nathan um die Messer kämpfte, erst eine Minute verstrichen …

Entweder hatte er die Datei geschnitten oder er hatte nicht das ganze Video.

Er hat es während des Livestreams aufgenommen, erkannte ich. *Er hat in dem Moment auf Aufnahme gedrückt, als sie begann, sich heftig gegen ihn zu wehren.*

Das bedeutete, dass er keine Aufnahmen von den Geschehnissen davor hatte, weil Nathan nie die Möglichkeit gehabt hatte, die vollständige Datei hochzuladen.

Das Video endete kurz nachdem Nathan seinen letzten Atemzug getan hatte und zeigte Adalyn, die blutüberströmt auf die Terrassentür zuging.

»Ist da noch mehr?«, wollte Julian wissen.

Taylor schüttelte den Kopf. »Das habe ich während des Livestreams aufgenommen. Aber das komplette Video wird auf Nathans Handy zu finden sein, vorausgesetzt Asher hat die Beweise nicht vernichtet.«

Alle Augen richteten sich auf mich, einschließlich Julians, die wutentbrannt funkelten. »Wo ist sein Handy?«

»Ich habe es«, antwortete ich gedehnt, während ich in Gedanken immer noch sämtliche Informationen verarbeitete.

Taylor wusste also, dass das gesamte Video auf Nathans Handy sein würde. Demnach war er sich sehr wohl der Tatsache bewusst, dass Nathan eine Vorliebe dafür hatte, Adalyn zu filmen. Dazu kam noch seine Bemerkung darüber, dass er sie seit Jahren im Auge hatte, was meinen Verdacht bestätigte, dass er über die Videos im Bilde gewesen war.

Hatte er sie also zu seinem persönlichen Vergnügen aufgenommen?

Oder als potenzielles Druckmittel, um jemanden zu erpressen?

Vielleicht beides.

»Gut. Ich will sein Handy«, sagte Julian mit zusammengebissenen Zähnen. »Und warum zum Teufel haben Sie mir nicht gesagt, dass Adalyn ihn getötet hat?«

Ich zuckte mit den Schultern. »Der Mord wurde auf meiner Insel begangen, also liegt es in meiner

Verantwortung, die Konsequenzen zu handhaben. Es ändert auch nichts an der Tatsache, dass ich ihn selbst getötet hätte, wenn Adalyn mir nicht zuvorgekommen wäre. Sie hat uns allen einen Gefallen getan, indem sie ihm den Garaus gemacht hat.«

Julian zog seine Augenbrauen bis zu seinem Haaransatz hoch. »Ach wirklich? Und wie wollen Sie eine solche Aussage rechtfertigen? Denn wie Taylor schon sagte, sind Sie kein Mitglied unserer Organisation, Mr. Sinner. Und in Anbetracht der Tatsache, dass Sie gelogen haben, glaube ich nicht, dass Ihre Kandidatur genehmigt werden wird.«

Durch die Konferenzleitung war das zustimmende Brummen mehrerer Mitglieder zu hören.

»Wir legen Wert auf Ehrlichkeit untereinander, doch das ist eine Eigenschaft, die Ihnen eindeutig fehlt«, fuhr Julian fort. »Also lassen Sie uns doch bitte wissen, warum Sie der Meinung sind, dass der Mord an Nathan Spencer für unsere Organisation ein *Segen* ist?«

»Nun, ich weiß nicht, wie es Ihnen geht, aber ich bin nicht unbedingt scharf darauf, ohne meine Zustimmung gefilmt zu werden«, sagte ich. Damit begab ich mich auf dünnes Eis. Wenn Taylor nicht das ganze Video von jenem Tag gesehen hatte, deutete das darauf hin, dass Nathan nicht über eine automatische Upload-Funktion verfügt hatte, was Clive mit seinen Nachforschungen bestätigt hatte. Das bedeutete wiederum, dass Taylor nicht wissen konnte, ob ich jetzt die Wahrheit sagte oder nicht.

Nun, vielleicht wusste er, dass ich log.

Aber er würde keinen *Beweis* dafür haben.

Und wenn ich erst mit ihm fertig war, wäre sein Wort nicht mehr von Bedeutung.

KAPITEL FÜNFUNDDREISSIG
ASHER

Ich starrte Julian an. »Sie behaupten also, dass Sie in Ihrer Organisation Wert auf Ehrlichkeit legen.«

»Das ist richtig«, antwortete er und kniff die Augen zu dünnen Schlitzen zusammen.

»Dann verraten Sie mir doch, warum Nathan Spencer meine Session mit Adalyn Rose auf Video aufgenommen hat, denn für mich roch es verdächtig nach Erpressung, als ich den Beweis dafür auf seiner Festplatte fand. Zusammen mit Hunderten von Videos, die er von ihren früheren Sessions hatte.« Ich warf einen Blick auf Mitchell. »Darunter auch mehrere Ihrer Treffen mit Adalyn.« Dann wandte ich mich an Quinton. »Und Ihre ebenfalls.« Zuletzt gab ich auch Geoff zu verstehen, dass ich wusste, dass sie alle drei Adalyn gefickt hatten. »Und Ihre.«

Julian zog ruckartig die Augenbrauen in die Höhe. »*Wie bitte?*«

»Oh, wollen Sie damit etwa sagen, das sei nicht normal? Denn ich war außer mir, als ich die Aufzeichnung fand. Warum glauben Sie, war ich derart wütend, Julian?«

Nach dieser Bemerkung hätte man eine Stecknadel im Raum fallen hören können.

»Als ich das Video gefunden habe, auf dem zu sehen ist, wie ich Adalyn würge, während ich sie ficke, habe ich aus eigenem Interesse beschlossen zu behaupten, ich hätte ihn ermordet. Denn das hätte ich definitiv getan, wenn er mir diesen Mist gezeigt hätte.«

Ihren Gesichtern auf dem Bildschirm nach zu urteilen schienen Geoff, Mitchell und Quinton ähnlich zu denken.

Das bedeutete, keiner von ihnen wusste von den Videos.

Vielleicht waren sie also nur zu Nathans persönlichem Vergnügen aufgenommen worden, doch das bezweifelte ich.

Vor allem da ich jetzt Taylors geisterhaften Gesichtsausdruck sah.

Er hatte von den Videos eindeutig gewusst, was er mehr oder weniger zugegeben hatte, als er sagte, dass er Adalyn im Auge behalten hatte.

Die Organisation würde natürlich mehr Beweise brauchen, welche sie vielleicht auf dem Laptop finden würde. Vor allem wenn sich herausstellte, dass Taylor den Datenspeicher ursprünglich erstellt hatte. Ich war nicht sonderlich technikbewandert und konnte mir dessen nicht sicher sein, aber jemand würde es herausfinden.

Und selbst wenn Taylor nicht involviert war – was ich stark bezweifelte –, hatte Nathan sich immer noch schuldig gemacht, heimlich Sessions gefilmt zu haben, was seinen Mord rechtfertigte.

»Statt Adalyn zu bestrafen, habe ich also die Schuld auf mich genommen und sie als Trostpreis behalten.« Ich zuckte mit den Schultern. »Zufälligerweise habe ich eine Vorliebe für widerspenstige Subs, und diese ist offenbar ziemlich hitzig.«

Ich streckte meine Hand aus, um sie zu streicheln wie einen Hund. Mit der Geste verlieh ich meinen Worten für die Anwesenden Nachdruck, doch ich wollte mich auch davon überzeugen, dass es ihr gut ging.

Denn in diesem Moment war die Atmosphäre zum Zerreißen gespannt.

Und wenn Taylor beweisen könnte, dass ich gelogen hatte … wären Adalyn und ich erledigt.

»Ich … ich wusste nicht, dass Sie eine Session mit ihr hatten«, sagte er gedehnt.

»Ich würde Ihnen den Beweis dafür zeigen, aber ich habe das verdammte Video sofort gelöscht, nachdem ich es entdeckt hatte«, log ich. »Es war nur auf seinem Handy und nicht im Datenspeicher. Aber ansonsten habe ich nichts angerührt. Ich habe lediglich das Filmmaterial gelöscht, das er auf der Insel aufgenommen hatte. Denn diese ist mein Eigentum und es obliegt meiner Verantwortung, sie zu schützen.«

»Was haben Sie mit den anderen Videos vor?«, fragte Julian, der mich immer noch musterte.

»Ich denke, Sie werden die Antwort auf Ihre Frage erhalten, wenn Sie Ihr Sicherheitsteam anrufen«, erwiderte ich. »Bryant sollte den Männern inzwischen alles übergeben haben. Zumindest war das der Plan.« Dieser Teil war nicht gelogen. Wir hatten tatsächlich vorgehabt, den Computer und das Handy Julian zu überreichen, weil wir die Sachen nicht auf der Insel behalten wollten.

Und wie ich bereits zugegeben hatte, waren auf dem Handy sämtliche Aufnahmen aus der Villa gelöscht worden.

Allerdings hatten wir das weniger getan, um meine Insel abzusichern, sondern vielmehr um Clive und Adalyn zu schützen.

Was auch immer der Grund war, die Daten waren gelöscht.

Und obwohl es von meiner Seite aus vielleicht heuchlerisch war, war es mir scheißegal.

Ich schätzte Ehrlichkeit. Aber an dieser Sache war nichts *ehrlich*.

Julian zückte sein Handy und starrte mich an, als er es an sein Ohr führte. »Tobias. Hat Bryant dir etwas übergeben?« Er hielt inne, während er zuhörte, und nickte dann. »Ich verstehe. Ich stelle dich auf Lautsprecher. Bitte wiederhole, was du mir gerade gesagt hast.« Er legte sein Telefon auf den Tisch. »Leg los.«

Tobias räusperte sich. »Er hat mir Nathan Spencers Habseligkeiten überreicht, einschließlich seines Laptops und seines Handys. Darauf sind einige Videos zu finden, die du dir ansehen solltest. Aber wir sind immer noch dabei, sie zu prüfen. Es sind eine ganze Menge.«

»Auch Videos, auf denen Sin Cave Mitglieder zu sehen sind, wie sie Adalyn Rose ficken?«, fragte Julian.

»Unter anderem«, antwortete Tobias. »Nathan hat unzählige Dateien gespeichert.«

»Ich verstehe.« Julian wandte sich an Taylor. »Wussten Sie davon?«

»Nein«, antwortete er mit heiserer Stimme. »Nein, davon wusste ich nichts.«

»Und Sie, Charles? Wussten Sie es?«, wollte Julian wissen und blickte auf den Bildschirm.

Es folgte nur Stille.

Ich warf einen Blick auf ihren Bildschirm, um zu sehen, ob sie etwas sagen wollten, aber sie schienen beide zu schockiert, um sich zu äußern.

»Oh, richtig, Sie sind noch stummgeschaltet. Tut mir leid«, murmelte Julian, wobei er nicht im Geringsten reumütig klang. Offensichtlich hatte er es mit Absicht getan. »So, Sie können jetzt sprechen. Wussten Sie, dass Nathan Spencer all diese Videos auf seiner Festplatte hatte?«

»Nein«, antwortete Charles mit zusammengebissenen Zähnen. »Ich wusste es nicht.«

»Larry?«, fragte Julian.

Er schüttelte nur den Kopf und war völlig sprachlos.

»Ich verstehe.« Julian schwieg für einen Moment. »Tobias, kannst du überprüfen, wer Zugang zu diesem Datenspeicher hat, oder einen unserer Techniker darauf ansetzen?«

»Ja, Fox ist schon an der Sache dran«, antwortete Tobias.

»Gut. Halte mich auf dem Laufenden.«

»Natürlich.«

Julian beendete das Gespräch und sah dann zuerst mich und dann Taylor an. »Nun, das ist eine interessante Wendung. Sie hätten mir von den Videos und Adalyns Beteiligung an dem Mord erzählen sollen«, teilte er mir unumwunden mit.

Ich nickte. Bis zu einem gewissen Grad stimmte ich ihm zu.

»Ich hatte vor, die Videos während Ihres Aufenthalts unter vier Augen mit Ihnen zu besprechen, da ich nicht sicher war, was ich mit ihnen anfangen sollte.« Das war nicht einmal gelogen, was Tobias während des Telefonats gerade bewiesen hatte. »Und obwohl ich Nathan nicht getötet habe, habe ich die Verantwortung für den Mord übernommen. Wie ich schon sagte, hätte ich ihn umgebracht. Auf dieser Insel lege ich Wert auf Einvernehmlichkeit, und gegen diese Regel hat er ganz klar verstoßen. Der Mord war gerechtfertigt.«

»Das will ich gar nicht bestreiten«, erklärte Julian. »Ich bewundere Sie außerdem dafür, dass Sie nicht versucht haben, diese Aufnahmen gegen unsere Organisation zu verwenden und uns zu erpressen. Ich kann mir vorstellen, dass die Veröffentlichung der Videos in den Medien unserem Ruf geschadet hätte.«

»In der Tat«, stimmte ich zu. »Deshalb habe ich das von mir gelöscht.« Ich streichelte Adalyn weiterhin über den Kopf. Sie hatte sich keinen Zentimeter bewegt und ich fragte mich, ob sie in eine Trance gefallen war oder sich an einen sicheren Ort in ihren Gedanken zurückgezogen hatte.

»Ich frage mich, warum Nathan die Sessions auf Video aufgenommen hat«, hakte Julian nach. »Sind Sie wirklich sicher, dass Sie die Antwort darauf nicht kennen, Taylor?«

Dieser schien auch das letzte bisschen Selbstsicherheit verloren zu haben, denn sein Gesicht war weiß wie ein Laken. »J-ja, ich bin sicher.«

»Larry? Charles? Weiß es einer von Ihnen?«, wollte Julian wissen.

Beide Männer schüttelten den Kopf.

»Nun, hoffentlich wird Fox bald mehr herausfinden.« Julian griff nach seinem Handy und steckte es zurück in seine Tasche, dann seufzte er und lehnte sich in seinem Stuhl zurück.

Niemand sagte ein Wort, während alle darauf warteten, dass der Anführer im Raum wieder das Wort ergriff.

»Nun, ich glaube, Asher Sinners Mitgliedschaft steht immer noch zur Debatte. Zwar bin ich der Meinung, dass er mir diese Informationen schon früher hätte zukommen lassen sollen«, sagte er und warf mir einen vielsagenden Blick zu, »aber er hat seine Integrität durch seine guten

Absichten bewiesen. Außerdem weiß er noch nicht, wie wir die Dinge in unserer Organisation handhaben, daher werde ich mich persönlich zur Verfügung stellen, um ihm bei der Aufnahme in unsere Gesellschaft zu helfen. Vorausgesetzt alle sind einverstanden.«

»Ich bin nicht einverstanden«, murmelte Taylor. »Er hat den Mord an Nate vertuscht und uns alle belogen.«

»Das Gleiche könnte man über Sie sagen«, erwiderte Trenton. »Sie hatten Beweise für den Mord und haben sie erst mitten in dieser Besprechung preisgegeben.«

»Er hat recht«, sagte Quinton. »Sie hätten diese Information weitergeben sollen.«

»Ja«, stimmte Larry mit einem tadelnden Unterton in der Stimme zu. »Du hättest es uns unbedingt erzählen müssen.«

Taylor biss die Zähne zusammen. »Also bin ich jetzt der Bösewicht? Nicht der Außenseiter, der Adalyns Tat vertuscht hat?«

»Ich glaube, Sie sind nur enttäuscht, dass Sie Ihr Spielzeug nicht bestrafen können, Taylor«, bemerkte Carver auf dem Bildschirm. »Aber wie es scheint, hat Asher sich dieses Problems bereits angenommen. Und darüber hinaus will er sie für sich behalten.«

»Ja«, bestätigte ich. »Das will ich.«

»Dann sollten wir Ihnen erlauben, das Mädchen zu zähmen und zu heiraten, wenn das Ihr Wunsch ist.« Er verzog die Lippen zu einem Lächeln, in dem ein Hauch seiner Frohnatur wieder zum Vorschein kam. »Vielleicht wird es für Sie sogar eine Bestrafung sein, denn offensichtlich haben Sie eine Menge Arbeit vor sich.«

Julian grinste. »Eine angenehme Arbeit?«

»Natürlich«, erwiderte Carver. »Ich denke, damit kennst du dich aus.«

»Warum glaubst du, biete ich mich an, als sein Mentor zu fungieren?«, fragte Julian.

Carver lachte leise. »Keine Sorge, alter Freund. Das dachte ich mir schon.«

Julians Grinsen wurde nur noch breiter, dann wandte er sich den anderen auf dem Bildschirm zu. »Was ist mit dem Rest von Ihnen? Gibt es irgendwelche Einwände?«

Er wartete etwa zehn Sekunden.

Ich hätte geglaubt, dass Taylor oder sein Vater explodieren würden, aber sie schwiegen beide.

Charles ebenfalls.

»Mr. Rose?«, fragte Julian. »Ändert die Tatsache, dass Asher die Verwicklung Ihrer Tochter in den Mord an Nathan Spencer vertuscht hat, etwas an Ihrer Meinung über die Eheschließung?«

»Nein, wenn überhaupt, dann bin ich Asher dankbar, dass er sich ihrer annimmt. Sie braucht eindeutig eine strengere Hand als die, die Taylor und Nathan ihr gegeben haben«, antwortete Albert.

Es kostete mich einiges an Mühe, meine Wut zu unterdrücken.

Mir war klar, dass mein zukünftiger Schwiegervater und ich keine Freunde sein würden.

Das würde unsere Zusammenarbeit interessant machen.

Aber ich würde alles tun, um Adalyn zu behalten. Außerdem war ich nicht abgeneigt, Sinners Isle zu expandieren. Die Situation war daher gar nicht so schrecklich, doch die Partnerschaft würde unangenehm sein.

»Ausgezeichnet. Hat sonst noch jemand etwas beizutragen?«, fragte Julian erneut.

»Sie werden sich persönlich um die Entfernung dieser

Videos kümmern, nicht wahr?«, wollte Geoff mit rauer Stimme wissen.

»Natürlich«, versicherte Julian ihm. »Sie werden diese Insel nie verlassen. Vorausgesetzt sie wurden nicht bereits anderweitig geteilt. Aber wir werden der Sache auf den Grund gehen, Geoff. Sie haben mein Wort.«

Der andere Mann nickte. »Dann bin ich mit der Sache einverstanden. Ich vertraue darauf, dass Sie dem Jungen ein guter Mentor sein werden.«

Dem Jungen, dachte ich und hätte fast die Augen verdreht.

»Es wird eine für beide Seiten vorteilhafte Partnerschaft sein«, versicherte Julian ihm.

Weitere Mitglieder nickten und Julian verzog die Lippen zu einem Grinsen.

»Schön, dann sind wir uns ja alle einig. Womit wir bei unserem letzten Punkt wären: Nathans Tod. Ich persönlich bin der Meinung, dass Asher so reagiert hat, wie es viele von uns getan hätten, wenn wir unsere Integrität durch einen solchen Betrug als gefährdet erachtet hätten. Daher beantrage ich, seine Entscheidung in Bezug auf Nathan Spencer zu akzeptieren.«

Verdammt, Julian erwies sich wirklich als tödlich, doch nicht auf eine gewalttätige Art und Weise.

Nein.

Dieser Mann brachte andere mit seinem Wissen und seinen rhetorischen Fähigkeiten zur Strecke.

Auf gewisse Weise machte ihn das noch bedrohlicher.

Denn er hatte gerade meine Aufnahme in die Organisation von Sin Cave erwirkt, um mich auf diese Weise mit den anderen Mitgliedern auf eine Stufe zu stellen. Dadurch würde mir Gnade für den Mord an Nathan Spencer zuteilwerden. Denn nun hatte das

Argument meiner fehlenden Mitgliedschaft keine Gültigkeit mehr.

Brillant, dachte ich. *Dieser Mann ist brillant.*

»Irgendwelche Einwände?«, fragte Julian.

Charles verschwand vom Bildschirm, nachdem er sich offensichtlich von der Konferenz abgemeldet hatte.

Fast hätte ich seinetwegen ein schlechtes Gewissen gehabt.

Aber sein Sohn war ein verdammtes Monster.

Wenn Adalyn ihn nicht getötet hätte, hätte ich es ohne Zweifel getan.

Sie schien kaum zu atmen, während sie neben mir auf dem Boden kniete.

Bald, sagte ich mir, während es mir förmlich in den Fingern juckte, sie zu berühren. Ich wollte sie beruhigen und mich vergewissern, dass es ihr gut ging.

Heirat.

Wir werden heiraten.

Verdammt. Wie denkt sie darüber? Wird sie damit einverstanden sein?

So hatte ich mir meine Verlobung sicher nicht vorgestellt.

»Da ich keine Einwände höre, ist diese Diskussion hiermit beendet. Gibt es sonst noch irgendwelche Angelegenheiten, die wir besprechen sollten?« In Julians Stimme lag zwar ein vermeintlich interessierter Unterton, doch der mahnende Ausdruck in seinen Augen gebot den Anwesenden zu schweigen.

Er hatte eindeutig genug von diesem Treffen.

Und wenn man bedachte, wie gekonnt er alle Karten ausgespielt hatte, konnte ich ihm nicht verübeln, dass er die Sache zu einem Ende bringen wollte.

»Ich werde in Kontakt bleiben, Asher«, sagte Carver. »Denn ich würde Ihre Insel gern besuchen.«

»Ich freue mich darauf«, erwiderte ich.

»Ich werde mich ebenfalls melden«, informierte Trenton mich.

Ich nickte. »Ich werde Ihre Nachricht erwarten.«

Julian grinste. »Dann beginnt es also«, sagte er. »Willkommen bei Sin Cave, Asher.«

ADALYN

Heirat.

Familienfusion.

Hotelkette.

Mitgliedschaft bei Sin Cave.

Die Wahrheit über Nates Ableben.

Videos.

All diese Worte drehten sich in meinem Kopf. Warum hatte Asher nicht erwähnt, dass er mich heiraten wollte? Hatte er das mit »behalten« gemeint?

Dabei war ich weder enttäuscht noch wütend, nur … *schockiert.*

Er will mich heiraten?

Und er würde Sin Cave erlauben, seine Insel zu benutzen? War er nicht strikt dagegen gewesen? Er hatte behauptet, Nathan genau aus diesem Grund getötet zu haben. Und jetzt hatte er vor, der Organisation Zugang zu bestimmten Villen zu gewähren?

Zu Ausbildungszwecken?

Das alles schien so widersprüchlich und sah dem Mann, den ich kannte, gar nicht ähnlich.

Hier war etwas anderes im Spiel.

Ich ging jede Aussage noch einmal im Geiste durch und versuchte, die Details in meinem Kopf zu ordnen, als die Konferenz beendet wurde.

Und ich konnte immer noch nicht glauben, dass niemand auf die Tatsache reagiert hatte, dass ich Nathan Spencer getötet hatte.

Würden sie mich später bestrafen? Würde Julian es selbst in die Hand nehmen?

Oder … oder wollten sie diese Aufgabe einfach Asher überlassen?

Ich verstehe nicht, wie das alles möglich ist, dachte ich. *Wie … wie konnte das passieren?*

Hatte Asher mich wirklich gerettet? War jetzt endlich alles vorbei?

Nein. Er muss mit meinem Vater noch wegen des Hotels verhandeln.

Aber es klang fast so, als sei alles andere erledigt. Ich … konnte kaum atmen, so unglaublich war der Gedanke. Und doch war ich völlig verwirrt.

Ich hörte Asher vage etwas darüber sagen, dass jemand Taylor zum Flughafen fahren würde, damit er dort auf seinen Jet warten konnte. Außerdem ließ er meinen Vater wissen, dass Oscar ihn und meine Mutter zu ihrer Villa fahren würde. »Ich werde später bei Ihnen vorbeischauen, um die Einzelheiten zu besprechen«, fügte er zum Abschied hinzu.

»Ich freue mich darauf, Asher«, antwortete mein Vater und klang dabei so erfreut, wie ich ihn noch nie gehört hatte.

Weil er mit Asher ins Geschäft kommen will.

Will Asher das auch?

War das von Anfang an sein Plan?

Nein, das würde er nicht tun. Er wollte nichts mit Sin Cave zu tun haben, nicht wahr?

Und er hat gelogen, was den Mord an Nate betrifft. Er erzählte etwas von einem Video. Aber es gab nie ein Video. Er hat mich auch nie gewürgt.

All diese Gedanken schossen mir durch den Kopf, bis mir schwindelig wurde. Ich geriet ins Schwanken, doch im nächsten Moment spürte ich eine Hand an meiner Wange, als Asher vor mir in die Hocke ging. »Adalyn, Schätzchen, geht es dir gut?«, fragte er und durchbohrte mit seinem Blick die Dunkelheit.

Ich blinzelte. Dunkelheit. Seit wann war es dunkel?

Meine Sicht schien sich zu verengen.

»Atme, Liebling«, flüsterte er. »Hol tief Luft, Adalyn.«

Ich tat, wie geheißen. Mein Brustkorb hob und senkte sich, und kurz darauf sah ich schon etwas klarer.

»Braves Mädchen«, murmelte er. »Noch einmal.«

Ich gehorchte, weil es sich richtig anfühlte. *Sicher.* Behaglich. Tröstlich. Ich hörte gern auf ihn und befolgte bereitwillig seine Befehle. Dadurch fühlte ich mich ein wenig leichter und nicht so verwirrt.

Mein Verstand beruhigte sich langsam wieder und meine Gedanken rauschten nicht mehr so ohrenbetäubend durch meinen Geist.

Asher lobte mich wortlos, indem er mit dem Daumen über mein Kinn strich. Er drückte mir einen Kuss auf die Stirn, bevor er mir beim Aufstehen half. Dann legte er mir sein Jackett um die Schultern, setzte mich auf einen Stuhl und reichte mir eine Flasche Wasser.

»Eine Panikattacke«, sagte er.

Ich blinzelte ihn an. »Hm?«

»Du hattest eine Panikattacke. Warum hast du dein Safeword nicht benutzt?«

Ich starrte ihn mit ausdrucksloser Miene an. »Panikattacke?«

»Ich glaube, sie hat gar nicht bemerkt, dass es passiert ist«, sagte eine tiefe Stimme. *Julian*. Ich konnte ihn nicht sehen, aber ich spürte, dass er ganz in der Nähe war.

Asher ging wieder vor mir in die Hocke und ignorierte ihn. »Trink dein Wasser.«

Ich schraubte den Deckel ab und nahm mehrere Schlucke.

»Woran hast du gedacht?«, fragte er mich leise. »Was hat dich in diesen Zustand versetzt? War es die Stimme eines Mannes auf dem Bildschirm? Oder etwas, das gesagt wurde?«

Ich trank einen weiteren Schluck Wasser, während ich über seine Fragen nachdachte. »Du hast ihnen gesagt, dein Preis für die Mitgliedschaft sei es, mich zu heiraten?«

Er runzelte die Stirn. »Der Gedanke, mich zu heiraten, hat eine Panikattacke bei dir ausgelöst?«

Wie bitte? »Nein. Ich … ich habe nur über deinen Preis nachgedacht. Und die Fusion. Und … die Dinge infrage gestellt.«

»Du hast mich infrage gestellt«, formulierte er den Satz neu. »Und meine Absichten dir gegenüber.« Er wandte sich zur Seite. Ich konnte ihn zwar nicht sehen, doch ich nahm an, dass Julian neben ihm stand. »Weil Sie allen erzählt haben, ich wolle sie heiraten.«

»Sie sagten doch, Sie wollten sie behalten. In unserer Welt ist das das Gleiche, Sinner.« Julian stellte sich hinter Asher und trat in mein Blickfeld. »Und ich denke, dass Sie sie heiraten wollen. Immerhin sind Sie gerade vor ihr auf die Knie gegangen. Wo ist da der Unterschied?«

Genau genommen war er nicht auf die Knie gegangen, sondern saß in der Hocke. Aber ich sagte nichts dazu, weil ich zu sehr damit beschäftigt war, ihre Worte zu verarbeiten.

Asher hatte also nicht gesagt, dass er mich heiraten wolle, sondern nur, dass er mich behalten wolle. Darauf hatten wir uns zu Beginn geeinigt. Doch Julian hatte daraus eine Art seltsamen Antrag gemacht. »Und deine Insel?«, fragte ich. »Bist du wirklich damit einverstanden, dass Sin Cave Zugang erhält?«

Asher wandte sich wieder Julian zu und stand auf, um sich ihm gegenüberzustellen. »Das hängt ganz von unseren *gemeinsam festgelegten Rahmenbedingungen* ab.«

Julian grinste. »Einvernehmen wird eine dieser Bedingungen sein, denn wie ich höre, legen Sie darauf großen Wert. Aus diesem Grund werde ich mich persönlich um die endgültigen Genehmigungen der potenziellen Besucher kümmern. Ich weiß genau, wem das Einverständnis seiner Spielpartner wichtig ist und wem nicht.«

Asher trat einen Schritt zurück und stellte sich neben meinen Stuhl, wobei er eine Hand an meinen Nacken legte. Mit dem Daumen strich er über meine Halsschlagader, als er Julian fragte: »Und ich kann Ihnen in dieser Hinsicht vertrauen?«

»Nach allem, was ich heute für Sie getan habe? Auf jeden Fall. Denn wir beide wissen verdammt gut, dass es kein Video davon gibt, wie Sie Adalyn Rose würgen. Sie haben den Mord vertuscht, weil Sie sie vor dieser Hölle bewahren wollten.«

Asher riss die Augen auf.

»Versuchen Sie gar nicht erst, es zu leugnen, Sinner. Es ist mein Job, andere Menschen zu durchschauen. Ich habe Sie nur nicht zur Rede gestellt, weil ich weiß, dass Sie es für eine gute Sache getan haben. Aber falls Sie mich je wieder belügen sollten, werde ich Ihnen schneller den

Garaus machen, als Sie blinzeln können.« Er zog eine dunkle Augenbraue in die Höhe. »Haben Sie das verstanden?«

Ich erschauderte. Sein dominanter Unterton zischte durch die Luft und ließ mir das Blut in den Adern gefrieren.

Asher war ein Dom.

Aber Julian? Julian existierte auf einer ganz anderen Ebene.

»Ich habe das alles nur getan, um sie zu beschützen«, antwortete Asher. »Und wenn ich noch einmal für sie lügen müsste, würde ich es, ohne mit der Wimper zu zucken, tun. Aber ich würde immer nur für sie lügen, für niemanden sonst.«

Julian musterte ihn einen Moment. »Dann komme ich auf meine frühere Aussage bezüglich der Ehe zurück – legen Sie das Gelübde ab, dann können Sie für eine gute Sache lügen. Dafür hätte ich Verständnis.« In Julians Stimme schwang ein bedrohlicher Unterton mit.

»Verstanden«, antwortete Asher.

»Wenn Adalyn das nächste Mal jemanden tötet, seien Sie ehrlich zu mir. Ich denke, Sie werden feststellen, dass ich für solche Dinge mehr Verständnis aufbringe als jeder andere«, fügte er hinzu.

»Es wird kein nächstes Mal geben, es sei denn, jemand legt unerlaubt Hand an sie«, erwiderte Asher. »Das erinnert mich an einen wichtigen Punkt. Jeder, der sie zuvor berührt hat, ist auf meiner Insel nicht willkommen.«

Julian nickte. »Mit dieser Forderung habe ich bereits gerechnet und werde ihr garantiert nachkommen.«

»Gut.« Asher betrachtete ihn einen langen Moment und seufzte. »Ich bin Ihnen dankbar für Ihre Hilfe heute, Julian. Aber ich werde mich nicht dafür entschuldigen, dass ich den Mord vertuscht habe.«

»Ich weiß. Wie ich schon sagte, Sie haben es aus den richtigen Beweggründen getan. Ich hätte in Ihrer Situation genauso gehandelt. Aber ich habe ernst gemeint, was ich über Ehrlichkeit gesagt habe. Die Organisation legt darauf großen Wert. Deshalb vermute ich, dass Taylor Huntington bald seine Strafe bekommen wird, denn uns beiden ist klar, dass er von dieser Festplatte gewusst hat.«

»Clive hat bisher vergeblich versucht, Beweise dafür zu finden, dass noch jemand Zugang zu dem Laufwerk hatte«, antwortete Asher. »Ich frage mich allerdings, ob vielleicht Taylor den Ordner ursprünglich angelegt hat. Denn wenn er bereits Zugriff auf das Original hatte, hätte er keine zusätzlichen Zugangsdaten gebraucht.«

Julian nickte. »Ich werde Fox bitten, der Sache nachzugehen. Wir werden herausfinden, ob noch jemand diese Videos gesehen hat.«

»Clive kann bei Bedarf helfen. Und als Zeichen meines guten Willens verrate ich Ihnen, dass er mehr weiß, als ich zugegeben habe.«

»Ja, das ist mir bewusst«, antwortete Julian. »Und machen Sie sich keine Sorgen. Ihnen sind ein paar enge Vertraute erlaubt. Bryant stand mir schließlich auch näher als die meisten Menschen.«

»Gut zu wissen, denn ich will, dass Clive gesund und am Leben bleibt.«

»Wir töten keine Leute, nur weil sie einen Einblick in unsere Geheimnisse haben, Asher. Diese Arbeit überlassen wir unseren Frauen.« Bei diesen Worten blickte er auf mich herab und verzog die Lippen zu einem Lächeln. »Ich freue mich schon auf die Hochzeit. Vielleicht kann meine Bria Ihrer Adalyn ein paar Tipps für die Hochzeitsnacht geben.«

»Der Einzige, der ihr Anweisungen geben wird, bin

ich«, sagte Asher und festigte seinen Griff um meinen Nacken.

»Es würde mir nicht im Traum einfallen, mich einzumischen«, antwortete Julian und hob die Hände abwehrend in die Luft. »Aber es wäre mir eine Ehre, als Ihr Trauzeuge bei der Hochzeit einzuspringen.«

Asher brummte, streichelte mit dem Daumen aber weiterhin sanft meinen Hals. »Bryant und Clive werden da ein Wörtchen mitzureden haben. Und meine Brüder ebenfalls.«

Julian zuckte mit den Schultern. »Na schön. Bryant, Clive und Kane können als Ihre männlichen Brautjungfern einspringen. Aber die arme Adalyn wird selbst keine Brautjungfern haben, denn ich bezweifle, dass wir Jenica rechtzeitig zur Hochzeit einfliegen können.« Er sah mich an. »Ich würde dir ohnehin davon abraten, sie deinen Eltern vorzustellen.«

Mir stand der Mund offen. »Sie wissen von Jenica?« Moment mal, hatte er gerade *Kane* gesagt?

Asher hatte es wohl auch gehört, denn er hielt plötzlich inne und ließ seinen Daumen reglos an meiner Halsschlagader liegen. »Woher wissen Sie, dass mein Bruder auf der Insel ist?«

Julian warf ihm einen vielsagenden Blick zu. »Ich bitte Sie. Sie sind nicht der Einzige, der über Ressourcen verfügt, Asher. Und bevor Sie Bryant ins Kreuzverhör nehmen, erspare ich Ihnen die Mühe und versichere Ihnen, dass er nichts damit zu tun hatte. Er ist Ihnen gegenüber loyal, und seine Loyalität ist der Hauptgrund für meine Anwesenheit. Wenn Sie ihn für sich gewonnen haben, dann müssen Sie ein guter Kerl sein. Und davon kann ich nicht genug um mich scharen.«

»Und für gewöhnlich werben Sie neue Freunde an, indem Sie sie ausspionieren?«, konterte Asher.

»In meinem Beruf kann ich den Menschen unmöglich vertrauen. Also ja, auf diese Weise suche ich mir normalerweise meine Verbündeten aus.«

Asher überlegte einen Moment, bevor er kaum merklich nickte und dann seinen Daumen wieder an meinem Hals kreisen ließ. »In Ordnung. Das respektiere ich.«

»Gut«, erwiderte Julian und streckte Asher eine Hand entgegen. »Dann gehe ich davon aus, dass wir in Zukunft gute Verbündete sein werden.«

Asher ergriff seine Hand. »Dann werden Sie wohl mein Trauzeuge sein.«

Julian grinste. »Falls Sie mit Albert meine Hilfe brauchen, lassen Sie es mich wissen. Aber ich denke, Sie werden mit ihm zurechtkommen.«

Asher ließ seine Hand los. »War die Hotelfusion Ihre Idee oder die von Mitchell?«

»Mitchells«, bestätigte Julian. »Ich glaube, er fühlt sich ziemlich schlecht wegen dem, was er Ihrer Adalyn angetan hat. Ich vermute jedoch, dass kein Zeichen der Reue je gut genug sein wird, um Ihre Vergebung zu verdienen.«

»Sie vermuten richtig.«

Er nickte. »Dann verstehen Sie sicher, wie ich in Bezug auf Taylor Huntington empfinde.«

Asher zog eine Augenbraue in die Höhe. »Ist das der wahre Grund, warum Sie uns heute geholfen haben?«

»Sagen wir einfach, ich bin nicht enttäuscht, wie die Sache ausgegangen ist«, murmelte er.

»Gut zu wissen«, erwiderte Asher. »Unabhängig von Ihren Beweggründen weiß ich es zu schätzen, dass Sie uns heute geholfen haben. Ich bin froh, dass Bryant Sie angerufen hat und dass ich auf seinen Rat gehört habe, Ihnen zu vertrauen.«

Julian schnaubte. »Bryant redet nur einen Haufen Müll. Sie sollten ihm nicht trauen.«

»Du kannst mich auch mal«, entgegnete Bryant, der in der Tür stand. »Mal sehen, ob ich noch einmal eine Kugel für dich abfange.«

Julian schien von seiner Ankunft nicht überrascht zu sein, was darauf schließen ließ, dass er bereits gewusst hatte, dass Bryant sich im Raum befand, als er ihn beleidigt hatte. Vielleicht hatte er ihn aus dem Augenwinkel gesehen. »Du hast sie nicht für mich abgefangen«, erwiderte Julian, »sondern für sie.«

»Aus diesem Grund habe ich meine Worte sorgfältig gewählt. Denn für dich würde ich mich nicht ins Kreuzfeuer werfen, aber für Bria, ohne zu zögern.«

Julian grinste und wandte sich ihm endlich zu. »Ich nehme an, sie ist in meiner Villa?«

»Das ist sie. Ich bin ziemlich sicher, dass sie auch in jedem Zimmer ein Messer versteckt hat.«

Julians Grinsen wurde noch breiter. »Gut.« Er sah Asher an. »Ich nehme an, Sie wollen jetzt mit ihr allein sein. Vielleicht können Sie ihr ja einen richtigen Antrag machen? Ich habe gehört, dass Frauen so etwas mögen. Aber ich habe natürlich keine Ahnung, daher sollten Sie vielleicht besser jemand anderen um Rat fragen.«

»Ich würde gern sehen, wie du Bria einen Antrag machst«, sinnierte Bryant. »Sie würde dich wahrscheinlich erstechen.«

Ein verträumter Ausdruck trat in Julians Augen. »Möglicherweise.« Dann blickte er auf mich herab und seine dunklen Iriden strahlten eine Intensität aus, die mir augenblicklich den Atem verschlug. »Es tut mir leid, Adalyn.«

Asher verkrampfte sich neben mir.

Ich blinzelte. »Was tut Ihnen leid, Sir?«

»Du darfst mich Julian nennen«, erklärte er mit sanfter Stimme. »Und meine Entschuldigung gilt für alles, was geschehen ist. Wenn du mich fragst, passt Asher viel besser zu dir als Taylor.«

Da konnte ich ihm nicht widersprechen. »Ich bin sehr froh darüber, hierbleiben zu können.«

Julian lächelte. »Ja. Das kann ich sehen.« Er wandte sich wieder Asher zu. »Können Sie in sieben Tagen eine Hochzeit ausrichten?«

»Wenn mit Albert alles nach Plan läuft, dann ja.«

»Ausgezeichnet. Dann werde ich meiner Bria Bescheid geben, dass wir für einen spontanen Urlaub hierbleiben.«

»Du meinst also, das war ursprünglich nicht geplant?«, fragte Bryant. »Denn du hast genügend Gepäck für einen ganzen Monat mitgebracht.«

»Man kann nie vorbereitet genug sein«, murmelte Julian, woraufhin Asher ihn mit einem neugierigen Blick bedachte.

Julian musterte ihn ebenfalls, woraufhin die beiden Männer einander für einen Moment nur stillschweigend anstarrten.

»Sie sind völlig anders, als ich erwartet habe«, gab Asher schließlich zu.

Das Gleiche habe ich auch gerade gedacht, schoss es mir durch den Kopf.

»Das liegt nur daran, dass wir einen gemeinsamen Freund haben.« Julian wandte sich besagtem Mann zu. »Du kannst ihn davon in Kenntnis setzen, wie ich mit meinen Geschäftspartnern verfahre, richtig?«

»Sicher.«

»Wunderbar.« Julian ging in Richtung Tür, doch dann hielt er noch einmal inne und drehte sich zu Asher um. »Lassen Sie uns morgen zusammen zu Abend essen. Ich denke, Adalyn wird meine Bria mögen.«

Mit diesen Worten verschwand er durch die Tür und ließ mich mit Asher allein.

Ich trank mein Wasser aus und stellte die leere Flasche auf den Tisch, während Asher mich beobachtete. Dann stand ich auf und balancierte auf meinen Stilettos. Diese Art von Schuhen trug ich für gewöhnlich, wenn ich es mit den Männern von Sin Cave zu tun hatte, doch trotz der zusätzlichen Höhe war Asher immer noch einige Zentimeter größer als ich.

»Du gibst eine Menge für mich auf«, sagte ich. »Du erlaubst Sin Cave den Zugang zu deiner Insel. Du bindest dich an mich und an meine Familie. Du heiratest buchstäblich in die Organisation ein. Und mein Vater wird von all dem profitieren wollen. Bist du dir sicher, dass du das willst?«

»Nein«, antwortete er geradeheraus und ich zuckte zusammen. Doch dann legte er eine Hand an meine Wange und zog mich an sich. »Aber ich bin mir sicher, dass ich *dich* will. Alles andere … sind nur unbedeutende Details, Adalyn. Wenn die Ehe uns die Freiheit gibt, zusammen zu sein, dann ist das all die Opfer wert. Und was deinen Vater angeht, so habe ich einige Ideen, die uns beiden zugutekommen könnten.«

»Ideen?«, wiederholte ich.

Er nickte. »Vielleicht könnten wir den neuen Firmenzweig von Rose Royale gemeinsam leiten. Würde dir das gefallen?«

Ich starrte ihn an. »Du willst, dass ich für dich arbeite?«

»Nein, Liebling. Ich würde dich bitten, *mit* mir zu arbeiten. Als Partnerin.«

»Wie bitte? Warum?«

»Weil Paare in einer glücklichen Beziehung so etwas tun, Adalyn.« Er presste seine Lippen auf meine. »Und ich will eine glückliche Beziehung mit dir führen. Ich will dich glücklich machen. Ich will diesen Weg mit dir gemeinsam gehen und jeden Moment genießen. Wenn es also in deinem Sinne ist, zu expandieren und weitere Inseln zu verwalten, dann ist es auch in meinem.«

»Das wird mein Vater niemals zulassen«, flüsterte ich.

»Dein Vater wird keine andere Wahl haben«, konterte er. »Du hast mir erzählt, er hat mit den Huntingtons vereinbart, dass Taylor den Vorsitz übernimmt. Nun, wenn ich eine ähnliche Vereinbarung mit ihm treffe, dann werde ich das Unternehmen leiten. Zumindest wird der Firmenzweig, den wir gründen werden, mir gehören, da ich deinem Vater kein Mitspracherecht bei diesen Geschäften einräumen werde.«

»Er hat Taylor ausgewählt, weil er ihn kontrollieren kann«, sagte ich.

»Ja, und Sin Cave hat mich gewählt … weil er mich *nicht* kontrollieren kann«, konterte Asher. »Dein Vater und ich werden uns einig werden. Ich werde seinem Imperium einen finanziellen Anreiz bieten und im Gegenzug wird er uns in Ruhe leben lassen.« Er presste seine Stirn an meine. »Ich werde deinem Vater sagen, wo es langgeht, und nicht umgekehrt.«

Ich wollte ihn davor warnen, meinen Vater zu unterschätzen, aber ich ahnte, dass er das bereits bedacht hatte.

Außerdem würde mein Vater wohl eher Asher unterschätzen.

»Dann werden wir heiraten«, flüsterte ich.

»Ist das in Ordnung für dich?«, fragte Asher und zog seinen Kopf ein Stück zurück, um mich anzusehen. »Wenn es dir lieber ist, wird die Ehe nur auf dem Papier bestehen. Ich werde dir nie deine Freiheit nehmen,

Adalyn. Ich habe dir gesagt, dass du entscheidest, wer dich berührt und wer nicht.«

Ich glaubte ihm. Wenn ich eine rein formelle Heirat wollte, würde er mir den Wunsch erfüllen und mir dann die Freiheit geben, selbst zu wählen.

Aber ich wollte keine Ehe nur zum Schein.

Denn ich wusste bereits, wen ich begehrte und wer mich für den Rest meines Lebens berühren sollte.

Asher Sinner.

Mein Herr.

»Ich entscheide mich für dich«, versprach ich ihm. »Ich entscheide mich für dieses Leben. Ich entscheide mich für uns.«

»Bist du sicher?«, hakte er nach. »Denn ich würde es verstehen, wenn du noch etwas Zeit brauchst, um …«

Ich stellte mich auf die Zehenspitzen, um ihn zu küssen. Ich wollte nicht mehr reden und hatte genug von all den Besprechungen und Plänen.

Ich wollte … ich wollte einfach nur leben. Ich wollte mit ihm zusammen sein und alles andere vergessen.

»Bring mich zurück in deine Villa, Herr«, sagte ich an seinen Lippen. »Erinnere mich daran, dass ich dir gehöre.«

Und ich würde ihm zeigen, dass ich es ernst meinte und die Seine sein wollte.

»Bitte, Herr«, flüsterte ich. »Bitte gib mir die Freiheit, mich für uns zu entscheiden.«

KAPITEL SIEBENUNDDREISSIG
ASHER

ADALYN KNIETE vor mir in meinem Schlafzimmer, wobei ihr seidenweiches weißes Kleid nichts der Fantasie überließ. Sie trug das verdammte Ding schon den ganzen Tag lang, und doch kam es mir so vor, als sähe ich sie darin zum ersten Mal.

Vielleicht lag es daran, dass unsere Situation sich geändert hatte.

Und an ihren Worten.

»Bitte gib mir die Freiheit, mich für uns zu entscheiden.«

Ihre Worte waren mir während der ganzen Fahrt zurück zur Villa nicht mehr aus dem Kopf gegangen und hatten mich die Treppe hinauf bis in mein Schlafzimmer verfolgt.

Sie hallten auch jetzt noch in meinem Inneren nach, als sie auf dem Teppich neben meinem Bett kniete.

Ich hatte ihr nicht befohlen, sich hinzuknien, doch sie hatte die unterwürfige Pose sofort nach Betreten des Zimmers eingenommen. Sie hatte die Handflächen auf die Oberschenkel gelegt und den Kopf leicht gesenkt, während sie den Rücken jedoch gerade durchgedrückt hatte.

So königlich und perfekt.

Meine schöne Adalyn.

Meine zukünftige Frau. Verdammt, dieser Gedanke sollte mich nicht derart erregen. Die Umstände waren so falsch. Und doch hatte sich in meinem ganzen Leben nie etwas so verdammt richtig angefühlt.

Das Schicksal hatte diese wunderschöne Göttin auf meine Insel gebracht, damit ich sie für mich beanspruchen konnte, und ich hatte vor, das jetzt zu tun.

Während der vergangenen Woche hatten wir zwischen unseren Besprechungen, in denen wir alles geplant hatten, immer wieder gespielt. Doch noch nie so wie jetzt. Bis zu diesem Moment hatten wir einander erkundet, während ich mich bemüht hatte, ihre Grenzen kennenzulernen. Wir hatten noch einen weiten Weg vor uns, doch nun hatten wir Zeit, um daran zu arbeiten. Sehr viel Zeit. Ein ganzes Leben lang.

Denn sie wird ganz mir gehören.

Als meine Frau.

Ein elektrisierender Schauer lief mir über den Rücken, als ich meine Krawatte abnahm. Adalyn hatte den ganzen Heimweg über mein Jackett getragen, weil ich sie bedecken wollte.

Aber jetzt war sie fast nackt und kniete vor mir.

Auf meinen Befehl hin hatte sie sich des Spitzentangas entledigt und gewährte mir nun einen ungehinderten Blick auf ihren schönen Körper. Natürlich wäre ich nicht damit einverstanden, sie ständig in einem solch aufreizenden Outfit herumlaufen zu lassen, doch ich konnte den Reiz durchaus verstehen.

Vielleicht würde ich es zu einer Regel im Schlafzimmer machen.

»Wie lautet dein Safeword, Adalyn?«, fragte ich, als ich mich hinter sie stellte.

»Träume, Herr.« In ihrer Stimme schwang ein begieriges Keuchen mit, das mir direkt in die Lenden fuhr, denn es verriet mir, dass sie es genauso sehr wollte wie ich.

Mm, ich wette, ihre Schenkel sind ganz nass …

»Bist du feucht für mich, Schätzchen?«, fragte ich sie, als ich plötzlich eine Idee hatte.

»Ja, Mr. Sinner.«

»Beweise es«, sagte ich und senkte meine Hand über ihrer Schulter ab. »Nimm meine Krawatte und reibe sie über deine Spalte. Mach sie schön feucht für mich und ich werde dich belohnen.«

Sie zitterte sichtlich, als sie mir ihren Gehorsam aussprach und den seidigen Stoff entgegennahm. Sie senkte ihre Hand und führte sie dann an ihrem Schenkel hinauf.

Ein leises Stöhnen entfuhr ihrer Kehle, als sie meine Krawatte zwischen ihren Schenkeln rieb und sie mit dem Saft ihrer Erregung tränkte.

Währenddessen krempelte ich die Ärmel meines Hemdes hoch und öffnete die beiden obersten Knöpfe, denn ich fühlte mich plötzlich eingeengt.

Dann begann ich, meinen Gürtel aufzuschnallen.

Hier im Schlafzimmer hatte ich einiges an Spielzeug, doch ich zog es vor, im Moment noch darauf zu verzichten. Wir würden uns langsam herantasten und unsere Sessions nach und nach steigern können.

Außerdem hatte sie in ihrem Leben schon genügend Spielzeug gesehen.

Was sie jetzt brauchte, waren meine Liebkosungen.

Meine Zunge.

Meine Hände.

Meine Zähne.

Ich wollte sie mit Haut und Haaren verwöhnen, um all ihre Erinnerungen auszulöschen und sämtliche Albträume aus ihrem Gedächtnis zu vertreiben.

»Zeig mir, wie feucht du meine Krawatte gemacht hast, Schätzchen«, befahl ich.

Adalyn bebte am ganzen Körper, als sie die Seide zwischen ihren Schenkeln hervorzog. Mit zitternder Hand hob sie die Krawatte in die Höhe, damit ich sie begutachten konnte.

Ich beugte mich vor und atmete ihren süßen Duft ein. Dann leckte ich genüsslich über den Stoff in ihrer Hand, wobei mein Unterleib sich vor Verlangen anspannte. »So ein braves Mädchen«, lobte ich sie. »Du bist so feucht für mich.«

»Immer, Herr«, erwiderte sie, wobei ihre Brustwarzen unter dem dünnen Stoff ihres Kleides ganz hart wurden.

»Leck die Krawatte für mich sauber, Liebling«, befahl ich ihr. »Ich will, dass sie makellos ist, wenn du fertig bist. Und wenn du es richtig machst, darfst du zum Nachtisch meinen Schwanz lutschen.«

Sofort führte sie meine Krawatte an ihren Mund und gehorchte.

Denn Adalyn Rose liebte es, mich zu *schmecken* – so hatte sie es ausgedrückt. Sie betrachtete es als Belohnung, und ich würde mich darüber nicht beschweren.

Aber ich genoss es genauso sehr, sie zu vernaschen.

»Streichle mit der anderen Hand deine Klitoris«, sagte ich. »Ich will, dass diese kleine Perle ganz geschwollen ist, wenn ich sie lecke.«

Sie bebte erneut und stöhnte dann, als sie meinem Befehl nachkam.

»Du bist kurz davor zu kommen, nicht wahr?«, fragte ich. Ich hatte mich so dicht hinter ihr positioniert, dass sie die Wärme meiner Oberschenkel an ihrem Rücken spüren konnte. Dabei trug ich immer noch meine Hose und Socken. Nur meine Schuhe und meine Krawatte hatte ich ausgezogen, seit ich dieses Zimmer betreten hatte.

Ich wusste jedoch, dass sie mein Verlangen spüren konnte, denn mein ganzer Körper stand in Flammen.

Und ich konnte auch ihre Lust spüren.

Ich berührte sie nicht, sondern blieb nur nahe genug hinter ihr stehen, damit sie mich fühlen konnte. Auf diese Weise konnte sie mich nicht sehen, was ich auszunutzen gedachte, sobald ich meine Krawatte wiederhatte.

Sie stöhnte auf und bestätigte mir damit, dass sie kurz vor dem Höhepunkt stand.

»Hör nicht auf, deine Klitoris zu massieren«, befahl ich. »Sie soll so geschwollen sein, dass du glaubst, auf der Stelle explodieren zu müssen, wenn ich dich lecke, verstanden?«

»Ja, Herr«, hauchte sie und wölbte sich auf, während sie Mühe hatte, sich zurückzuhalten.

»Und wage es nicht zu kommen«, fügte ich hinzu.

Sie wimmerte, sprach mir jedoch erneut ihren Gehorsam aus, bevor sie weiter an meiner Krawatte leckte. Als sie endlich fertig war, hob sie sie wieder an, damit ich sie begutachten konnte.

»Sehr gut, Schätzchen«, lobte ich sie zufrieden. »Und jetzt schließ die Augen für mich, Adalyn.«

Bei meinen Worten breitete sich eine Gänsehaut auf ihren Armen aus und sie hielt inne.

»Du kennst dein Safeword«, erinnerte ich sie. »Willst du es benutzen?«

»Nein«, flüsterte sie. »Nein, Herr, das will ich nicht.«

Ich beugte mich vor, sodass ich ihr Profil sehen konnte, und beobachtete, wie sie die Augen schloss.

Wahrscheinlich würden wir ihre Grenzen damit ein wenig verschieben. Ich wusste, dass meine Berührung sie erdete. Dennoch wollte ich, dass sie sich meiner Nähe immer bewusst war, unabhängig davon, ob sie mich sehen konnte oder nicht. Ich wollte ihr das Gefühl meiner Haut auf der ihren ins Gedächtnis einbrennen, sodass sie nie wieder infrage stellen musste, wer sie liebkoste.

»Braves Mädchen, Adalyn.« Ich legte den feuchten Seidenstoff um ihre Augen und band die Krawatte langsam an ihrem Hinterkopf fest. »Massiere weiter deine Klitoris für mich.«

Sie bebte erneut, doch diesmal nicht aus Angst, sondern vor Erregung. Sie musste nur den anfänglichen Schreck überwinden, um zu erkennen, dass ich es war, der hinter ihr stand und ihr die Augen verband. Als ich fertig war, fuhr ich ihr mit den Fingerknöcheln über den Hals und bewunderte ihre leicht gerötete Haut.

»Du bist wunderschön«, sagte ich. »Und dieses Kleid bringt mich noch um den Verstand, Schätzchen. Ich kann mich nicht entscheiden, ob ich es dir vom Leib reißen oder vorsichtig ausziehen soll, damit du es noch einmal tragen kannst.«

Dieses Arschloch hatte geglaubt, er sei derjenige, der sie entkleiden würde.

Nun, er war fort. Und er würde nie wieder einen Fuß auf diese Insel setzen.

Adalyn Rose gehörte mir.

Für immer.

Und ich wollte sicherstellen, dass sie wusste, was das bedeutete.

»Danke, Herr«, antwortete sie. »Ich werde es sehr gern wieder für dich tragen. Ich werde anziehen, was immer du willst.«

»Mm«, brummte ich und genoss den Klang ihrer sinnlichen und erregten Stimme. »Ist deine Lustperle schon geschwollen?«

»Ja.«

»Zeig sie mir«, befahl ich. »Heb das Kleid an und spreize deine Schamlippen für mich.«

Ich stellte mich vor sie.

Sie keuchte. Dank der Augenbinde waren ihre Sinne geschärft und sie schluckte, als sie meinem Befehl Folge leistete. Sie spreizte die Schenkel noch ein wenig mehr, damit ich sie gut sehen konnte, während sie ihre Spalte mit den Fingern auseinanderzog.

Verdammt, sie war perfekt.

Ich wollte jeden Zentimeter ihrer feuchten Muschi verschlingen.

Aber sie war noch nicht ganz da, wo ich sie haben wollte.

»Massiere dich weiter, Liebling. Ich will, dass es wehtut.« Nur ein wenig. Gerade genug, um sie so heftig zum Höhepunkt zu bringen, dass sie den Sinn für die Realität verlor.

Sie streichelte sich weiter, wobei sie sich auf die Unterlippe biss. Wahrscheinlich wollte sie sich davon abhalten, Widerworte zu leisten.

»Zwick sie für mich.« Sie gehorchte. »Fester, Schätzchen.« Ich wollte sehen, wie sie zusammenzuckte. »Fester, Adalyn.« Sie tat, wie geheißen und erbebte so heftig, dass sie ihre Unterlippe freigab und einen leisen Schrei ausstieß. »Braves Mädchen. Jetzt massiere dich mit dem Daumen. Ja, genau so. Stell dir vor, es wäre meine Hand. Mm, ja, wunderschön. Nicht aufhören und wage es nicht, zu kommen.«

Ich vermutete, dass sie Tränen in ihren schönen Augen hatte.

Das bedeutete, dass sie fast an dem Punkt war, an dem ich sie haben wollte.

»Entblöße mit der anderen Hand deine Brüste«, befahl

ich. »Schieb dir die Träger von den Schultern.« Sie hob ihre zitternde Hand und gehorchte. »Ja, genau so. Zieh sie für mich ganz nach unten.« *So verdammt schön.* Ihre Brustwarzen waren so steif, dass sie sich im Stoff verfingen, und Adalyn zuckte zusammen. »Wage es nicht, zu kommen, Adalyn.«

Sie zitterte am ganzen Leib, als sie offensichtlich darum kämpfte, nicht über den Abgrund der Ekstase zu fallen.

Ich ließ nicht locker.

Sondern trieb sie weiter an.

Denn ich wusste, dass sie es ertragen konnte.

Mehr noch, es *gefiel* ihr.

Ich konnte es an der geröteten Haut ihrer Brust sehen.

»Streichle deine Brust, Schätzchen. Zwicke diese hübsche Brustwarze für mich und stell dir vor, es wären meine Zähne.«

Ich knöpfte meine Hose auf. Mein Schwanz pulsierte bei dem Anblick der atemberaubenden Frau, die sich vor mir auf den Knien selbst liebkoste. Als sie hörte, wie ich den Reißverschluss hinunterzog, öffnete sie den Mund und befeuchtete einladend ihre Lippen.

»Nun, streichle deine andere Brust, bis deine Brustwarze schmerzt«, forderte ich. »Und nun kneife noch einmal in deine Lustperle.«

Sie keuchte und spannte sich am ganzen Körper an. Ich wusste, dass sie in dem Moment kommen würde, in dem ich ihr die Erlaubnis gab.

Aber ich tat es nicht.

Ich verlängerte ihre sinnlichen Qualen, während ich mein Hemd auszog. Dabei raschelte der Stoff gerade so laut, dass sie es hören konnte. Dann entledigte ich mich auch meiner Socken und meiner Hose, bis ich weniger am Leib hatte als sie. Aber sie konnte mich nicht sehen. Sie konnte mich nur hören. Und genau das machte den Reiz aus.

»Öffne den Mund für mich«, befahl ich ihr. »Weiter.« Sie gehorchte. »Und jetzt streck die Zunge heraus.«

Bei meinen Worten vibrierte sie förmlich und massierte sich noch heftiger.

Ich streichelte meinen Schwanz, wobei etwas Sperma aus meiner Eichel tropfte. Dann trat ich einen Schritt vor, um es auf ihrer feuchten Zunge zu verteilen. »Schluck es, Adalyn.«

Sie gehorchte mit einem Stöhnen. »*Bitte*, Herr.«

»Bitte was, Adalyn? Willst du mehr von meinem Sperma? Oder willst du, dass ich dich kommen lasse?«

»Beides«, flüsterte sie.

»Gieriges Mädchen«, tadelte ich sie. »Nein. Du musst dich entscheiden. Mein Sperma oder dein Orgasmus.«

Es war grausam.

Aber ich würde ihr das geben, wonach sie mehr verlangte.

Sie wollte selbst wählen. Also ließ ich ihr die Wahl. Ich tat es für sie und gab ihr damit die Möglichkeit, sich aus freien Stücken für *uns* zu entscheiden.

»Dein Sperma«, sagte sie nach einem kurzen Augenblick. »Ich will dein Sperma, Herr.«

Verdammt. »Also gut, Schätzchen. Öffne den Mund.«

Sie gehorchte sofort und streckte die Zunge heraus.

Ich spannte die Oberschenkel an, während mein Unterleib vor Verlangen pulsierte.

»Hör nicht auf, dich zu massieren«, sagte ich zu ihr.

»J-ja, Herr«, hauchte sie.

»Aufmachen«, befahl ich ihr noch einmal, nachdem sie den Mund wieder geschlossen hatte.

Sie gehorchte erneut, als ich vortrat und ihr Haar packte. Dann ließ ich meinen Schwanz Zentimeter für

Zentimeter in ihren Mund gleiten und ließ mich von der wunderbaren Wärme umhüllen.

Sie stöhnte auf und massierte weiter ihre Klitoris, während sie vor Erregung bebte.

»Schluck ihn tief, Liebling. Entspann dich.« Ich stieß so tief in ihren Rachen, wie sie es zuließ, wobei meine Hoden sich anspannten und ich fast explodierte. Doch ich ließ meinen Schaft weiter über ihre Zunge gleiten und zögerte meinen Orgasmus hinaus, während immer noch Sperma aus meiner Eichel tropfte.

Denn verdammt, diese Frau raubte mir den Verstand.

Und ihr leises Summen machte es mir umso schwerer, mich zu konzentrieren.

»Willst du mein Sperma in deiner Kehle oder in deiner Muschi haben?«, fragte ich, als ich mich so weit zurückzog, dass sie antworten konnte.

Obwohl ich ihr die Augen verbunden hatte, sah ich, dass sie versuchte, zu mir aufzublicken.

»Muschi oder Kehle, Schätzchen?«, wiederholte ich, als sie mir nicht antwortete.

»Muschi«, murmelte sie um meinen Schaft.

»Liegt das daran, dass du endlich die Erlaubnis brauchst zu kommen?«, wollte ich wissen. »Denn ich bin noch nicht bereit, dich kommen zu lassen.«

Sie erschauderte. »K-Kehle«, änderte sie sogleich ihre Meinung.

»Gute Wahl«, erwiderte ich. Hätte ich sie gefickt, hätte sie Mühe gehabt, nicht zu kommen.

Sie spannte die Halsmuskulatur an, als sie mich tief schluckte und ihre Hand von ihrer Brust löste, um meine Eier zu umfassen. Ich tadelte sie nicht dafür, sondern gestattete ihr, in diesem Fall die Kontrolle zu übernehmen.

Und ich sah zu, während sie meinen Schaft wie eine ausgehungerte Frau verschlang.

»Mein Gott, Adalyn«, keuchte ich. »Du lutschst meinen Schwanz besser, als ich es je für möglich gehalten hätte.«

Meine Worte schienen sie zu ermutigen, denn sie strich mit ihrer Zunge über meinen Schaft und hätte mich dadurch fast in die Knie gezwungen.

»Hör auf, mich zu reizen, und lass mich kommen. Und zwar sofort«, forderte ich und spornte sie mit meiner Hand in ihrem Haar noch weiter an.

Sie ließ ihre Zähne über die Unterseite meines Schwanzes gleiten und trieb mich damit auf den Abgrund der Ekstase zu.

Dann begann sie, um meine Eichel herum zu schlucken, und brachte mich dazu, wie ein verdammtes Feuerwerk in ihrer Kehle zu explodieren.

Ich kam so heftig, dass mir für einen Moment schwarz vor Augen wurde. Mein ganzer Körper stand in Flammen.

Und Adalyn … mein wunderbarer Liebling … schluckte immer weiter.

Ich hätte schwören können, dass ich jedes Mal, wenn sie ihren Rachen um mich herum anspannte, noch ein wenig heftiger kam.

Weder musste sie würgen noch hielt sie inne, sondern sie schluckte jeden Tropfen und lutschte sogar noch meinen Schwanz, als die Wellen der Ekstase längst verebbt waren.

Verdammt perfekt, dachte ich zum tausendsten Mal. »Mein Gott, ich bin so froh, dass du mein bist«, sagte ich mit einem Schaudern. »Ich werde dich niemals teilen. Dein Mund gehört mir. Genauso wie deine Muschi. Und dein Arsch auch.«

Verdammt, ich wollte sie mit Haut und Haaren verschlingen und sie ganz für mich *beanspruchen*.

Und an der Art, wie sie weiter meinen Schaft liebkoste, erkannte ich, dass sie es auch wollte.

Ich zog mich aus ihrem Mund zurück und bückte mich, um sie hochzuheben. Dann warf ich sie aufs Bett und riss ihr den hauchdünnen Stoff vom Leib. Ich würde ihr ein neues Kleid kaufen.

Plötzlich hatte ich das Bedürfnis, jeden Zentimeter von ihr zu beherrschen, und mein Schwanz wurde bei dem Gedanken, sie zu ficken, sofort wieder hart.

»Durch dich fühle ich mich jung«, gestand ich ihr. »Als könnte ich stundenlang kommen.« Wahrscheinlich könnte ich das tatsächlich, doch ich wollte sie zuerst vor Lust schreien hören.

Ich ließ ihr keine Zeit, sich hinzulegen, sondern presste sofort meinen Mund auf ihre Muschi, um an ihrer geschwollenen Klitoris zu knabbern, bis sie um Gnade winselte. Dann strich ich auch mit der Zunge über ihre Lustperle und weigerte mich nachzulassen.

»Herr!«, schrie sie. »Bitte! Bitte, Asher. Oh *Gott* …«

»Nein, Adalyn«, erwiderte ich und drang mit zwei Fingern in ihre feuchte Muschi ein. Dann zog ich sie wieder heraus und ließ sie an ihren Anus gleiten. Ich stieß einen befeuchteten Finger langsam in sie hinein, wobei ich ihre Reaktion genau beobachtete. Es schien ihr zu gefallen, denn sie bäumte sich wollüstig auf.

»Ich … ich … ich will …«, keuchte sie. Ihr ganzer Körper stand in Flammen und ich wusste, dass sie kurz davor war, den Verstand zu verlieren.

Ich führte einen zweiten Finger in ihren Anus ein, presste dann meinen Daumen gegen ihre Muschi und fickte sie damit, um sie noch weiter auf den Abgrund zuzutreiben, während ich meine Zähne über ihre empfindsame Lustperle gleiten ließ.

»*Herr.*«

Ich lächelte. »Ja?«

»Bitte ...«

»Hm«, brummte ich und brachte dadurch absichtlich ihre Klitoris zum Vibrieren, bis sie fast schluchzte. »Gut, Adalyn, komm für mich.« Ich presste meine Lippen auf ihre Lustperle und strich nur ein einziges Mal mit der Zunge darüber, bevor sie in die Besinnungslosigkeit stürzte. Sie zitterte am ganzen Körper, wobei sie so laut schrie, dass die ganze Insel es hören konnte.

Tief in einem verruchten Teil meiner Seele hoffte ich, dass der Schrei bis an Taylors Ohren drang.

Denn sie war *mein*.

Ich habe ihr das verdammte Kleid ausgezogen, nicht du, Huntington.

Und jetzt würde ich auch ihren Arsch für mich beanspruchen.

Ich führte einen dritten Finger in ihren Anus, während sie noch immer am ganzen Körper bebte. Mit dem Mund an ihrer Klitoris brachte ich sie ein weiteres Mal zum Höhepunkt, woraufhin sie meinen Namen noch lauter schrie als zuvor.

Hm, vielleicht will ich doch ihre Muschi ficken, dachte ich, denn ich genoss das Gefühl ihres Unterleibs, der sich um meinen Daumen herum anspannte.

»Ich werde dich jetzt ficken«, verkündete ich. »Ohne Kondom.« Denn wir hatten über Verhütung und Krankheiten gesprochen. Ich wollte sie spüren. »Willst du, dass ich ihn dir in die Muschi oder in den Arsch schiebe? Oder beides?«

Ich könnte zuerst ihre Muschi und dann ihren Arsch nehmen. Aber ich wollte, dass sie sich entscheidet.

Denn das war der Sinn dieser Session.

Sie hat die Wahl.

»Beides«, antwortete sie keuchend, während sie gerötet, erregt und verschwitzt unter mir lag.

So verdammt schön.

»Du musst dich hinknien«, sagte ich. »Schaffst du das?«

»Ja«, zischte sie und presste die Hände auf die Matratze, als sie versuchte, sich umzudrehen.

»Du kannst es wohl kaum erwarten«, bemerkte ich und rutschte ein Stück zurück, um ihr genügend Platz zu lassen.

Sie ging auf Hände und Knie und zitterte dabei am ganzen Körper.

»Fick mich«, forderte sie und entlockte mir ein leises Lachen.

»War das etwa ein Befehl, Kleines?«, neckte ich sie.

»Bitte fick mich, Herr«, verbesserte sie sich augenblicklich.

Ich ging hinter ihr auf die Knie und beugte mich über sie, um ihr einen Kuss auf die Schulter zu drücken. »Braves Mädchen«, flüsterte ich an ihrer klammen Haut.

Dann packte ich ihre Hüfte und drang ohne Vorwarnung in ihre Muschi ein.

Sie schrie auf und spannte sich um meinen Schwanz herum an, während die Welle der Ekstase immer noch durch sie hindurchrauschte und ihre Muschi zucken ließ.

Meine Güte, ich würde nicht lange durchhalten. Aber ich wollte, dass sie noch einmal zum Höhepunkt kam. Ich führte eine Hand zwischen ihre Schenkel und massierte ihre Klitoris, während ich mit der anderen Hand weiter ihre Hüfte umklammerte und einen stetigen Rhythmus vorgab.

»Sag mir, wer dich fickt, Adalyn«, forderte ich.

»Mein Herr.«

»Und wer ist dein Herr?«

»Asher Sinner«, antwortete sie sofort.

»Und was wird er noch sein?«, wollte ich von ihr wissen.

»Mein ... mein Meister.«

»Nein.« Ich hielt inne. »Was werde ich sonst noch für dich sein?«

»Mein ...« Sie verstummte und schob mir ihren Hintern entgegen, um mich dazu zu veranlassen, wieder in sie zu stoßen.

Ich zwickte sie in ihre Lustperle.

»Wessen Schwanz ist in dir, Schätzchen?«

»Der Schwanz meines Herrn, Mr. Sinner.«

»Und wer ist dein Herr?«, wiederholte ich.

»Asher Sinner.«

»Und wer ist er für dich? Wer werde ich sein?« Ich küsste wieder ihre Schulter. »Was sind wir, Schätzchen? Wofür hast du dich entschieden?«

Ich wollte es aus ihrem Mund hören. Ich wollte, dass sie sich daran erinnerte und es sich bewusst machte.

»Wir sind wir. Für immer«, flüsterte sie.

»Warum für immer?«

»Weil du mein bist und ich dein bin.«

»Und was werden wir tun, damit alle darüber Bescheid wissen, Adalyn?«

»Wir werden ... heiraten«, sagte sie leise und bebte dabei am ganzen Körper. »Du bist ... mein zukünftiger Ehemann.«

»Ja, meine Süße, das bin ich«, antwortete ich und küsste erneut ihre Schulter und dann ihren Nacken. »Also sag mir noch einmal, wessen Schwanz in dir steckt.«

»Der Schwanz meines Herrn«, wiederholte sie. »Der Schwanz meines zukünftigen Ehemannes.«

»*Verdammt*«, keuchte ich, denn ich war selbst erschrocken, wie sehr diese Worte mich erregten. Ich stieß in sie hinein, um meinen Anspruch zu erheben und sie zu der Meinen zu machen. Und um ihr verständlich zu machen, dass ich es genauso sehr wollte wie sie.

Ich.

Wähle.

Auch.

Dich.

Das gab ich ihr mit jedem Stoß zu verstehen, während ich mit den Fingern ihre geschwollene Lustperle massierte und zwickte, um sie erneut an den Rand der Ekstase zu treiben.

Doch gerade als sie kurz davor war zu kommen, zog ich mich aus ihr zurück und presste meinen Schwanz an ihren Anus.

Sie erstarrte und wartete darauf, dass ich von hinten in sie eindrang. Ich wollte ihr nicht wehtun, also glitt ich langsam in sie hinein, was ihre Erregung in die Länge zog und die meine steigerte.

»Mehr«, flehte sie mich an. *»Mehr.«*

»Schhh«, beruhigte ich sie. »Du nimmst, was ich dir gebe und wie ich es dir gebe.«

»Ja, Herr«, flüsterte sie mit gequälter Stimme. »Mein zukünftiger Ehemann, Herr.«

Bei den Worten stieß ich mit Wucht in sie hinein und presste die Zähne aufeinander. *Göre.* Das hatte sie absichtlich getan.

Aber ich war weder in der Lage, deshalb verärgert zu sein.

Noch konnte ich sie dafür bestrafen.

Nicht, solange sie sich so verdammt gut um meinen Schaft herum anfühlte.

»Atme«, sagte ich und zog meinen Schwanz fast ganz aus ihr heraus, bevor ich wieder in sie hineinstieß. »Braves Mädchen, Adalyn. So ein braves Mädchen.«

Bis auf die Tatsache, dass sie mich schon bald über den Rand der Ekstase drängen würde.

Aber verdammt, ich konnte es ihr nicht verdenken.

»Fester, zukünftiger Ehemann, Herr.«

Ich gab ihr einen leichten Klaps auf den Hintern. »Sei still.«

»Aber ich will mehr«, erwiderte sie. »Ich will spüren, wie du mich beanspruchst. Ich will fühlen, dass du mich als die Deine erwählt hast. Bitte, Herr. Bitte.«

Mein Gott, sie wusste besser als ich, wie man dieses Spiel spielte.

Denn ich war ein Sklave ihrer Begierde.

Sie war meine Sub, und sie wollte von mir befriedigt werden. Und es war meine Aufgabe, ihr diesen Wunsch zu erfüllen.

Also gab ich ihr, was sie wollte. Ich gestand ihr diese Macht zu und fickte sie so hart, dass sie aufschrie und sich um mich herum verkrampfte.

Es fühlte sich so verdammt gut an.

So verdammt göttlich.

Sie ist meine Göttin.

Meine Adalyn.

Mein süßes Mädchen.

Ich wollte jeden Zentimeter von ihr besitzen. Und ich beanspruchte sie, genauso wie sie mich beanspruchte.

»Komm für mich«, befahl ich ihr und presste meinen Daumen an ihre Klitoris. Ich massierte sie zwar nicht mit der Hand, mit der ich in ihren Arsch eingedrungen war, aber ich konnte mich nicht ausreichend konzentrieren, um sie mit den Fingern zu ficken. Zu sehr verlor ich mich in all den Empfindungen, die sie in mir auslöste.

Doch schon nach wenigen Stößen wurde sie von einer weiteren Welle der Ekstase durchströmt und riss mich mit sich in einen Strudel leidenschaftlicher Glückseligkeit.

Ich bebte am ganzen Körper und entlud mich mit zitternden Schenkeln in ihren Arsch.

In einer Stunde würde ich sie wieder in ihre Muschi ficken.

Und dann wieder in ihren Mund.

Bis zu unserem Hochzeitstag würde ich diesen Tanz immer wieder mit ihr vollführen.

Denn ich wollte sie so vollständig als die Meine beanspruchen, dass sie nicht einmal auf den Gedanken käme, einen anderen Weg zu wählen als den zu dem verdammten Altar.

»Mein«, sagte ich, ließ mich aufs Bett fallen und zog sie an meine Seite. »Du gehörst für immer mir, Adalyn Rose.«

»Und du gehörst auch mir, Asher Sinner«, erwiderte sie mit erschöpfter Stimme.

Ich würde sie ein paar Minuten lang halten.

Danach würde ich sie ins Bad tragen. Ich würde mich um sie kümmern und ihr erneut beweisen, wie ein Dom seine Sub umsorgen sollte.

Und für den Rest unseres Lebens würde ich sie jeden Tag verwöhnen, bis ich jegliche Erinnerungen an alles und jeden ausgelöscht hatte, der sie vor mir berührt hatte.

Sie würde die Göttin meiner Insel sein.

Und ich würde ihr treuer Diener sein.

Sie verehren. Sie lieben. Sie wertschätzen. Und sie respektieren.

So wie ein Mann eine Frau behandeln sollte.

Vor allem eine so schöne, einzigartige und starke Frau wie meine geliebte Adalyn Rose.

EPILOG
ASHER

»Also, wann gedenkst du, unseren Geschwistern zu erzählen, dass du spontan geheiratet hast, ohne sie zu der Hochzeit einzuladen?«, fragte Kane, als ich mich ihm am Strand näherte.

»Du meinst, du hast ihnen noch keine Nachricht geschickt?«

Er schnaubte und trank einen Schluck von seinem Bier. »Ich bin schließlich nicht Darby.«

Ich grinste und prostete ihm mit meiner Flasche zu. »Darauf stoßen wir an.«

»Auf dich«, konterte er. »Du bist jetzt ein verheirateter Mann. Und ich dachte, ich sei auf die Fidschi-Inseln gekommen, um den ein oder anderen Bösewicht zu erschießen.«

»Ich würde das nicht zu laut sagen, sonst werden meine Leibwächter Sie als Bedrohung einstufen«, sagte Julian, der sich zu uns gesellte.

Kane warf ihm einen vielsagenden Blick zu. »Sie wissen bereits, dass ich eine Bedrohung bin.«

Julian grinste. »Möglicherweise.«

»Ich würde immer noch gern wissen, woher Sie wussten, dass er hier ist«, sagte ich im Plauderton.

»Ich habe viele Geheimnisse, die ich nie mit jemandem teilen werde, Sinner. Das ist eines davon«, antwortete Julian, der ein Glas blutroten Weins in der Hand hielt. Natürlich war das das Getränk seiner Wahl.

Ich warf einen Blick auf meine Braut, die über etwas lachte, was Bria gerade gesagt hatte. Die beiden Frauen hatten die Köpfe zusammengesteckt, als würden sie ein Geheimnis teilen.

»Ich bin mir nicht sicher, ob es mir gefällt, dass die beiden befreundet sind«, murmelte ich und kniff die Augen zu dünnen Schlitzen zusammen. Auf der einen Seite war es als Scherz gedacht, aber auf der anderen Seite auch wieder nicht. Ich konnte jetzt schon sehen, dass Bria und Adalyn gemeinsam für Ärger sorgen würden. *Zwei aufsässige Subs.*

Nun ja.

Zumindest würde ich später meinen Spaß damit haben.

Julian folgte meinem Blick. »Das ist zu schade, *Schützling.* Denn ich habe vor, Sie häufiger zu besuchen. Und Bria hat mich bereits wissen lassen, dass sie mich begleiten wird. Ich verweigere ihr zwar gern hin und wieder einen Wunsch, aber dazu werde ich sicher nicht Nein sagen.«

Schützling war sein neuer Spitzname für mich, da er sich zu meinem Sin Cave Mentor erkoren hatte. Was auch immer das bedeuten sollte.

Ich hatte sämtliche Verhandlungen mit Albert über unsere Familienfusion geführt. Nun musste ich ihm nur einen Prozentsatz des Gewinns unserer neuen Hotelkette Sinner-Rose Isles auszahlen, und er würde mir das gesamte Management überlassen.

Adalyn hatte mir bereits gesagt, dass sie mir gern bei den Geschäften zur Hand gehen würde.

Also würden wir dieses Unternehmen gemeinsam führen und ihrem Vater mickrige fünf Prozent zahlen, damit er uns in Ruhe lässt.

Als ich Julian von der Vereinbarung erzählt hatte, hatte er zustimmend genickt.

Und das war auch schon alles, was er als Mentor zu sagen hatte.

Doch jetzt behauptete er, er würde hierher zurückkehren.

Als ich Adalyn erneut lächeln sah, beschloss ich, dass das nicht das Ende der Welt sein würde. Mir gefiel ihr Lächeln sehr.

Während der letzten Woche hatte sie von Tag zu Tag mehr Lebensfreude ausgestrahlt. Ihr Glück war nur heute Morgen etwas gedämpft worden, als ihr Vater sie zum Traualtar geführt hatte.

Aber in dem Moment, in dem er sie mir übergeben hatte, hatte sie gestrahlt.

Und seitdem lächelte sie.

Ich beobachtete, wie die untergehende Sonne in ihren dunklen Haaren reflektierte. Sie hatte sich einen fidschianischen Hibiskus hinters Ohr gesteckt, was mich an unseren ersten Spaziergang am Strand erinnerte. Mein Gott, es kam mir vor, als läge das ein ganzes Jahr zurück. Aber in Wirklichkeit waren es nur ein paar Wochen.

Es war erstaunlich, wie die Zeit in Situationen wie dieser verstrich.

Bryant ging auf Adalyn zu und sagte etwas, was sie zum Lachen brachte. Dann sah sie mich mit einem verwegenen Blick an, was mich vermuten ließ, dass es dabei um mich ging.

Offenbar gefiel ihr, was er zu sagen hatte.

Hm. Ich stellte mein Bier ab. »Viel Spaß noch euch beiden. Ich muss mich jetzt um meine Frau kümmern.«

»Ich werde Tru sagen, dass du das gesagt hast«, rief Kane mir nach.

Ich winkte nur ab, denn es war mir völlig egal.

Er könnte all meinen Geschwistern von dieser Hochzeit erzählen. Sie würden wahrscheinlich verlangen, dass wir die Zeremonie wiederholen, doch das machte mir nichts aus. Der heutige Tag war nur für Adalyn und mich bestimmt, um unsere gemeinsame Zukunft zu sichern. Alles andere war unwichtig.

Ich ging auf sie zu und packte sie an der Hüfte, um sie von Bria und Bryant wegzuziehen. Sie kicherte und war eindeutig ein wenig beschwipst vom Champagner. Ich nahm ihr die Sektflöte ab und stellte sie auf einen Tisch, dann ging ich mit ihr an den Strand.

Wir hatten uns für einen Empfang unter freiem Himmel entschieden.

Ihre Eltern hatten sich nicht die Mühe gemacht zu erscheinen. Sie waren mit dem Gelübde und den zuvor unterschriebenen Papieren zufrieden. Wir hatten auch einen Fotografen bestellt, damit wir die Fotos an die Medien weiterleiten konnten, sobald wir bereit waren, unsere Heirat zu verkünden. Wie es schien, hatte ich Taylors Pläne einer stürmischen Affäre, die im Eheglück endete, gestohlen.

Der einzige Unterschied war, dass Adalyn und ich tatsächlich unser gemeinsames Glück gefunden hatten.

Den Beweis dafür sah ich jetzt vor mir, denn sie lächelte mich an, als sei ich der hellste Stern in ihrem Universum. »Du siehst in diesem Kleid wunderschön aus, Mrs. Sinner«, sagte ich. »Ich freue mich schon darauf, es dir später auszuziehen.«

Sie lächelte. »Heute Abend werde ich ein anderes

Kleid für dich anziehen«, erklärte sie mir. »Das wirst du mir stattdessen auszuziehen.«

Ich zog eine Augenbraue in die Höhe. »Ach wirklich?«

Sie nickte. »Vertrau mir.«

»Bis dass der Tod uns scheidet«, erwiderte ich.

Sie lachte wieder. »Das hast du heute schon einmal gesagt.«

»Ja, weil wir jetzt verheiratet sind.«

Sie sah mich mit großen Augen an, dann lachte sie wieder.

»Wie viel Champagner hast du getrunken?«

»Zu viel«, gestand sie und bekam einen Schluckauf. »Aber das ist wohl kaum der Grund dafür, dass ich mich so leicht fühle.«

»Wirklich? Und wieso fühlst du dich jetzt so *leicht*, Mrs. Sinner?«

Sie sah sich um, als wollte sie sich versichern, dass niemand sie hören konnte. Dann sagte sie leise: »Mein Ehemann.«

Ich verzog die Lippen zu einem Lächeln. »Versuchst du etwa, mich zu verführen, *Ehefrau*?«

Sie überlegte einen Moment und nickte dann. »Ja. Ich denke, ich werde immer versuchen, dich zu verführen.«

»War das Teil deines Gelübdes?«

Sie zuckte mit den Schultern. »Es war Teil meines mentalen Gelübdes.«

»Und was beinhaltet deine Version des Gelübdes sonst noch?«, fragte ich amüsiert.

»Ich, Adalyn Rose, verspreche, Asher Sinner immer zu verführen. Denn ich liebe es, ihm den Schwanz zu lutschen. Und ich hoffe, dass er mir gestattet, ihn in unserer Hochzeitsnacht und jeder kommenden Nacht auf diese Weise zu verwöhnen.«

Ich lachte schallend, doch zugleich spürte ich, wie mein

Schwanz bei den Worten meiner frechen, kleinen Sub hart wurde. »Willst du mein Gelübde hören?«

Sie nickte eifrig. Sie war eindeutig zum Spielen aufgelegt. Mir wurde warm ums Herz, als ich sie in dieser gelassenen Stimmung sah. Ich hoffte, dieser Teil von ihr würde nie erlöschen. Mir war bewusst, dass sie auch Tage durchleben würde, die von ihrer Vergangenheit überschattet wurden, doch wir würden sie gemeinsam überstehen.

Ich räusperte mich und sah ihr in die Augen. »Ich, Asher Sinner, verspreche, mich immer um Adalyn Rose zu kümmern. Ich werde all ihre Albträume auslöschen. Sie immer in Ehren halten. Und dafür sorgen, dass sie eines Tages begreift, dass Träume tatsächlich wahr werden können. Denn wir leben gerade einen Traum. Jetzt, in diesem Moment. Für immer und ewig.«

Sie sah mich mit großen Augen an, wobei ihre Belustigung einem Ausdruck der Rührung wich. »Oh, Asher …«

Ich presste meine Lippen auf ihre. »Ich meine jedes Wort ernst, Adalyn.«

Sie schluckte und legte mir eine Hand an die Wange, während ich meine Arme um ihre Taille schlang. Sie betrachtete mich einen Moment, bevor sie sagte: »Ich brauche ein neues Safeword.«

Ich zog eine Augenbraue in die Höhe. »Ach?«

Sie nickte. »Denn du hast recht. Dies ist ein Traum. Und ich will nie wieder daraus erwachen.«

»Wirklich?«

»Wirklich«, flüsterte sie. »Und jetzt bring mich nach Hause und mach mich zu deiner Frau.«

»Du bist doch schon meine Frau«, sagte ich an ihren Lippen.

»Dann fick mich, Ehemann.«

Ich grinste. »Zuerst musst du mir dein neues Safeword verraten.«

»Albtraum«, sagte sie. »Denn Albträume existieren nicht mehr. Nicht, wenn ich mit dir zusammen bin.«

Ich fuhr mit den Fingern durch ihr Haar und neigte ihren Kopf gerade so weit zurück, dass ich ihr in ihre schönen Augen blicken konnte. »Albtraum«, bestätigte ich.

»Albtraum«, wiederholte sie.

Ich nickte. »Ich werde alles tun, damit du dieses Wort niemals aussprechen musst.«

»Es sei denn, du fragst mich nach meinem Safeword.«

»Nur dann«, sagte ich.

Sie lächelte. »Nur dann. Und ich habe meine Meinung geändert.«

Ich zog eine Augenbraue in die Höhe. »In Bezug worauf?«

»In Bezug auf den Ort, an dem du mich ficken sollst.«

»Ich bin ganz Ohr.«

Sie löste sich von mir und sah mich wieder mit diesem spielerischen Funkeln in den Augen an. »Ich will, dass du mich im Meer fickst.«

»Es ist fast dunkel, Adalyn.«

»Dann solltest du mich besser schnell fangen«, sagte sie kichernd und lief den Strand hinunter, wobei ihr weißes Kleid im Wind wehte.

Sie lief barfuß durch den Sand.

Wie eine zauberhafte Offenbarung im Mondlicht.

Genau wie eine Göttin.

Meine Göttin.

Meine Zukunft.

Meine Frau.

~ Ende ~

erotic romance author

www.sincaveromancebooks.com
www.facebook.com/SinCavePublishing
E-Mail: AuthorSFirecox@gmail.com